Staread
星文文化

U0450802

图书在版编目（CIP）数据

潮热雨季未解之谜 / 番大王著. -- 南京 : 江苏凤凰文艺出版社, 2025.3. -- ISBN 978-7-5594-9005-6

Ⅰ. I247.5

中国国家版本馆CIP数据核字第2024SB0709号

潮热雨季未解之谜

番大王 著

选题策划	澜 亭
责任编辑	王昕宁
特约编辑	澜 亭
出版发行	江苏凤凰文艺出版社
	南京市中央路165号，邮编：210009
网 址	http://www.jswenyi.com
印 刷	三河市嘉科万达彩色印刷有限公司
开 本	880mm×1230mm 1/32
印 张	10.25
字 数	335千字
版 次	2025年3月第1版
印 次	2025年3月第1次印刷
书 号	ISBN 978-7-5594-9005-6
定 价	49.80元

江苏凤凰文艺版图书凡印刷、装订错误，可向出版社调换，联系电话 025-83280257

目录

第一章 同林鸟 001

第二章 发昏梦 040

第三章 子恒哥 073

第四章 自由人 105

第一章
同林鸟

大地蒸腾着土腥气,天气瞬间变坏。

雷声轰然大作,一场骤雨来袭。

信号灯红了,要过街的人停在马路两边。有个推车的摊贩没有过来,他在等候的人们面前摆摊,大爷一口乡音,热情地吆喝着:"热腾腾的糖炒栗子,好吃的糖炒栗子哟。"

都市人有着相似的神色,木然的脸,疲乏的眼。等红灯,有人刷手机,有人发呆,有人盯着马路对面。

一辆刚起步的轿车速度飞快地撞向大爷的摊位,从左碾到右。紧跟着它后面,又"唰"地开过几辆车。

而等灯的人们对着这惊悚的一幕,愣是眼都没眨;只有一人,身形一晃,往后退了两步,被吓得伞都没拿住。

这突然的动作,惹得好几个人都对她投来异样的目光。离她最近的小女孩更是拉了拉她妈妈说:"那个姐姐好怪呀,她怎么了?"

她妈妈知道过了这条街就是他们市的精神病院,赶忙冲她的孩子使眼色,小声说:"你别盯着人家看。"

白日见鬼。

马路,川流不息,一辆辆车飞驰而过,大爷和摊子却毫发无伤地待在原地。他们不属于这个世界。

没人看得见卖糖炒栗子的小贩，除了林诗兰。

见她目不转睛地望着他，大爷憨厚地笑道："小姑娘，来一份糖炒栗子吗？"

大概知道当下的情况了，林诗兰捡起伞，别开眼，装作看不见他。

绿灯亮。她匆忙路过摊子，赶往对面的街。走得快的行人路过她身边，背着的包钩住了她的手串。

祸不单行。林诗兰感到手被扯了扯，随即，腕上松了。那串戴了好多年的珠子滚落一地。

那人说了两声抱歉，瞬间便消失在人群中。林诗兰没有追究的心情，俯身去捡地上的珠子。

珠子那么小，她又没戴眼镜。在地上找了一圈，整串珠子只捡回一颗。信号灯已经进入倒计时的读秒，她只好先过街。等一轮的红绿灯过去，林诗兰戴上眼镜再去捡，已经无法再确定其他珠子的去向。

对着马路发了会儿呆，她认了倒霉，把珠子丢进包里，放弃了。

此时，如果你能看见林诗兰所看见的，你会发现，雨水沿着她的伞滚落的速度比旁人的都快，因为，有道细密的雨幕始终如影随形地缠着她。

它耐心地等待着能淋到她的机会，宛如一只流着口水等肉的哈巴狗，亦步亦趋地，一路跟她到医院。

林诗兰打着伞，目不斜视地穿过医院大厅，进到电梯间。晚她一步进入电梯的大姐，狠狠地白了她一眼。

"电梯是你一个人的？在室内撑什么伞啊？神经病。"

她话音未落，林诗兰的胳膊绕过她，按了电梯：二楼，精神科 A 区。

大姐噤了声。

出电梯，雨停了，林诗兰收伞。

她按预约取好号码，然后坐在椅子上等待叫号。

手腕空落落的，她右手搭着左手，来回摩挲着——不舒服，身体、心理。

林诗兰打开包，扒拉了几下，找到那颗仅存的手串圆珠。它躺在包底的角落，在药片和药盒的覆盖下，一个难以找到的缝隙里。

她记得手串原本是灰蓝色的。现在看来，只剩下灰色。

肩膀好沉，她佝偻着背，缩着肩，两只手揣进帽衫的袖子。

等候区的LED电子屏刷新，机械声播报道："请119号，林诗兰，到一诊室就诊。"

她正要起身，后一排的位置"咻"地站起来一个人。

"林诗兰？"站起来的那人叫了她的名字。

声音有些耳熟，林诗兰回过头，他的声音再高了一度："真是你！"

她抬了抬眼镜，望向他。小伙是单眼皮，脸颊边有颗小红痣；头发没太打理，翘着几根乱毛，笑容倒是璀璨。这张脸被她在脑海中搜寻了几个来回，终于对应上了名字。

"谭尽？"

住在她家对楼的皮孩子谭尽。他哥是她认识的学长，成绩优异；这个弟弟，也挺聪明，但他太闹腾了，跟她打不合来，没什么交集。

"你记性不错。"被她认出来，他立刻不把自己当外人了，脑筋一转，和她开起玩笑，"不过，你还是记错啦。其实，我的名字叫——谭小明。"

这个没头没脑的冷笑话没有逗到林诗兰。她沉默地看着谭尽，后者正捂着嘴"扑哧扑哧"地笑。

"患者林诗兰在吗？"护士来催人了。

"在。"

林诗兰举起自己的诊疗卡，利落地结束了与他的这次对话："我先去了。"

今天是每月一次的常规问诊，统共不到十五分钟，林诗兰出了诊室。她打算去一楼拿药。路过等候区的时候，再度被那个声音缠住。

"林诗兰。"谭尽几个大步走到她面前，"好险，我就想着去买果汁的工夫，你会不会正好出来。刚才果汁打翻了，得亏我没先去洗手，不然你就走了。"

她生分地与他拉开距离："有什么事吗？"

他看她手里拿着药单："你看完病了？"

林诗兰点头。

"医生说是啥病啊？"

他们有熟到问这种问题吗？她不太乐意回答。

"小病。"她说。

他似乎对她微妙的不悦毫无察觉，哪壶不开又提了哪壶。

"真有缘,能在新的城市碰到你,我出来以后再也没有在现实中碰见同乡。当初那场水灾太可怕了,你是怎么活下来的?"

林诗兰实话实说:"我不记得了。"

"这样啊。水灾后,你回过雁县吗?"

"没有。"

她的情绪没有多大起伏,声音平平:"回去做什么?我妈死了,那里的人都死了。"

"唉。"单眼皮耷拉下来,他的表情像一只被人踹了的小狗,"我的家人、我的朋友,也都没了。"

是他主动提起的这个话题,现在倒像她把他怎么样了。

林诗兰抿抿唇,憋了半天憋出句安慰人的好话:"那是天灾,能不经历那场灾难,你是幸运的。"

"我经历了。"

她愣住。

他倒没有纠结林诗兰说错话,瞬间换了个话题。

"如果,我是说如果啊,我能见到你妈妈,在灾难发生之前的你妈妈,你有什么话想带给她吗?"

"没有。"她语速快得像抢答。

谭尽满肚子的话都被她这两个字严严地堵住了。天,就是这样被聊死的。

"不是,那啥,先等等,你等我把我的情况跟你说完,再说没有也不迟!"

"其实,偷偷告诉你……"他像煞有介事地压低声音。

"我不是来看病的,我没病。我是有特异功能。超能力,懂吗?"

林诗兰不知他葫芦里卖的什么药,静静地看他表演。

"我推测和我们家乡的那场特大水灾有关。在下雨最多的几个月,我能穿越到过去。"说着荒唐的话,谭尽的表情却难得地严肃,"而且这穿越过去,可不是电视剧里演的那种,人才不会'咻'的一下就到另一个地方了。我想想怎么说……"

她盯着他的眼睛,问:"你穿越到了哪个过去?"

"四年前,"他说,"还没被水淹的雁县。"

林诗兰心中骇然。在这句之前,她压根没把他的话当回事。可如今,她不自觉地握紧拳头,离他近了一些。

看出她听得认真,谭尽兴致勃勃,越说越玄乎:"我能和以前的人们交流,在那里大家都活得好好的,不知道水灾这回事。我估计,是经历了一次灾难,大难不死,我成了天选之子,能看见别人看不见的,听见别人听不见的。"

正说着话,他突然双脚离地,单手举高,来了个类似猴子起飞姿势。

林诗兰的太阳穴突突地跳:"你干什么?"

"哦,你不知道。这个医院在我们市的空间是一个室内体育场,刚才飞过来一个篮球,我投篮。"

谭尽指着远方,干笑:"哈哈,投中了,完美的三分球。"

林诗兰僵硬地回头,目光望向他指的地方。

篮球"咚咚"地在地上弹,和篮筐的距离少说有两米。

——但那不是重点。

她深吸一口气,扶住医院的墙壁,手的温度却比那堵墙更冰。

篮球少年回到他们刚才的对话,绞尽脑汁地想再说点什么能让她相信自己:"对了,村里卖糖炒栗子的张老头,你见过不?今天我来的路上,在医院对面还看见他了。所以,我不是吹牛,是真的能做到,帮你带话给你的妈妈,如果你想的话。"

林诗兰的脸色,难看得连神经大条的谭尽都察觉了。

他挠挠脖子,终于意识到,自己说的这一大段也没考虑过别人想不想听。

他没想把她吓到的。

"你还好吗?我说的东西太怪了,你很难相信对吧?"

林诗兰没回话。

谭尽更觉得事态严重了。他抱歉地笑笑,瞬间收敛:"我全是瞎说的,你别往心里去,你当我是神经病吧。"

"我相信。"

见他没反应过来,她又重复一遍。

"谭尽,我相信。"

他这下听清了。

之前的谭尽像是卖保险的,天天给客户打电话,没人愿意搭理他。冷不丁地,遇到个人,居然对他说的话感兴趣,他反倒难以置信。

"真的?"

"真的。"林诗兰语气笃定。

看她的态度不像捉弄他,谭尽一拍大腿,喜出望外:"太好了,这么久,我总算遇到一个明白人!"

他主动伸出双手,眼里写着相见恨晚,跟林诗兰来了个大力的握手。

她这会儿脑子乱得很,也没躲。

"谭尽。"林诗兰想起一件事。

"啊?"

他握住她的右手,快乐地上下晃动。

"我记得,你说你果汁洒了,还没来得及洗手?"

脏兮兮的手停在半空中,他也刚想起这茬。带着讨好的笑,谭尽默默地将她的手放回原处。

阻止得太晚了。手心感觉黏黏的,也沾上了果汁;面对谭尽开朗的笑脸,林诗兰失去了语言。

他们果然合不来啊。

待两人把手洗干净,已经没有空闲聊了。

谭尽挂的号到了,先进去看医生。

林诗兰坐在外面等他。一个人待着,满脑子纷杂的思绪终于有了沉淀下来的时间。

她的目光投向公共厕所门口的篮球架,它突兀地立在那里。有个男人经过,他的身体和铁架子重叠了一瞬,却没有撞上,而是穿过了它。男人脚步没停,径直进入了厕所。

斑马线中央的小摊贩、医院就诊处的篮球场,它们诡异地出现在不该出现的地方,宛如被一股力量从另外维度的空间,不加分类地丢进她的生活里……

这才仅仅是雨季的开始。接下来,按照往年的经验,会有更多离奇的事情发生。

眼神瞥到谭尽先前丢出去的篮球,林诗兰的脑子逐渐被一个念头占据,她意识到,自己这是遇到了天大的转机——有人能看见我所看见的东西。

这股后知后觉涌上来的兴奋劲,让她心跳加速。她盯着诊室紧闭的门,突然觉得椅子硌得慌,让人没法坐住。

林诗兰"噌"地站起来,抻长脖子往里看,什么也没看见。

她忍不住想:他是不是去得太久了?

林诗兰下意识想摸一摸左手的手串,没摸着,才想起来手串之前坏掉了。

"吱——"玻璃门发出声响。

门被不小的力道向外推出,里面跑出来的人急得像火烧了屁股。

是谭尽。他三步并作两步,冲到林诗兰面前,开口第一句便是:"幸好你没走。"

肩膀紧绷,额头一层薄汗,诊疗卡被他攥在手里,谭尽就差在额头上写"我着急"三个大字了。

"医生问得也太久了。要是我出来你走了,上哪儿找你去?"

看着他慌慌张张的样子,她的焦躁微妙地得到了缓解,甚至能反过来安慰他。

"你喘口气,慢慢讲。"

憋着一肚子话的谭尽,迫不及待向她分享自己的看病经历。

"医生先让我做了脑 CT,做完没啥问题。之后他开始跟我唠嗑,简直就是刨根问底,把我从小到大的经历包括几岁断奶都问了一遍。他要我诚实地把情况跟他讲,所以我也没瞒着他。我说得越多,他问得越多,边问边在病历上狂写。最后,我不肯再说了。医生强烈建议我留院观察,我不乐意,他仍然要我每周过来检查。"

他打开拳头,诊疗卡上果然密密麻麻地写着字。

"有那么严重吗?我来医院,是希望有个人能证明,我没病。"

很明显,希望落空了。

林诗兰也问出了他不久前问自己的问题。

"他的诊断结果,你是什么病?"

"你看吧,这里写了一长串,"谭尽将诊疗卡递给她,"他有提到,说我是 PTSB。"

"是 PTSD(创伤后应激障碍)吧?"林诗兰没忍住笑了,"医生再怎么样也不能骂你啊。"

谭尽没想到林诗兰会说脏话,被她结结实实骂了个正着。

这脏话也拉近了距离。林诗兰从包里拿出自己的诊疗卡。

"来，给你看我的。"

谭尽接过去看了起来。看着看着，他察觉到不对劲。他把自己的诊疗卡和她的并排放在一起，他知道是哪里怪了：他们的卡片像是复制粘贴的，他有的症状她也有。

这意味着什么？谭尽抬眼，迷茫地看向林诗兰。

"你的三分球，连筐都没砸中。"她对他说，"四年前到如今，阴魂不散的雁县，它同样纠缠着我。"

"我们，能看到一样的东西！"谭尽眼神亮了，如沉寂的黑夜烧起了一簇绚丽的火。

他们找到另一个僻静的等候区，在角落的位置坐了下来。对话将两人的记忆拉回四年前，那个大雨如注的7月。

2018年7月17日，南屿市遭遇特大水灾。其中，雁县突发罕见的巨型山体滑坡，全县大范围被淹。暴雨十日未停，全县断电断粮，桥梁道路尽毁，救援行动难以进行。全县死伤惨重，大量人口失踪。

林诗兰是罕见的灾难幸存者。

因此，在之前的谈话中，她默认谭尽没有经历这场灾难。

所以她最想问他的问题便是："当年，你是怎么活下来的？"

"我啊？"谭尽撸起袖子，准备给她场景重现。

林诗兰赶忙叫停："你说就好了，不用动作示范。"

"哦。"他将双手老实地放回腿上，"洪流滚滚中，我凭借出色的臂力，抓住了一棵树。但我的身体太沉，老往下掉，这时我急中生智，脑中浮现出山顶洞人的野外生存，我一边想象着他们爬树的样子，一边往上蠕动。树，就被我抱住了。"

尽管不加手部表演，他还是说得很生动。讲完自己的，谭尽问："你呢？怎么活下来的？"

这是他第二遍问她这个问题，林诗兰的回答和上次一样。

"我不记得了。"

"为什么？"

"受到了太大的惊吓。主治医生说，心理防御机制让我选择遗忘这段不好的记忆。"

他盯着她，目光中带了几分审视，似乎以为她故意不跟他说。

林诗兰叹气："我没骗你，事实如此。那时有媒体报道我。现在用手机还能找到。我给你标题，你搜：《特大洪水 全县受灾 少女被困十日奇迹生还》。"

谭尽若有所思："你后来有尝试再去回忆吗？"

"有，不过一无所获。我被救以后，在医院昏迷不醒，躺了几个星期。听照顾我的护士讲，我一直发烧说胡话，也可能那时把脑子烧坏了吧。"

他抓住一个重点，问道："说胡话？你说了什么？"

"护士说，我重复着'发誓'两个字，但我没印象。"

"嗯。"谭尽挠挠脖子，暂时放下了这个话题，"你不记得之前是怎么活下来的。要是再过一阵子我们回去了，可就不太好办了。没事，到时候我来带路。"

他的话，林诗兰明白是什么意思。

今天是 4 月 13 日。

他们所在的城市，每年的雨季从 4 月初持续到 7 月底。这期间，曾经的雁县会重新出现在他们的世界。现实中的雨不大，他们能看见村庄部分模糊的幻影；在雨季中雨水最丰沛的时期，他们会完全回到过去，回到高中时的自己的身体里。

这场穿越中存在一个特殊日期，四年前灾难发生的日子：7 月 17 日至 26 日。

每年的这十天，幸运的话，现实里没下雨，他们平平安安度过，皆大欢喜。不幸的话，这十天现实中也下大雨，他们便会被困在村庄，重历当年的雨灾。

由于不记得之前是如何"奇迹生还"的，不幸的情况，她会被困，并在从前经历死亡。

之所以知道这一点，是因为……

前面的三年，林诗兰已经在雨季里死过了，两次。即便是死后，她又成功回到现实，但淹死的滋味，相信没人愿意感受，更遑论是反复感受。

长舒一口气，林诗兰郁闷地垂着眸。脚下的地板是淡蓝色的，医院的塑胶地板。

离她不过半个拳头的距离，谭尽座位下的地板，是棕黄的，上面有浅浅的木纹。那是篮球馆的地板。

异象扩散的速度，比往年都快。

今年的雨天多，雨量大，雨季估计会很漫长。

谭尽注意到她看的东西，出声将林诗兰拉回来。

"两种地板拼一起，你别说，还真挺有艺术氛围的。"

她没接话。

他伸了个懒腰，语气故作轻松。

"我们看到的这玩意，让我想起以前打电脑游戏，有一种操作叫卡BUG。雨来的时候，我知道我找到游戏的BUG了。别的玩家不懂我动来动去在干什么，游戏界面也变得越发混沌诡异；渐渐地，我的人物能透视了，能看到其他玩家看不见的东西。我们把现在的经历当游戏玩就好了，这些诡异的画面，只是暂时的。等我们BUG卡成功，就能到达新世界了。"

谭尽真是乐观。只是，林诗兰没玩过电脑游戏。

"我们看到的画面，说是精神病的症状，也合理。"

林诗兰声音恹恹的，脸蛋漂亮，表情却很无趣。

"PTSD，也叫……创伤后应激障碍。"她复述着这几年，帮自己看病的人对她说的那一套，"当年，你遭遇的洪灾是创伤，导致你得了精神疾病；触发因素是雨。下雨时，你总是会出现幻觉。雨下得大，你的幻觉就加重。所谓回到过去，不过是解离现象，患者感到失去知觉触觉，和周围环境脱离……"

"不是的。"谭尽忍不住出声打断她。在他看来，林诗兰真是太悲观了。

"我们俩都能看到一样的东西，哪有幻觉是一模一样的？这足以证明，我们不是疯子。"

"那万一我们都是疯子呢？"

手边放着他们的两张诊疗卡，她也希望他能告诉她答案。

谭尽梗着脖子，憋住一股劲。

他被问住了。

他们怄气似的大眼瞪着小眼，局面僵持。

异度空间的乌云飘来，一道惊雷在耳边炸开。天气才不管他们的心情，医院的室内突降大雨。

雨水浇头，谭尽瞬间被淋成了落汤鸡。

二人手忙脚乱地找东西遮雨。林诗兰匆忙翻出包里的伞。谭尽接过，动作利落地撑开。

他们皆在伞下。

他看见她肩头被雨水打湿的一小块水渍。她看见他濡湿的黑发，发型扁扁的，分外搞笑。然后，他们都没有再想怎样去解答刚才她问的问题。

因为，没有关系了。

总归，有人陪自己淋同一场雨。

这是林诗兰这么久以来最开心的一天。她和谭尽好似有说不完的话，她以前都不知道自己那么能聊。

出了医院，外面下着雨。他们撑着伞到处乱逛，一路叽叽喳喳地聊天。

"快看，那辆开过去的车是不是我们县里的？"

"不一定，城市里也有这种车啦。"

"是吗？我们以为只有我们那儿才有这种绿色的小巴士。"

"你有看到旁边挎着菜篮子的阿姨吗？"

"看到了，看到了，你认识她？"

"对啊，我参加过她的葬礼，是我爸那边的远房亲戚。"

"噗，天空飘过一个电饭煲。"

"哇！还真是。"

林诗兰有五百度的近视。以往，她对下雨时的灵异现象避之不及，这样的天气她总是不爱戴眼镜。如今，她主动睁大眼睛，第一次将身边发生的事当作观赏的奇景。

一路上，只要发现一点不对劲的地方，就要喊对方过来凑热闹，像在玩现实版的双人找碴儿游戏。

不仅如此，他们玩着玩着，还隐隐地在比试谁找得快、找得准呢。

林诗兰眼神正四处搜寻，谭尽那边又找到了。

他指着前方："你看到对面街的破楼了吗？"

"你说灰色那个？"

村中居民自建的危楼，歪歪扭扭地叠在了新开的家具店之上。家具店装修得很考究，店内摆满高档家具，灯光是温馨的暖黄。包裹在它外层的旧楼房，灰灰的、破破的，楼上人家晒衣服，晾衣竿挂着满满当当的衣物。一条大红裤衩正好搭着家具店外用于宣传的招牌，把"上门安装"的"安"字遮住了宝盖头。

"哈哈哈，上门女装。"谭尽笑得直不起腰。

他对冷笑话真是爱得深沉。她本来不觉得多好笑，却被他鸡打鸣一般的笑声逗乐了。

瞎逛到晚上，林诗兰该赶在熄灯前回大学宿舍了。

说来，有件更巧的事。

她一问谭尽才知道，他俩的大学离得非常近。

所以，他们可以搭同一辆车回大学城。

公交车内，小屏幕播放着本地电视台的天气预报："周一到周四，全市范围将持续降雨；省气象台宣布，自本周起，我省已全面进入雨季，今年相较于往年进入雨季时间早二十五天。"

谭尽和林诗兰默不作声地听完了这则天气预报。

这是个沉重的消息。根据天气预报说明的情况，他们随时会回到过去。

她望着玻璃窗上的雨。强风把雨水吹歪，它身不由己地拖出一道倾斜的水痕，沿着窗的边沿滑下。

"如果，在我们没准备好的情况下，回到过去了……"

"那你就来我家找我。"谭尽回答得很快，仿佛他早就想好了。

"我家住你家对楼，记得吗？"

"行，我记得。"林诗兰对他的方案表示认可。

她用余光瞥见他的嘴角微微上扬："你在笑？"

谭尽没否认。

"想不到，有你来找我的一天。以往你来我家，都是找我哥。"

林诗兰察觉到他这句话怪怪的，但具体怪在哪儿，她也说不上来。

"当然了，我跟你又不熟，找你干吗？"

回忆起今天以前，林诗兰和谭尽的交集，只有一个——他哥谭子恒。

林诗兰和谭尽同岁，谭子恒大他们两岁。从小，林诗兰成绩优异。从小学到高中，她上的都是最好的学校。而她又常常从教过她、对她赞不绝口的老师们那里听到谭子恒的名字。

她代表学校参加的大赛,谭子恒在她之前也参加过并获了奖。老师让她看往年的演讲稿、比赛题,她拿到的样卷上面时常写着谭子恒的名字,她参考的演讲稿也同样出自他。

虽然对谭子恒早有耳闻,但她直到好几年后才见到他本人。

初二那年,林诗兰家对面盖了一栋新楼。新楼和她们家住的楼一样,是石化厂的员工住宅。

林诗兰爸爸是石化厂老员工,他在她很小的时候去世了。听她妈妈说,是他在厂里操作机器失误导致的事故。石化厂赔了点钱,原来分他们家的员工住房也没有回收。林诗兰妈妈在小学教书,工资不高。家里一直没存下钱,也就一直没有搬家。

对面的新楼比她住的那栋高出好多,同是员工住宅,但两者的内部构造完全不一样。入住新楼的员工全部是石化厂的管理层,林诗兰家是小得可怜的一室一厅,新楼全是大户型,甚至有的人家还是两层的复式。

从新楼盖好起,林诗兰没事就会看向对面。

那边的屋子漂亮又宽敞,她想象住在那里的人,家里一定有自己的厕所,不像她要去楼下用公共的。怀着羡慕与嫉妒,林诗兰一点点地看着对面屋子装修,搬进家具。

然后,有天放学回家,她看到那边房子的灯亮了。大房子的阳台上站着一个男生,在吃薯片。白衬衫、蓝边的领子,看款式是一中的男生校服,她多看了他几眼。

男生头发短短的,袖子半挽。他皮肤很白,腮帮子鼓着,"咔嚓咔嚓"薯片嚼得起劲。晚风拂过,他眼皮一抬,目光直直地落在她的脸上。

她的偷看被当场抓包。林诗兰瞬间僵硬,扭头打算逃跑。

对面的人却在这时出声,跟她打了个招呼。

"你好啊!小妹妹,你住在对面吗?"

她回头。那个男孩子正对她微笑。

林诗兰只好回答他:"嗯,我住在这里。"

"你叫什么名字?"

他说着话,有个矮矮的小胖墩从他后面钻出来,抢走了薯片。

"我叫林诗兰。"她不忘问他的,"你呢?"

"我!"小胖墩先回答她了,"我叫谭尽。"

林诗兰的回忆被打断。

一只手在她眼前晃:"林诗兰,林诗兰,我们快到站了。"

她转头,看见谭尽的脸。

现在脸上倒是没多少肉了,她忍不住想:他上初中时真是胖啊。

谭尽歪着脑袋:"我脸上有什么吗?"

"没什么。"林诗兰收回视线。

"你刚刚在想什么?好像很投入,我跟你说话,你都没理我。"

她实话实说:"想起你哥了。"

"哦。"

谭尽猛地站起来,吓了林诗兰一跳。

"你干吗?"

他指指外面,没好气地说:"到站了,下车。"

公交车刚停稳,谭尽立马下车。

林诗兰才发现他走路走得快。

之前,他走路像蜗牛爬,她时不时要慢下来迁就他。这会儿,他的脚好像踩了风火轮,健步如飞。

"下雨呢!你不打伞?"

林诗兰冲他的背影喊,也不知道他听没听见。

下车时被他一催,她急急忙忙往车外跑,伞撑开不到位。有根伞骨错位了,被风越刮越弯,让她不得不停下修伞。

她用力地掰了掰,弯曲的伞骨纹丝不动,打算收伞再试。

身旁一只大手把伞拿走。是先前走掉的那人又折返回来了。他手指捏了两下,好似没用多少力,那根伞骨便乖乖地回到了原位。

"喏。"他把修好了的伞递给她。

林诗兰把伞举高到他能过来的高度,却见谭尽戴上了开衫的帽子。

手插口袋,他表情酷酷的:"就这点雨,太麻烦了,你自己遮吧。"

她没搭理他,照样将伞分了他一半。

谭尽呢,也没走开。他跟在她旁边,重回龟速。

"回到过去,你有什么想做的事?"不知是不是谭尽闲着无聊,又来找她搭话,"机会难得,不如我们来提前计划计划。"

要不是林诗兰知道回去的可怕,她一定以为谭尽这趟是去度假。

"什么也不想做。我只想摆脱这些,过正常人的日子。"

谭尽不懂她的心思,继续鼓励:"总会有点什么吧,你再好好想想。"

林诗兰这一想,还真想到了。

今天坏掉的手串,是谭子恒送给她的生日礼物。她戴了很多年,现在手腕空空,很不习惯。穿越回过去,她想问问谭子恒手串是在哪里买的,她再把它买回来。

"我回去以后,见见你哥。"

他脚步顿住。

"不要来我家!"谭尽音量不小。

林诗兰迷茫地看着他。

谭尽清了清嗓子,稍稍润色了措辞:"我去找你!我去找你比较好。"

她疑惑:"为什么?"

"因为……"

他的声音比蚊子叫大不了多少,她必须伸长耳朵才能听清。

"嗯,有次我哥偷偷跟我说……"

"你哥?他说什么了?"

纷扰的雨声中,她凑近他,安静的脸庞笼着一层润润的光。

谭尽的吐字不再含糊:"他说你是丑八怪。"

林诗兰蹙眉。

他笑了起来:"你和我哥,不和啊。"

"不会吧?"她难以想象,"你哥一直对我很好呀。而且,谭子恒不像是背后说人坏话的人。"

"那是因为他在表演。"

她心情复杂:"真的?"

"我不比你了解我哥吗?"谭尽一脸严肃,"反正,你别来就对了。"

四周只闻雨声。

两人保持着一段不尴不尬的距离,沉默地往前走。

雨"哗啦啦"地下个不停,平日里热热闹闹的大学城,此刻出奇地冷清。

"从下车走到现在,我们走多久了?"

"十五分钟?"

她感觉不太对劲:"我们下车以来,是不是都没见到过人?"

"平时,走两三分钟,就能看见沿街的店铺摊贩;即使雨天没学生逛街,也不应该店都没了。"

雨伞抬起一寸,眼前是黑色的无边雨幕。他们这是走到了哪里?

她正打算和他商量……

身边空无一人。风声呼啸而过,卷走手中的伞。

她赶忙将伞捡起,抓住它的那一刻,伞柄的手感变了。再抬眼,原本棕色的伞面变成了浅蓝。而前方,雨幕的黑暗中渐渐显现出一个建筑物的轮廓。

那是林诗兰高中时的校舍。

捡个伞的工夫,眼前的世界已经完全变了模样。

以校舍为中心,四周的画面迅速地铺开。

树,校园旁边的行道树疯长。

人,说方言的人们,语速极快,声音细碎涌来。

各种车辆在鸣笛,成群结队的学生从身后路过。商铺迅速地亮起灯,一间接着一间地向外延伸。小摊的油锅在炸串串,"嗞啦嗞啦"地响,辣味冲鼻。

世界仿佛是朝着林诗兰的脸,揭开了一口烧开水的大锅,沸腾的潮气扑面而来。她要吐了。

林诗兰捂住腹部,喉头一酸。今晚吃的东西全部被她吐进了伞里。

"嚯!那人吐了!"

"她不是那个谁吗?"

"嗯,一班的班长。别惹她,走吧走吧。"

学生们全部绕路,躲着她走。

虚脱的林诗兰直起腰,伸手想从包里拿药。先前的挎包变成了现在她背上的书包,药自然是没有了。无奈地,她取下书包旁的保温壶,还好,里面还剩半壶水。

林诗兰艰难地将狼狈的自己收拾干净。

她又回来了,回到小小的热闹的雁县,回到她十七岁的雨季。

这样的穿越,林诗兰经历得不算少,只是这次来的时机和地点太糟了。正是放学的时间,校门口人挤人。

林诗兰没忘记突然在身边消失的谭尽,她原地等了一会儿,没见到他。于是逆着人潮,往学校里走。

天空下着小雨,伞被她扔了。

来来往往的人太多,林诗兰不确定她和谭尽是不是已经错过了。

上高三时,她的近视一下加深两百度,怕挨骂,她不敢跟妈妈说想换眼镜,就一直这样忍耐着。所以,她现在戴的这副眼镜,度数不够,远处的东西根本看不清。

一路走到属于高三的楼层。在林诗兰正打算去谭尽班里看看时,竟然发现,自己不知道他就读于哪个班。

偶尔在做早操时看见他,偶尔在回家时撞见他,但高三的她心里装了太多事情,从没有去关注过谭尽,哪怕他跟自己是邻居,还同校了三年。

烦躁的感觉越来越强烈。

回家。林诗兰想到了。

谭尽说,他会去找她。

出了学校,林诗兰快步往家走。

下着雨,小道泥泞。

巷子没有路灯,她却依然能熟练地在其中穿行。那熟得不能再熟的街道巷弄,总算让她有了实感:这里是她的家乡。

家乡,不会告诉你要去向哪里,但是它提醒着你,你从哪里来。

小巷的深处,有一口干枯的水井。井旁靠着个满嘴黄牙的男人,脸上堆着笑。

林诗兰路过那里,男人亲昵地喊出了她的乳名。

"芮芮,放学了?家里做饭了吗?告诉你妈啊,叔叔一会儿带点人过去,蹭两口吃的。"

刚压住的反胃,他的话让恶心劲又回来了。

男人是林诗兰爸爸的堂弟,论辈分,她该叫他一声堂叔。她爸死后,她们经济条件不好,跟他借了点钱。时不时家里东西坏了、需要搬重物了,她妈都会去喊他帮帮忙。

可林诗兰是真的讨厌这个堂叔。他是个老酒鬼，随时想喝酒了，就呼朋引伴地去她家喝。每个月给他花的酒钱是家中的巨大开销，更别提他喝完酒还爱动手动脚，对人搂搂抱抱。

他叫她，林诗兰装作没听见，堂叔却没想让她走。

"怎么不理人呢？"他扯住她的书包，将她整个人拽回来，胳膊顺势搭在了她的肩膀上，"芮芮，小心我跟你妈告状。"

"滚啊！"

林诗兰整个人炸了毛，全身的力气都集中到手上，朝着他的前胸重重推去。

堂叔没站稳，一屁股坐倒在地。堪堪扶住井沿，堂叔瞪着她，恶狠狠地开骂："你敢推我？小贱蹄子，你好大胆子，今天吃错药了是吧！老子医药费全算你家头上，你给我等着，看我不弄死你……"

少女一声不吭地睨着他。

她天生好相貌，细眉杏眼，巴掌大的脸。细雨中，那双大大的眼睛黑得像没有瞳孔；她脸色青白，像志怪小说里爬出的妖精鬼魅。

任凭雨滴落下，林诗兰嘴角带着笑意，两眼一眨不眨。

男人被她看得有点怵，往地上吐了口痰，把没骂完的话咽了下去。

枯井边青苔茂盛，冒着诡异的幽灰。林诗兰知道，不久后，她堂叔会因意外摔死在那口井里。这并非诅咒，而是发生过的事实。

林诗兰拍拍书包，重新把它背好，继续往家走。

石化厂小区门口。停电动车的遮雨棚下，蹲着一个人。

林诗兰从他面前走过，招招手。他盯着水坑，没有反应。她故意往前几步，他没跟过来。林诗兰只好原路返回，站在他跟前。那人抬眸，视线对上她的。

林诗兰习惯了谭尽乐呵呵的模样，弯弯的眉眼像只爱摇尾巴的小狗，嘴角的笑容阳光又傻气。原来他不笑的时候，单眼皮是耷拉着的，衬得整张脸有了几分疏离冷淡。

她双手交叉，抱着胳膊，观察他葫芦里卖的什么药。

谭尽站起来，个子瞬间高了她一个头。他手插口袋，语气生分："你找我？"

林诗兰二话没说，掉头就走。她走路快得像跑，到了自家的楼梯口，脚步继续往上。脑后，用皮筋高高扎起的马尾随着跑步晃动，勒得头皮发紧。热气弥漫的雨夜，校服的领口闷而黏，纽扣被一个不落地扣到了最上面，连衣服下的胳膊都在出汗。封闭的楼道透不进一丁点风，她的身体就像被密封在真空袋里的棉被。

　　后面有人跟着跑上来，跑得比她更快。

　　她对身后的声音充耳不闻，直到他强行拉住她的手。

　　"林诗兰！"

　　为了让她停住，谭尽的动作从牵转成了扣。

　　楼梯间内，喘息声抽干胸膛的空气。

　　十指紧扣，分不清是谁的手汗，两人的手都变得黏糊糊的。

　　"我只是……"气息尚未平稳，他的呼吸是乱的，"我……我等了你很久，只是想跟你开个玩笑。"

　　"谁要跟你开玩笑？"

　　压抑一晚上的怨气倾泻而出，她的声音绷得紧紧，表情凶巴巴的。

　　说着话，就要把自己的手抽回来，林诗兰的怒气更盛：他怎么敢来牵她？

　　"松开！"

　　他被她一吼，连忙松手。

　　谭尽没想到林诗兰会气成这样，其实只是一个很小的玩笑，他在跟她玩。

　　但他不知道的是，林诗兰从来不开玩笑。她的人生没有那么多乐子找，没有那么多玩笑开。

　　谭尽抬头，偷偷地看她。

　　林诗兰站在高他两级的台阶上。她很瘦，比大学的她瘦好多好多。他细细一瞧，她的整个眼眶都泛着微微的红，不知是因为生气、热，还是别的缘故。

　　"我装不认识你，是不是把你吓到了？让你以为又是你一个人回来的？"

　　"没。你回不回来我都随便。"

　　她的下巴昂着，眼神越过他，看向不知名的地方。

　　"我们本来也不熟。"

　　"哦。"

　　他仰头冲她笑："你果然是被我吓到了。"

林诗兰懒得搭理他。

"别生气啦，等你太久，我闲着无聊想逗逗你，下次不这样了。我也一直担心你没有跟我一起回来啊。怎么耽误这么久，你去了哪里？"

"你真幼稚。"

她仍保持扑克脸。不过谭尽知道，林诗兰的状态已经缓和了。

"过来时是在学校门口，我进学校里找你了。"

谭尽惊奇："你知道我在哪个班？"

她撇撇嘴："不知道。"

他一脸伤心："我在二班啊，你的隔壁班。林诗兰，我们多少年的校友！多少年的邻居！你……"

"那你了解我？"她打断他。

"了解啊。"

谭尽忽然走上一级阶梯。

她没防备，他的手伸过来，轻轻地扯了扯她的马尾。

那儿的皮筋被他扯松了一些。

林诗兰感到脑中的思绪"嘭"的一声挣开束缚，变得蓬松散乱。

如果说刚才的牵手是要拦住她的无奈之举。现在的这个，是什么？

谭尽退回先前的位置。

她对面，仍是那张人畜无害的笑脸。仿佛无事发生。

林诗兰第一次感到，自己目前的伙伴可能是个不简单的人。至少，他的内心不像他一贯表现得那么轻松随性。

大概他那一秒展露的心思细腻，让她有了灵感，林诗兰问他："谭尽，你认为是什么让我们没法结束这个雨季？"

他眉头一皱，眼睛亮亮的，蕴含些许睿智的光："你可真是问对问题了，我有认真钻研过这个。我认为导致这个奇怪现象的源头，必然是……"

为了卖关子，特意停顿十秒后，他吐出三个大字："外星人！"

"四年前的7月17日，我们县发洪水，外星人的飞船正好飞过，把我们救了。在苏醒之后，我们因为飞船残余的辐射，收获了特殊的能力，能在每个雨季体验普通地球人体验不到的事情。至于为什么时间和空间能够扭转，这无法解释的一切，正是外星人在研发一种宇宙全新科技。"

谭尽说得正开心，发现旁边的人没了。

"林诗兰？林诗兰，你怎么走了啊？"

他追在她后头，喋喋不休地输出。

"你没有看过科幻纪录片吗？科幻小说总该看过吧？宇宙这么大，不可能只有人类一种文明，外星人肯定是存在的，所以用科幻文的套路，我们的故事完全是合理的啊！你再听一会儿嘛，不然，我给你讲讲埃及金字塔？"

林诗兰堵住自己的耳朵，恨自己一时大意，打开了谭尽的话匣子。

这下，可有她烦的了。

回到雨季的第二天。

林诗兰起床起得很艰难。昨天被谭尽缠着讲话，导致回家晚了，她妈妈念叨她一晚上，说她都高三了，心思还不放在学习上，逼着她做完原本的作业，再多做一份英语卷子。

有个当老师的妈妈，林诗兰从小就被教育要重视学习。

别的小孩在外面滑滑梯、玩沙子，她在家背英语单词和唐诗三百首。

别的小孩上小学刚接触系统的教育，她已经被她妈妈安排了各种课外班。

别的小孩也开始补习了，她则开始参加竞赛，并比他们补习得更多。

每年都要回到高三再高考一次，对林诗兰来说，是噩梦中的噩梦。

像昨天那样的日子，她是真的没心情写作业。可她家那么小的屋子，林诗兰做什么她妈都一清二楚，想偷懒，门都没有。

正是长身体的年纪，她压根没睡几个小时，困得眼睛都睁不开。

妈妈吕晓蓉出门前，交代林诗兰下课后帮她复印材料。

她觉还没醒，迷迷糊糊地应下来，过了一会儿，又听见家门口传来动静。

以为是她妈妈没带钥匙，林诗兰直接把门打开了。

外面，站着一个眼角糊着眼屎的谭尽。

"早啊。"他顶着鸡窝头，跟她打招呼。

"早。"林诗兰匆忙用门遮挡了她的小蝴蝶睡裤，"你这么早来找我吗？"

他表情得意，邀功似的："那可不。我一看你妈走掉，立马就过来了。"

"啊？"她觉得有点惊悚，"你一直在暗中观察我家？"

"没错。"谭尽大方承认。

林诗兰细细地将他打量一番。

她以为他是来找她一起上学的，但谭尽怎么没拿书包？

他打了个哈欠，问："你要不要再睡会儿？"

林诗兰摇头："得上学啊，怎么再睡？会迟到的。"

"上学？"

两人明显是在两个频道交流。

她先一步反应过来："你起了个大早，却没打算去上学吗？"

他慢她一拍，也表现出震惊："什么？你今天打算去上学？"

林诗兰的高中三年，可以被两个字概括——学习。

谭尽的高中三年，同样可以被两个字概括——玩乐。

"林诗兰，你都穿越了，地球上多少人能拥有这样奇妙的经历？身为主人公的你，脑子里竟然只有学习？"谭尽一脸的不可置信。

"不然呢，要干吗？"林诗兰一脸坦荡。

"走！觉不睡了。我们得出去闯一番大事业。"

"去哪里？"

他丢给她一个自信的眼神："我有数。"

于是，每次穿越，每次都认真读书的林诗兰被谭尽顺利地拐走。

他们坐上8路公交车，步行二十分钟，又转了312路。

最终，历时三小时，到达了目的地。

站在龙飞凤舞的"花鸟市场"四字招牌下，小小的林诗兰有大大的困惑。

"你真的有数？"

一路的颠簸没折损他半点精力，少年撸起袖子，干劲十足。

"当然。这里不仅是花鸟市场，去楼上珍宝城，我们还可以淘到古玩、翡翠、字画。总有流落民间的好东西是还没被人发现的，我们占领时间优势，可以抢先一步买。或者，四年后值钱的，现在不太值钱的，我们买了存着。比如翡翠啊，翡翠的手镯料价格，四年后涨了好几倍呢。"

林诗兰先不评价谭尽有没有那个买东西的眼力，他的想法，从根源上便是没法实施的。

"这里的东西带不到未来。"

"哦，好像是。我们不是身体穿越，东西没法随身带走。"

她的话没有令他打消念头，谭尽思考着，又提出别的方案："那我们有没有可能，找个地方把它们埋起来。"

"没用。"

被大老远带到这种地方，林诗兰心情郁闷，也不再给他留情面。

"让我再跟你说清楚一点，我们现在的行为对未来不会有任何影响。基于这个结论，现在我们埋的东西，未来也不会出现。"

谭尽不说话了。

他蹙着眉，陷入深思。

林诗兰之前跟谭子恒是朋友，因为这层关系，她总觉得谭尽也属于她"弟弟"的那一年龄层。

望着玻璃窗里两人的倒影，她也发起了呆。

高马尾、小脸、白皮肤，脸是光洁柔嫩的少女的脸蛋，却因为过于沉静的表情显出了成人的老气横秋，这是自己。

而身边的他，清清爽爽的高中生模样；一头乱毛，耳朵薄薄的，因为太努力想事情，表情也变得懵懂，黑白分明的眸子里透出一股稚气未脱的天真。

根本就是个小孩子嘛。

她一瞬间有些恍惚：他和她一样经历了这些年雨季的循环吗？

"我想到了！"谭尽一拍大腿，"不能改变未来，我们就观察原来的世界大家在干什么，多听多看总能发现创造财富的办法。要是观察到有人偷偷把宝贝埋在哪里，我们可以旧地重游，将它挖掘出来。"

"哦？地下埋了四年的古董，能多卖十块钱还是二十块？"

林诗兰直截了当地泼了冷水。

"太不靠谱了。"

她意兴阑珊，转身打算往车站走。

"回学校吧，我们赶一赶，还能赶上下午的课。"

"不回。"

谭尽讲不出道理，索性不讲道理了。

"我想带你在这里玩。"

"现在的行为对未来不会有影响，那为什么要回去读书？随便把时间浪费，也比被关在教室里强。"

不等她说话,他一溜烟跑了。

大概是不确信林诗兰会来追他,他还顺走了她的公交卡。

事实证明,谭尽那么预测是对的,她确实没有追他的打算。

看着他远去的背影,林诗兰深深地感到:她和谭尽不合。

其实吧,他俩从以前起就不合。

只有谭子恒在家时,她去找谭子恒,才会见到谭尽。如此寥寥的见面机会,他们也能时不时地斗个嘴。

谭尽房间在一楼,每次给她开门,他都会来一句:"哟,又来找我哥假学习?"

林诗兰总也不客气地回击:"是啊。你鞋架的鞋真多,全是假的吧?"

再次相见,因为遇到相同的怪事成为同伴。他们一时兴奋,忽略了成为同伴的本质。

结伴是为了两个人一起,解决一个人没法解决的事。

可是,当两个人想法不同、目标不同,又不合拍,凑在一起能做成什么呢?

玩?她没有那种心情,也不知道他的好心情从何而来。

谭尽觉得好玩,林诗兰不觉得,她从没来过花鸟市场,对这里的东西不感兴趣,也不想了解。他的提议,在她看来也一点意义和价值都没有。

他想逛,他想带她玩,她不想。

一路上来这儿的辛苦与谭尽冒失的行为,让林诗兰憋住的不顺心彻底爆发,痛痛快快地撕下了"同伴"的面具。

纵使公交卡没了,林诗兰也没去追谭尽。她坐在公交车站,对着尘土飞扬的大马路,干巴巴地坐着。

十分钟后,谭尽出现。他把她的公交卡还给她。

"你怎么不来找我?"他说。

她没回答。

之后,车来了。林诗兰坐在靠前的单人座,谭尽坐到了她后面。

再转一趟车。她下车,他跟着下。

林诗兰半走半跑地赶到公交车站。

开往学校的巴士一来,她便坐了上去。

谭尽没有赶上这班车。

林诗兰向来不是好脾气好相处的人。

她没有朋友,上学这么多年,没交到一个朋友,只学习了。

同学们背后说她无趣,是只会学习的机器人,她知道。

但或许,这一切都是值得的,因为她考上了顶尖的大学,这是她妈妈梦寐以求的。

如果不是倒霉,陷在了出不去的雨季,她会过得很完美,完美得像她妈妈千百万次为她规划过的未来。

旧日是毫无意义的,无法结束它,便闭着眼睛数着日子让它过去吧。

规矩的林诗兰,规规矩矩地回到学校。

她跟老师补了请假条,如往常认真上课、做笔记。

上完半天的课,林诗兰回到家。

她本以为,上午的事只是插曲,即便后来没在学校看见谭尽,她的状态也完全没受影响。直到妈妈回到家,她发现,她放学时把妈妈交代的复印材料给忘了。

"得了,复印店关门了,我这材料明早就要用,要知道这样,就不叫你弄了。"

"交代你做一件事都能忘,我早知道什么也指望不上你。"

楼上楼下不隔音,吕晓蓉骂孩子的声音,邻里都能听得见。

"哭?你有脸哭吗?哭有用吗?哭完打印店能重新开门是吗?真没用,没用的人最爱哭。"

"不过说了你两句,就在这儿哭哭啼啼,至于吗?你真让我失望!"

谭尽呆坐在林诗兰家门口。

他下午买了樱桃,拿过来给她吃。

他不是故意过来偷听她妈妈骂她的。

谭尽没见过林诗兰哭。

在门外,他也没有听到她的哭声。

说实话,他很难想象她哭起来什么样。

因为,那是林诗兰啊。

她像那种叠得四四方方的豆腐块棉被,能无数次利落地把自己抖开,又平平整整摆好。

她冷着脸,总是妥妥帖帖地处理好所有的事情,看上去聪明得体。

谭尽想起自己早晨问她:为什么要回去读书?

以他的角度,读书无聊又痛苦,再回来,上学也没好处,他绝不会想回学校读书。

可她不一样,她是林诗兰,在学校常年第一名。

她对学习的懈怠,会被她妈视作背叛。乃至她一个不经意的失误,都足以让她在妈妈那里变成不完美的小孩。

她的穿越,什么都带不来,什么都带不走,除了感受。

林诗兰最害怕也最不愿意,让她妈妈失望。

林诗兰在哭。

她哭的时候有一种奇怪的感觉,觉得她是自己,又不是自己。耳朵能听见哭声,但脑子不太明白为什么哭。视觉和听觉都变钝了,身体仿佛有半边失去了知觉。

她一边抹眼泪,一边思考着为什么会变成这样。

然后,当她瞥见家中变得半透明的墙壁时,得到了答案:从过去脱离,回到现实,同样是有预兆的。

如此看来,现实世界的雨停了。

目光穿透墙壁,林诗兰看到家外面有个鬼鬼祟祟的身影蹲在那里。

他两手端着一个竹制的水果筐,宽宽的肩膀背对着她,那么大的个子努力地挤在小小的角落里。

全然不知自己已暴露,谭尽一动不动地听着壁角。

在这个滑稽的画面中,吕晓蓉骂她的声音渐渐远去。

林诗兰感到自己被拽了起来,从很高的地方看着高中的自己,五官接收到的信号忽大忽小。

宛如在梦中被人从背后一推,眼前的画面死机了,她瞬间惊醒。

再睁眼,她出现在人声鼎沸的大学城。

不远处站着的谭尽瞧见林诗兰,手脚都不知道该放哪儿了,慌乱地将怀里揣着的东西递给她——却递了个空气。

"咦？"他倒抽一口冷气，眼睛瞪得像铜铃，"我们又回来了？"

"是啊，你偷听得真够专注。"

林诗兰看了看手机上的时间，已经过去了一天。

她低头，看了看身上的衣服裤子，没什么异样，除了两条腿很酸。她猜测，自己跟谭尽在这里走了一天一夜的路。

拉开包，林诗兰找到该吃的药。她吃药已非常熟练，不用配水就能直接咽下。

当意识回到过去，现实的时间里自己做了什么，她不知道。

根据他人描述的，大致有两种情况：陷入僵直或昏迷，直到她被人发现，送进医院；也有时，像今天这样，她会跟梦游一样，无知觉无意识地游荡。

医生告诉她，PTSD病人出现解离症状是很常见的。

即便如此，对于这种"醒来后不知道自己在哪儿，做了什么"的感觉，林诗兰始终感到恐惧。

旁边的谭尽"呱啦呱啦"地说着话。

她没注意听，他都自个儿说了好一阵了。

"你想学习，我就跟你一起学习，你怎么乐意都随你，我听你的好了。"

"我不是在你家门口偷听，我是去送水果。你回到现实了也不跟我说话吗？"

"没有，"林诗兰对他笑笑，"边走边说吧，我想找个饭店吃饭。"

不合拍归不合拍，伸手不打笑脸人。况且，他这个病友，真是跟她病到一块儿去了，难得一天一夜过去，他们乱晃还能走不散。

她主动带路，两人找了间小炒店坐下。

菜很快上齐了，林诗兰仍旧少话，大多时候都是谭尽在说。

"你的想法没错，过去的东西带不到现在。"

"那我们用未来的信息去享受过去怎么样？体验以前没体验过的生活？"

她能看出来他十分地积极，想让他们一起从反复的穿越中收获点什么。

林诗兰管店家要了两瓶啤酒，给自己满上。

喝了三杯后，她开口道："你想把那里当作真实的生活过吗？"

她的眼眸里藏着复杂的东西，她直直地望着他，说："幻觉越真实，就越难抽离了。"

他们的分歧在于，林诗兰把他们的穿越当病，可谭尽不是。

有电话打进来，连带着饭桌都发出嗡嗡的振动。

手机响个不停。她由着它响，没接。

可能是她的问题太难了，他借着手机的事转移了话题："不接吗？"

林诗兰摇头："不认识的号码。"

烦人。

这雨刚停，又开始下了。

几滴雨水打在餐馆支出的塑料棚上，"啪嗒啪嗒"，跟有人往上面倒豆子似的，吵得很。

谭尽终究还是回答了她的问题。

"可是，我能看见，你也能看见。"他指向隔壁的空位，外头的雨让桌面开出了一丛黄白色的小花。

林诗兰夹菜吃饭，没有看他指的地方。

"因为大多数的其他人都看不见，我们看见的，就不是真的了吗？"

谭尽的声音不小，动作幅度也大，惹得其他客人纷纷对他们投来异样的目光。

她压低声音，朝他招手："好啦，你过来这边说。"

他依言照做。

林诗兰其实挺服谭尽的，他是真的一点也不在乎别人把他当异类。

心里憋屈，她小口小口地抿着酒，不知不觉一瓶都喝见底了。

脸颊泛着薄粉，林诗兰呼出一口气，散落的碎发被她别到耳后。

平时她这张脸美则美矣，没生气、没表情，像拿黑白两色的画笔画的。喝了酒，露出一点耳朵，连带着她表情也柔和了许多。

"为什么你能对回到过去这么乐观啊？"

指尖点着酒杯，林诗兰没再掩饰她的困惑。

"说实话，谭尽，我真不理解你这四年是怎么过的？"

他难得地沉默。

过了好久，他似乎还没想好如何开口。

"那我先跟你说我的故事。"

几杯酒下肚，林诗兰开始讲述遇到他之前的经历。

"第一年的雨季,比今年晚。"

2019年5月,阴雨连绵。

第一次见"鬼",是在宿舍。滴在脸上的水把林诗兰吵醒,她摸到头顶的床板整块湿了。寝室静悄悄的,她动了动身体,被冷得一激灵,陡然发现,半床都是水,自己的下半身浸在湿漉漉的被子里。而最怪异的是,有个黑黑的影子,正用一种弯腰看东西的姿势,一动不动地站在她的床尾。

林诗兰把宿舍里的人全部吵醒了,她的描述却没人相信。睡在她上面的女孩听到她说"上铺漏水",羞愤地掀开自己的被褥给大家看。

从那时起,林诗兰意识到,自己看见的东西别人看不见。因为,她头顶的床板是潮的,她手里攥着的被子,明明也是湿的。但宿舍另外七个人摸过之后,全说是干的,毫无异常。

之后,林诗兰见"鬼"的次数越发地多。她在学校见到同乡死去的人,跟她微笑着打招呼。儿时常去的杂货铺,它横着悬空飘浮在她打暑期工的必经之路……诸如此类,数不胜数。怪象不分白天黑夜,随机地出现、消失。

林诗兰的暑期计划被彻底打乱。她没有办法正常地打工、学习,白天走神,晚上失眠。她走到哪里,怪东西就跟到哪里。舍友们也被她间歇性的一惊一乍烦得不轻。以前上课时,林诗兰学习好,她们偶尔还跟她讲讲话,如今她们见她便躲着走。宿舍长隐晦地跟林诗兰讲过几次,希望她自己找辅导员提一提,换个宿舍住。

有一天,林诗兰打完工回宿舍,发现她的东西被丢在宿舍门口,不知这是人为还是"鬼"作祟。为了捡起它们,她蹲在地上,心里的难受让她半晌没能从地上站起来。

万般无奈之下,林诗兰找到和她同城的妈妈曾经的老友曹阿姨帮忙,她好心地暂时收留了她。曹阿姨听说了林诗兰身上发生的事,开始每天带着她一起去烧香拜神。

6月底,雨水充沛。诡异的旧日空间大面积地重叠于现实世界。林诗兰游走其中,开始分不清周围是人是"鬼"。

袅袅升起的神香飘向雾气弥漫的天空。曹阿姨念念有词,教她将头磕得咚咚响。林诗兰双手合十,目光呆滞地望向蒲团周围散落的香灰。

在庙宇中的某天，从前彻底吃掉了现实，林诗兰回到了一年前的雁县。

那个从前的雁县太清晰了，她仿佛是重生了。时而从旧日回到现实，她会跟曹阿姨描述它，从曹阿姨的表情中她知道，自己让她不舒服了。

林诗兰不知道这一切的出现有什么缘由和规律，但只有她能穿越，只有她在旧日里知道灾难即将发生的日期。

无法眼睁睁地看着大家死去，林诗兰尽了最大的努力，劝所有她遇到的人外出避难。她被许多人辱骂，被亲友当作精神病，她丢了她妈妈的脸，也让妈妈伤透了心。

不过，到最后她也确实劝动了一部分人，她也在灾难发生前和她妈妈一起逃到了外地。

只是，在灾难的十日中，现实世界的雨停了一日。

林诗兰短暂地回到现实，等到再下雨，她直接被传送回已经受灾的雁县，并毫无反抗之力地被洪水淹死了。

再醒来，2019年7月26日，她回到现实世界。

现实里，什么事都没有改变。林诗兰曾劝下的、外出避难的人，并没有在现实世界中存活。他们如大家知道的那样，死在去年的水灾。

唯有在她那里，他们死去了两遍。

"这是第一年。"

酒瓶倒不出酒了，她喝得眼神迷离，准备让店家再拿一瓶过来。

"接下来，第二年。"

谭尽拦住她："不喝了吧，下次再讲。"

林诗兰双手抓着酒瓶子，使劲地摇。

她眼里装着一汪水，晃着晃着，晃得快要掉下来。

他夺走她的酒，让她不要再闹。

林诗兰很不高兴："为什么呢？为什么雨季没法结束啊？"

她气呼呼的，嘴噘到天上去，冲他发脾气："一直下雨，一直都在下雨！"

空出的手到处乱挥，林诗兰随手一抓，抓住一个谭尽。

他也不晓得躲。

腮帮子的肉被她揪起来，跟拉面团似的扯着玩。

她东倒西歪地笑,笑成一朵花。

"我知道啦!"脑子闪过他说过的傻话,林诗兰捡着个现成的答案,"雨季没法结束,是因为,出现了外星人!"

"是因为誓言。"谭尽突然这么说。

她单手支着脑袋,愣愣地。他不知她听懂没有。

"雨季没法结束,是有放不下的誓言,可你把它忘记啦。"

手没力了,林诗兰的脑袋沉沉地耷拉着,卖力地消化着谭尽的话。

他有一双清澈的黑眸,泛着柔柔的细碎的光;眼里装着她一个人,除此之外什么都没有了。

她如瀑的长发垂下来。

谭尽噙着笑,抬手,替她拢了拢头发。

林诗兰做梦了。

梦里是初二升初三的暑假,她妈妈给她报了个数学补习班。补习班开在购物中心旁的办公楼里,她得搭巴士去那儿。一上巴士,她发现有个眼熟的小胖墩跟她坐了同一辆车。等她下车,走进办公楼,小胖墩也跟在她后面。

他们一起坐电梯到七楼。林诗兰以为他跟自己上同一个补习班,没承想,一出电梯,小胖墩迈着虎虎生风的步伐,走向了与补习班相反方向的拉面店。

拉面店外面挂着红色的横幅:"开业惊喜,大胃王挑战!至尊版红烧牛肉面,你敢吃完!我敢买单!"

等林诗兰上完一小时的补习课出来,小胖墩也正好在等电梯。他手里拿着一瓶橘子汽水,吸溜吸溜地喝着,电梯一来,他就上去了。

电梯里挤满了上班族,等林诗兰走进去,电梯立即响起了"哔哔"的超载警报声。大家的目光纷纷投向站在最外面的小胖墩。

小胖墩深吸一口气,将挺在外面的小肚子收起来。

超载警报仍响个不停,于是林诗兰迈出了电梯。

可惜,她一个人的牺牲无济于事,电梯的门还是关不上。这时,大家又一次看向了收腹的小胖墩。

站在电梯外的林诗兰和小胖墩对上了眼神。

"你是我的邻居!"他竟把她认出来了,"帮我拿一下饮料吧。"

林诗兰没来得及开口,一瓶冰凉的橘子汽水就递了过来。

待她拿住饮料,那警报居然不响了,载着一电梯的人开始下降。

林诗兰走楼梯走到一楼,刚才的小胖墩正在大厅等着她。

他跑过来,脸圆圆的,笑容也甜甜的:"嗨,邻居!我的饮料呢?"

她高冷地丢下一句话,轻飘飘地离开现场。

"在七楼,电梯口。"

林诗兰笑出声。

她肩膀一歪,披在她身上的薄衫掉了下来。

腰间凉,手臂正环着一个很温暖的东西,源源不断地给她提供热量。

林诗兰艰难地撑开眼皮,发现自己被人背着。

"谭尽?"

"嗯?"

他停住脚步,空出一只手提了提他披在她身上的衣服。

她不好意思地直起腰:"你把我放下来吧,我能走。"

从谭尽背上下来,林诗兰赶忙把他的外套还给他。

"我睡着了,"她看着四周,有些迷茫,"我们之前不是在小炒店吗?"

谭尽点点头:"他们打烊了,我背着你刚走出来。"

"哦……"

她忽然想起好笑的事:"我睡着的时候做梦了,梦到以前的事。你初中时候是不是去过一家拉面店,店里有个什么大胃王免单挑战。"

他很快回忆起来:"对,拉面店,百货旁边那家。"

林诗兰"扑哧"笑了:"后来你有吃完获得免单吗?"

"全吃完了啊。"谭尽表情骄傲,摇头晃脑,"他们还送给我一瓶汽水……"

她没提,他倒自个儿先想起来了:"就是被你放在楼上的那瓶。"

要不是做梦梦见,林诗兰可能永远记不起这件事了,她感叹道:"我们的仇结得真早。"

"没错。"谭尽笑起来,笑容里仍有那日圆脸小胖墩的影子。

一左一右,他们在街道上慢慢地走。

凌晨的街,没有雨,没有其他行人。风吹在脸上,不冷不热的,好舒服。

微风吹拂下，林诗兰的酒醒了大半，渐渐地记起她睡过去前谭尽说的几句话。

"在饭馆，你好像提到了'誓言'？是真的还是我的梦？"

"不是梦。"他大大方方地承认。

"你描述的，独自回到过去的第一年经历，令我有了新的想法。"

与以往谭尽说起那些稀奇古怪的"想法"时不同，这次他的神情没有故作高深睿智。眼角微微向下，长睫毛将眸中的情绪藏起，他看上去莫名地镇定，镇定到有些低沉。

"也许，我们被困在雨季，是因为誓言。"

他非同一般的状态，让林诗兰破天荒地没有表示出轻视，选择了认真地倾听。

"事情的发生总会有个起点，我们的起点，是在水灾发生之后。上次你对我说，你失去了受灾十天的记忆。其实，我对当时的记忆也很模糊。你的护士说，你醒来前嘴里念着'发誓'，我就想，那说不定有关原因。

"我们把灾难中死去的人们看作冤魂，如果我们在他们死前答应了什么事，却没有办到的话，有可能他们会诅咒我们重复受灾的日子，直到我们完成他们的心愿。"

听完他的话，林诗兰陷入深思。

先前是"外星科幻"路线，现在换了"中式古典恐怖"路线，两者之中，硬要她选，林诗兰还是更倾向后者。

毕竟"替冤魂申冤"是有迹可循的，如谭尽所言，她重复着"发誓"的事，这是事实。

"但，我真的想不起来，一点也想不起来了，答应了谁的什么事。如果我对一个人许下了承诺，这个人会是谁呢？"

她眉头紧皱，脑子里像打了个死结："你呢，有没有能想到的人？"

"有一个吧。"他说。

"啊！"林诗兰也突然来了灵感。

"是谁？"他问。

"我妈。"

林诗兰没有朋友，最亲近的亲人只有她妈。

吕晓蓉也确实是无时无刻不在对她提要求，让她做出承诺。

如果发誓对象是她妈，那再正常不过了。

她看向谭尽："你想到的人是谁？"

他明明说自己想到了，却没有干脆地说出来。

"等我们再回到过去了告诉你。"

这个悬念，谭尽足足保留了一周。因为，接下来的一星期都没有下雨。

林诗兰正常地上学、做题，处理现实的学业，课余还兼职打了点工。

她的事堆得很多，忙起来，一整周都没有联系过谭尽。

睡前，林诗兰按照惯例看了天气预报。从今天凌晨至未来一周，都提示有雨。

她做好准备，把该吃的药先吃了，正要关灯睡觉时，手机响了。

是那个陌生的号码又打了过来。

之前在小炒店，林诗兰没管它，这会儿正有空，她便接通了。那边竟然是个熟人。

"喂，诗兰啊，我是曹阿姨。今年的雨又开始多啦，你过得好吗？"

曹阿姨的语气热络，仿佛全然忘掉了几年前她让林诗兰永远不要再联系自己的事。

林诗兰心下奇怪，电话中的语气没变："曹阿姨好，我过得挺好的。"

拉着她又闲扯了几句，曹阿姨才慢慢切入正题。

"上周啊，我陪我女儿去看机器人展览，遇到一个老师，那老师特厉害，年轻有为，获过很多奖还搞讲座呢，那讲座的票一票难求。我女儿可崇拜他了，说以后也要跟他一样研究机器人。然后我回来听我女儿说啊，原来那个老师和你是老乡，也是雁县的。我想到他跟你年纪相仿，不知道你认不认识他？"

林诗兰大概知道她的意思，不过这个忙，她可能不太能帮上。

"我认识的人不多……他叫什么？"

"哎哟，叫什么来着。我当时听过，给忘了。"

一阵脚步声后，曹阿姨问她那边的人："宝啊，展览会研究机器人的专家，叫什么来着？"

电话贴着耳朵，林诗兰听到窗外有几滴雨开始落下来，起身去关窗户。

曹阿姨回来时，赶巧地雨下大了。

"诗兰啊，我女儿说他叫谭子恒，你认识吗？"

维持着关窗的动作，她怔了一怔，雨水已落到手背上。

林诗兰没有机会回答曹阿姨的问题了。

耳朵像是突然被人用手捂住了，电话另一头的声音变得好远，而她要关窗户的手直接穿过了窗户，伸到了窗外。

林诗兰一下子知道来不及了，不想醒来躺在冰冷的地板上，她立马往自己的床上跑。

似乎是跑上了床，她迅速拎起被子。

拎起被子后，被子消失；她躺下来，床消失。

得了，还睡什么呢？她又回到过去了。

手里多了支笔，身边多出一摞作业，林诗兰捂住双眼，不愿意面对这一切——她刚把另一个世界的作业做完啊！

丢出手中的笔泄愤，她脑中萦绕着曹阿姨电话里的最后一句话。

"他叫谭子恒，你认识吗？"

曹阿姨在现实中见到了谭子恒。

所以，他还活着？

据林诗兰所知，谭子恒在四年前的雨季期间回过雁县。他从大学回来过暑假，她还见过他，但谭子恒什么时候走的，她不知道。

如果他在道路被大水破坏前离开了这里，他活着，是有可能的。

那么，问题来了：为什么她会默认谭子恒死了？

林诗兰梳理着自己的记忆，终于找到了这个想法的源头——

在医院，她第一次跟谭尽见面，他曾对她说过："我的家人、我的朋友，都没了。"

是误会吗？也许谭尽指的是除了谭子恒之外，他其他的家人朋友。林诗兰貌似找到了一个合理的解释，可还是觉得有些古怪，说不上来。

既然自己回来了，那谭尽肯定也是。

不如下个楼，去对面问问他？

林诗兰迅速找了件外套披上，将家门钥匙揣进口袋就准备出门。

没走两步,她听到家里的饭厅传来放锅碗的动静。

"芮芮,作业写完了吗?"可能是听见声音,她妈妈冲门内喊,"鸡汤我保温着,你写完出来吃。"

"哦。"林诗兰默默脱了外套放回去。

她妈妈在家,出门是不可能的了。

深深地叹了口气,林诗兰捡起笔,机械地浏览起作业的进度。

终于解决完桌上堆积的卷子,她坐在餐桌前,人已经有点饿过劲了。

眼前,一大碗放满不知名中草药的鸡汤,林诗兰拿汤匙搅了搅浮在上面的油,不知从何下嘴。

重回雨季几回,这汤她就喝了几回,但对它的味道,她始终难以接受。

"趁热吃。"吕晓蓉催她,"特意给你炖的,整锅都吃完。"

林诗兰拿起勺,打算给她也盛一碗,吕晓蓉不让。

"我不吃,这一锅都是好东西,我忙活了一晚上呢。汤是精华,你全喝了。"

她说着话,收走林诗兰面前的白米饭。

桌上除了鸡汤没别的菜,吕晓蓉打开早餐剩的咸菜干,配着饭吃。

一边是鸡汤,一边是咸菜,区别太明显了。

林诗兰想着,这么大一锅的汤,即便她们母女分着吃,一顿都不一定吃得完。

"你一起喝吧,我喝不下。"

"不要,我一把老骨头了,喝这种好东西干吗。"推开女儿给她递过来的碗,吕晓蓉态度强硬,"你喝,喝不完也得喝。"

见女儿眉头紧皱,她又多往女儿碗里添了块鸡肉,越发卖力地吹捧起来:"看看这颜色,多有食欲啊。我特意买的老母鸡,这是人家自家养的,平时喂的都是好东西。再加上给你往汤里放的这些料,我半个月工资都在里头了。"

她们家本来就穷,林诗兰看着那块鸡肉,心里真的很沉重:"没必要吃这个,花那个钱干吗。"

"干吗?你妈对你好呗。"吕晓蓉的自豪溢于言表。

"离高考越来越近,必须给你好好补身体。只要你能考个好成绩,让我干什么我都愿意。"

林诗兰端起碗。

无视那些油脂,她面无表情地将汤一口一口咽下。

鸡汤带着一股药味,咽了以后,喉咙里一阵阵的苦涌上来。她喝得相当艰难,但是不喝它,辜负了她妈妈的钱和心意,又特别大逆不道。

吕晓蓉喜笑颜开,马上又帮她舀了满满一碗。

实在忍不住了,林诗兰决定把自己的感受和妈妈说清楚。

"不好喝,我不想喝了。我们就按平时那么吃饭不行吗?炖个汤,花钱又花时间,我也不喜欢喝。"

这话吕晓蓉可不爱听:"啧啧,你可真是金贵啊,人家孩子想喝,父母还不舍得花钱给他买呢。我辛苦半天,我一厢情愿,吃力不讨好了是吧?你说不喜欢喝就不喝?"

林诗兰不是那个意思:"我知道你辛苦,你花钱,你对我好……"

不等她说完,话再次被打断:"我乐意给你花钱花时间,你知道我对你好,全喝完就是对我最好的回报。"

至此,她的话全被堵死。

失去了反抗的气力,林诗兰低下头,像以往的几次经历一样,一言不发地把鸡汤喝光。

不知是汤的缘故,还是受了凉,喝完汤的整个晚上,她的肚子都在疼。

外头的雨淅淅沥沥地下着。

林诗兰不知道谭尽有没有来找过她。

她一晚没睡好,躺在床上翻来覆去地胡思乱想,想起最多的事是谭尽跟她说到的誓言。

是她对她妈妈发的誓让雨季无法结束吗?那样的话,自己要比以往更加对她言听计从,才能将这一切结束吧?

能够做到吗?林诗兰扪心自问。事实上,她对她妈妈,不论是从前还是每次循环来过的从前,已是听话得不能更听话了。

比起在乎自己,林诗兰更在乎妈妈的感受和想法。

毕竟,在灾难之后,她就再也没有妈妈了。

第二天,林诗兰拖着不舒服的身体,撑着伞,乌龟爬似的走在上学的路上。

从后面跑上来的人灵活地把自己的伞和她的并到一起。

"早上好！林诗兰，我又来了。"

他也不顾及别的同学怎么看，大声热情地跟她打招呼。

她转头看他："谭尽啊，早。"

林诗兰难看的脸色把谭尽吓了一跳。

"你怎么了？是不是病了？"谭尽帮她收伞，他的伞够大，一起撑都够了。

待两人站得更近，他仔细地打量她。

林诗兰本来就瘦，没多少肉的小脸发着青青的白，秀气的鼻梁似乎要撑不住眼镜了。她额头上挂着豆大的汗，嘴唇薄薄的一点血色都没有，眼神虚浮。

"没事，是昨晚的鸡汤，我喝的几回都不太舒服。"

见谭尽盯着自己不放，她再跟他补充一句："顶多难受到下午就没事了。"

"回回都不舒服，你还回回喝？"他看林诗兰的表情像看傻瓜，"如果这里是个穿越的小说，你肯定没法当主角。给你重生的外挂，你却用它重蹈覆辙。"

"是啊。所以，我们快点把雨季结束吧。"

林诗兰打开一包纸巾，把脑门上的汗擦掉，转移了话题："你上回说的，想到誓言发出的对象是谁了吗？"

"哦……"谭尽挠挠后脖子，"是有这么回事，一会儿告诉你。"

于是，他俩站在校门口，等待他说的那个人。

一直等到上课铃都响了，踩着校门将要关闭的时间点，谭尽发誓的对象姗姗来迟。

"就是她。"他往迟到大军中随意地一指。

林诗兰朝着他说的方向望去。

是个长相普通的女同学，混在人群中难以找出的那种人。及肩的中短发，过长的刘海将两边的眉毛完全遮住，还挡了点眼睛。体型比起一般女学生要丰腴，即便是穿着校服也能感觉到她身材发育得很好。

少女背着浅黄色的双肩包，跑起步来，步子小而紧凑，包上挂的樱桃小丸子挂坠也跟着她晃起来。

这个人，林诗兰有印象。

她问:"她是谁?"

谭尽说:"我同班同学,叫苏鸽。"

林诗兰一瞬间想起来了,自己在哪里见过她。

两年前,第二次回到雨季。她曾无意间撞见一对少男少女。

那天,被她看见的少女,穿着打扮和今天的一模一样。

记忆真是一个奇怪的东西,有时你刻意去想,什么都记不起来,但有时,你只是无心地一瞥,电光石火间,眼前的画面就和你的记忆发生了关联。

然后,你彻彻底底地全部回忆起来。林诗兰不仅记起了苏鸽,也记起了当时的那个少男。他就在自己身边。

"我们走吧,上课迟到了。"

打伞的少年有着一张不谙世事的脸,眼神温和,笑容清澈,脸颊边有颗小小的红痣,往那抹纯真之上添了一丝妖冶。

心中暗流涌动,她失神地应着好,跟着他往班级走。

他们一起上了楼梯。

去不同的方向前,林诗兰忽然问他:"你哥还好吗?"

谭尽没反应过来:"什么?"

她索性将话挑明:"谭子恒躲过了灾难吗?"

谭尽的眼底沉沉,像极了始终跟随在他们身后的那片不散的阴雨。

眨眨眼,他目光一转,再看,已是熟悉的笑脸盈盈。

"你问他做什么?"他分明不想回答。

她了然,也不与他浪费口舌。转身,林诗兰走向自己的教室。没走几步,胃突然绞痛,比之前更剧烈许多。

她脚下一软,被自己绊倒在地。膝盖火辣辣地疼,可那儿疼不过肚子。

她捂住腹部,视线逐渐模糊。

第二章
发昏梦

谭尽听到一声闷响。在离林诗兰几米远的地方,他眼看着她瘫倒在地。她直直跌到了水泥地上,声音不小,腿和脸都磕到了。

他立马跑过去,托起她的头。情况却比他想象得还要严重,林诗兰露在外面的胳膊冰凉,怎么喊她都没反应。

把自己的伞、书包一股脑地丢下,谭尽抱起她,往另一栋楼的医务室跑。他下了楼梯,一脚踏进雨水中。细而密的雨落在他的脸上,怀里的人眉头紧皱。

林诗兰觉得好冷啊,浑身发着虚汗,腹部有一团火在烧。她仿佛是一块冰,被丢进旺盛的火堆里,熔融时发出"噼啪"的声响。好痛苦。

有人把她抱起来,他抱得不稳。身体像一团沙袋,每次呼吸都在往下漏沙子。

他要带她去哪里?

呼吸越来越沉,路好颠簸,颠得她想吐。

她的沙袋身体,一路坠,坠到地板。不堪重负之下,沙袋的腹部破了个大洞,她脑中所有的胡思乱想都沿着破裂的洞口漏了出来:没咬就吞下肚的樱桃、"骨碌骨碌"滚了一地的手串、英语考卷上画满的红叉、休学证明、燃烧的符纸、活蹦乱跳的老母鸡、写满怀疑的眼睛、五颜六色的药丸……

痛苦的时候,最想梦到家。

意识浮了空，林诗兰在雨中轻轻飘起来，飘在自己记忆的海里，穿梭于各种零碎的记忆片段中，找寻家的方向。

她飘进滂沱大雨中，飘过街道巷弄，回到石化厂小宿舍的小房间里。她爬上自己小小的床铺，躲进被子里，被子从头盖到脚，她打算在这里一直睡下去。

耳边一直有人在喊自己的名字。

林诗兰翻个身，脱离了那个人、那个不舒服的怀抱，躺到舒服的床上。

她决定谁都不要理会。

外面的世界很可怕。睡觉很好，睡着的时候不会肚子痛，不用担心学业，不用担心考不好，不用担心别人怎么看自己，不用拯救世界。睡着的话，即便一事无成也不用挨骂。

她知道家以外的世界在下雨，雨一直下得很大。雨声是最好的安眠药。下雨很好，下雨和睡着一样好，下大雨，就不用上学也不用上补习班，可以在家里睡觉，睡觉了也仍是最乖的小孩。

"别害怕，林诗兰，救护车很快到了。"

"你会没事的。你说过，每次你都没事，对吗？"

有人在跟她说话，声音焦急。他的手掌贴在额头上，温温的。

他是谁？

林诗兰想看清楚，她睁开眼睛。从石化厂的小床爬起来，隔着厚厚的雨幕，她望向声音传来的方向。

原来是住隔壁楼的圆脸的男孩。他扒着窗子，正跟她说话："你也喜欢下雨吗？"

"是啊。"林诗兰在心里回答他，"我最喜下雨啦。"

两手撑着下巴，她心情不错地和对面的他一起看雨。

"那第二年发生的事情呢？"

不知什么时候，圆脸男孩坐到了自己身旁。他们坐在大学城的小炒店里，面前摆着酒和菜。

手中的酒杯没酒了，她问："什么第二年？"

他帮她把酒满上："你刚刚不是才说完第一次穿越吗。那你第二年穿越回过去，做了什么？"

"哦。"她继续跟他描述。

"第二年，当我回到过去了，我依然尝试让人们出去避难。这时的现实中，我已经没有可以依靠的朋友和亲人，没有人再听我说话。学校里的人都怕我，因为有传言，我中邪了，能看到脏东西。

"过去和现实，我的功课都乱七八糟。我也完全没有生活了，领着补助，缺课缺得一塌糊涂。我唯一确定拥有的，是痛感，我还做了实验哦……在过去的自己手臂上留下的伤，回到现实，手臂上什么也没有；而在现实中留下的伤，在过去也不会存在。因为痛，所以我知道经历的不是梦。

"我为什么还活着呢？我时常这么问自己，过去和未来对我又有什么区别，反正都是这个行尸走肉的模样。但，等水灾真的来了，因为怕痛，还是不想死掉。我知道就算跑到别的城市，一旦现实的雨停了，我还是会被传送回来。所以我开始为了灾难囤物资，做准备。结果，水灾中别人把我的东西抢走了，我又没能活下来。"

林诗兰感觉已经没什么别的好讲了："第二年，又一事无成地过去了。差不多就是这样吧。"

谭尽似乎还没听够："你是在这一年开始看心理医生的吗？"

"对啊。"

这一年，她鼓起勇气，预约了学校的心理咨询。

握着的酒杯变成了一团纸巾，靠着的饭桌变成了纯白的书桌。

林诗兰在心理咨询室，对面坐着一脸严肃的心理健康老师。

他对她说："林诗兰同学，你的症状太严重了。我这边只能做简单的心理疏导，你的病得去精神病医院看。"

林诗兰惴惴不安地捏着纸巾："老师，我大概生的什么病呢？"

对照着纸上的信息，老师开口道："PTSD、妄想症，大概是那样吧。"

她低下头，小声问："那我要去哪里看病比较好？"

…………

"不行。"中年妇女一拍桌子，果断地阻止了她要看病的想法。

林诗兰抬头。吕晓蓉站在她们家狭小的饭厅，手叉着腰。

"我丢不起那个人。你去看病的话，大家都会知道我女儿是个疯子。

"芮芮啊，你高考都考完了，成绩那么好，所有人都羡慕你。这么好的前途你不要,要去看病,要去当个疯子?你想被所有人当笑话吗?"

这是第二年回到从前时,林诗兰和她妈妈发生过的对话。

当全世界已经没有人听她说话时,她把自己的秘密告诉了妈妈。万一妈妈能够理解呢?她跟妈妈谈心,她多么希望妈妈能帮帮她。

"乖芮芮,你没病,你只是压力有点大,高考的人压力大是正常的。

"真的需要看病的,是拿着刀要捅人的、在地板上抽风的、街上大吼大叫的,那才叫神经病。"

吕晓蓉的嘴一张一合,不停地动着,林诗兰默不作声地听着。

"我跟你说啊,我带的班里有个小女孩,可崇拜你了。你之前得了第一名的市作文比赛,她也参加了,她只拿到安慰奖。

"我的同事们都知道你今年高考,那群爱八卦的,还特意发短信来问我,你分数怎么样呢。哈哈,我把你的分数发给他们看了,可把他们酸坏了,问我怎么教育你的。他们不懂,会学习这是天生的,你和他们家的小孩可不一样。况且,我从小就盯着你,眼皮下管你管大的,他们学也学不来,哪个父母能做到我这样?

"这下,我们真是扬眉吐气了,没爹的孩子,副科老师的孩子,照样优秀,你就是有本事上最顶尖的大学,他们嫉妒也没用。他们好奇你的志愿报的哪里,我偏不告诉他们。哼,反正我们的未来有多好,是他们想象不到的。"

林诗兰的指尖钩住自己的头发,把它们向下扯,完全不觉得痛。心像一株好久没有浇水的植物,渐渐萎缩干枯了。

"妈妈,为什么我们每天都在讲这些?你说的这些我根本不感兴趣,我根本不想听。

"妈妈,我真的好爱你,可是,你让我好痛苦。妈妈,为什么爸爸死后你还要那么辛苦把我养大呢?

"不仅是你,我也觉得好辛苦啊。如果你的女儿是别人就好了,比我更听话更聪明的人,让你更满意的人。"

她的话将她妈气得浑身发抖。吕晓蓉伏到桌子上,掩面哭泣。林诗兰想过来安慰她,她妈指着大门让她滚。

冒着雨,林诗兰跑了出去。她去了除家以外,最熟悉的地方,她的学校。大雨如注,她跑过操场、一间间教室,雨声中,老师和同学们背对着她窃窃私语，黑色怪物拖着长长的尾巴亦步亦趋地跟随。

哪里都吵得要命。林诗兰躲进了学校的礼堂，她却仍旧不是这里唯一的人。

离她一段距离，礼堂靠窗的位置，站着一对男女。

窗外的雨好大，从她这边看过去，好像外面的树和房子都漂浮在汪洋之中。

选择这样的时间点在学校幽会，必然是一对有情人。不愿打扰到人家，林诗兰缩在角落，静静地待着。

离她更近的女生，身材丰腴，背着浅黄色的书包。背对着她的男生，管女孩叫苏鸽。

他们前面说了什么，她没听清，直到林诗兰发现，那个男生的背影非常眼熟。

她多看了几眼，把他认出来了，是谭尽啊。

恰巧，雨声小了些，两人的对话传入她的耳中。

手指绞着校服的衣角，苏鸽闷闷道："你别喜欢林诗兰了，喜欢我吧。"

"啊？"谭尽愣了愣。

她的声音含羞带怯："我长大以后，会比林诗兰更聪明漂亮的。"

谭尽没回话，像没听见似的。

苏鸽叹气："我回家了。"

她迈着小小的步子，垂头丧气地走出了礼堂。待她的身影卷入呼啸的风雨声中，谭尽陡然清醒。

"那好哦。"他对着她的背影说。

林诗兰从病床上睁开眼。

刚才站在礼堂的男生，现在坐在她的床边，聚精会神地削着苹果。

身体像泄气的皮球，没有一点力气，她试着抬了抬手，发现手连着输液管，正在挂吊瓶。

痛。能感觉到痛。

刚才那些乱七八糟的画面，是做梦啊。

她大概也知道，自己为什么会梦见过去的事。那些都是她昏过去前，心里挤压的东西。

注意到林诗兰眼睛睁开了，谭尽激动地站起来，苹果差点没拿稳。

"你终于醒了。"

她开口说话，嗓子干得发疼："我在医院？"

"是啊，你食物中毒，人都休克了。我送你去学校医务室，太严重了，医务室老师又叫了救护车送你来医院。你还说自己以前没事呢，我告诉你，你以前的没事都是侥幸。"

她昏迷的这几个小时，谭尽憋坏了似的。她一醒，他立马对着她说个没完。

"你妈之前来过，又走了，说回家给你熬粥。我看，你别吃她做的东西了，这段时间吃喝都得格外注意。"

"哦，还有，医生要你醒了去做胃镜。"

林诗兰点点头。

做完胃镜，大概率会查出慢性胃炎，她知道她的身体有这毛病。

苹果，本来谭尽削给自己吃的。见林诗兰醒了，他把最后一点苹果皮削干净，递给她。

"你吃不？"

"不吃。"

谭尽坐下来，吃起苹果。她下一句话，直接让他的苹果没了味道。

"你对苏鸽发的誓，是什么内容？"

"不知道，我怎么可能知道。"嘴里的苹果块不知该嚼还是该咽，谭尽望向她，"你为什么这么问？"

"随便问的。"她对他浅浅一笑，"谢谢你今天送我来医院。"

谭尽能感觉到，林诗兰在他和她之间竖起了一道高墙。

原以为，经过这些日子的相处，两人能变得亲近一些，但是没有。

她对人设防的方式很奇特。你离她一百米开外，能感受到她生人勿近，心里的围墙足有五十米高；你走近一点，发现她也并非想象得那般难相处，目测防护栏只有五米；等你真的走到她身边了，好家伙，你发现她心的周围架着各种武器，配以重兵把守，而那堵墙，从地板延伸到天空的云朵里，一眼望不到尽头。

她那句不咸不淡的"谢谢"，像一盆冷水浇到他头上。

谭尽坐在病床边,直到吃完苹果,也没有找到可以跟她说的话题。

不久后,吕晓蓉提着保温桶来到医院。她陪着林诗兰找医生做检查,没有任何理由再待在这里的谭尽则回了家。

根据林诗兰的状况,医生建议她今晚留院观察。

这一折腾,时间不早了。吕晓蓉明天还要上班,林诗兰让她妈妈回家睡觉。

临走前,她妈妈千叮咛万嘱咐,让她挂完吊瓶,吃点自己带的东西垫垫肚子。她答应下来,她妈妈才放心离开。

一天上吐下泻、挂水打针,这会儿稍稍缓过劲来,林诗兰打开她妈妈送来的保温桶。

不锈钢材质的保温桶,分为左右两边,左侧是白粥,右侧……是鸡汤。

这个画面实在是太荒谬,她感到无奈,又可笑至极。端着保温桶,她在病床上笑出泪花。跟昨天一模一样的鸡汤,闻着熟悉的草药气味。她笑着笑着,笑容逐渐变冷。

保温桶上画着大得夸张的粉色爱心。里面的鸡汤,放满草药,鸡肉全是一只鸡身上最嫩的部位。这汤,就像她妈妈这么多年给她的爱一样,满满的,心意多到过剩,同时,也完完全全没考虑过,她需要还是不需要。

拿起勺子,林诗兰打算喝口白粥。

一片阴影挪到病床边。在她喝之前,他把保温桶端走了。

"我在家给你做了蛋花汤。"将携带的饭盒在病床的小桌子上放好,谭尽拎着保温桶往外走。

林诗兰对着他的背影问:"你去哪儿?"

他头也没回,说:"把鸡汤倒了。"

闻到蛋花汤清淡的香味从饭盒里飘出来,林诗兰的眼神没法从它上面挪开。

饭盒的玻璃盖上有一层雾气,汤是烫的,现做的。她把手贴到饭盒上,热热的。

天还在下雨,家到医院的距离可不近啊。

转眼,谭尽回来了。见她坐着不动,他帮她把盖子打开。

感觉脑中绷着的弦已断开,林诗兰忍不住了。

"为什么要对我这么好?"

她充分怀疑他没安好心，语气咄咄逼人。

谭尽表情善良："我们是一起回到过去的伙伴啊。你相信我，你也能看见我看见的东西。"

"即便是伙伴，你对我表达出的关心也已远远超出了伙伴的范畴。"

天下没有免费的午餐，这个道理林诗兰懂，所以他不明不白地对自己的付出，她更不愿意接受。

"谭尽，你没有脾气吗？"

她掰着手指头，将他最近做的事一一列举："花鸟市场，我丢下你走了，你追着我，还给我送水果。我食物中毒，你背我找老师、陪我来医院，还给我煮汤。只是因为我们成为伙伴，你就能任我摆布？我怎么记得你以前不是这么友善的人呢？你做的这些，你看我搭理过你吗？"

"嗯，那是你的问题。"他神色如常，不急不恼，"既然已经看见我表现出的好意，为什么你总是冷冰冰地对待我呢？"

谭尽说得一点没错，林诗兰有问题。

她就是这么长大的，独自一人闷在自己的世界里，在以前没有朋友，在未来也没有朋友。她不知道怎么和人做伙伴，不合拍就想散伙。但他要拿伙伴和信任的那一套来诓她的话，林诗兰也不傻。

"我摸不透你想要什么。我不相信你，你对我撒了很多次谎。"

也是怒气上头，她用了"撒谎"这个词，用得有些重了。其实，他顶多是对她不够坦诚，没有做到知无不言。

谭尽挑眉："什么谎？"

像以往的许多次那样，林诗兰欲言又止。

是这样的，她认为：当一个人控诉另一个人撒谎，就好比出轨的丈夫被老婆控诉，得先满足一个条件，两人的关系是存在的，你才有资格指责对方不对你说真话。

所以，当她选择向谭尽对质他说过的谎话，那说明，她承认了他们的伙伴关系。否则，不论他是含糊其词、前言不搭后语，还是另有隐情，她都没有立场去指责他隐瞒。因为，他想隐瞒是他的自由，根本不该由她过问。

今年是回到雁县的第四年，没人比她更渴望拥有一个伙伴。谭尽说的话做的事，处处透露着古怪，林诗兰不确定能不能信任他。

恨得牙把嘴唇都咬出了一个印子。瞥见那碗蛋花汤，看在它的面子上，她松了口。

"好，那我们一个个说。

"在我看来，你对穿越规则根本不了解。这里的东西带不到未来，是最基本的，你不知道。每年穿越时，我也没察觉到隔壁的你有如今这种异常举动。所以我怀疑，你是不是真的和我一样，三年都重复着被困在过去。

"第一次见面时，你说你的家人朋友都死了。我之后问你，你哥是不是活着，你回避这个问题。

"还有，你和苏鸽是什么关系？你对她发了什么誓？"

他轻笑："原来你对我有这么多好奇啊。"

她情绪如此外露的模样太罕见，谭尽心情不错，眼里和嘴角堆着笑。

"你想知道，我告诉你就完事了，生什么气？

"你说得没错，我没有三年的穿越经历。我没有骗你，本来我就没说自己跟你一样被困了三年。是去年开始，我才有穿越的能力。

"我和苏鸽只是普通的同学关系，早上要上课没细说。我不知道我发什么誓了，更不知道发誓对象是不是她。雨季这段时间，她喜欢我，所以我猜测自己答应了她什么事吧。只是猜测，完全有可能是答应了别人。"

林诗兰等着他把全部疑虑解释清楚，谭尽在最后慢悠悠地告诉她："至于我哥，他死了。"

撒谎！她愤怒地攥紧了拳头。

这一段解释，疑点重重。可是，又这么巧，林诗兰没有证据戳破他的谎言。

他说他第三年才有穿越的能力，去年，她经历雨季的时间是最短的，无法得知他的说法是真是假；听曹阿姨说，她在展会见到谭子恒，但自己还没有亲眼见到他，谭子恒的生死也无法证实；苏鸽那边，根据她第二回穿越后看到的片段，她和谭尽的纠葛，不像他所描述的那么简单。

当下，唯一能问他的，只有自己确实在第二年看到的画面：苏鸽对他的表白，他接受了对吗？苏鸽说的那句，让谭尽不要喜欢林诗兰是什么意思？

但她问不出口。

那件事是自己偷听到的。他没骗她什么，顶多是不想说。别人的感情问题，她不好干预；再者，他们的对话还提到了她……

要是问了，谭尽不诚实回答，否认了这回事，尴尬的就是她了。

林诗兰脸上写满烦躁。

"我怎么知道你回答的是真话还是谎话？"

谭尽气定神闲地用勺子搅了搅蛋花汤。

"你觉得我骗你了，能有什么好处？"

她哑口无言。

"喝汤吧，都凉了。"他把勺子递给她。

林诗兰拉不下脸皮接他的汤勺："要是真信你，那不应该喝你的汤，该把我妈煮的鸡汤和粥喝了。要满足对她的誓言，所以我得服从她一切指令。"

"你还嫌以前听她的听得不够多吗？"

谭尽嗤笑："说不定那个誓言是，乖女儿，我要你发誓做自己，快乐地度过雨季呢。"

他占她便宜了。说"女儿"时，故意拖长了语调。

"林诗兰，要我说，这回你就反着来，硬气一次，啥也不听她的。"

她没好气："哦，所以要我听你的？如果我们被困不是因为誓言呢？"

"谁知道呢？穿越三回了，你能做的都做了，什么都没用。你除了相信我以外，还有什么别的办法？"

他舀起一勺汤，送到林诗兰嘴边。越界又流畅的动作，仿佛是老狐狸终于露出了他的大尾巴。她被迫拿过半空中的勺，自己喝了那一口汤。

"做什么都没用，我可以什么都不做。"喝完一口，她又去饭盒里舀。

林诗兰半句没夸他，但喝汤喝得很快。

这比先前的"谢谢你"更让他受用，谭尽也乐得配合她。

"行啊，那你什么都不做吧。"

一番对话，撕碎了合作伙伴的面具。林诗兰的怀疑与谭尽的假惺惺都摆在了台面上。

带着一股怨气，她把他做的蛋花汤喝得干干净净。

喝汤的时间让林诗兰想通一件事，有些东西谭尽说得对：除了相信他以外，她还有什么别的办法？

反正眼下，自己没有任何想法，不如死马当活马医吧。横竖她是重生了。

宛如《小马过河》的寓言,有的坑不亲自踩下去,便不知深浅。

而谭尽这个人,她可以不相信他。若他真有所图谋,之后她再防,也未必防不住。他敢给好处,那她有什么不敢接的?好比这蛋花汤,这么好喝,不喝白不喝。

"我想吃冰激凌。"依然带着一股怨气的林诗兰对谭尽发号施令。吃完热乎乎的,她来了胃口,现在想吃点冰冰的。

不适应林诗兰的突然变脸,谭尽呆坐在旁。她却沿着这个新路线越走越远,懒洋洋地往病床上一靠,再跟他强调了一遍。

"你不是说,我和你是伙伴吗?你的伙伴想吃冰激凌。"

谭尽没惯着她。收起之前阳光殷勤的形象,他说的话也变得难听。

"你想死可以,我不当这个刽子手。"

林诗兰眼里的火"腾"地冒上来:"我只是想吃冰激凌,你才要死呢。"

他继续顶撞她:"你食物中毒,医院都没出,还敢吃冰激凌,我说你寻死说错了吗?"

林诗兰讥讽回去:"哦,原来是好意。那你不能像个人一样说话吗?"

好个骂人不带脏字,谭尽被她气笑了。

"我跟人才能说人话,之前对你客客气气,也没见你听啊。"

"那想必,是你说得还不够客气了。"林诗兰神色轻蔑。

谭尽冷笑一声。

"对一个回回穿越、回回喝毒鸡汤的人,客气有用吗?"

她真心地不服气:"哼,那个鸡汤前几次喝都没啥事啊,难喝是难喝,顶多是恶心反胃。我也不知道为什么这次会这么严重。"

他不懂她还在死鸭子嘴硬什么。

"合着你每回穿越,体质还都不一样呗。"

"是不一样啊。"林诗兰选择嘴硬到底。

"唰——"隔壁床的帘子拉开。

原以为那里没人,他们被吓了一跳。邻床坐着个胡子拉碴的大叔,他板着脸对他俩怒喝:"你们要说话出去说!孩子要睡了!"

"抱歉啊。"

"不好意思。"

两人声音小下来，毕恭毕敬地给他鞠躬道歉。

走到外面的空旷地，仍没忘记病房里丢的脸。林诗兰率先指责："都是你说话大声。"

他寸步不让："是你要跟我吵的。"

站在户外，雨夜的空气清新。小插曲让病房里剑拔弩张的气氛消失了。两人干巴巴地面对面站着，呼吸着新鲜空气，似乎也没啥可吵的了。

谭尽挠挠头："话说，你刚才看见邻床的孩子了吗？"

林诗兰沉思片刻，答："没看见。"

"难道他说的孩子——"他们俩不约而同地想到了，"是他自己？"

"哟。"她打了个寒战，抖了抖身上的鸡皮疙瘩。

"那个人好怪啊！"谭尽越想越觉得好笑。

狂笑不止中，他猛然想到个更好笑的："某人今天要和他一起在医院过夜了。"

林诗兰双目圆睁，瞳孔地震。突然之间，她觉得自己的病完全好了。逼着谭尽和自己一起收拾东西，她连夜办理了出院手续。

回家路上，看了看手机日历，林诗兰问谭尽周六有没有空，她想去石化厂。

谭尽有空，但他得把去做什么先问清楚。

"你去那儿干吗？"

"想来是四年前了，我路过那里，看见一只受伤的小狗。"她比画了一下，"大概，我的手掌这么大。"

这一直是林诗兰心里的一件事。

四年前，吕晓蓉送她上补习班。林诗兰坐在她妈妈电动车后面，经过石化厂。在那儿的垃圾桶，她们见到一只被放在里面的小土狗。林诗兰远远就看见它了。小狗身上似乎有血，尾巴在摇，她让她妈妈停下来，想要过去看一看。吕晓蓉扫了眼垃圾桶，不停下反而加速。

"多管闲事。看了干吗，我们家不能养狗。"

"小狗好像受伤了。"林诗兰目光依依不舍地追随着它。

"受伤更不能碰了，那种狗身上都是细菌。"吕晓蓉目不斜视，电动车一个拐弯,垃圾桶消失在视线中。

林诗兰一路上又提了两回小狗,她妈妈压根不搭理她:"你脑子里能不能多想点学习的事?"

被她妈妈一骂,她没胆子反抗,不敢再提了。

补习班下课后,林诗兰给吕晓蓉打电话,说自己想走路回家。她用自己下周的饭钱在杂货铺买了点牛奶和火腿肠,特意绕路去石化厂,等她到那儿,小狗不在垃圾桶了。四处看了看,林诗兰在草丛中发现了它。

它大概是自己爬出垃圾桶的。这样多雨的日子,小小的狗趴在湿润的草丛里,早已浑身冰凉,没了气息。它的脸蛋挨着一朵白色小花,闭着眼,睡着似的。她把它埋在了花朵下。

后来的几次穿越,林诗兰没有去救过它。第一,她了解自己的妈妈,她永远不可能同意家里养狗。第二,也是最重要的,石化厂让她感觉不舒服,她一个人实在不敢走近那个地方。

"我陪你去。"听完她的描述,谭尽答应得爽快。

林诗兰还有个顾虑:"如果救到了小狗,把它放在你家行吗?"

他想了想,拒绝了:"小狗我可照顾不来,得放你家。"

她叹气:"我妈不肯的。"

"那就反抗她。"

不是他的事,谭尽倒是底气十足。

"嗯……"林诗兰还是有些犹豫。

"想想誓言!"他为她快灭的火焰,又添了把柴,"你对你妈妈的誓言,肯定是,你跟她发誓你会活出自我。"

林诗兰诚实地说:"这不像我妈妈的说话风格。"

"唉!这你就把阿姨想坏了。"谭尽阴阳怪气地帮吕晓蓉说话,"她怎么不能是这个风格?俗话说得好,人之将……"

这个俗话欠考虑了,意识到自己的口无遮拦,谭尽赶紧打住。

"撇开誓言不谈,林诗兰,如果这是最后一次重回十七岁,你难道不想为自己活一次吗?"

他慷慨激昂、激励人心的样子,像极了一个骗"韭菜"的成功学大师。

"你不是想救小狗吗?"

"想救！"

随着想法的坚定，她的语气也强硬了："小狗我要救，救完带回家。谭尽，你和我组队吗？"

他自然不会推托："好啊。"

林诗兰细细思索，将救狗计划补充得更加周密。

"不知道小狗是怎么出现在那儿的，有可能是被人遗弃的，我们早一点过去蹲着。那天下雨，要快些把它转移到暖和的地方。"

谭尽也跟着认真起来："要带点吃的和药之类的吗？"

"带！不过它像上次那样受伤严重的话，我不确定我们能处理好，可能要送宠物医院。"

说到这儿，她有点不太好意思地问他："你有钱吗？"

"有啊，钱我都随身带着。"谭尽一掏裤兜，掏出他厚厚的钱包。打开它，给林诗兰一看，她惊到了。

"你平时身上带这么多钱啊？"

谭尽露出了朴实无华的笑容。

虽然过程曲折，但结果是好的。

耗费这些日子，两人关系日渐恶化，最终达成共识：对方不是好鸟。在医院吵完一架后，一个突然的救狗合作，竟然让他们和谐地组上了队。各怀心思、队内不合是肯定的，总归他们愿意一起干点事情了。

四年前发现小狗的日期，是这周的星期日。

林诗兰和谭尽约好周六去石化厂，所以，她从周五就开始苦思，明天找个什么理由跟她妈妈说出门一趟。到了周五的晚上，林诗兰发现有别的烦心事了。

吕晓蓉拎着一堆菜回家，进门就开始忙活洗米做饭，还让林诗兰帮着出去买一箱啤酒，再带点下酒的卤味。

"一会儿你堂叔、他朋友，还有几个亲戚要来我们家吃饭，你买东西动作抓紧点。"

林诗兰一猜就是这样。

"我们家那么小点地方，他们干吗老来我们这儿吃吃喝喝？"

"这都是欠的人情债懂吗。"吕晓蓉给了她钱，催她出去，"大人的事别管，快去快回吧。"

等她买完啤酒、卤味回来,堂叔已经跟他带来的一伙儿人在家喝上了。

男人一手端酒一手拿烟,见林诗兰进来,小眼睛滴溜溜地打转:"嫂嫂啊,我进门跟你说的话,你不信。现在芮芮在了,你问她吧。"

"有什么事?"林诗兰冷着脸,压根不用正眼瞧他。

他端起酒杯,边摇头边向他的酒友使眼色:"瞧瞧这丫头,这样跟她叔说话,真牛。"

不久前刚坐下的酒友凑热闹:"这丫头做啥了?"

堂叔当着大家的面,将他告过的状又当众说了一遍:"前不久我在她放学时碰到她,跟她打招呼呢,她不知抽的什么风,把我推地上了。我这老胳膊老腿被她摔得哟,我休养了好久,现在身子骨都没好全。"

吕晓蓉板起脸,问她:"芮芮,真有这事吗?"

林诗兰敢做就敢认:"有。"

一旁的堂叔连连叹气,趁机煽风点火:"嫂子,你是当老师的,不能光教学校里的学生啊,家里的孩子也得好好教育。"

"是啊。"她妈妈赔了个笑脸,转头骂起孩子,"林诗兰,平时教你要懂礼貌,尊重长辈,你是左耳进右耳出了对吧?快,给你叔道歉。"

"我没做错事!"

所有人看着,林诗兰故意加大音量让大家都听见:"他过来碰我,我才推他的。"

吕晓蓉拿手指点着她的额头,嫌她大声嚷嚷闹得难看:"自家的叔叔碰你一下怎么了,至于推他吗?"

林诗兰站在原地,被她妈推了脑袋也半步不移,表情倔强。

"好了,你别吃饭了。再出去,给叔叔买条好烟,跟他道歉。"吕晓蓉打开钱包,拿了几张钱给她,把她支走。

其实林诗兰一点也不怕她堂叔。在场的亲戚长辈怎么看她,她都不在乎。但她知道,妈妈需要个台阶下。将钱捏在拳头里,她恨恨地瞪着看好戏的人。

"还不去?"吕晓蓉又使劲拍了两下她的背。

手揣进口袋,顶着她妈妈的眼刀,林诗兰冲出家门。三五步下了楼梯,她在楼下踢着草堆里的大石头撒气。胸口像堵满了黑色的恶臭污泥,她感到憋屈,感到窝囊,实在难以咽下这口气。

这当口,偏偏有个不怕死的"出气筒"自己送上门,往她的枪口撞。谭尽两手捧着奶茶,以一副吃完饭遛弯的悠然姿态出现。

"你是不是在草丛踩到狗屎啦?"

"踩你个大头鬼!"林诗兰怒气腾腾,恶声恶气地要撵走这个讨厌鬼,"你怎么每天都在我身边晃?你是跟踪狂吗!"

"谁跟着你了,我只是回我自己家。"他喝了口奶茶,不气也不恼,"没踩到狗屎,你脸那么臭?"

她懒得搭理他,甩手走掉。

谭尽不依不饶地追过来:"看来你是遇到什么不开心的事了,快说出来让我开心一下。"

"要开心回自己家开心。"气鼓鼓的林诗兰走得飞快,"我要去买烟了。"

"买烟?你家来人啦?"他一路小跑跟着她,只有维持这个速度两人才能搭上话。

一路斗着嘴,走到卖烟的杂货店,谭尽也把她不开心的原因全打听出来了。

林诗兰准备进店,他制止她。

"这么个混蛋叔叔,你还真给他买烟?"

她没好气地反问:"不然呢?"

"你妈给你的钱在哪儿?"

她掏掏口袋,掏出几张皱巴巴的纸币。

谭尽一把抓过钱,塞进自己兜里。

"你干吗?"林诗兰马上去抢回来。

他死死捂住自己的裤兜:"我抢钱啊,你看不出来?"

她没那个心情和他打闹:"别玩了,钱还我。"

"不还。林诗兰,你去过电影院吗,我们用这钱看电影去吧。"

他眼里闪着细碎的光,难以分辨是逗她玩还是认真的:"或者,去湖心公园坐旋转飞车,去逛夜市……"

"不知道你发什么疯,没买烟我怎么跟我妈交差啊?"她不搭腔,低头去掰他手指。

"没法交差就没法交差。先前答应的反抗她,你说过立马忘了?"

谭尽手伸进兜里,握住钱,高高举到头顶。这下林诗兰更拿不到了。

"是计划反抗她。可不买烟,我堂叔找我妈讨说法,那她又……"

因为争抢的动作,他们靠得很近。她说话间,他手往身后一藏,猛地低下头。

鼻子几乎要凑到她的鼻子了。他的呼吸近在咫尺,黑白分明的眸子凝望着她。

林诗兰迅速后躲,跟他拉开距离。谭尽却仍旧注视着她的双眼,语气中带笑,他说:"让我看看,林诗兰真正想做的事是什么?"

不知是什么让她突然觉得难为情了。她悄然别开眼。

细长漂亮的少年的手,伸向她的脸。屈起的指节轻轻地抬了抬她眼镜的框。

"我知道了。"他丢下这一句。

在林诗兰反应过来前,谭尽已成功携款逃跑。角色调换,现在变成她追他。

他跑起来的速度可不含糊。林诗兰合理怀疑谭尽有报复的成分,因为等她追到他的时候,她已经跑得上气不接下气,出了一身的汗。

而他将她带到了……

"眼镜店?"喘着粗气的林诗兰一脸费解,"你又不近视,来这儿干吗?"

"帮你配新眼镜。"他脚步不停走向店内。

她只好跟着进去,在店里压低声音对他说:"别费事了,我不需要。"

"真的?"谭尽轻飘飘一瞥,无比精准地揭穿了她。

"你眼镜又重,度数又不够,你确定不需要换?"

林诗兰心中一凛,看他的表情也变得复杂:"你怎么知道?"

"我怎么知道?"他歪着脑袋,故作神秘地笑笑,"就是你想象的那样啊。"

模仿着女生的语气,他说出了她的心理活动:"天哪,我眼镜自己戴着,连我妈都不知道我度数不够,他是怎么知道的啊?哇,这个人不会是变态吧,也太了解我啦,比我妈还了解我呀,真古怪。"

虽然自己内心不会有那么多夸张的语气助词,但不得不说,他脑补的还真是贴切。

林诗兰有意激他:"哦?你承认,你确实古怪?"

"古怪就古怪吧。反正无论我承不承认,你都会这么认为。"

谭尽看中一个圆框眼镜,从展示柜取下来递给她:"要不要试试?"

"那不买烟了吗?"为自己花钱、没完成她妈交代的事,两者都令林诗兰愧疚。

"我问你,是你的混蛋堂叔抽上烟重要,还是你看得清楚重要?"

他语气很重,有种少见的令人不适的压迫感。气氛紧绷,她不作声。

谭尽越发过分,没征求同意,直接俯身将她戴着的眼镜摘下放在旁边的柜台上。

"眼神不好,生活处处不方便。上课你看不清黑板,走路看不清远处的车,坐公交车看不清是多少路;明天去救小狗,你视力不够,怎么盯梢……这些所有的,你全要忍着?"

对于他的咄咄逼人,林诗兰非常不悦,脑中想着如何将他的话噎回去,她却没有谭尽的动作快。他流畅地拿起自己看中的镜框,麻利地帮她戴上。

他边戴边说:"如果你这么擅长忍受,那以后,我会不顾忌你的意愿,把我想给你的全部塞给你。"

这一连串的挑衅彻底点燃了林诗兰的怒火。在她正打算取下眼镜摔向他之前,店老板及时出现。

"小姑娘,眼光不错呀,这款式你戴真好看。"

她笑盈盈地捧着镜子过来,让林诗兰也能看见她自己的模样。

"你长得水灵灵,脸小小的,戴细边多秀气呀,原来的黑框眼镜太压你的五官了。"

镜中的少女蹙着眉,她试的眼镜没度数,看镜子并不清晰。

老板又把镜子往前递了点:"要不要我再给你拿别的细边镜框试试?"

林诗兰总算看清自己的一脸不开心,以及那副真的非常适合她的眼镜框。

"不用了,"她深吸一口气,最终不得不承认自己很满意,"我就买这个吧。"

即便她没看,也能感到身旁那人在笑。擅长做生意的老板拉着林诗兰,进行后续的验光、选镜片。

三个小时后,她拿到了自己新配的眼镜。

回家路上,谭尽背着手在前边走,嘴里哼着走调的歌。

这天夜里,无风也无雨。走在空旷的道路上,能看见天边圆圆的月亮。

今夜的月光，如此温柔皎洁。林诗兰忍不住多看了几眼，用她的新眼镜。虽然知道明天又是个雨天，但是，心里对此也不太烦躁了。

他们一起慢下了脚步，看着月亮。

"钱我要还你的。"林诗兰率先打破轻松美好的静谧。

"我妈给的钱不够配眼镜。你把账结了，差多少钱说说，我得给你。我自己的眼镜，不能让你花钱。"

"不说。你不让我花，我偏要花。"他回过头，对她做了个丑丑的鬼脸，"气死你。"

谭尽是故意又要找她吵嘴呢，林诗兰看出来了。她紧急调动起脑中的吵架用词。不过，深思到最后，也只是小声顶了他一句。

"有毛病。"

夜深了，石化厂宿舍的空地树影憧憧。

见林诗兰有些踟蹰的模样，谭尽问她，需不需要他陪同她一起上楼。

"你妈骂你，大不了我说'我逼林诗兰配的眼镜'，反正本来也是这样。"

她拒绝了："你先前送我去医院，我妈都盯着我。要是再让她知道，你今晚带我出去配眼镜了，她肯定瞎想。"

"你回去吧，"林诗兰迈上阶梯，既是同他说，也是给自己壮胆，"而且，眼镜原本就需要配，我没有乱花钱，或者用钱做了什么坏事。"

"行，看来你想通了。"谭尽释然一笑，冲她挥挥手，回家去了。

林诗兰蹑手蹑脚地打开家门。那伙蹭饭的人已在酒足饭饱后各自回家，只剩她的堂叔喝蒙了，赖倒在她家的小床上，呼噜声震天。

吕晓蓉正在水池边洗碗，见了女儿，比起没买烟，她更紧张女儿怎么几个小时不回家。

"我洗完碗，如果你还没回家，我得上警察局报警去。"

"我没想让你担心的，"林诗兰举起手机，给她看短信，"我给你发消息了，你没看到吗？"

吕晓蓉鼻子发出一声嗤笑，话说得越发严重："发短信有什么用，歹徒也能拿你手机发。我只有你这一个女儿，你是我后半辈子的全部希望，你如果出事，我也不活了。"

林诗兰明白，妈妈在表达她对自己的在意。但说实话，她没从妈妈的话里获得爱，只感到了沉重。

待女儿道完歉，吕晓蓉开始追究下一件事。

"配新眼镜有什么必要？你这个年纪应该专注于学习，这种眼镜是很时髦，可是一点也不实用。眼镜是个工具，要以实用为主。"

林诗兰无奈地跟她解释："换新眼镜不是因为臭美，先前的眼镜度数不够了。"

听到这话，吕晓蓉情绪更激动，立马丢下手里的碗，过来看她的眼睛："哎呀！怎么又不够了？你近视程度又加深了？你从来不保护眼睛，再这样下去，你两只眼都要瞎了，跟你说了多少遍，写作业姿势要规范，灯要开，多少次我回来时你黑灯瞎火……"

如果不是实在听不下去了，林诗兰不会选择打断她。

"妈，就是不想被你这么说，我才一直戴着度数不够的眼镜。我在眼镜店验光，比期末考试还紧张。人家指着视力表，问我是哪个方向，我看不清，心里很慌张。我也不想眼睛坏掉，可是已经看不清了，我需要配眼镜。跟你讲这些，是想告诉你，我非常清楚保护眼睛有多重要，所以，别再指责我了。"

林诗兰这一番推心置腹的话，被吕晓蓉视为狡辩。她置着气，晚餐剩的菜全倒了，没给林诗兰留。

第二天，堂叔一早醒了，想喝醒酒汤。她妈妈没睡多久便起床忙活。

林诗兰跟吕晓蓉说，自己今天去图书馆学习。她妈妈没闲工夫管她，便让她去了。

下楼。林诗兰特意没提前发短信叫谭尽，她原以为可以等他一回了。

小雨淅淅沥沥。她撑开伞，刚走了两步……

大树旁，有位少年正百无聊赖地踩着水坑里的水。

"为什么每次总是你等我？"林诗兰有些想不通了。

谭尽答得随意："哦，我才来。凑巧从窗户看到你出门，正好我也准备好了，只是我下楼走得比你快。"

一辆小轿车经过他们，车主摇下车窗。

"小尽啊，你不是老早就出门了吗，怎么还在这儿？"

打脸来得太快,说谎的人和听他说谎的人都沉默了。

林诗兰憋着笑,向车里坐着的谭爸爸问好。

谭爸爸招呼他俩上车:"下雨呢,你们要去哪里,我送送你们。"

看时间,谭爸爸是去石化厂上班,他们正好要去那里。两人对视一眼。

谭尽开口:"送我们到石化厂附近的文具店吧。"

他爸应着好,把车门打开。林诗兰坐到车后座,谭尽跟着她一起上来。他爸爸那边还把着副驾驶的门,转头一看,他俩都在车里坐好了。

"咦,不坐前面?"谭爸爸也不指名道姓,边关车门边自言自语,"以往雷打不动,不管跟家里谁出门都要坐副驾驶,今天想坐后面?"

谭尽轻咳一声,已经有点后悔坐他爸爸的车了。他摸摸后脑勺,尝试岔开话题:"哎,外头雨好大。"

她望向车窗,上面几滴小雨珠,风一吹都快干了。

"林诗兰,你戴了新眼镜啊?"上个话题失败,他没话找话,十分刻意地找她聊天,"新眼镜不错。"

这话干巴的,她都没法回:"是你昨晚帮我挑的,你失忆了?"

"小尽昨晚和你出门啦?"一直注意着他们的谭爸爸自然地接话。

"怪不得回家时他脸上有笑,洗澡时又在浴室唱歌。我还纳闷他心情咋这么好,平时在家,小尽永远是拉着个大脸子,像谁欠了他钱一样,出去一趟回来就变了个人,满面春风啊。"

"爸,"神情严肃的谭尽提醒他,"开车不闲聊,看路。"

"我看着呢。"

谭爸爸的确是专心地开着车,可嘴里也一点没耽误说话。

"小林啊,你和小尽玩,真是太好了。你不找他出门,他周六准闷在家里打游戏。以前你到家里找子恒做作业,小尽都可想和你说话了,你是不知道……"

"爸!开点广播吧!"谭尽咬着牙对他说,"车里太安静了!"

"哦。"谭爸爸总算会意,噤了声。

"快要到了,还开广播吗?"林诗兰表情不变,认真地询问谭尽。

他和她对视。在她的目光中,他鼓鼓的腮帮子,像没气的气球,悄悄瘪了下去。

"那——不开吧。"

车内回荡着单调的雨刷声。三个人不交谈了,一人瞅一个窗户。

林诗兰看到文具店了:"叔叔,你在前面把我们放下吧,那里方便停车吗?"

"方便。"谭爸爸稳稳地停好车。

他们下车,谭尽先出去。谭爸爸没憋住,用极小的声音对林诗兰说:"小林,就你治得住小尽。我们家啊,我、他妈、他哥,都管不了他,但他听你的。"

谭尽的耳根子要红爆炸了。林诗兰再不出来,他可能会自己跑走。

谭爸爸的车开远了。车里的尴尬,却一路跟到了车外。

谭尽沿着马路不停往前走,直到林诗兰提醒他:"我们已经在目的地了。"

他回头找她。他们又往后走了一小段,她指了指石化厂外沿的垃圾桶。

"那里就是我曾经捡到小狗的地方。"

"嗯。"谭尽像找不着魂似的,左看看右看看。

"现在小狗还没有被扔,接下来我们做什么?"

"等着。"林诗兰打了个哈欠,抬眼望天。

天边阴沉沉,乌云堆积。暴雨欲来的周六白天,好适合在家睡觉。

他们无聊地站着。良久,她找了个能聊的话题。

"叔叔为什么说,你听我的?"

他语调平淡:"他乱说的。"

空中的雨珠逐渐变得密集,雨下大了。二人各自打伞,谁也没看谁。旁边的伞,被挡住脸的人,猝不及防地朝不知名的方向抛出了一连串的疑问。

"你洗澡唱歌了?"

"你以前想找我说话?"

"你不坐副驾驶,要和我一起坐?"

"你起很早在楼下等我?"

谭尽忍无可忍。

"你家住海边啊,管那么宽!"

那伞向上抬起几分,露出一双精致美丽的少女的眼。她眼睫低垂,掩住眸中的情绪,疏离又如此娇怯。

"你能离我近点吗?"他神情一滞,又听她喃喃自语,"我不喜欢石化厂。"

瞬间,他鬼使神差地扔掉自己的伞。身体僵直着,他往左靠了小小一步。

雨夹着风，劈头盖脸地吹来。为了不让雨淋到自己，林诗兰紧紧抓住伞柄。这阵风过去，她终于想起举高伞，让发呆的谭尽过来。

这一会儿的工夫，进到伞下的他，已饱经风雨摧残，头发乱得像杂草，脸也被吹傻了。

"你为什么不打伞？"问完这个缺德的问题，她自己先"扑哧"笑了。

这个只有他是傻瓜的世界。

谭尽累了。

把纸巾摊开，往头上一盖。谭尽"唰唰唰"地擦了几下。这几下，显然无法补救他的狼狈。他头发湿漉漉，眼神也湿漉漉。

自打靠近石化厂，林诗兰莫名地感到不适，一直精神紧绷。刚刚笑过之后，她心里才好受了许多。

这会儿谭尽站得近了。同撑一把伞，他们反而有些拘谨，没再说话。

雨水打在伞上，对面草丛的叶子被雨水浸得越发油绿。

周六且天气不好，过了上班的点，石化厂周围许久不见有人路过。他悄悄侧目，用眼角余光瞥向她。

天边传来闷闷的几声雷响，林诗兰轻轻地咽了下口水。

谭尽渐渐发觉了她的异样。似乎是被冻的，她的手臂浮起一层细细的鸡皮疙瘩。

他问："你不舒服吗？"

她没瞒他："有点。雨不下大，还没事，现在……"

话没说完，远远的地方又响起雷声。

林诗兰缩了缩脖子："你听，是不是有人在说话？"

他和她一起竖起耳朵听。除了风雨声以及偶尔的雷声，谭尽没有听到别的奇怪的声音。他四下张望，别说附近没人了，整条街只有他们两个。

雨水溅到鞋上，晕出一块水渍。这画面让她涌起一股似曾相识的感觉，林诗兰心里不踏实，右手伸向左手的手腕，那儿的手串没了。

怅然若失的心情令她的眉头越皱越紧。

"林诗兰，我想喝奶茶。"

身边的人没头没尾地冒出来一句话，打断了她的思绪。

看她不在状况内,他又一次出声,将她完全从胡思乱想中拽回来。

"昨天欠我配眼镜的钱,你不是要还吗?今天,你来请我喝奶茶。"

"哦,奶茶,"林诗兰动作迟缓地点点头,"什么时候喝?"

谭尽表情拽得跟个大爷似的:"现在要喝,给我买两杯吧,珍珠奶茶。"

她拉开挎包的拉链,拿钱还他。

"你去买,"他不接钱,将手中的伞给她,"我懒得动,顺便站在这儿望风,等小狗。"

林诗兰只好自己去了,谁让她欠他钱呢。平时没关注过,不知道哪儿有卖奶茶的,她路过报亭、杂货铺,人家只有罐装的奶茶,没有珍珠奶茶。林诗兰绕了很远的路,在雨里找呀找,走了得有半小时,终于找到了一家奶茶店。

打包完两杯珍珠奶茶,她沿原路返回石化厂。虽然过程有些辛苦,但林诗兰其实挺愿意走走路的。至少,可以短暂地离开一会儿那个令她发怵的环境。

为了避免丢狗的人看到他们,改变路线,不往垃圾桶丢狗,他俩特意找了个隐蔽的拐角藏着。

倚着墙的谭尽耷拉着眼皮,昏昏欲睡。林诗兰回来时走路没什么动静。她从他背对着的方向走近,拍了下他后背。

"你的奶茶。"

谭尽陡然一惊,像个不倒翁似的左右摆动了两下,堪堪稳住。

"人吓人吓死人啊!"他惊魂未定地回过头。

林诗兰脸上带着狡黠的笑。她故意的。以前他跟某人开玩笑,被骂幼稚。好家伙,如今同一个人反过来对他恶作剧了。

一把夺过奶茶袋子,谭尽连忙喝几口压压惊。

恶作剧新手尝到了乐趣,语气轻快地评价:"看来你胆子很小哦,很容易就被吓到。"

气呼呼的谭尽端着奶茶猛吸。

"被你吓得我胃口都没了。还有一杯奶茶我不喝了,你喝。"

他把奶茶塞进她手里。林诗兰刚拿稳。

"啪——!"谭尽举起吸管,以奶茶老手的姿态用力一戳,吸管斜斜地插在了奶茶的最边边。飞溅出的奶茶,一部分落在林诗兰的衣服上,一部分落在她的脸上。

此番互动过后，扯平的两人身体失去了精力，脸上失去了笑容。

谭尽机械地嘬着奶茶。收拾干净后的林诗兰也学着他，开始喝。

喝奶茶的第一口，她就被珍珠呛到了。

这奶茶喝得也太曲折，谭尽出言相劝："不爱喝别勉强。"

林诗兰神色淡淡："买了不能浪费。"

三分钟后——谭尽刚喝三分之一，而林诗兰已经喝完了。

他听到她吸溜吸溜地吸剩余的珍珠，看架势是要把它们全部吃光。

谭尽望着嚼珍珠的林诗兰，想到电视里在草场吃草的小牛，大大的眼睛像黑葡萄，眼神呆呆的，嘴巴一直在动。这个联想让他觉得，她有点可爱。

过久的无聊的等待，让他俩都陷入了放空的状态。注意到跟随着自己的视线，林诗兰晃了晃手中的空塑料杯。

"我没喝过奶茶，原来很好喝。"

这种小学生都在喝的饮料，她竟然从未尝过。

他疑惑："你为什么不喝呢？"

略微思考后，她答："按这里的年龄，我妈不喜欢十七岁的我吃外面卖的东西。"

谭尽感觉这也不能当作解释："可是，后来的你可以去买啦。"

"是啊，为什么我没有去买呢？"凝视着奶茶杯，林诗兰眼中充满困惑。

"满大街都是奶茶店，我每回路过，看别人喝这个，只是看着，但自己从来没想着也要去喝一杯。"

谭尽想说些什么。不过，他没有说出来。

汽车剧烈的刹车声，一下子穿透了雨声，落进他们的耳朵。二人同时回头，望向后方的街道。声音是从那个方向传来的，两个胆小鬼都被吓到了。

"发生什么事了？"

"要不去看看？"

达成共识，他们动身。根据先前辨别的方向，往那边靠近。在雨中行走，动作想快也快不到哪里去。刹车声在那一下之后消失了，到了岔路口，他们一人说左边，一人说右边。正争执不下，有人打着伞往他们这儿走来。无心地瞅了那人一眼，谭尽的情绪立马激动起来。

"狗！他是不是抱了狗？"

他视力极好，定睛一看更加确信："那人手上有小狗！黄颜色的对吗？"

"对，黄色小土狗。"林诗兰也隐约看见了。

于是他们迅速放弃去别处看热闹的计划。谭尽扯着林诗兰，匆匆躲回先前找到的隐蔽角落。

"狗狗果然是被人扔掉的。"她愤愤地捏紧拳头。

"我们等他走近就冲过去，抓他个人赃并获。"他用举棍子的姿势举起自己手中的伞。

他们已准备就绪。抱狗的人不急不缓地冲垃圾桶走来。离得越近，他们越能听见小狗哀哀的叫唤声。

可是，当真的近到他们可以冲上去抓包的距离，潜伏的二人却纷纷失去了主意。

是个女生。而且，是个熟人。穿着他们高中的校服，身材微胖，步子小小。长刘海覆住她的眼，少女从灰蒙蒙的雨幕中走来，浑身似乎也沾染了那份阴沉的潮气。

偷偷看着的两个人下意识地屏住呼吸。她背对他们，在垃圾桶前站定，不带半点犹豫，将小狗丢了进去。

谭尽倒抽一口冷气。转头，他与林诗兰的目光碰上。二人都看见了彼此眼中的意味深长。

"哇……"她见他没有上前的打算，多少有些阴阳怪气，"是你的苏鸽。"

谭尽对林诗兰的话反应激烈。他好似忘了他们在暗处，用正常的音量跟她说话："我和苏鸽是同学，她单方面喜欢我，我对她没有兴趣。"

轻巧的两句话，把自己择得干干净净。

林诗兰脑中浮现苏鸽的那句"你别喜欢林诗兰了，喜欢我吧"，以及谭尽当时应的一声"好"。

她斜睨着他，随意地问："那你对谁有兴趣？"

轻飘飘抛过来的话，让他像只被踩了脚的猫，瞬间竖起浑身的毛。呼吸急促，谭尽的胸口上下起伏。

"我？"与她错开眼，他说，"我对神经病有兴趣。"

不知道他骂的是谁，反正不是自己。

林诗兰盯着苏鸽的背影，她已渐渐走远。不再耽误时间，她来不及跟谭尽沟通，自己先行一步，冲向垃圾桶。

可怜的小狗，它趴在树叶、饮料罐和废弃的食物残渣中，一抽一抽地发出呜咽。

姜黄色的毛发被雨水打湿，黑黑的鼻子里冒着血，玻璃球一样纯净的黑色眼瞳瞪得大大的，望着天。

林诗兰用准备好的棉毛巾给狗狗盖上。谭尽小心翼翼地抱它起来，他们想看看它哪里出血。手指刚碰到它，它便发出一声凄厉的尖叫。

这一叫，可把谭尽急坏了。他空出一只手，"哗哗"地翻着包里的碘酒、棉签、蛋糕、火腿肠、创可贴……药和食物，带了一堆，目前的状况叫他无从下手，不知选哪个能帮上忙。

林诗兰比他冷静。目测了小狗的出血量，她迅速对眼下的情况作出了判断："伤得太重了，我们带的药没法处理，得送医院。"

"它叫得好惨。"他身体僵直，一动都不敢动，"我是不是碰到它伤口了？"

纵使谭尽动作极尽轻柔，小狗依然在痛苦地声声叫唤。

联想到他们之前听到的刹车声，她突然灵光一现，有了种猜测："它是不是被车轧了？"

谭尽同意："很有可能！"

模模糊糊记得，如果是这种情况，不能随便移动伤者。林诗兰四下张望，发现垃圾桶后面有个大大的纸箱。

她有了主意："我去拆箱子，用硬纸板托着小狗。"

"我来拆。"他将小狗交给她。

狗狗身上包着柔软的毛巾，腹部贴着她的右手手掌。林诗兰能清晰地感受到，手中一条小生命的沉甸甸的重量。

"咚咚，咚咚。"小土狗的心脏跳动着。她捧着它，像捧着一座小小的时钟。

纸箱又大又沉，谭尽将它拽起来，使出吃奶的劲撕下一块纸板。

不知是没劲了还是她抱着舒服，狗狗的叫声变小了。

她接过他递来的硬纸板，在小狗的身下垫好，再将它护在自己的臂弯里。而后，两人跑步寻找着附近的宠物医院。

根据以前的信息，他们都知道，它在原本的时间不会很快死掉。这是一只坚强的小狗，它现在被扔，直到第二天上午才死。甚至，在生命的最后，小狗凭自己的力量爬出垃圾桶，死在了草丛里，足可见它求生意志的顽强。

他们的干预，出于善意，但结果不可预知。对它救助够及时吗？它能被救活吗？或者，情况会因为遇到他们变得更糟？

小土狗流着血，发着抖。他们以最快的速度奔跑，不敢有所懈怠。

谭尽打伞，遮着林诗兰和小狗，他自己遮不遮的完全没顾上。进到医院，她和狗干干爽爽。他像冲了个澡，全身被大雨浇透。

宠物医院的医生替小狗检查了伤势。跟他们猜测的一样，经医生的判断，狗狗是遭遇了车祸。

"右前肢骨折、内出血，需要拍个片，然后做手术。"

"好，尽快做吧。"谭尽果断地同意。

医生抬抬眼镜，看了眼他们，都是稚气未脱的学生模样。

"这是不值钱的土狗，日后也会有残疾。你们确定要救吗？手术可要花不少钱。"

"救，我有钱。"谭尽一如既往地干脆。

医生那边还在给狗狗打止痛针，谭尽已经提前去外面交全部的治疗费用。

这是一只很小很小的狗狗，年龄大概只有三周那么大。土狗"呜呜呜"地叫，眼里浸满泪水。

林诗兰摸摸小狗的脑袋，在它的耳边，她轻声对它说："活下来吧。"

上一回，她亲手埋掉它。时隔四年，再次找到这只小狗。这一次，她想让它的命运发生改变。

医生在里头做手术，林诗兰和谭尽在外面等。

他被雨淋过的头发已经干了，衣服和裤子却还湿着。宠物医院的空调温度开得有点低，坐在长椅上的谭尽缩着脖子，看上去有点窝窝囊囊。

林诗兰从包里掏出一条毛巾给他。谭尽开心地接过，在自己身上这里擦擦，那里擦擦，擦得起劲。

她悠悠地提醒："这是给狗的毛巾。"

他正在擦脸的动作猛然滞住。

"我多带的。"好一个大喘气，她又整蛊到了谭尽。

"不好笑。"谭尽把毛巾还给她。

林诗兰侧目:"什么不好笑?"

他眼角向下耷拉着,脸都气胖了一圈。

"刚才的玩笑不好笑,'你的苏鸽'也不好笑。"谭尽单方面陷入了跟林诗兰的冷战。

空调"呼呼"地吹,恼人的雨一刻不停地下。

过了一会儿,前台来人了。他拿着一张表格来找谭尽:"该填的信息没写完呢,你家小狗的名字要写上。"

"哦,好。"谭尽取走他给的纸和笔。

冷战结束了。冷战总计时长:五分钟。

"林诗兰,狗要叫什么?"

笔尖对着狗名字的那一栏,他低头,打算照着她说的写。林诗兰没说话。谭尽只好抬眸看向她。

"静静。"她说。

"啊?"他惊。

林诗兰耐心补充:"狗,我要叫狗'静静'。"

他感觉不太妙:"为什么啊?"

她表情平和:"我喜欢静静。"

谭尽表情裂开:"你什么时候喜欢静静了?"

她依旧平和:"我一直都喜欢安静。"

"那也不能叫静静!"手里的笔都被扭弯了,他豁出去反抗,"因为,我也是尽尽!"

"你是谭尽,尽尽。它是静静。"她得出结论,"完全不一样。"

"你读出来完全一样好吗!"谭尽抓头发。

见他真的很崩溃,她嘴角上扬,扑哧乐了。

林诗兰扳回一城:"这次的玩笑好笑了吧?"

他松一口气:"原来你是开玩笑啊。"

抽走表格,她写上真正给小狗取的名字。

谭尽凑过来看。宠物姓名:静静。

她缺德缺上了瘾:"其实,没开玩笑。"

直到小土狗的手术结束前,谭尽都在为了它的名字,或者说他的名字,努力向林诗兰抗争。

"不如叫晴天怎么样?你想逃脱雨季,叫晴天多吉利啊。"

他绞尽了脑汁,"猜林诗兰喜欢"的提议一个接一个地蹦出来,让她想关都关不掉。

"我想到一个特别好的:嘟嘟,非常朗朗上口吧?"

"这个你一定喜欢,Sunny!你想要中文名,可以叫它阳阳。"

"那想个大众点的名字如何,乐乐?果果?豆豆?多多?"

而不管谭尽怎么推销,林诗兰始终是一副油盐不进的态度:"好的,我会考虑一下你的建议。"

待小狗从手术室出来,她直接喊着"静静",迎了上去。

狗狗几乎半个身体缠着绷带,手术后的它非常虚弱,安安静静地趴在台子上。

医生说手术很成功,小狗还得留在医院观察观察,他们来给它打针吃药。为稳妥起见,一周后再来把它接回家。

听到狗狗没大碍了,他俩都特别高兴。

林诗兰摸摸小狗毛茸茸的脑袋,夸奖它:"做得好。"

狗狗蔫蔫的,前爪被包得肿肿的,眼睛微微睁开。不知是不是听懂了她的话,小狗舔了几下她的手。突然传来的湿润让林诗兰微微地愣住。仿佛是谁用羽毛挠了一下她的胸口,心脏被这份柔软触及,感到了微微地塌陷。

"医生,小狗是公的还是母的?"表格上这一栏也空缺着。不敢挪动趴着的小狗,谭尽还是问了医生。

"是小男孩哦。"医生说。

看林诗兰那边,改名字是没戏了,谭尽打起狗的主意。趁着她和医生说话的工夫,他做贼似的蹲下来,用手捂住嘴,跟狗交流:"哥们儿,我们来选个帅气的名字吧。"

"烈火?"土狗没反应。

"刀锋?"土狗的眼睛越眯越小。

"雷霆?"刚才剩一条缝的眼睛完全合上了。

再度受挫,谭尽垂头丧气,背弯得像只虾米。

"静静。"林诗兰在后面喊。

"嗯?"他回头看她,旁边的小狗竟也抬了抬眼皮。

她粲然一笑,双眸含情,脸庞笼着明媚的光。谭尽一时分不清,她是不是在对他笑。被叫名字的小狗,因为她的目光,支棱起它短短的小尾巴,从左边缓慢地晃到右边。

从宠物医院出来,已是小镇的傍晚。雨水冲刷后的石板道,表面光滑透亮。家家户户亮起灯,能闻到镇上人们做饭的香味。两人依旧没有热络地对话,安静地走在回家的路上。

救活了这只小狗,天气照样如此差劲。一切仿佛都跟来时一样,却又不一样。

空气被夏日的水汽浸饱,他们漫步雨中。为了不踩到水坑,二人脚步挨得好近。

"你说为什么,苏鸽会出现在那里?"林诗兰主动提到这个话题。

被她开过玩笑,谭尽对"苏鸽"两个字,表露出了微微的抵触。他叹了口气,无精打采地回答道:"丢狗的,肯定不是好人,不管她了。"

"你也得逃离循环的雨季。"林诗兰却是没有任何轻慢的意思,"你帮了我,我也想帮你。"

"你可以把你知道的告诉我。"她的表情真诚。

"好吧。"思考片刻后,谭尽开了口,"在雨季前,我可以说,对她没有什么印象。"

每个班级里都有那么一个不太受大家待见的人物,在谭尽的班级,这个人叫苏鸽。具体什么原因,他说不上来,大家好像不爱跟她玩,不喜欢坐她附近的位置。

在谭尽是小胖子的时期,他也曾经是这种在班里不受待见的人。当他意识到同学们孤立苏鸽时,他没有像他们那样做。倒不是说他为她挺身而出了,他只是没有欺负她,像对待普通同学一样对待她了。

班上分小组做作业,苏鸽被剩了下来。老师问谁愿意和苏鸽一起,问了好几个人,都说不愿意;问到谭尽时,他跟谁都行,所以就爽快地答应了。

后来,苏鸽找他借橡皮,谭尽也都会借给她。班上买练习册,有一本垫在最下面的破了,大家都不拿。打完球回来的谭尽看到剩下两本了,反正自己也不爱写作业，就随便拿了一本。

苏鸽会跟自己表白，是谭尽完全没想到的。他平时无心的行为，在苏鸽的眼里，竟被解读为对她有意思。

"我喜欢你，你也喜欢我。如果你不喜欢我，为什么要同意跟我一个小组？如果你不喜欢我，为什么小组展示时，要当着所有人的面为我鼓掌？你肯定是喜欢我，所以小组展示后，老师给的奖品巧克力，你没拿，全留给我了。你喜欢我，所以借我橡皮，从来不会向我要回去。你特别爱我，你甚至把好的练习册让给我，自己用破的。"

谭尽是蒙的。他拒绝了她的表白。

关于之前怀疑的，誓言发出对象……实际上，非常牵强，谭尽想不到他会对苏鸽许下什么誓言。但是他能感觉到被他拒绝之后，苏鸽的状态变得特别糟糕，他对此心有愧疚。

听完他对苏鸽的叙述，林诗兰也是蒙的。首先，他们的关系和她所想象的，差别太大了。再有，根据谭尽的话，他其实并没有对苏鸽另眼相待，做的事都很普通，苏鸽对他的误会却很深。

如果继续怀疑谭尽故事的真假，那他们永远没法合伙办事了，所以她姑且选择相信他。

"按照你之前提到的中式恐怖路线，水灾前，我最放心不下的是我妈，你有愧疚的，是苏鸽。即使猜不到誓言的内容，总归，可以尽力让两个人不要对我们怀有怨气。我觉得，这是一个值得一试的主意。"

林诗兰难得表现出如此通情达理的一面。谭尽做好了被刨根问底的准备，但她半句也没有怀疑自己，他惊讶得脚步都飘了。

她正认真说话，突然瞥见了谭尽的魔鬼步伐。

"你走路怎么内八了？"

被点破以后，谭尽试图走着走着矫正姿势。他一边看着她的脸，一边走路。

"是啊，值得一试。但，我想不到怎么消除苏鸽的怨气。我对她好，她更觉得我喜欢她，那肯定不妥。我刻意对她不好，那不就跟大家一样欺负她了？怨气会不会更深？"

"我想想……"

林诗兰瞬间有了个绝佳的提议："不如，交换阵地作战吧。你帮我处理我妈,我帮你处理苏鸽。"

谭尽立马同意,点头都点出了虚影。

他们迈着轻快的步伐,心里悄悄对未来充满了期待。

"我走路没有内八了吧?"他自信地问。

"对。"她看了他一眼,"现在顺拐啦。"

第三章

子恒哥

狗狗他们是救活了。林诗兰能不能带回家还是个未知数。

她跟她妈妈提:"我想养狗。"

她妈妈对她说:"你想都不要想。"

林诗兰进门前,谭尽教她:"试试看,你用对付我的气势,对付你妈。"

于是,她摆出面无表情的扑克脸,复读机一样对她妈妈重复:"我要养狗,我要养狗,我要养狗……"

吕晓蓉叉着腰,使出狮吼功中断她的发言:"别说了!我们家不能养狗!"

林诗兰进门前,谭尽还教她:"你就想象,你妈不是你妈,她是一个披着你妈外皮的我。"

视线扫过妈妈烫卷的黑棕色长发,白白的脸;她放空大脑、双眼失焦,把她想象成一个头上挂着海带的肉包子。

其实,林诗兰都知道她妈妈大概会说的台词。她先吕晓蓉一步把她的顾虑讲了出来:"不能养狗。狗身上有细菌,多脏啊。每天要遛狗,谁有精力?有那个精力还不如多学习。我们家人都吃不上饭了,还要给狗吃,哪儿来的钱?养只狗那么吵,吵了以后还能好好学习吗?"

林诗兰的战略是:说妈妈的话,让妈妈无话可说。

吕晓蓉深吸一口气:"既然你……"

"既然你都知道原因,还敢跟我提这种无理的要求。"又一次,林诗兰预判了她,并以更快的语速把话说完。

这个不寻常的操作属实唬住了吕晓蓉,对自己言听计从的女儿竟然会抢话了。

她正思索该怎么用更多的理由数落女儿,这也给林诗兰空出了表达的空间。

"妈,你想的事,我也想到了。所以,我是经过深思熟虑才向你提的养狗。我会负起责任养它,我会遛它、给它洗澡,把它教好让它不要吵,它吃我们的剩饭就行,不用多花什么钱的。与此同时,我向你保证养狗不会耽误我的学习。妈妈,你相信我好吗?"

这段话,林诗兰老早就打好了腹稿。她内心有很多想法,有很多想和妈妈说却没说的话。因为不愿意让妈妈生气失望,因为不想跟她起争执,即使重新经历许多遍相同的场景,她也仍然选择将自己心里的声音咽下。

高三,是学习的最关键时刻。林诗兰顺应着她妈妈的想法——在她的花季雨季专注于"学习"这一件事。除此之外,她什么都没有做。

如果又一次,什么都没有做,就把十七岁过完了,该多么遗憾啊。

这回,她在生活里,找到了想干的事——收养小狗;掏出真心和妈妈交流。

"好吧……"吕晓蓉带了些不甘愿,可终究还是松了口,"先让你养一阵,但相信你是有条件的。下次模拟考,你要达到我要求的分数,我才会让你继续养。"

"好!谢谢妈妈!"林诗兰真是开心极了。她可以养静静啦!

原来,只要她诚实地说出心里话,妈妈是可以理解的!

等吕晓蓉不在家了,林诗兰迫不及待地去隔壁楼的谭尽家,将这个好消息分享给他。谭尽那边却有烦心事。

"我看了看后面的课程安排,下周一,就是我给你说的,班上分学习小组的事。所以,明天老师问我要不要跟苏鸽一组,我是拒绝还是同意?"

她喝着手中的汽水,告诉他:"我认为,得同意。"

他有点不太放心:"那我该怎么避嫌呢?小组作业时,我对苏鸽态度差一点?"

林诗兰顺走谭尽的薯条,边咀嚼边说:"听完你的故事,我觉得,你以前也没对她多好。就像之前说的,你对她差一点,就跟大家一样变成欺负她了。"

他叹气:"那我该怎么做?"

林诗兰拿起鸡块,蘸了番茄酱:"你跟从前一样就好了。"

他求助地望向她:"行!你有办法对吧?"

林诗兰没否认,因为她在忙着吃巨无霸汉堡包。

谭尽呆坐着,刚买回来的麦当劳,现在已经只剩包装纸上的麦当劳叔叔了。很难不怀疑,这人是特意来他家蹭晚饭的。

拍拍自己鼓鼓的肚子,她笑容恬静:"我没吃过麦当劳,原来很好吃。"

真是熟悉的台词,上回她喝到奶茶时也是这么说的。他默默地收拾餐桌,试图找到一口吃的。林诗兰捧着汽水"吸溜吸溜"地喝,喝得太大声,惹怒了饿肚子的谭尽。

停住手边的动作,幽暗的眸子盯住她,他的表情似笑非笑:"你吃了我的东西,信不信我把你给吃了?"

她看了他一眼,站起来。

"我回家啦。"仿佛吃谭尽东西的坏人不是自己,林诗兰转身就走。

"哦,对了。"没走两步,她回过头,将饮料杯往他手里一递,"这个给你。"

谭尽下意识地接过,低头看,里面已经空了。再要找林诗兰算账时,她已脚底抹油,走出大门。

到了第二天,谭尽才知道,林诗兰的办法有多瞎。

他按计划,和苏鸽组成一个小组。当小组进行单独作业时,林诗兰按时来帮忙了。窄窄的双人课桌,苏鸽坐在板凳的左边,他坐在板凳的右边,林诗兰坐在他们的中间。

她直直地戳在那里,僵硬得宛如一支冰棍。明明是夏天,谭尽和苏鸽却感觉到空气中飘来阵阵寒气。

他咳嗽一声,试图为林诗兰的加入做个铺垫:"这是隔壁班的班长,他们一班已经做完这个作业了,我特意请她来指导我们。"

林诗兰没说话。苏鸽咽了咽口水,先打招呼:"嗯,班长好。"

林诗兰猛地转头,动用力量使嘴角开朗地上扬,对她露出了一个诡异至极的笑容。

"你好。"她的问候不带感情,像个杀手。苏鸽顿时失去了语言,隔着障碍物,朝谭尽投来了求助的目光。

他只好出来打破尴尬的局面:"我来说说我们的任务,这个小组作业是要复习以前的课,选出几个重要的章节,再整理成幻灯片向全班展示。"

林诗兰点头:"好,我知道了。"

"我来给你们做。"她豪气地扛下了所有。

此时的教室已不是教室了,仿佛是冰封千里的滑雪场。一个下午过去,完全没有参与却完成了小组作业的谭尽与苏鸽,他们的关系铁得仿佛是一起去了趟冰雪主题的鬼屋。谭尽请来的劣质演员,则对她亲手完成的小组作业很是满意。

"放心吧,这个展示,你们肯定能拿班级第一。"

学习高手沉浸于学习,全然忘记了她来这里的目的。

林诗兰不是个会吹牛的人。几天后,苏鸽和谭尽的小组展示果然如她所言,拿了全班第一。

老师对于他们的展示赞不绝口:内容精细,涵盖内容全面,对知识点的理解和应用滚瓜烂熟。两个人肯定是在一周里投入了所有的精力,才能做出这样优秀的作业。

被大力夸奖的两人在讲台上露出了"受之有愧"的表情。其实,他们这周啥也没干,林诗兰用了一个下午把活全做完了。这导致他们每天在教室里干巴巴地一起发呆,闲得都快发霉了。

当苏鸽的展示部分结束,班上没人鼓掌。谭尽看着她自卑地咬紧下唇,尴尬得手脚不知放哪儿。在一阵静默中,他还是选择带头为她鼓了掌。

老师奖励给第一名的两盒巧克力,谭尽保留了自己的,没给苏鸽。好歹得和以前有不一样的地方啊!

下课后,谭尽跟林诗兰约好去宠物医院接静静。她在校门口等着,他从黑漆漆的角落走出来,背后像跟着一道阴影。

见谭尽愁容不展的模样,林诗兰想当然地问:"小组展示不顺利吗?"

"没有。"他翻翻书包,把奖品巧克力送给她。

林诗兰也不跟他客气,她当场拆了包装盒,拿出两块巧克力;一块在手心捏着,一块马上吃掉。

她一点也不关心他,都不再往下问了。谭尽满腹哀怨,恨不得掏出一条手绢在手里揪。

他自己主动开口说:"这一周我跟苏鸽单独相处,没有要干的事,实在是太无聊了,她几次来跟我聊天。以前的这个时期,以她内向的性格,这是不可能发生的。感觉现在的我和她,比以前的接触更多,甚至放学的时候,她追着我,脸红红地对我说了谢谢。"

林诗兰小口小口地吃着巧克力,咬完一口,抿着;巧克力化了,再咬一口。

谭尽严重怀疑她没有在听。别人要喜欢他了,大事不好了。她左耳听右耳出,根本不在意。

他超级不开心,哽着声音说:"林诗兰,你一个星期都不来找我。"

这句她总算听进去,连续咬巧克力的动作中断了一会儿:"我得学习,要是二模成绩达不到我妈妈的要求,她是不会让我养静静的。"

"那你的同伴怎么办?说好的交换阵地作战呢?"他不管不顾地赖上她,"我们难道不应该互相帮助吗?"

林诗兰想得单纯,做得也单纯:"是呀,互帮互助,我帮你完成作业啦。这样她就不会因为和你一起做作业,对你产生感情了。"

他刚才的话,她是听了的:"没想到,你们没事干的独处,她同样能对你产生感情。这确实很难办哦。"

谭尽在雨中凌乱了。

"好吧,你没有办法,我来出一个。你和苏鸽做朋友,从友谊的方面,给她关爱。"她挠挠脖子,笑得有些憨厚,"我没朋友,不知道怎么跟人做朋友。"

谭尽有一瞬间感觉:林诗兰就是想看他出事,然后看热闹。

"巧克力很好吃。"恋恋不舍地,她吃完了一块。

手中还捏着的另一块,想了想,她将它分享给身边的人。

"你吃。"

看原本的样子,那巧克力她是要自己吃的,居然递给他?谭尽脑补出了一丝林诗兰想赔礼道歉的意味。生的闷气就这样烟消云散,他不争气地接过她给的东西。

谭尽边吃边说:"有什么好吃的?我不爱吃巧克力。"

似乎,尽尽和静静都没事了。

小土狗恢复得相当好,已经能够站起来,一跛一跛地走两步。精神状态也不错,林诗兰一见到它,它便吐着舌头,冲她摇起尾巴。

不想让狗狗多用伤腿,林诗兰从接到它起,就一直抱着它。抱狗的姿势像是在抱小婴儿。

她一声声叫着"静静",语调极致小心温柔。小土狗咧着嘴,耷拉的三角形耳朵动呀动,似乎在回应。

谭尽也在一声声的"静静"中,开始了他的购物。狗窝、狗粮、磨牙棒、狗玩具、狗衣服、遛狗绳……他毫不含糊,一件一件地买好收好。

林诗兰要结账,他拦着。林诗兰要还他钱,他不收。

仿佛仍是当初那个不学无术的二流子,他微微昂起下巴,满不在乎地摆摆手:"我的零花钱很充足,不用担心,平时我玩游戏,花得可比这多得多。"

林诗兰抱狗,打伞。谭尽拎着全部的购物战利品。

多雨的小镇有清新的空气、丰茂的植被、连排的木质矮楼,不同于她后来生活的城市,充斥着人声、鸣笛声,高架桥车水马龙,霓虹灯彻夜不熄。

两人一狗,走在雁县的傍晚,风吹拂在脸上,有山的味道。

那是一种湿润而幽远的气味,其中混合着好多东西:土壤、树木、泥泞的路、不知名的夏日花朵,再夹杂一点,热气腾腾的刚蒸好的米饭香。

这是他们的家乡。

林诗兰冷不丁想起谭尽在医院问她:水灾后,你还有回过雁县吗?

她突然间,也是头一回,有了在未来回雁县看看的想法。

买的狗狗用品把谭尽累得龇牙咧嘴。林诗兰转头看他,他连忙支起胳膊,目视前方,恢复悠闲姿态。

林诗兰心下了然,她将小狗夹在胳膊,空出一只手,从他那儿抢走一个塑料袋。买的东西确实多了,有点重。也因此,她暂时没有把自己的想法告诉他。

即便是和吕晓蓉说好了,暂时可以养狗,在她妈妈回家看到狗以后,林诗兰照样被她骂了个狗血淋头。

"作业做完了吗,在这儿逗狗?看你跟狗玩得这么开心,考试全忘脑后了吧?模拟考还有几天的工夫,高三再也找不到第二个你这样的闲人。真是铺张浪费,看看你买这么多狗的玩意儿,花了我多少钱?太败家了!"

这次不同于上次,林诗兰没提前准备好怎么回嘴。

小土狗静静被吕晓蓉吼人的大音量吓到了,焦躁不安地缩在狗窝的角落,完好的那只小爪子在不停地颤抖。

她用两只手把狗狗的耳朵盖住。她妈骂她,林诗兰听习惯了,骂得更难听的话也有的是,这种没有太大的杀伤力。

被骂的她反过来安慰狗:"没事哦,静静不要怕,不是骂你哦。"

林诗兰这般不为所动,落在吕晓蓉的眼里,就是她女儿已经玩物丧志了。

"好啊你,林诗兰,我说话你当放屁啊?不想学习了是吧,高考也不会好好考了是吧,看你这模样,以后也不会有出息了。"

她骂得起劲,外面猛地传来一阵"咚咚咚"的拍门声。手握游戏机、脖子挂耳机的谭尽,出现在她家门口。

吕晓蓉一开门,他单刀直入地说明了来意:"阿姨,您能不能不要骂她了?"

吕晓蓉认得谭尽,但对他没好印象,所以说话也一点不留情。

"不骂?为什么?你和她什么关系?我骂自己小孩,关你什么事?"

谭尽在抬杠这方面也算个练家子。除了林诗兰,他就没在别人那儿吃过亏。

"阿姨。"

他先拖长调叫了她一声,称呼得客气,但内容不客气。

"请您,稍微地,为别人考虑一下。行不行?"

"您骂小孩的声音太大,吵到我学习了,还影响我的心情。我是高三学生,很需要安静。"

"您要是耽误我考大学,那不是耽误我的前程,再把我的一生都耽误了吗?我对声音比较敏感,实在听不得一点难听的话。特殊时期,拜托阿姨您理解,谢谢您。"

吕晓蓉瞪着眼珠子,被他噎得说不出话。

谭尽属实是将交换场地作战的精髓掌握了。可以说,他充分给联盟废物林诗兰示范了一下盟友该有的素质。或者说,盟友"该没有"的素质。

林诗兰抱着"只要好好说,妈妈会理解"的想法,去跟吕晓蓉讲道理。但她不得不承认,很多时候,她想讲道理,她妈妈不想讲道理。以至于,她们的沟通结果到最后,成了看她妈妈心情。她妈妈心情好,她说的话姑且会被一听;她妈妈心情不好,则可以随时撤销答应她的事情。

谭尽模仿吕晓蓉夸大事实、不讲理的风格,替她以其人之道还治其人之身。说实话,林诗兰的心里很畅快。而且,他的办法很管用。后来的一整个晚上,吕晓蓉都没有再骂她。

周六,她去谭尽家跟他学习呛人的技术。

"你真厉害,你真敢说,你把我妈说得哑口无言。"

他头一回被林诗兰这直接地夸奖,憋不住开心,谭尽的脚偷偷在桌子下快乐地摇晃。

"没什么厉害的,你也能做到。你之所以做不到,是因为你太顾及你妈。如果你学她,不在乎说出的话会不会让她伤心,她不可能说得过你。"他对她倒是信心十足。

林诗兰听了他的话,若有所思。

周日,林诗兰从补习班回来,不等进门就知道她堂叔又来了。楼下,离得老远,都能听见他们家在闹哄哄地打麻将。

她没进门便被她妈拦住,要她再出去一趟,给堂叔和堂叔朋友买烟和买酒。

"我不想去。"她冷着声音反抗。

吕晓蓉轻哼道:"怎么的?现在让你办个事儿,还得我求你啊?"

林诗兰仍没有让步:"我不喜欢他们,不想给他们买。我还得复习、做作业。你不是说了吗,我快高考了,要专注于学习。"

"等他们走了,你再学。这会儿有客人在,你也当是学累了,放松一下……"

她打断她妈:"我不觉得是放松。"

吕晓蓉失去耐心:"好了,我没闲工夫跟你扯,手头要干的活一大堆。算我劳驾你了,出门一趟,行吗?"

水池里堆着待处理的肉和菜,自来水"哗哗"地流动。她看着妈妈鼻尖上冒出的汗珠,长出一口气。

"好吧，我出去买。家里人多，你替我照顾好静静。"

吕晓蓉连应几声好，催她走。

外头的空气闷闷的，天地像捂了一层大被子，鼻子也跟堵住似的，呼吸不到新鲜的空气。

林诗兰抱着一整箱啤酒，背包的肩带把肩膀勒出痕。

天气热，且热得一点都不痛快，看样子很快要下一场雷暴雨。她脚步匆匆，赶在雨下来前回到家。

小小的房子里头，人们吞云吐雾，大声地骂着脏话，打着麻将，活脱脱把这儿当成了棋牌室。林诗兰忙着收拾出干净的桌子用来摆东西。

狗笼子的锁不知何时松动了，静静见她回来，一颠一颠地跑出来找她。听到狗叫声的林诗兰回过头。狗狗往她的方向跑，它腿脚没好利索，跑得很慢。

堂叔牌运不佳，付了两个筹码给上家。他叼着烟，见一只瘸腿的土狗从脚边过，心气不顺，便狠狠地踢了狗一脚。

小狗"嗷——"的一声痛叫。它的身体也就她两个巴掌的大小，被成年人一踹，直接被踹飞到了墙根。不知是痛的还是吓的，狗狗背对着大家，凄厉地"呜呜呜"叫着。

林诗兰面无表情地走到麻将桌前，一抬手，把整张桌子掀了。桌子连带桌上的东西轰然倒地。

茶水洒到那些人身上，他们都来不及站起来。麻将哗啦散落，和筹码扑克混在一起砸到地板上。沉沉的重物落地，仿佛要将地面砸出坑洞。

"有病吧！"

"疯了啊！"

"嫂子快来看，你女儿发疯了！"

窗外，一道雷在天边炸开。林诗兰拎起堂叔的衣领，在她一个巴掌要打下去的时候，手腕被她妈抓住了。

"芮芮！不能胡来！"吕晓蓉咬着牙喊她的乳名，死死地攥着她。

林诗兰却没有半点失去理智的模样，双瞳平静无波，她的表情不喜不怒。

一屋子的大人，没人说话。吕晓蓉的手在抖，凭她的力气，要拦不住林诗兰了。

"妈，你怕什么？"少女神色漠然。那个乖乖的小女孩从一丁点大，悄然长成如今的她。曾经，她哭哭啼啼，被妈妈怒声呵斥。如今的她，带着一身肃杀，什么都不怕。

"不要胡闹了！所有人都看着呢！你叔叔只是不小心踢到了它，你至于吗？一只狗而已！"站在她的对立面，吕晓蓉维护着堂叔。

哦，一只狗而已。

林诗兰打量着她，仿佛是第一次认识她。眼前的人，是一个很软弱的大人。

她有生以来第一次这么想：妈妈很软弱。

小时候，她觉得妈妈是最强大的。妈妈是老师，全世界妈妈最聪明，她拥有最多的学问。不管什么问题，问她，她都知道答案。妈妈总是对的，妈妈能做好所有事，灵巧的手能变出美味的饭、松软的棉被，以及她脑袋上的可爱辫子。

她被妈妈扛在肩上，而妈妈是她的整片天空。一切的一切，交给妈妈，她只要听妈妈的话，就好了。

第一次，林诗兰如此清晰地认识到——妈妈很软弱，妈妈是错的。

明明堂叔很过分，做了不对的事；明明来打麻将、喝酒的这些外人，不该来，妈妈却不敢说他们做错了。

只是一只狗，她说。

打麻将、喝酒，都吵不到的学习，却能被逗两下狗影响。

养条狗是件大事，得苦苦哀求；踹了狗并把狗踹伤，却是件不该追究的小事。为什么在大人和大人之间，所有事都能大事化了？但是，在大人对付她的时候，哪怕是一点点疏忽，都会被无限放大？

因为，他们眼中，这只小狗微不足道。它竭尽全力地发出呼救，蜷在角落颤抖，它的存在，也还是如此无足轻重。

林诗兰望向那只小狗，像是看到了可以被随意对待的她自己。如果这就是大人，那么大人也没有什么大不了的。大人们在害怕一些自己根本不屑一顾的事情。

她睥睨着堂叔。是疯了，那些人说得都没错。她眼里写着的正是"发疯"两个大字。他坐在椅子上，被压过来的气焰吓得一动不动。

林诗兰发了狠劲，手一下子从她妈妈的禁锢中挣脱。然后，重重的一巴掌，扇向了堂叔的脸。他的脸被她的力道打肿。

在众人惊骇的目光中，林诗兰松手。她走到墙角，抱起她的狗。

妈妈没有力量保护我，那么，我会保护我自己。

恰逢一场暴雨浇下，她摔了家门，迈入雨中。

小土狗被藏进衣服的下摆里。林诗兰双手托着它，直愣愣地往前走。除了它，她什么都没有带。

大雨如注，水珠又急又快地打在她身上。没走几步，她和她的衣服都被淋湿。有人跑着，从后面追过来，大伞遮住林诗兰的脑袋。

"跟我回去。"吕晓蓉的声音哑了，透出一股无可奈何的疲惫。或许也是因为疲惫，她没有再大声吼她。

"芮芮，下大雨呢，你要上哪儿去？"

林诗兰没看她，走出伞，进到雨里。

"你不用管。"

吕晓蓉跟过来，强硬地将她扯入伞底："不用我管？我是你妈！我不管你，谁管你？"

"走。"她用手拽林诗兰。

她没能拽动林诗兰。林诗兰脾气上来，小胳膊细细瘦瘦，却硬得像钢板。吕晓蓉用的力将她的胳膊都掐青了，她仍然一动不动。

"我要带小狗去看伤。"

吕晓蓉感觉一阵火气往她的头顶涌："这狗是你老娘，还是我是你老娘啊？捡的破狗，不管了不行吗？"

小狗不停地颤抖，湿漉漉的爪子紧贴着林诗兰的肚皮。

电闪雷鸣，雨水倾盆。

她心中一酸，也突然感觉到了冷。不管它，它会死的。不救它，它也会死的。

林诗兰选择救狗，便是选择救十七岁的自己。

知道灾难会来，知道在这里不会停留太久，所以她好多次都忍耐着痛苦，就算死掉也没有关系。

她一直没有忘记，和妈妈的相处是短暂的。所以，她逼着自己，越来越能忍。牺牲自己所有的感受，她想去讨好妈妈，让妈妈开心。可是，不管她怎么做,再怎么样努力去完成妈妈的要求,妈妈都不会对她感到满意,永远认为她还差点什么。

而自己的痛苦,也并不会随着雨季结束。

难受,她从小就有好多的难受。上小学时想着忍到中学就好了,上中学时想着忍到高中,上高中时想着忍到大学。大学,她需要吃药看病抵抗痛苦,已经痛苦到无法感知到痛苦了。人生的雨季什么时候是个尽头?

不想忍耐了,她要从这片汪洋中,浮出水面,呼吸空气。不再顾虑以后的沉没,能呼吸一口是一口,能活多久是多久。

没和吕晓蓉废话,林诗兰自顾自地走了。带狗去看伤,这是她做出的决定,妈妈不赞成她也要去。

林诗兰选择的方向,与吕晓蓉所期望的,背道而驰。她在女儿身上,感到一种前所未有的失控。吕晓蓉丢了伞,双手拉她,用全身的重量尽力拖住她。小姑娘面朝前方,坚定不移。

"林诗兰!你给我回来,听见没有!"

青春期的孩子,抽芽似的长高,她挺直背脊,比她妈都高了半个头。吕晓蓉最终拗不过她,放开手,眼睁睁地看着女儿离开。淋着雨,吕晓蓉原地呼喊着她的名字,林诗兰没回头。眼见着女儿要走出小区了,吕晓蓉快步上前,从后面踹了林诗兰。吕晓蓉下了狠劲,一脚踹弯她的膝盖,将她推到草丛中。

狗狗发出呜咽声,林诗兰护住它。吕晓蓉却不是冲着狗去的。

"要走是吧?你要走,把你妈打死再走!"她拽起林诗兰的头发,一巴掌扇上她的头。

"你不是会打人吗?你不是力气大吗?来,你连我一起打啊!"吕晓蓉把自己的脖子往林诗兰手边凑。

"你长本事了!我养你到这么大,教你读书,全白教了!面对长辈,你谁也不听,谁也不怕了,对吗?你能把你叔叔都抓着打,你也来抓我领子啊,打我啊!你来啊!"

林诗兰耳鸣了。眼镜掉落,脑袋里像飞进虫子般"嗡嗡"作响,妈妈尖锐的声音笼罩在头顶。

狗狗吓得从她怀里挣脱。她没能抓住它,手撑着地,才没有昏倒过去。

雨滴进眼睛里,她抬手擦了擦,发现水是鲜红色的。她妈妈也没料到,打她打破了皮。看看自己的手掌，又看看女儿，她脸色煞白。

少女的额角在往下流血，血混着雨水，她半边脸都红了。

"你只会骂我。

"你只会怪罪我。在你那儿，我十恶不赦，我是天底下错得最多的人。

"妈妈，你总是毫不吝啬地用最难听的话指责我，可是，我从来没有听你这样骂过别人。你会这么说你的学生吗，如果他们做了和我一样的事？

"你不会。"

雨下得太大了，这里只剩下她们。寂静的雨地，她的声音被雨声压缩得快要听不清了。林诗兰抱着膝盖，感觉好冷好孤独。她一直在说话，像没说过话一样拼命地说着。

"你明明知道，我不会打你，永远不可能。你却要我打你？

"你说出这样的话，是故意的吗？要显得我特别不是人吗？

"就算是我打堂叔的行为不对，那他踢狗就对吗？他是个好人吗？他做过的混账事还少吗？在你眼里，我比他更坏？

"我是你唯一的女儿啊，为什么，你对外人都不会这么差劲，偏偏要对我这样呢？为什么你不向着我，要用尽所有办法让我难堪？

"你最清楚，说什么话能让我伤心了，偏偏要那样说。

"妈妈，其实我也知道怎么能让你伤心，我也知道你不爱听什么。你难道觉得，我从来不说，是我不懂怎么说吗？"

吕晓蓉被她一连串的话气得浑身直打哆嗦，手掌捂着自己的心口，表情痛苦。

见妈妈猝然弯下腰，林诗兰才察觉了她的不对劲。

"妈？"

吕晓蓉没有办法讲话，林诗兰感到她的呼吸分外急促。

"你怎么了？"她急忙上前，揽住妈妈的肩膀。

吕晓蓉歪倒在她身上，难受得腰都直不起来了。林诗兰兜住她的身体，慢慢地扶着她坐到背雨处的台阶上。

吕晓蓉艰难地吸着气，气管发出"嗞嗞"的漏风似的声音。林诗兰记起，她妈妈以前做过肺部手术，这模样像是上不来气了。

她替妈妈抚着胸口顺气，几下后不见成效。林诗兰让妈妈等着自己，然后赶紧往家跑。情况危急，她想找个人帮忙将妈妈送到医院。

楼上，她家的人还没走，林诗兰进门便喊他们帮忙。大家面面相觑，却没有一个人挺身而出。他们全是堂叔的狐朋狗友，之前发生那样的事，没有她堂叔的授意，谁也不想蹚浑水。

林诗兰问了几个人，他们支支吾吾地看向角落。那边，堂叔正坐在椅子上，跷着二郎腿，用冰块敷脸。他和林诗兰对上视线，她看到了他眼里的幸灾乐祸。这会儿，他大概是从之前的惊吓里缓过来了，动动嘴，用嘴型对她说"活该"。

林诗兰没工夫在这儿磨蹭，她拿走门上的电动车钥匙，打算自己骑车送妈妈去医院。

心中焦躁，她的速度飞快，简直不是跑下楼梯，而是跳下楼梯。着急忙慌地跨上小电驴，她人还没坐稳，就马上旋转车把加速。

这车林诗兰好多年没骑了，加上没戴眼镜根本看不清，她只顾着加速，却难以把控方向。小电驴像一支离弦的箭，载着她往小区门口飙。

暴雨中，突然蹿出这么一只"疯驴"，拐弯进小区的轿车差点和它相撞。

林诗兰跟车上的人都被吓了个够呛，待她看清那辆车，车里的人也下车了。

"喂！林诗兰，你不要命啦？"他跑过来帮她扶住电动车。

"谭尽！救命！"林诗兰叫出他的名字，激动得音都破了。

他哪听过她用这种语调喊自己，后背的汗毛都竖起来了。不知道脑子抽什么风，他直接一跃，坐到了她的电动车上。

"你快帮帮我！我妈上不来气，得送医院！"她匆忙对他说完后半句。

林诗兰见谭尽的双脚撑住了电动车，自己立刻从车上跳下。正打算跑去她妈坐着的台阶，她被人喊住了。

"小兰，"黑色轿车后座走下来一个青年，"阿姨怎么了？"

青年长了双招人喜欢的桃花眼，嗓音温柔："需不需要我和我爸跟你过去？"

林诗兰立刻认出了他。

"子恒哥，"来不及叙旧，她先找他帮忙，"好！你们跟我一起过来。"

吕晓蓉没有力气自己走，幸亏有谭爸爸和谭子恒，他们一左一右搀着她，将她扶上了轿车。

车是五人座。谭爸爸开车,副驾驶坐着吕晓蓉。谭子恒和林诗兰两人一起坐到后座,她跟在他后面进车,坐到座位以后,直接把车门关了。

外面,风雨中还老老实实扶着她的电动车的谭尽,被留在原地了。

林诗兰却没有遗忘他,她摇下车窗,向他交代道:"谭尽,静静刚刚跑了,它被踹伤,肯定走不远。你在小区里找找它,把它带到宠物医院……"

后面的话谭尽没听清,因为,他家的车已经发动,渐渐开远了。他看着轿车的后车窗,谭子恒正在侧着头跟林诗兰说话。明明后座可以坐三个人,他们俩却坐得那么近,留出靠门的一个位置。

大雨浇头,谭尽头发湿了,他一直盯着远走的车,没伞、没关注、没林诗兰。

即便知道事出有因,他仍旧很不开心。尽尽和静静都被丢了。

从小区到医院,可有一段距离。他们一行人以最快的速度将吕晓蓉弄上车。谭爸爸急急忙忙出发,生怕耽误治疗时间。林诗兰摇下车窗跟谭尽说话,谭家父子才发现小儿子没上车的事,但也顾不上那么多了。

"谭尽,静静刚刚跑了,它被踹伤,肯定走不远。你在小区里找找它,把它带到宠物医院。电动车前面筐子有雨披,你拿出来穿上。下雨骑车慢点,雨天路滑你注意安全。"她用最大音量冲着他喊话,不知他听全了没有。

林诗兰不太放心地看着后视镜,镜子里,有个小人呆呆地站在那里。

谭子恒见弟弟像块望妻石一样,动也不动地把着电动车,目送他们远去,忍不住转头对林诗兰说:"小尽真听你的。"

类似的话,谭爸爸也对她说过。林诗兰并没有把这句话往深了想,因为在她看来,谭尽一直都非常好说话。

车开到半道上,吕晓蓉稍微缓过了劲。她人看上去依旧很虚弱,半边身体倚着车门,有气无力地说:"回家吧,我没事了,不用上医院。"

"那怎么行!"谭爸爸第一个出声反对,"你都快晕倒了,可不能拿身体开玩笑。"

吕晓蓉话说得慢,却是非常固执:"大哥,谢谢你的好意。我的身体我有数,不用去。这是以前做手术留下的老毛病,歇一歇就行了。"

"去吧，叔叔都送我们去了，老毛病现在也再检查看看，刚才多严重啊。"林诗兰眉头紧皱，心高高地悬着，"医生看了如果说没事，我们再回家，好吗？"

"严重？你也知道？我的病就是被你气出来的。"她妈妈冷冷地回了她一句，又找谭爸爸说，"大哥，车往回开吧。医院就是个让人花钱的地儿，没病也能给你看出病。我家有药，我吃点药就行。"

能说出这么一长串话，她的状态确实是比刚被他们扶上车时好多了。

谭爸爸和林诗兰都被吕晓蓉的话噎住了，只能谭子恒最后再劝劝她："阿姨，你确定不去吗？离医院没多少路了，去看看医生不麻烦。"

她毫不动摇："确定，你们在前面掉头吧。"

这事闹得，动静这么大。林诗兰差点撞车，幸运地碰到谭家人热心，他们愿意帮忙，吕晓蓉还不领这份情。

回程的路，没人说话。车外风雨交加，车里偶尔有几声林诗兰的叹息。她知道，回家后她打堂叔的事、出言顶撞她妈妈的事，都不算完。

她心里烦，烦她妈妈不愿意看病，烦她妈妈因为自己旧疾复发。而她也不知道妈妈病得到底多重，那样的话，她只能在无限的良心不安中，继续过以往那种唯唯诺诺的生活。

从此以后，妈妈的每一声咳嗽、每一次呼吸不畅，都会与她的不听话息息相关。她每一次为自己说话，每一次的不服从，都会冒着加重妈妈病情的风险。

林诗兰焦躁地啃起指甲。骨头渗出一股寒意，手脚都在发软，她想吃些能够镇定的药。可，这里不是能生病的地方。

趁车上无人注意到她的异样，林诗兰赶忙将视线从妈妈的车椅后背移开。

天空落下的雨水打在车窗上，她试图通过那些斑驳的水珠，转移自己的注意力。雨这么大，不知道他们现在怎么样了？林诗兰出神地想到静静和尽尽。

想到这儿，仿佛灵魂游离于山林，与这片沼泽似的雨季抽离。

她俯瞰着小镇，忆起五光十色的都市的街道，那里的她，是二十一岁。

二十一岁，她已经快要从大学毕业，打过好几份工，能够自己照顾自己。那里没有堂叔、没有妈妈、没有高考、没有成绩排名表。虽然因为生病，她的生活乱糟糟的，但那毕竟是二十一岁。

回到雁县，不过是十七岁的情景重现，竟然能让她如此深受其扰，如此歇斯底里。是她太沉浸于雁县的熟悉，却遗忘了它的陌生。这些，都已是她的过去了。

依靠这个视角，林诗兰的心情逐渐平复。也因这个视角，她突然意识到，谭尽是唯一一个，她真正能够倾诉的对象。他们遭遇的一切、心中复杂的情绪，跟过去的人们说、跟未来的人们说，都不会被理解。能懂她的，只有谭尽。

谭爸爸的轿车已经开回了小区，林诗兰伸长脖子，左顾右盼，小区门口不见谭尽和静静的身影。谭爸爸直接把车开到她们家下面的楼梯口。即使吕晓蓉说不用人扶，谭子恒也还是下车，和林诗兰一起，将她妈妈送上楼。

家里的人走了。他们留下一室的狼藉与敞开的家门，各回各家。吕晓蓉回里面的小房间躺着，林诗兰翻箱倒柜去给她找药。

倒了水，拿了药，她小心翼翼地递给她妈妈。吕晓蓉用胳膊遮着眼，林诗兰小声喊"妈妈"，她像没听见。

"很不舒服吗？妈妈，你要是难受，起不来吃药，我们还是……"

她妈轻笑一声，打断她的话："不舒服不是更好，我死了不是更好？我死了就没人管你了，爱怎么样就怎么样了。"

林诗兰垂着眼睛："你怎么骂我都行，吃药吧。"

放下胳膊，吕晓蓉朝她丢了个靠枕。

"我吃不吃不关你的事，滚出去，我看到你就烦。"

"好，我走。"在床边，她妈妈伸手能碰到的地方，林诗兰搁下药和水。

她出了房间，打算收拾一下家里。一掀帘子，谭子恒居然没离开，还在外面等着。他冲她招手，把她领到走廊。

邻家芝兰玉树的大哥哥回到了小镇。他站在那儿，眼神温润，亲昵地叫着她，宛如全然没有目睹她先前的窘况。

他邀请她："小兰，去我家吃饭吧。"

不容林诗兰拒绝，他又补充："今天我刚回来，你怎么也得赏个脸，替我接接风。"

"啊！"经他提醒，她才想起来，"确实是……你今天刚从外地回来，我就麻烦你们……"

"不要紧。"谭子恒笑笑，等待她回应刚才的邀请。

"那，好的，我去你家吃饭！"林诗兰瞥到自己沾了泥水的衣袖，"我洗个澡再过去找你。"

"嗯。"谭子恒走前,又柔声安慰了她一句,"你妈妈在气头上,她的话你别往心里去。"

谭尽回家时,天都黑了。

他的头发被淋成了刺猬头,把林诗兰的电动车停进她家楼下的雨棚,他匆匆上楼找她。他本以为在医院的吕晓蓉,正自己坐在家里吃饭。

谭尽把小土狗往背后一揣,敲门:"阿姨,我找林诗兰。"

吕晓蓉给了他个白眼:"你找她,我还想找她呢。不知道死哪儿去了,越大越不听话。"

谭尽默默退出她家。

他跑回自己家,想问问他爸和他哥知不知道林诗兰上哪儿了。一进门,也不用问了,他找的人就坐在他家的沙发上。

谭子恒的手按在林诗兰的额头上,她罕见地披散着长发,低着头,表情顺从。谭子恒的视线紧紧地黏在她的脸上,而她迁就着他手的姿势,微微地身体前倾。

"你们在干吗?"谭尽出声打破客厅里美好的氛围。

他们动作一致,同时将目光投向了他。谭子恒松开手,露出对面额头上的一块创可贴。

"小尽回来啦?"他哥起身,自然地跟他打招呼,"我在帮小兰贴创可贴,她的头被她妈打破了。"

这个解释却并没有让谭尽戒备的肌肉放松,他无表情的时候,整张脸会透出一种带有距离感的冷淡。

谭尽将小土狗放到地上,穿着狗雨衣的静静一瘸一拐地跑向它的主人。

"它有雨衣,你怎么自己淋湿了?"林诗兰抱起狗狗,又抽了纸巾,想给他。

谭尽没接她的纸,自己去抽了几张擦头发:"宠物店不卖人的雨衣。"

见他的衣服都能拧出水,她心中愧疚:"我跟你说,电动车前面有雨衣。你没听见吗?"

"没听见。"他丢了纸。

林诗兰看他似乎打算回自己房间,随口找了个话题叫住他。

"医生怎么说的？静静还好吗？"

谭尽停住脚步。

"还好吗？"他回头，漆黑的眼眸扫过她的额角，"你都不要你的狗了，林诗兰。"

语调冷得掉渣，他列数她的罪状。

"你的狗在小区被雨淋，淋成落汤鸡。你的狗受伤，伤得很重。它没有你，很不开心、很无助、很可怜。你都不要小狗了，还问它做什么？你要是不想让它做你的小狗，一开始就不要对它好。"

林诗兰望着他。他们的距离不过一米，她望进他的眼睛，细细地看，却看不穿他眼里的东西。于是，再往他的方向，迈出一步。

谭尽在她的脚步落地之前，飞快地逃走了。

房间门"砰"地关上。他落了锁，不让外面的人找他。

静静浑身干燥，肚皮鼓鼓，伤口也包扎得完好。小土狗并不知道自己在走丢时，承受了莫大委屈；也不知道主人为什么一直爱怜地注视着自己，轻轻地一下一下地摸自己的脑袋。

小土狗快乐地享受着抚摸，躺在主人怀里摇尾巴。今晚有好吃的，它闻到了。小狗没心没肺地吐着舌头哈着气，什么都不用知道。

谭妈妈做好了晚饭。

谭尽的房间一直传来淋浴的声音。

林诗兰脑子里回荡着他最后留下的那句话，所以当谭子恒要去叫谭尽吃饭时，她主动揽下了这活。

"我去叫他吧。"

她从饭桌离开，敲了一下谭尽的门。只么一下，门立刻从里面打开。他露出半个脑袋，不作声地盯着她看。

可能是刚洗完澡，他眼角泛着一点水红。

"……该吃饭了。"林诗兰清了清嗓子，神色有些尴尬。

等见到谭尽，她突然心里有点拿不准了。搁平常，谭尽嘻嘻哈哈没一点脾气，没事就爱找她开玩笑，让他消个气轻轻松松。但是现在，进房间前谭尽明显地对她不悦，如今她再过来，他会不会又像刚才一样重重地把门关上？

他也并不回答她的话。房间没开灯，谭尽的脸蒙着一层阴影。他扒着门，黑黑的脑袋像长在潮湿树上的毒蘑菇。

　　林诗兰不知他什么意思。沉默的对望中，谭妈妈端上来最后一道菜，喊大家来吃。于是她离开谭尽的房门口，先过去了。

　　林诗兰选择角落坐下，谭子恒拿碗筷给她，正要坐到她旁边，一道身影飞奔而来，占据了那个座位。

　　她刚想说一句：你出来啦，却见他并没有要和她讲话的意思。谭尽目不斜视地端起了饭碗，已开始动筷子吃饭了。

　　谭妈妈一看就是常下厨的，饭桌上摆满了好吃的。鱼香肉丝、瑶柱排骨汤、蒸黄花鱼、拌黄瓜、炒土豆丝、锅包肉、黑椒炒牛肉、辣子鸡丁……看都看不过来。

　　谭爸爸笑着招呼她："小兰，别客气，放开吃。菜不够一会儿再整几道。"

　　"怎么可能不够呢。"林诗兰真心实意，毫无恭维，"这都太丰盛了，比下馆子吃得还丰盛。"

　　谭家待客面面俱到。谭子恒发现林诗兰离排骨汤太远，特意帮她舀了一小碗。她端起汤碗，刚喝两口，余光瞥见旁边的谭尽已经吃完了一碗米饭。

　　可能是这些菜太下饭了吧，林诗兰自己也吃得停不下来。谭妈妈煲的汤美味醇厚，每道菜都做得各有滋味。

　　今天隆重的晚饭是为了庆祝谭子恒回家，桌上的话题也一直围绕着他。谭子恒从小成绩优异，而且他不是像林诗兰这种擅长做题和背书的成绩优异；他脑子聪明又灵活，拥有广泛的兴趣爱好，属于做什么都像样的人。

　　他讲起自己在大城市里参加的机器人比赛和同行交流会，讲起自己新认识的教授和业界名人。谭爸爸和谭妈妈听得投入，眼里充满对他的赞赏与支持。

　　明明这么多好吃的菜，他们却都以聊天为主，饭吃得慢条斯理的。不过，林诗兰注意到，有一个人安静了很久。她转头看向他。

　　谭尽，那是真的在吃饭。一筷子能夹起好几块锅包肉，他张开嘴，一口把它们全吃了，这边在嚼，那边又开始夹新的菜。他也不发出什么声音，只是默默地自己吃着，扒饭的速度快如疯狗。

　　一不留神，桌上的菜已经空了大半。他们聊他们的，他吃他的。渐渐地，除林诗兰外，也有人注意到了菜的消失。

端起辣子鸡丁和土豆丝的空盘,谭爸爸乐呵呵地说:"小尽今天胃口很好啊,出去一趟饿着了?"

谭妈妈见他吃饭的样子,却是有些担忧:"可不能吃这么多,又胖回以前的样子怎么办?"

谭尽对周围的议论充耳不闻,自顾自地吃饭。在吃了那么多后,他竟然还保持着平稳的姿态,匀速地夹菜咽菜,丝毫不见疲态。

又过了一会儿,他们发现,之前谭爸爸说的"菜不够一会儿再整几道",居然是真实的。谭尽坐在饭桌最不起眼的位置,闷声吃饭,一个人把五人份的菜都吃了。

他也没有要离桌的意思。没吃的了,他仍呆坐在这儿。

林诗兰偷偷看他一眼。他觉察到了她的目光,也用眼角的余光斜斜地看她。她发现,他吃饱后的小肚子鼓着,有个很搞笑的褶子。他意识到出丑,立刻吸一口气,小肚子又变得平坦了。

这个动作,让林诗兰想起,初中时去拉面店进行大胃王挑战的谭尽。

如果他知道了她联想到的画面,估计会像她一样想笑。可人毕竟没法钻进彼此的脑袋,所以谭尽不知道林诗兰在想什么,就像林诗兰不知道他在想什么一样。

他是不是因为她没有照顾好静静怪罪她了?或者是,他们说好的活出自我、反抗她妈妈,她却又再度妥协,所以他对她失望了?林诗兰想,得找个机会和谭尽聊一聊。

谭妈妈站起来,系上围裙准备去厨房加点菜:"孩子们,想吃啥,我再做一些。"

"炒点牛肉吧。"谭子恒说。

谭妈妈看向林诗兰,她连忙摆摆手:"我吃饱了,谢谢阿姨,不用再做我的了。"

谭爸爸挑眉:"不会吧?吃那么几口就饱了?小兰,不管吃啥,都再吃一点。"

"真的饱了,你们继续吃,我不吃啦。"

他们聊天时,她心不在焉,能插话的时候少。所以,她和谭尽一样没闲着,确实是吃了挺多的。

谭妈妈觉得没把林诗兰招待周到，说什么都想再留留她。

"那小兰去客厅看会儿电视，消化一下，一会儿再吃。哪怕你不想吃菜了，最后也来点水果呀。"

谭子恒也跟着一起劝："是啊，今晚的水果拼盘可是重头戏。我特意买回来的杧果，你一定要尝尝，可甜了。"

说话声中，谭尽已先一步起身，走向了客厅。林诗兰心思一动，跟他们应了声好。她抱起吃完狗粮在休息的静静，打算去客厅找他。

可惜的是，谭尽不在那儿，他离桌后，进了自己房间。

隔着门，她都能听见里面的游戏声。他激烈地点击着鼠标，键盘也被按得啪啪作响。

林诗兰瞬间失去了找他讲话的勇气。原来，有个不待见你的盟友，是这样的心情。他以前带她去花鸟市场，她不配合直接走掉；如今风水轮流转，她想跟他说话，换他给自己吃闭门羹了。

她在他房门外的客厅坐下。这儿的沙发柔软，她摸着静静的毛，思考着怎么找机会和谭尽沟通。他打完游戏会出来吃水果吧？那时候拦住他？可是大家都在，说话不太方便，那不然等明天？

林诗兰和静静一起待着，好像走也不是，不走也不是。

就算她想告辞回家，吕晓蓉的状态那么差，她在这个节骨眼把狗带回去也不合适。没办法，只能找谭尽帮帮忙照看小狗。

饭厅，谭子恒和他父母说着话；另一侧，谭尽玩游戏的背景音乐激昂；客厅里，一直没关的电视在播着狗血肥皂剧。环境嘈杂，脑子里又有无数的事情要想，林诗兰长叹一口气。

一整天，她都没歇着。她靠着沙发的垫子，揉了揉太阳穴。

小土狗在主人怀里打了个大大的哈欠。被这个哈欠传染，林诗兰肩膀沉沉，一阵困意袭来。眼皮开始变重，她努力抵挡，双眼依然不受控制地合上了。

谭尽打完了一把游戏，他看了看桌边的水杯，去厕所将里面干净的水全倒了，拿着空水杯走出房门。饭厅没看见林诗兰。他在屋子里闲逛一圈，发现她抱着狗，蜷在沙发上。

林诗兰睡着了。她歪着脑袋，长长的头发铺散开，小小的脸，皱巴巴的眉。

睡着了都在发愁啊,他蹲在她旁边,双手撑着下巴,仔仔细细地打量她。他和她一起买的眼镜,她也不戴了,戴着旧的。

她对谭子恒笑,她喝谭子恒给她盛的汤,她和谭子恒聊天聊得很开心。他对着睡觉的她,不再遮掩自己气呼呼的表情。

忽然,他看见她额角那个碍眼的东西!

四下无人。谭尽做贼似的溜回房间,拿出一床毛毯和一枚他的卡通创可贴。对着小土狗比了个嘘,他轻手轻脚地替她盖上舒服的毛毯。

林诗兰闭着眼,呼吸轻而缓,完全没被打搅。小土狗静静非常配合尽尽,睁着圆溜溜的狗眼却安安静静。

他屏住呼吸,手指轻触她的额头,鬼鬼祟祟地揭起创可贴的边缘,缓慢地把它从她额角剥离。

伤得这么重啊!谭尽心里在狠狠地骂吕晓蓉。

他拆去自己的创可贴外包装,用最轻最轻的力道将它贴到她的伤处。末了,怕不牢固,他又拿小拇指的指尖在创可贴的两边小心地点了两下。

好啦!他恢复双手撑下巴的动作,看着她。少女呼吸均匀,脸颊微红,额头贴着卡通狗狗的创可贴。

很可爱!谭尽对于自己的成果非常满意。

家人们还在饭厅说话,没人过来。他这一系列小动作,真是神不知鬼不觉啊。

小贼子狡猾一笑,得意地背着手走回房间。随着脚步声的远去,沙发上的人眼睛睁开了一条缝,确认没人后,她抬手摸了摸额头。

尽管想装出不在意,她还是没压住嘴角,双颊的红一下子烧到了耳后根。

抱着小狗的手松了一下,静静见主人醒了,果断地挣脱了她的怀抱。

林诗兰从沙发上起来,想去追狗,又不敢发出太大声音,蹑手蹑脚地跟在它后面跑。瘸腿的静静看见谭尽房间的门没关严,留了个缝。小脑袋往前探了探,门被它轻松打开,小狗狗灵活地钻了进去。

"嗯?"谭尽没在玩游戏,一下子发现了静静。

知道已经来不及叫回狗狗的林诗兰挠着脖子,无奈地叹息。更无语的事还在后头——

"静静,不能尿这儿。这是我的地盘,不是你的。"

房间里好像发生了不得了的事。林诗兰总算知道静静急匆匆地跑走是什么原因了。

方便完的小土狗收起翘得高高的后腿,离开它的厕所,回去找主人。听到小狗跑来,林诗兰连滚带爬地跳向沙发,赶在谭尽出现之前,把毛毯盖回自己身上。

怕静静吵醒林诗兰,谭尽一个飞扑抓住了它。正要抱它回房间时,他发现沙发上的林诗兰躺的位置跟刚才不一样了。

他试探地用蚊子叫般的音量问:"你要吃水果吗?"

那边回了句:"好。"

空气凝固了。

两人谁也没看谁,一前一后地进入了厨房。他俩闷头干活,水果拼盘不一会儿就制作完成了。其他人晚饭的后半场才开始吃,自然没有第三个人来吃水果。

"那我们拿走吃了。"谭尽这么说。

林诗兰本以为他要把水果端到客厅,没承想,他直接端回了卧室。他给她把着门,她只好硬着头皮进去。

因为静静在这儿干的坏事,地板刚才被谭尽拖过,屋里散发着一种淡淡的柠檬味。来他家这么多次,林诗兰是第一次进他房间。里面的布局很简单:大大的电脑桌、电竞椅、小茶几、床铺,角落里丢着书和书包。

谭尽非常自然地在小茶几上放下果盘,而后坐在了电竞椅上。

林诗兰眨了眨眼。他瞬间会意,她没地方坐。

于是谭尽把床上的被子一掀,准备自己坐过去。见床上空出一块地方,林诗兰以为那是给自己坐的位置,立即小步挪过去。谭尽没来得及反应,她已坐到他乱糟糟的床铺上。

床太软了,她一坐就陷了下去,整个人都要倒下去了,紧急情况下,林诗兰缓缓地打开了双臂,双手捏拳,把自己给稳住了。

气氛凝固得狗都不愿意进来。

两个人沉默地用牙签吃着水果。正埋头吃着,他们不小心插到了同一块杧果,两人对视一眼,以为对方会撤走牙签,所以谁都没撒手,最后俩人一起把杧果举了起来。

"你吃。"他让。

"你吃，你吃。"她也让。

"你吃吧。杧果有杧果味，我不爱吃。"他松了牙签。

林诗兰不太懂他在说什么，不过领会到了那个意思，她吃掉了那块杧果。

总得找个话题，她开了个头："静静……"

他嚼着水果抬头应："啊？"

"我是说，狗。"她勉强维持着这艰难的对话，"狗静静，能不能先放你这儿？"

谭尽立刻回答："好。"

这个话题终结了，林诗兰只能再找一个。

"我眼镜今天坏了，你要是有空，能不能陪我去眼镜店修一下？"

他立刻回答："好。"

林诗兰凭借顽强的意志，再接再厉："我今天遇到了很多事情。"

谭尽说："嗯。"

林诗兰问："你要听吗？"

谭尽立刻回答："好。"

终于找到跟他解释的机会，她松了口气，仔细地把今天发生的事情跟他说了一遍。

出乎意料地，谭尽听完，不仅没有对她表露出失望，反而觉得她今天很勇敢。

"静静被踢，你出来保护它，你做的事，我都不敢说自己有没有胆量去做。林诗兰，你真的很酷哦！"

对于他的夸奖，她受之有愧："哪算是有胆量啊，后来我妈不去看病，我也没胆子再强硬地让她去。而且，如果我真有胆量，现在也不会托你照顾静静了。"

"我能够理解你那样做的理由啊。你妈是你最重要的人，即便你想反抗她、找寻自我，也是需要过程的，不可能短时间内下了个狠心就做到了。人心是肉长的，本身就会踌躇、走错路、摇摆不定。这些都很正常，你已经做得很好了。"

他说话时的表情很认真，亮亮的眼眸中闪烁着温柔的光。

林诗兰分辨不出这是谭尽的安慰还是真心。不过，是哪种都无所谓了。

林诗兰今天一直处在自责中，感觉自己里外不是人。她怕他怪她，他却一点都没有那样的意思，反而在一如既往地支持她。

谭尽的话，让她听着，心里热热的。

桌上的水果没人再去吃了，在这个只有他俩的小天地，她与他敞开心扉交流。

"我妈妈今天喘不上来气，我特别担心这个。以前的雨季，我听她的话，她就没有犯病。她说病是被我气出来的，我真的很自责。我说了自己想说的，没有顾及她，害她旧病复发。"

他深思片刻，说："你妈妈等于把她的病和你听不听话绑定了呗？其实啊，你只能在自己力所能及的范围内照顾她，她的身体说到底该她自己去操心。比如她决定不去医院，你想让她去，她也不会去。就算是之后你妈妈因为生气，身体出了更严重的状况，你也不要把过错往自己身上揽。生病、死亡，每个人都会经历。不可能因为你顺着她，她就永远不生病了。人都是会死的……"

话说得不太中听，谭尽打住，换了种说法。

"我的意思是，我们也会死，生命的长度是有限的。没人知道最优解是什么。好比，你已经第四次回到我们的过去，怎么做会得出最好的结果，你仍旧无从得知。你说了自己想说的话，那是'你想的'，对吗？那我会认为，你没做错。

"当我们不知道每一步之后会产生什么结果，能做的只有对得起自己的心，完成好当下在做的事，确保现在的自己不留遗憾。如果未来发现这个选择很糟糕，导致的后果很严重。那么想起当时'对得起自己'的那份心情，也不会太难接受那个坏的结果吧。"

眼角微微地泛潮，林诗兰被谭尽的话鼓励到了。

他有的时候像个幼稚的未成年，有时候又变得很不一样。林诗兰不得不承认，谭尽看东西的角度比自己更开阔。他有自己的思考，通过他的话，可以感受到他笃定的心。

推心置腹地聊完一轮，他们之间的尴尬气氛总算散去了。唯有一点，如果谭尽没有责怪自己，那林诗兰不明白，为什么进门时他那么生气。感觉这个问题不太重要，她也不再纠结了。

谭尽问她:"下周的模拟考试,你准备得怎么样了?"

林诗兰没什么信心:"我复习了一点,但也只能说尽力考吧。高三考试考太多次了,所以关于二模的考题,我能记得的很少。"

"没事。考成什么样和你能不能养静静,是两回事,你妈妈把它们绑定才叫奇怪呢。到时候,我陪你跟你妈妈说。"

她点点头。

望着角落里凌乱的书堆,林诗兰好奇道:"你一点不复习吗?"

"对啊!"谭尽跷起腿,又恢复了不学无术的二流子状态,"反正,待完一个雨季就走了。我要想吃什么就吃什么,想玩什么就玩什么,做自己想做的事。"

额头的伤口有点痒,林诗兰伸手碰了碰。

他的目光猝然冰冻,她才反应过来:不好!是不开的壶!千万不能提!

盯着卡通狗狗创可贴,谭尽心乱如麻。

"你是什么时候醒的?"

他想:狗狗创可贴,关联性太强,他算是赖不掉了。等她回去发现了,更难解释,还不如现在试探一下她了解多少。

这创可贴也是邪了门,越抓越痒。

手指挠挠,她眼神飘走:"大概,你来沙发的时候吧。"

"哦!"谭尽心道好险,她醒得还挺晚。

他嘴皮子一动,迅速编起瞎话:"我是出来喝水,路过沙发,偶然间看到你头上创可贴掉了,正好茶几上有个创可贴,我随手帮你贴了个新的。"

"嗯,"她倒没想骗他,"我说的是,第一回,你来沙发的时候。"

晴天霹雳。谭尽脸上的假笑,碎了。

实在是痒得难受,林诗兰轻咳一声,问他:"家里还有别的创可贴吗?我可能需要换一个。"

他的两只眼睛耷拉下来,瞅瞅她脑门上的卡通狗狗,委屈极了。狗狗就算说错了话,但狗狗有什么坏心思呢?为什么不喜欢狗狗?为什么要换掉狗狗?

他的表情太可怜,以至于被她猜到了他在胡思乱想。

"就现在这种的,创可贴。"她指着脑门上的可爱小狗问,"你那儿还有吗?"

"有！有！"谭尽从椅子上蹿起来。

创可贴嘛，他拉开自己的抽屉，豪气地拍出一大捆。不仅有卡通狗狗，还有卡通熊熊、卡通鲨鲨、卡通鸭鸭、卡通牛牛……

他顺手拿起一个粉红色的猪猪创可贴，就要帮她换上。林诗兰那句"我自己来"，压根没来得及说出口。谭尽挥舞着创可贴，朝她奔来。

他的床，很软。她，正坐在他床上。慌乱间失去平衡，又不想倒在人家的床铺上，林诗兰抓住了离自己最近的东西，也就是——谭尽。

他的拖鞋飞出去，他的身体重重扑向他的床。

客厅，电视里正放着狗血泡沫剧，剧里的男女主在一个难度堪比体操动作的摔倒之后，嘴唇碰嘴唇，擦出爱的火花。浪漫的背景音乐响起，男女主在惊讶中久久未起。

屋外，环境吵闹。屋内，安安静静。

身处于湿热的雨季，天热了，又因持续的降雨，没开空调。房间的摆头风扇呼呼地吹，吹走了热，吹不走闷。

虽然没有泡沫剧里那般的惊天巧合，但他们结结实实地拥抱了。他双手打开，完全地压住她。她的手，说是推，更像是搭着他的腰。

夏衫薄，他洗过澡后的身体散发着干净的香味。陷在柔软的棉花沼泽，怎么躲都躲不掉……两人静静感受着近在咫尺的呼吸和对方加速的心跳。

模拟考出成绩那天，校门口被围得水泄不通。

谭尽原地跳跃，凭借身高优势，一眼就看到了排名榜上高高排在年级前列的林诗兰。他记得她不太自信地说"能记得的很少"，结果呢，考出个全校第三。

谭尽哼着歌走掉。这分数，已经超出了她妈妈要求的目标分，看来林诗兰可以理直气壮地带静静回家了。

不同于谭尽的轻松，他班里的气氛不太好。二模的分数，他们班在全年级垫底，同学们的成绩下滑严重。

班主任想要鼓动学习氛围，出了个主意：这次模拟考和下次模拟考，都会对成绩排名高的同学有奖励。同学们可以自由选择同桌，排名越高的越优先选择。

大家没太把这个鼓励机制当回事，再来个三模，之后就高考了，坐在哪儿和跟谁同桌也不太重要了。成绩排名十二的同学随意地选择了排名第十五的谭尽，他挑了个窗户旁边的位置，把谭尽带了过去。

这个位置视野不错，谭尽欣赏着外面的风景。绿油油的小山坡，树木的枝条在雨中摇曳，他看着看着，忽然感觉自己后背有点毛毛的。

猛地回头，他的目光碰上了一道强烈的视线。过长的刘海后，藏着一双黑漆漆阴恻恻的眼眸。坐在角落的苏鸽单手撑着下巴，嘴角诡异地上扬。

不敢多看她，谭尽迅速地回过身，从背包里掏出一本厚课本，把它盖在自己的后脑勺。

他在课桌下面给林诗兰发短信："放学一起回家吗？"

她到课间才回他："今天可能留堂讲卷子。我眼镜修好了，你回去早的话帮我拿。家里见。"

盯着"家里见"三个字，谭尽飞快地把她发来的短信添加为收藏。

放学后，他去眼镜店拿林诗兰的眼镜。谭尽是抄小道去的。小镇的巷弄蜿蜒曲折，其中藏着许多好吃的小摊，正好放学时他也饿了，所以一路走一路吃。

身后始终有种不舒服的感觉，惹得他吃东西都没多少胃口。

第一次谭尽往后看，看见了一块广告牌；第二次谭尽往后看，看见了一个垃圾堆；第三次谭尽往后看，看见了一丛三角梅；第四次，谭尽快到眼镜店门口时，忽然一回头，他看到了——一个飘浮在空中的井盖。

手持井盖的那人严实地挡住了自己的脸，但他还是通过她的身形和校服认出了她。

受惊的谭尽跑进眼镜店给林诗兰发短信。

"我天，苏鸽在跟踪我！"

她回复得超快："我知道。"

他不解："你知道苏鸽在跟踪我？"

那边依然立刻回复："对。"

他更疑惑："你怎么会知道？"

她的回复震撼了谭尽。

"苏鸽在跟踪你，我在跟踪苏鸽。"

事情是这样的。林诗兰班级的二模总分是年级第一，今天老师心情大好，破天荒地没留堂讲卷子，放他们早回家。走出教室，她在走廊正好看到谭尽在往校外走。

于是，林诗兰加快脚步追过去。当离谭尽还有一段距离的时候，她发现有个女生一直跟在他后面。

林诗兰把度数不够的眼镜摘下，反了一面，镜片离眼睛更近后，她看到的前方的世界也变得无比清晰——那女生，是苏鸽！

谭尽在巷口买了鸡排，又进到巷尾，排队买了个烧饼。然后，他用烧饼夹着鸡排，大口大口地吃了起来。此时的他感觉后面有什么不对劲，停下咀嚼的动作，转身……苏鸽"咻"地躲到广告牌后。

谭尽毫无察觉地走了。林诗兰在心里骂他傻瓜，却见苏鸽似乎也感受到她的存在，正在回过头找。胆大心细的林诗兰藏到路过的老奶奶背后，借她掩护了一波。

大概是没吃饱，谭尽继续走向了卖烤淀粉肠的小摊。滚烫的火腿肠刚吃几口，他又被炸串的摊位吸引了注意力。

苏鸽的跟踪技术不算高明，谭尽吃炸串的时候，她就直直地戳在小路的中央望着他。林诗兰刚想拿出手机发短信，让谭尽回头。他仿佛是提前感知到她的信号，咬着串串，呆呆地往身后看了看。

苏鸽手疾眼快地钻进路旁的垃圾堆，靠黑色的大塑料袋掩盖了身形。

这！有点拼啊！

林诗兰不甘被她比下去，等苏鸽从垃圾堆出来，往她这边看时，林诗兰已经加入巷子里的小学生足球队。她踢着小孩的球徐徐退场。小孩们不得不跟在她后面，也帮她遮住了背影。

另一头，谭尽吃了一轮咸的辣的，觉得渴了，又拐去奶茶店，买了两杯珍珠奶茶。

等奶茶的时候，他又瞧了瞧来时的小巷。被雨水浸润后，巷子里的三角梅开得像疯了似的，一簇一簇鲜嫩的紫红爬满石墙。多看了三角梅两眼，奶茶便做好了，谭尽喝奶茶去了。

林诗兰眼睁睁地看着苏鸽手脚并用，慌乱地爬到石墙上。躲过被谭尽发现的危机后，她从高处跳了下来，发丝间还夹了几朵被她压到的三角梅。

林诗兰感到隐藏踪迹的接力棒再度回到自己这里。

这一次她提前找到了绝妙的伪装场合。小卖部门口的大爷们在下象棋,她往那儿一蹲,生动地指挥起战局。

"大爷,您听我的,出车,车直接开过去。"

"然后你那边,我跟你说,吃他的卒子,使劲吃。"

突如其来的指点没能得到群众的认可,林诗兰马上被骂了。

"喂!小姑娘!观棋不语,你没听过吗?"

"听过听过,我全是瞎说的。打扰了,你们继续下。"她打算开溜。

大爷把她拦住了。

"但还真别说,我发现啊,出车是一步妙棋,这盘没得下了。"

"小姑娘有点懂啊,你把我们这盘棋局毁了。不如,你过来下一把?"

苏鸽走了。林诗兰却是没法走了。

"大爷啊,我真不会下。棋,我只知道五子棋。"

大爷们热情地重新为她摆好了一盘象棋。

"不会下?不会下,你怎么来这里看棋?"

没辙了,林诗兰随手抓起一个棋子,打算用行动跟他们证明自己不会,这时,谭尽发来了短信。

她像抓住一根救命稻草,短信跟他互发了几个来回。

"苏鸽在跟踪你,我在跟踪苏鸽。"

发完这条之后,她立马向他求救:"会下象棋吗?不会下也来眼镜店对面的小卖部找我。"

谭尽花了不到一分钟,出现在林诗兰面前。她已经被大爷吃掉了一个卒子和一个炮。他看了棋盘几秒,和她交换位置,坐了下来。

林诗兰不懂,也不敢问。她眼见着谭尽没比自己厉害到哪儿去。大爷杀疯了,他把他们的棋吃了好几个,他们这边才吃了他两个。

谭尽眼眸沉沉,拈起一颗棋子,轻轻放下。

"将军。"

这两字,令大爷虎躯一震。他的眼神在棋盘上面扫来扫去,喃喃自语:"这,不会是绝杀了吧?"

细看之后,大爷哈哈一笑:"这招马后炮,我没防住啊!小伙子下得可以!"

林诗兰被专业术语弄得有些发愣,小声在谭尽耳边问:"什么意思,我们输了还是赢了?"

他表情严肃,侧过头,两人面面相觑。他冲她比了个"耶",一下子笑开了。

"你怎么会下象棋啊?"她好惊喜。

谭尽一脸理所当然:"我爱玩游戏,象棋对我也算是游戏,所以偶尔会在网上跟人下着玩。"

林诗兰眼中带笑,问了个很外行的傻问题:"那是不是,只要是游戏你都能玩得很好?"

他也不谦虚:"对哦。"

从小卖部脱身,他们才有空讨论苏鸽跟踪他的事。

这会儿,四周已不见井盖女学生的踪迹。谭尽一方面觉得,林诗兰也选择跟踪苏鸽的行为很神奇;另一方面,真的不理解她的脑回路。

"发现苏鸽跟着我,你直接上来拆穿她不行吗?"

"不行。"她无比直率地承认,"我缺乏和不认识的女生当面对峙的勇气。"

他纳闷了:"那你为什么能和我对峙?"

"因为,"林诗兰晃着脑袋,一一道来,"你是我的盟友,你给我煮蛋花汤,你跟我开玩笑,你陪我救狗,你给我买奶茶……"

谭尽听不下去了:"合着,你只会欺负熟人呗?"

她摇头:"不对。"

他想想,意识到了:"哦!你只会欺负我!"

林诗兰没否认。戴着修好的新眼镜,她自己拿吸管戳破奶茶盖子。

表面,苏鸽跟踪的事,就这样被他们轻轻巧巧地揭过了。林诗兰没有直说,但实际上,她心里非常在意。弃狗,跟踪狂,潜在情敌……林诗兰知道自己在面对一个神秘的、强劲的狠角色。

从谭尽那儿,除了知道苏鸽喜欢他,再没有获得什么有效的信息。她有些微妙的心情是:不想让他掺和太多,更愿意自己去调查苏鸽。

交换阵地作战,是她提出的。谭尽单方面地帮助她,而她试都不试就把他不想面对的东西交还给他,这没道理。

谭尽给她买的珍珠奶茶,很好喝。林诗兰吸了不到五分钟,全部喝完。

第四章
自由人

　　静静被林诗兰从谭尽那儿抱了回来。她一手抱狗，一手把老师印的班级分数排名表甩在了桌子上。

　　家里的门没关，隔壁的谭尽正在窗户旁暗中观察着她此刻的英姿，林诗兰不自觉地把背挺直了。

　　吕晓蓉拿起排名表，仔细查看。林诗兰的总分让她很满意，嘴角稍微地往上扯了扯。不过，她的视线很快便往右扫去，看到了那行"全校排名"。

　　纸从她妈妈眼前拿开，露出后面的一双紧蹙的眉："这回怎么没考第一，考了第三？"

　　林诗兰腰板仍旧直挺挺的："我没那么厉害，不可能回回都考第一。况且，我和第一第二的分数差距很小。"

　　"考试不会考，理由倒很会找。"吕晓蓉嗤笑着，将女儿当自己的学生，开启了说教模式。

　　"你知不知道，我们这儿只是个小地方，外面的高中厉害的学生多如牛毛。你在这儿才考个全校第三，就以为自己多了不起了。把你放到外面，你跟别的大城市的高中生，分数都没法比。高考是很残酷的，你是跟所有的高三学生竞争。在自己学校考试都考不过别人，你高考还想上好大学？做梦！"

　　林诗兰对她说的那些话毫无压力，她心里知道，自己的水平就是可以上全国最牛的大学,她已经做到了。

"好好,我知道,"她稍稍对付了两句,提起正题,"妈,你说过我达到你要求的分数,就可以答应我养狗。我已经做到了,你什么时候把放在你同事那儿的静静的狗窝拿回来?"

"不行!不允许养狗。"她妈斩钉截铁,"排名也要第一,才能养。"

狗狗又被她妈妈的音量吓到了,在林诗兰怀里躁动不安。她摸着它的头,不理解妈妈怎么能这么不讲道理:"你之前分明说的是分数达标,没提排名。你现在不让养,这是说话不算话。"

"排名和分数,都是一个意思,我没说不代表它不重要。你考得不够好,还想养狗?我告诉你,没门。"

林诗兰算是看出来了,她妈妈是规则的制定者。养不养狗随她的心情;怎么解释答应过的事情,照样随她的心情。

即便是不公平,即便是言而无信,她妈妈要做什么就做什么,完全不会因此被束缚。自己压根儿没处说理。

咬着牙,林诗兰将眼眶里要溢出的泪水硬生生逼回去。

"我做到了……我做到了你不让我养……那你不如一开始就说不同意,干吗给我希望……"

吕晓蓉喝着茶,不吃她这一套:"怎么的林诗兰,你又想气我?嫌我身体太好?我是同意你了,但你自己没做到啊,因此错过了养狗的机会。"

"阿姨啊!"

门口冒出个人头,惊得她妈妈手中的水都洒了出来。

谭尽不请自来。他朝林诗兰挤了挤眼睛,而后,一本正经地找吕晓蓉说理。

"阿姨,您怎么又骂孩子了?人家上班的都分个工作日休息日呢,您骂孩子真是全年无休啊。我上次来说过吧,偶尔,您也得考虑考虑邻居。我这儿刚知道模拟考结果,在家裹着被子伤心呢,您又大声提我的伤心事。这往小了说,影响我高三考生的心情,往大了说,我被您说得 PTSB 了,高考不会考了可怎么办?"

林诗兰在心里乐:PTSD,这傻瓜又说错了!

吕晓蓉可没她那样想笑的闲心:"我知道你和林诗兰认识,你就是来替她撑腰的。"

谭尽面部肌肉颤抖，仿佛受了奇耻大辱。

"阿姨，瞧你这说的什么话啊！撑腰？你是在污蔑我和您的女儿吗？我是高三学生，我的心里只有学习！这话万万说不得啊！"

林诗兰被他的演技折服，他好像一个话剧演员。

"阿姨，您刚才骂她考得不好，让我看看，她考了第几名。"谭尽不知何时脱了拖鞋，迈了两步来到桌前。

自顾自地拿起排名表，他目光锁定林诗兰的名字后，"哇"了一声，从头到脚都写着不可置信。

"天哪！第三名！"他语调起得无比高，赶得上打鸣的公鸡了。

"阿姨，千万不能让林诗兰再努力了，再努力就该上哈佛了。"

吕晓蓉单只手撑着桌子，揉了揉抽搐的太阳穴，实在是对他无语得很。

"别演了。你回家去吧，我不骂林诗兰，你没话说了吧？"

"嗯，阿姨，还有一个事。"

谭尽没有见好就收，嬉皮笑脸地选择更进一步："我们全家都是爱心人士，看不得虐待小动物。万一你们家的小狗不好好养，被谁丢了出来，我只是说万一哦，那么，我家里人肯定得带着我上门找你。我先提前说一声，不希望我们邻里之间发生这种不愉快。"

"知道了，"吕晓蓉冷冰冰地伸出手，指着门，"请你回你自己的家。"

谭尽丝毫不像是被赶走的。他表情神气，大摇大摆地走出了她家。即使是他回了自己家，吕晓蓉和林诗兰都知道，他会观察着她们这边。

直到吃晚饭，她妈都没搭理过她。林诗兰用自己的旧衣服给静静做了窝，喂了狗粮，她以为不让养狗的事就这么告一段落了。

晚饭时间，吕晓蓉终于开口跟她说话。

"全部试卷的错题订正之后，抄写到错题本，再罚抄三十遍。你先去做完这个，之后再来吃饭。"

本来高三的课业就够繁重的了，林诗兰该做的卷子还没做完。她妈妈这意思是，给她布置了另外的家庭作业，并且强制她完成。

不论是出于学业或者自己心情，林诗兰都不想答应。机械性的罚抄，吃力不讨好，对她的成绩提高没什么帮助。况且，罚抄全部错题三十遍要很久时间，从现在开始马不停蹄地写，也要写到后半夜。她刚刚大考过，需要休息。

所以，林诗兰回了她妈妈四个字："我不想写。"她自己去拿筷子和碗，准备坐下吃饭。

"去写！"吕晓蓉铁青着脸，收走她的碗筷，"这饭菜是我做的，你想吃，就要写，不写就没饭。"

到这个点，林诗兰已是饥肠辘辘了。她望着冒着热气的米饭，清晰地感知到：在她家，养狗、吃饭、写卷子……这里所有的一切，全部都可能被她妈用来当作立威的工具。

她不服气。不过，她没吵也没闹。

林诗兰站起身来，表情平和地告知她妈妈："我不写。你不让我吃饭，我也不写。"说完，她便回了里间。

吕晓蓉知道，自己女儿并不扛饿，她胃不好，不吃饭会胃疼。她吃完晚饭，把剩的饭菜全倒了。她料想，林诗兰肯定会跟她求饶。可林诗兰没有。

吕晓蓉一直盯着，一整晚，她甚至没出来翻过冰箱。就这样，饿到了第二天早上。

早餐时，吕晓蓉准备故技重施，让她要想吃早餐就答应抄错题。不等她说出那话，林诗兰路过餐桌，目不斜视地往外走。

她直接连早餐也不吃了。

吕晓蓉不可能放她这样去上学。待她追出去，林诗兰已经下了楼梯。

"芮芮。"嗓子发干，她本想喊她回来，却没有发出多大的声音。

自从上次她打长辈巴掌的事情后，吕晓蓉就感到这孩子的心性变了，彻底地变了。她以前不是这种不听话、不孝顺、爱狡辩的小孩。

当妈妈的，自己孩子不吃饭，她哪能安心呢。吕晓蓉只是迫切地想让她们的生活恢复到正常模式，但凡林诗兰过来服个软，哪怕不抄错题，她也会让林诗兰吃早饭的。

想到这儿，吕晓蓉忽然感到无比委屈和心酸。她回屋，往塑料袋里装了几个鸡蛋，再跑步下楼。在小区门口，吕晓蓉拦住了林诗兰，把鸡蛋给了她，而后没跟她说半句话就走了。

林诗兰呆呆地提着一小袋水煮蛋，她注意到，妈妈的眼睛是红的。估计是昨晚没睡好觉，被自己气的。

其实,她妈妈来送这个鸡蛋,比不送更让她难受。

如果妈妈态度强硬地对她,她同样可以硬着心肠地去对抗妈妈。不过是饿着,她不怕。如今的心情就像是盖着一床湿了的棉被,难受的感觉从肚子转移到心脏,心里潮乎乎的。

谭尽不知道,昨天自己走了之后,林诗兰被饿肚子了。

他突然来了兴致,想骑自行车上学。一大早给家里的自行车打了气,提前出来在小区门口乱晃。他想要是以后能骑车放学,"咻咻"两下就回到家了,苏鸽也就没法跟踪他。而且,还有个好处——

"学生妹你好,要不要坐我的车上学?"他"丁零零"地按着自行车铃,绕着她打转。

林诗兰剥着鸡蛋,果断拒绝:"不要,你太招摇了。"

谭尽从自行车上跳下来,走在她旁边。正赶上她把鸡蛋剥好,他一歪头,张大嘴,把她的蛋吃了。

平时都是她抢他的东西吃,今天她的鸡蛋被他一口截走,谭尽得意地笑着。

林诗兰望着蛋壳,幽幽道:"我从昨晚起还没吃东西。"

他还没来得及嚼,一低头,立马把嘴里的鸡蛋完完整整地送回她手中的袋子。

林诗兰也不看他,小声说:"本来里面剩的两颗蛋还能吃,被你一吐,那两颗都不能吃了。"

"给我!我吃!"谭尽拿走她手里的塑料袋,"你要吃什么?只要是我们上学的路上有的,你随便说,我买给你吃。"

"哦。"她睁着大眼睛,好奇地询问他,"你昨天吃的烧饼夹鸡排,我没试过那种吃法。你说,能好吃吗?"

"给你买给你买!"吃人嘴软,他只能痛快答应。

美妙的上学路。谭尽一手推车,一手吃鸡蛋。林诗兰大快朵颐地吃着香喷喷的鸡排烧饼,馋得谭尽那几口本来就寡淡的鸡蛋变得更没味了。

"你今天几点放学?"她问。

一直都是他问她这个问题,现在被她问了,谭尽心里挺开心:"今天没有晚自习,估计不会晚。你要等我?"

林诗兰神秘一笑，答："不等。"

他怀疑她是故意来整自己的："不等你问我干吗！"

她问了，自然有她的目的。林诗兰打算下课后跟踪苏鸽，以增加对她的了解。

傍晚，不知是谭尽选择骑车放学，还是苏鸽今天本来就没打算跟踪他；林诗兰在校门口成功地等到了苏鸽，并且，她走了一条与去他们家相反的路。

之前有过一回的跟踪经验，林诗兰保持着不远不近的距离跟在苏鸽身后。天空中飘着蒙蒙细雨，她还拿了一把伞时不时地用来挡脸。

走了五分钟，穿过几条巷子，苏鸽拐进一家书店。

这地方林诗兰偶尔会来，他们小镇统共三家店卖教辅书籍，这家店卖的书挺多挺全，但价格不便宜。

苏鸽进店之后，半天都没出来。夏天，蚊子开始变多，林诗兰躲在草丛里等她，脚上脸上都被咬出了鼓鼓的蚊子包。

她不敢随意走动，也不想放弃跟踪，忍着痒，喂蚊子喂了两个小时。

从夕阳西下，等到天都黑透了。

林诗兰开始怀疑，苏鸽是不是住在这家店里。一直傻等下去，像是没个尽头。她挠了挠自己蚊子包遍布的手臂，决定主动出击，进店内看看。

林诗兰特意选了最自然的路过方式，往前走了一段路，过街，再走回来。

她的精心表演，没有遇到认真欣赏的观众。书店的收银处坐着一个小男孩，在全神贯注地捧着手机玩游戏。

林诗兰假装挑书，手抚着下巴，脚步僵硬地挪动，余光找寻着苏鸽的身影。

直到走进书店的最深处，她才在书架下发现苏鸽。

挂着樱桃小丸子的浅黄书包被用来垫看完的书，苏鸽自己坐在地板上。书店里灯光昏黄，她的头几乎要埋进书里。苏鸽手捧着一本《闪耀的多重宇宙》，正聚精会神地看着。

来人了，甚至那人正盯着她。她沉迷于书的内容，对外界发生了什么一无所知。

林诗兰几次见到苏鸽，都感觉到她身上有一种说不出的局促。不管是小而紧凑的步伐,还是躲避着旁人目光的闪烁眼神,她看上去,似乎总是不太自在。

如今,少女的两边头发别到耳后,双腿在角落里舒展开,身边的书墙,仿佛是为她筑出了堡垒,她倚着它们,嘴角安静地上扬。

很奇怪,林诗兰进书店前,对苏鸽抱有满腔的敌意与审视,可当她看着这样一个在认认真真看书的高中女孩,脑中突然闪过一个想法:她没有自己想象得那么可怕。

鬼使神差地,林诗兰也从书架上拿起一本《闪耀的多重宇宙》,去外面的柜台结账。

"这个多少钱?"

小男孩噘着嘴,停了会儿游戏,奶声奶气地冲书店二楼喊:"妈妈!"

不一会儿,从楼上下来个妇人。她接过林诗兰手里的书,看了眼后面的标价,告诉她:"十六块五。"

这本书抵得上她三天的午饭钱了,林诗兰翻着书包,打算凑一凑她的钢镚。

小男孩摸着肚子,跟他妈妈撒娇:"妈妈,什么时候那个看书的姐姐才走啊?我饿了,她走了我们是不是就可以关店啦?"

妇人赶忙喝止他:"小声点,别吵着那个姐姐。她经常来买书,买了不带回去就喜欢在这儿看。你要吵得她不来买书了,以后你就没零食吃了。"

说者无心,听者有意。林诗兰默默地想:经常买书?买了却不带走?为什么呀?

"姐姐,你是不是没钱啊?怎么掏了这么久?"小男孩眼神天真地望着她。

林诗兰满脸神气地把钢镚拍在了桌面上。

"拿走,这是十七块。"

她又说:"记得找我五毛。"

今天的跟踪已经超时了,这个点回家,跟平时下了晚自习差不多。

林诗兰把新买的书放进书包,准备回家。她前脚出了书店,撑开伞;后脚,苏鸽也走了出来。

本来打算回家的林诗兰又有了一点点不甘心的情绪。一边心中纠结着"要不要继续跟"；另一边，她的脚步已经诚实地朝苏鸽的方向迈过去。

她想早点知道苏鸽是什么样的人。因为，自己是个初级的联盟盟友，所以想做得再多一点。

苏鸽的家离学校挺远，走着走着逐渐偏离了林诗兰最熟悉的区域。直到身体涌起一种微妙的不适感，她才警觉地抬头一看……近处，有特殊的大罐子，高烟囱。

不知不觉，竟已走到了石化厂附近。之前，她和谭尽看到苏鸽扔狗，正是在这里路旁的垃圾桶。

沿着这条道，到了十字路口，苏鸽拐弯了。林诗兰心里想：当初听到的刹车声就是来自这里。他们追到这儿有了分歧，她说左，谭尽说右。

他是对的，苏鸽在往右走。又稍稍走一段路，她拐进了小道。

小巷子是最不好跟的，那里面林诗兰没去过，不知道有多深。天色已晚，小路不过两人宽，整条窄路没有灯。

林诗兰与苏鸽隔着一段距离，又在巷口踟蹰了一会儿，此刻别说她的背影，连她的脚步声也完全听不见了。

打开手机的手电筒？

这个想法立刻被林诗兰否定。如果苏鸽一个回头，看到这儿的亮光，她肯定就暴露了。

走吧，没什么好怕的，也许走一走就亮了。她安慰着自己。

说不怕是骗人的，这里这么黑，又是她最怵的石化厂。林诗兰内心想着更可怕的东西壮胆，比如她妈妈骂她时发怒的脸……瞬间，她感觉面对眼前的黑暗也不是什么难事了。

收伞，用拿棍子的姿势双手握住伞柄，林诗兰深吸一口气，跨步走进小道。

逼仄、黑暗，连月光也不会光临的深巷。四周只有自己艰难的吞咽声，再往里走，连来时的路的光都看不见了，仿佛是蒙着眼行走于其中。

脚下传来坑坑洼洼的感觉，这儿的路可能根本没修过。前面某处传来"滴滴答答"的声音，很难闻，像是什么东西在漏水。林诗兰被绊了一下，堪堪扶住墙壁。

掌心的触感让她不适，这水泥墙上不知道粘了什么，又湿又黏。管不了那么多了,她想走快点,尽早离开这里,于是一手拿伞,一手摸着墙,大步往前。

"啪嗒"一滴水落到脑门上,凉意从天灵盖直往下渗。

林诗兰呼吸急促,手背撞上了一个凹凸不平的东西。她下意识地举起伞,往那个方向攻击。在伞和硬物的撞击下,一声闷闷的铿响。

她稍稍冷静下来,再用手碰了碰那个地方。大概,是一截暴露在外的生锈的水管。

她的后背,接触书包的地方,在疯狂地出汗。好热啊,好想放弃。

林诗兰停下来,犹豫着要不要往回走。而就在这个当口,巷尾有户民宅亮起了灯。

那是苏鸽家吧?她有一种隐隐的预感。

提起一股劲,林诗兰向亮着灯光的人家走去。

那是一栋破烂不堪的二层的水泥房,它以及周围的房子都是居民自建的,风格乡土粗糙。房子外墙估计曾经刷着白漆,如今墙皮脱落,露出下面斑斑驳驳的灰色与暗红色。歪斜的屋檐上搭着塑料挡板,由于太多太沉,整栋房子像是被往下拽着。

走近了,她看见房子的门,深绿的大门上有一个倒挂的"福",时间长了,福字模糊得只剩个形,而红纸也已经褪成了一种怪异的肉色。

若不是屋子里的灯亮了,林诗兰不会认为里面住了人。

怎么这么臭?这会儿她离屋子更近了,之前巷子里若有若无的酸臭味,变得鲜明。空气中弥漫着一股潮乎乎的馊气,似乎是食物腐烂了。

林诗兰捏住鼻子,绕到房屋的侧面。

那儿有一扇田字形的玻璃窗,正好位于她踮着脚能看见里头的高度。当她打算站到玻璃窗下,却发现自己根本没处下脚……

窗户正对着一堵灰墙,房子与墙的夹缝大概有半米。仅半米的缝里,塞满了红红白白的垃圾袋、食物包装、罐头、布条。很多东西好像是烂了,完全看不出原本是什么。

口袋里的手机振动,林诗兰掏出来看,是谭尽发来的短信。

"怎么还没回家?我在小区门口等你。买了麦当劳,你不来的话,我要开始吃了。"

她将手机贴在胸口,试图压下心中的恐慌。

好吧,就当是为了麦当劳,去看一眼吧,就一眼!

右脚踩上垃圾袋,林诗兰硬着头皮用伞撑住身体,脑袋往前一探。透过那扇昏黄的玻璃窗,她瞥见了屋里惨不忍睹的情形。

窗台沾着厚厚一层黑黄色的陈年污垢,满屋的墙都是霉。地板上团着卫生纸、衣服、箱子,杂物遍布四周。房间内的大衣柜直接敞开着,里面花花绿绿地堆着瓶瓶罐罐、灯、报纸、床单……

衣柜旁,棕色的大床上,躺着一个形容枯槁的老人。穿着校服的苏鸽正高高地拎着塑料水壶的把手,往她嘴里倒水。

老人很瘦,身上的皮肤像薄薄的一层纸,裹住下面凸起的骨骼。她的眼眶向下凹陷,脑门上的头发稀稀疏疏,整张脸像蜘蛛的网,皱起一条条深深的沟壑。

林诗兰看得过于专注,或许是惊动屋里的人了,老人微微地转过头。她狠狠地朝林诗兰所在的窗子的方向啐了口痰。

手一松劲,伞没拿稳,林诗兰被老人的动作吓得失去平衡,一屁股坐在了地上。

"吱"的一声响,好像是压到了什么。

易拉罐?老鼠?

被那声音拉回理智,她不敢细想,从地上腾地站起来——跑!

她冲进之前的那条暗巷,跑得像只无头苍蝇,急切地找着能够逃离的出口。

硌人的水泥墙撞向她,分不清哪儿是路,哪儿是墙,她只管跑;撞到了东西不吭声,也不敢停下,接着往能跑的地方跑。

不知道跑了多久,她看见了光。总算是走出来了,回到有路灯的大路。

细密的雨水打在脸上,缓过神的林诗兰发现,伞没拿。但自己是万万不可能再回去拿伞了。

喉咙干烧着,半边身子感觉冷,半边身体感觉热;抬手,她惊魂未定地擦了擦额头的汗。

林诗兰一路淋着雨回家。

谭尽发完短信,在小区门口等了她二十分钟。

他站在温暖的橙色路灯下。她远远地看见他，招招手。

他打着伞跑过来找她。

谭尽洗过澡了，身上有清爽的皂香，麦当劳的牛皮纸袋被他捏得皱巴巴的。他一见她，就知道她肯定遇到什么事了。

"林诗兰！你伞呢？你脸上怎么一道黑乎乎的……"

她伸出手，手上果然很脏。

左顾右盼，谭尽没找到能用来清洁的东西。林诗兰傻了似的，他跟她说话也不答，一动不动地盯着自己的双手。

两只手被他一把扯走。他抓起自己白T恤的布料，给她当抹布。林诗兰反应过来时，谭尽的衣服已经碰到了她的手。

"不要，我回去洗手就好啦。"她说这句也是晚了。

谭尽低着头，帮她擦她脏兮兮的手。她要抽走，他不肯，大手将她的手腕圈住。

又擦了几下，林诗兰突然痛叫一声。谭尽皱着眉，卷起她的袖子，发现她的胳膊青了。

"这是谁弄的？"他脸色差得吓人，眸中怒火滔天。

"没人。我自己摔的。"

回忆起刚才的事，实际上根本没多大不了，她却那么废物，被吓成这副德行。林诗兰咽了咽口水，别开眼，小声说："我觉得我好没用。"

"乱说！"她的话让他反应巨大，谭尽双手捧起她的脸，对着她的眼睛，大声对她说，"不管刚才你遇到了什么，都听好了：林诗兰，你是最有用的！"

谭尽的眼睛，是清凌凌的一汪水，林诗兰在里面看见了她自己的倒影，特别胆小、害怕特别多事情的自己。

已经重来雨季这么多次，她面对妈妈还是这么唯唯诺诺。他曾安慰自己"你妈妈是你最重要的人，你已经做得很好了"，但林诗兰不得不承认，在一个地方的失败会像病毒一样传播，她妈妈之外的事，她也缺乏独自面对、独自处理的勇气。

林诗兰躲开了他的手。在谭尽振聋发聩的鼓气后，她终于说出了自己萎靡不振的原因。

"我跟踪了苏鸽。我走到她家外面的巷子，那儿很黑，我很害怕；我在她家门口偷看，被她家老人吓跑了。连伞丢了，我都不敢回去拿。在这个雨季，我真的能做出改变吗？好像少了你的帮助，我根本做不好自己想做的事情。"

即便是听完她的描述，谭尽也没能理解，她有什么做得不够好的地方。

"你说你做不好的事，指的是跟踪？那你已经完成了，而且完成得很好。你都打探清楚苏鸽家住哪儿了。"

"你想要跟踪又很有胆量又不被人发现，那即便是有我陪着你，我们该害怕也会害怕，被发现的风险不会比你单独行动更小。"谭尽话锋一转，"林诗兰，你知道你的问题出在哪儿吗？"视线直直探进她的双眼，他一字一句道。

"你对自己太苛刻了。必须事事都做到最完美，否则不会满意，那你就是在以你妈妈的标准继续要求你自己。仿佛是没有得到第一名，你就会开始自我折磨，不愿意给予自己丝毫肯定。你也知道，你妈妈的做法是错的，不是吗？

"事实上，你很有用，就算害怕，也会尽力尝试，这就是你的厉害之处。"

他的眼睛在告诉她，他的话里没有安慰她的成分，全是出自他的真心。这像一剂镇定，抚平了她从苏鸽家逃出后的慌乱。

深呼吸几个来回，林诗兰整理好心情，她将放学后自己的所见所闻，告诉了谭尽。

结合着书店的事和苏鸽的真实住处，林诗兰心中生起一个疑惑：住在那样糟糕的环境，苏鸽为什么有闲钱去买那么多的书？买完了也不拿走？

谭尽也不知道问题的答案。

"有一个我有印象的事，关于她的家庭。不知道和我们想了解的事有没有关联。"

林诗兰洗耳恭听。

"不久后的三模，苏鸽考试作弊，老师抓到她，要找她的家长来学校。但是一直没联系上他们，班主任还问了班上的同学有没有认识苏鸽家里人的，没人回答。趁老师不在，苏鸽跑了，后来就没来上过学。她再出现就是高考过后……"

她见他稍稍卡壳，猜到了："她出现，就是跟你表白的那次？"

谭尽点头。

"之前没跟你讲这个事，不是刻意瞒着你。我是觉得苏鸽作弊，跟我没关系，所以没说。"

信息太少，他们无法对苏鸽的家庭情况进行清晰的推测。

林诗兰则是被"表白"二字，吸引走了思绪。

第二次回到雨季时，她撞见的表白现场，是在高考成绩出来之后。

谭尽上次向她描述的与她亲眼所见的苏鸽对他的表白，完全是不同的版本。

根据他的讲述：苏鸽单方面对他执着，表白中充满了她对他的误解。

她自己看见的：苏鸽在羞涩中带着勇敢，谭尽可以说是答应了她的表白。

她夹带私心，多问了他一句："高考成绩出来后，苏鸽是怎么约你到学校礼堂的？"

"学校礼堂？不是啊。"好像是第一次听到这种说法，谭尽满脸的不解。

"我回家的路上，她把我叫住了。就是我们回家的那条必经之路，沿着没灯的长巷子走，走深了有口水井的那个地方。还有，准确地说，是高考之后，她跟我表白的。那时候，高考成绩还没出来。"

哪儿跟哪儿啊？他们讲的好像是两个东西，除了"表白"这个主题，一点都对不上。

暂且搁下这团理不清的乱麻，林诗兰想：等到以后她更多地了解苏鸽，或许就能知道答案。

时候不早了，林诗兰得回家了。

这时，谭尽想起一件事："你家的灯一直没亮。"

"不会吧？我妈早就下班了，应该在家啊。"被他一说，她有些担心了。

早些时候，林诗兰给她妈妈发了短信，说自己会晚回家，她妈妈一直没回复她。

谭尽陪着林诗兰一起上楼，她家的洗碗池摆着早餐时的碗筷，家里只有睡觉的小土狗静静，感觉吕晓蓉早上去上班后根本没回来过。

会不会是上次的老毛病发作了？会不会是下班路上遇到坏人了？林诗兰脑子里闪过一些可怕的画面，鞋都没来得及脱，她赶忙拿手机拨打妈妈的电话。

电话响了几声，被那边挂掉；接连打了几次，一次比一次挂得快。

"嘟嘟嘟嘟嘟……"

听到这个挂电话的声音，谭尽有了种猜测："也不像遇到歹徒，要碰上坏人，你打这么多遍，肯定会把电话打关机。她是不是故意挂你电话啊？"

"不知道,"林诗兰怕她妈出事,一遍一遍地打,"再打几通。再不接,我就打到他们小学问问。"

她话音刚落,电话被接起来了。

吕晓蓉接起电话,说的第一句话就是:"不要再给我打电话了,我已经不是你妈了!你现在这么牛,爱干啥干啥去,没人管你。"

然后,不等林诗兰讲话,她直接挂了。

谭尽猜得没错,电话不通,是吕晓蓉故意挂的。

林诗兰也不再打过去了,她跟谭尽说:"我听到那边打麻将的声音了,我妈没危险,她在我堂叔家。"

他纳闷道:"上次那件事后,你妈不趁机和堂叔断了联系,还去找他啊?混蛋堂叔不会刁难她吗?"

"不懂,我管不着。"她放下手机,去洗手池洗手,再给静静拿狗粮吃。

谭尽品着刚才吕晓蓉掷地有声的狠话,觉得有点搞笑:"有时候,我觉得她不是你的妈妈,你是她的妈妈。哈哈哈,她怎么这么爱找你发脾气?时时刻刻需要你哄着她呢?"

看着他一脸的笑嘻嘻,林诗兰感觉心累:"如果她是你妈妈,你还笑得出来吗?"

代入一下,他的笑容瞬间垮掉。

林诗兰换了件衣服,出来和谭尽一起吃他买的麦当劳。

他吃着吃着,问:"要不要看电视?"

她同意,然后去拿电视遥控器。自家的电视,林诗兰却很久没看过了。随便按个台,里面在放重播了无数遍的1986年版《西游记》。

他们吃着冷掉的汉堡、薯条,电视看得津津有味。吕晓蓉不在家,连空气都变得自由了。

"我今天不做卷子了,我要看电视。"乖乖女发布惊天叛逆宣言。

"看完电视,拍着饱饱的肚子,我要直接躺床上睡觉。"她和谭尽交换过眼神,自信地学着他跷起二郎腿。

"好啊,"他逗她,"说了不做,谁偷偷做作业谁就是小狗。"

"嗯!"她痛快应下。

半晌后,林诗兰随口一问:"你今天作业做了吗?"

谭尽没防她："在学校就做……"话说一半,他反应过来自己中了陷阱。林诗兰食指点着他的鼻子,轻轻快快地喊他。

"小狗。"

现在都明着来了是吗?

谭尽鼓着好欺负的包子脸,气呼呼地,恨不得挠墙泄愤。

放下狠话今晚不做作业,林诗兰说到做到。

谭尽走后,吃饱喝足的她,洗了个舒服的热水澡,便直接躺床上了。

吕晓蓉还没回家。

外面的世界,雷雨交加。

林诗兰裹紧被子,望着天花板,没有睡意。脑子里装着许多杂乱的念头,她在床上翻来覆去,突然想起书包里有一本今天刚买的书。林诗兰趿着拖鞋下床,打开书包拿起书,抱着催眠的想法,在被窝里翻开了这本苏鸽看过的书。

《闪耀的多重宇宙》

作者:佚名

(一)

童年时,镇子里那棵最老的古树下,香火不断,许多前来祭祀的人聚集在那里。

夏季最热的一天,妈妈也带着上小学的我来到了古树。她说,我们的祖祖辈辈都在信奉那棵树。

我亲眼看到有人抓着一只挣扎的鸡,在树下割开它的喉咙。鸡的血洒在树根处,鸡不再尖叫不再扭动。

人们双手合十,一边磕头跪拜,一边嘴里念念有词。他们在祈雨。

我问妈妈:"求树真的能带来雨吗?"

"能,"妈妈无比笃定,"只要你足够虔诚。"

我仍旧不解:"虔诚?我看不见它,也摸不着它。为什么虔诚了,就能下雨呢?"

妈妈随手捡起地上的一根小树枝。

"你看,就像是我掰着这根树枝。你看不见我所用的力气,不知道它具体是什么形状的。但通过树枝的弯曲,你能知道,我的力气是存在的,并且可以改变这根树枝。

"许多看不见的东西,比如我说的力,比如人的意志,像是信念、信仰、诅咒、誓言,它们没有实体,却都是带有能量的。而能量,影响着我们所在的世界。所以啊,足够虔诚就能改变原来天气的运行规律。"

她手中的树枝应声而断。

妈妈的话,如此深奥难懂。小学的我完全没明白她在讲什么。我想着,等以后读了更多的书,上了更多的课,我可能就理解她表达的意思了。

因此,时间过去了很多年,我一直清晰地记得她的这段话。

也是在我上小学的时候,妈妈和爸爸离婚了。

妈妈走的前一天,跟我说了声对不起。她把全部的积蓄都留给了我,让我收好,不能让爸爸发现这笔钱。

我知道她这么说的原因。如果被爸爸发现钱,他会把它们全都换成酒瓶子。

妈妈没有和我说再见,我猜她是怕说了以后,她会很舍不得我,我会不让她走。

妈妈走之后,我被寄养在爷爷奶奶家。

我很少见到爸爸,有几次他喝得醉醺醺,来管爷爷借钱,我在门口听到他的声音。后来爷爷拿不出钱给他,他就再也没来了。

妈妈肯定有她的辛苦,我想她生活得不太容易,所以不能接我走。

就像我的爷爷奶奶,我知道他们是爱我的,他们之所以分不出心思来照顾我,是因为他们已经活得非常累了。

奶奶在我记事的时候就瘫痪了,爷爷一个人撑着这个家。不论寒冬酷暑,爷爷都在小镇里踩三轮车,他还要照顾奶奶。

我上高一时,他急病去世,竟比奶奶走得还早。奶奶受了打击,整天痴痴呆呆;我跟她说话,她也不搭理我。

有天夜里,我听见奶奶在哭。我去到她房间,她紧闭着眼,用家乡话呜呜地絮叨着:"活受罪……苦兮兮……不如死……活受罪……"

上高二后,我更频繁地思考。

——为什么青春期这么漫长?

——人活这么久要做什么事?

家里弥漫着药味,地板怎么擦也擦不干净。我好像一直在收拾,洗衣服、洗碗、刷尿盆、给奶奶擦洗身体……家变脏的速度,比我清理的速度更快。

等爷爷留下的钱用完了,我开始用妈妈给的钱。

实在忙不过来,我也尝试过花钱请人来打扫。来的人看着屋子里有老人以及那么臭、那么多的垃圾,对我们露出鄙夷的眼神,然后非要加钱,加很多钱,才愿意打扫。

被那样的目光刺痛,我再也不愿意让人进我的家。

悄悄地放弃清扫,我悄悄地变成了一只小老鼠。

有一天,班上的同学闻出了我身上的臭味,他们捏起鼻子,疯狂地咒骂我。心里对大家很抱歉,可我依然提不起做卫生的精神。

家中的钱全花在照顾奶奶上,我每天会给奶奶喂饭、擦身体。而我自己,吃什么、用什么、穿什么都不重要,我唯一想要的就是书。我愿意把钱花在书上,待在书的世界,我感觉自己整洁又干净。

其实,如果我想的话,可以天天看书。即使我不去上学,也没人会发现,没人会管我。

尽管这么想着,我还是会坚持每天去学校。因为,在班上能看见——他。

他和其他的同学都不一样,他没有一次看轻我。

在很早以前,我就注意到他了。他从来没有叫过我的外号;进班级时,他恰好走在我前面,会帮我扶一下门;而且,他脸颊上有一颗小痣,真的很可爱。

我对他的暗恋,开始于一次小组作业。老师问谁要跟我一队,无人回应时,他挺身而出。我们一起做作业,他坐得离我好近。一周时间,我和他说话,他的呼吸近在咫尺。

小组展示时,没有人觉得我说得好,他又一次出来给我解围,为我鼓掌。

我们的展示得了班级第五,他把他珍贵的奖品巧克力送给了我。吃着甜丝丝的巧克力,我的心跳好快,忍不住地想:他为什么对我那么好呢?

几天后,班上买练习册,大家都赶着上讲台拿,这种事,我永远是赶在最后的。

有本垫在下面的练习册破了,没有人拿。我认命地走上前,发现讲台还剩两本练习册。原来,他也还没拿呢……我等他先拿,他慢悠悠地过来,拿了那本破的走了。

我将完好无损的新练习册捂在胸口,又感动,又激动。他用破的练习册没关系吗?我惦记着这个事,觉得太不好意思了。

放学时,我想问问他要不要跟我把练习册换回来。在班上不好意思开口,我一路跟着他,他去操场打篮球,我便坐在角落看。

他的篮球恰巧落在我脚边,他也瞄到了我,我们四目相对。我紧张得动不了,他对我笑了笑,继续打他的篮球了。

我不停地解读那个笑容的用意,脸红得快烧起来。

明确地感到他对我不同,我变得大胆,开始主动试探。我向他借橡皮,他直接借给我了,而且都没管我要回来。偷偷地,我用圆珠笔在他给我的橡皮上画了爱心。

第三次模拟考,我知道我的机会来了。

老师为了激励大家,将会在考试后重新安排座位。按照成绩排名从高到低,选择自己想跟谁同桌。所以,只要考得够好,我就能坐他旁边,和他关系更进一步。

高考后,他应该不会待在这个小小的镇子了,这是我仅有的最重要的机会。

为了抓住这个机会,我选择了作弊。不幸的是,我在考场被老师抓个现行,作弊失败了。

整个世界的大雨,都落到了我的身上。

教师办公室里,老师不断地盘问我家长的联系方式。我如实地告诉她,那两个我烂熟于心的电话号码。

她拨过去，一个打不通，一个是空号。

老师被我气坏了："你家没来大人，作弊的事就不算处理，你也不准回来上学。谁在你们家是能管事的？我不信了，就没有一个大人能管管你？你作弊的事，必须让他们知道！"

是啊，我也这么想着：哪怕有一个人来找我，管管我……

哪怕有一个人，都好。

同学们用嘲笑的视线，驱逐了我，我再也没有脸面坐在教室，于是溜出了学校。溜回我堆满垃圾的家，溜到不跟我说话的亲人身边。我严严实实地关上门，才感到安全。

就这样待了一个月。

某天，奶奶瘦干干的手掌变得冰凉，我固执地把它放在我的头顶。奶奶的手无力地垂下，我一遍一遍地喊她。她的眼眶凹陷着，身体散发着腐烂的气味。我知道她已经不在了，可是我没有办法。

把奶奶留在家里，我锁上门，头一回去找了爸爸。

爸爸家住在一条没灯的巷子尾，我等到他时，他喝得醉醺醺的。我喊他"爸爸"，他也没把我认出来。

我跟在他身后，他两眼发昏，嘴里哼着歌。

"爸，能不能回家一趟啊？"我不依不饶。

爸爸脚步虚浮，回头让我滚。

我继续说："爸，奶奶死了，该怎么办呢？"

他终于回头看了我一眼，似乎知道我是谁了，他重重地推了我一把，骂道："硬要扫老子的兴？小贱蹄子，报丧是吧？想管老子要钱啊？我告诉你，没钱，滚！"

爸爸很过分。

这些年，我从来没有埋怨过他，我以为自己不会生他的气呢。

但，我是会的。

像他对待我那样，我也重重地推了爸爸一把，将他整个人推到了枯井里。

而后，我在井边呆坐着，宛如坐了一个世纪。

——为什么青春期这么漫长？

——人活这么久要做什么事？

我又开始费劲地思考着这两个问题。

我想，我和班上的那个他，是有缘分的。

当我迫切需要一个活下来的理由时，那个理由出现了。

他手里拿着篮球，穿着休闲的夏装。

不知何时，高考已经结束了。我太想被他留住，就用了激烈的告白方式。

哪怕他对我有一点好感呢？肯定有的吧？我想要从他那里得到回应，想要知道一切不是我的自作多情，我多想抓住这根救命稻草呀！

他却果断地拒绝了我。

"对不起，我有喜欢的人了。让你产生误解了，不好意思。"

因为，我完全想不出那两个问题的答案，所以，我不打算熬过这个雨季。

生如芥子，我像灰尘一样活着，无足轻重。

这就是我的故事。我决定把我的故事留在古树的树洞里。

妈妈走后，仿佛那些喜欢拜树和杀鸡的人也全走了。

神坛荒废、老树枯萎，那里成了我的秘密基地。

如果如妈妈所言，人的意志具有能量，那么，就算不在此地，我也由衷地相信：在宇宙的某一处，某一时刻，会有人发现我，发现我存在过的痕迹。

（二）

第一章节的内容是我在餐厅发现的，这篇文章被印在杂志的纸上，而那页纸，被用来包我点的快餐。

我一边啃鸡腿，一边读完了那篇文章。越读，我越惊骇，这写的就是我人生的故事。

用纸巾擦掉纸上粘的米粒，我用剪刀把它裁剪后，保存到一本新的本子里。

之所以将它命名为"第一章"，是因为我想把我自己的故事，接着这个和我如此相像的故事，继续地写下去。

宇宙的某一处，会有一个完全一样的我吗？

看完第一章的故事，我情不自禁地有了这个想法。

如果让我列出我的家庭背景，那会和第一章的内容完全相同：爸妈离婚、爸爸酗酒，我被寄放在爷爷奶奶家；奶奶瘫痪，爷爷在高一去世。甚至连我住在小镇，爷爷以前踩三轮车维生，都是一样的。

硬要说有什么不一样，我不知道是第一章的作者没有写，还是我们的世界有细微的不同：我亲生爸爸早就过世了，后来妈妈离开我，把我留给我亲生的爷爷奶奶照看。而那个没管过我，爱喝酒的是我的继父。

妈妈走后，继父再也没管过我，我和他没有任何往来。即使再走投无路，我也很难想象自己会去找他帮忙，又因为他的不帮忙，把他推到井里。

这点不同，我认为是可以忽略的，我还是相信她是另一个我。因为不论是妈妈对我说的话，还是我小时候看到的画面，她都精准地写下了。

对了，我的学校里，同样有个我偷偷注视的"他"。

他脸上有颗小痣，他平时没有像别的学生那样欺负我，也与第一章描述的一样。按照上面说的，不久后的小组展示，他会主动和我一组吗？

这个，等待验证……

天哪！是真的！

他和我一组了，不敢相信！

心情太奇怪了。

按照第一章的预言，我喜欢他，最终也是一场无疾而终的单相思。我惴惴不安，却没办法控制自己靠近他，仿佛是一边看着练习册后面的参考答案，一边做题。

回绝"第一个我"告白时，那个"他"给出的理由，始终让我耿耿于怀。

我的这个"他"，是不是也有喜欢的人了？要是，真的调查出那女孩是谁,我或许就能死心了。

细心观察一段时间后,关于他喜欢的人是谁,我得到了准确且唯一的答案。

课间休息,他出去伸懒腰,每次都瞄向她班级的方向。小组作业时,他登录账号,我看到屏幕上他的密码是一串名字的拼音。他丢掉的草稿纸,潦草的公式中,藏着一些上课时的乱涂乱画、她的名字,还有一个卡通版的她的脸。

那女孩和他哥哥走得很近,我看到她笑着与他哥哥说话,而他被冷落在一旁,表情落寞。

原来他胆子也很小啊。他不敢多看她,不敢跟她说话。

即使我非常嫉妒,也不得不承认,他喜欢的女孩真的很优秀。

她是隔壁班的班长,在学校成绩名列前茅,常常代表学校出去参加比赛。

我觉得,那女孩长得像是古画里走出的冰美人,皮肤白皙,身材姣好;她的长发又黑又直,平时上学扎成马尾。她的五官精致得像最出色的画家用笔细描的,黑白分明的眼睛看不出多少情绪,淡色的薄唇总是严肃地抿着。她常常微微昂起下巴看人,神色倨傲。

她不太开心吧?我很少看见她笑。

隔壁班的她人缘并不好,可以说,她和我一样,在班里没有朋友。可她还是好厉害,凭着自己的能力当上了班长,并且让同学们都有点怕她。

能感觉出来,她一点都没注意到自己身边有个男孩在暗恋她。

小镇已连续下了两个月的雨。

我的心情和天气一样糟糕,这样的日子不知道还会持续多久。

第一章的内容已经被我反复地阅读过不知多少遍。

我自然不会再次选择作弊,可那里写的奶奶会死,以及那句"我不打算熬过这个雨季",都变成了我的一块心病。

神奇的是,竟有人和我一样,对漫长的雨季感到恐慌。是那个被我观察着的,他喜欢的女孩。她最近的行为像变了个人,异常到了一种诡异的程度。

我亲眼看到，放学时间，她跑到操场中间，对着教学楼大喊："水灾要来了，7月17日，整个镇子会被淹。大家快逃出去避难，这是真的，请你们相信我。"

之前那位不苟言笑的班长，如今在公共场合频频失态、神色慌张，好似一只惊弓之鸟。

她逢人就说："水灾要来了，快出镇子。"

她也对我说过这句话，在上学时，我路过校门口，她拉住我校服的袖子，言辞恳切地劝我。我看着她的眼睛，里面宛如藏着一把失控的钥匙，仿佛要放出什么可怕的东西。

其实，我有一点相信她，因为她的语气是如此笃定。

我喜欢的他，看上去完全不懂发生了什么。他一直在她的身边徘徊，脸上写满了对她的担忧。

后来，很少在学校看到那个女孩，偶尔看见她，是学校有考试的时候。听说，校方觉得她的行为干扰到了即将考试的同学，请了她的家长，把她教育了一番。

我顺利参加了高考。

没有第一章的我所具备的勇气，我没有向我喜欢的人告白。

好消息是，虽然我家还是个脏脏乱乱的老鼠窝，但在我的悉心照顾下，奶奶并没有离开我。

心中仍旧有个地方惶惶不安，到了那女孩说的水灾发生的日期前，我找学校老师问了她家地址，去她家找了她一次。但她和她家里人已经离开了这个地方。

小镇溢满雨水，人们的生活一切如常。当初女孩散布的恐慌，犹如一颗小石子落进湖中，并没有掀起波澜。

我和我喜欢的男孩，依然待在小镇里。

写到这里，我总觉得我自己还没写完。从我发现快餐包装纸上"另一个我"的故事以后，我有一种感觉，自己被卷进了一些古怪的东西里。

具体是什么，我说不上来。

它令我想起童年时，古树下妈妈手中的那根树枝。我仿佛是，待在那根被力量折弯的树枝的世界里。

唉,我觉得这个第二章,没有第一章的另一个我写得好。因为是持续的记录,内容断断续续的,我不太满意。

先写到这里吧。

我会找一个安全的地方,把我的故事保管好。如果 7 月 17 日,没有水灾发生的话,我将回来,继续把我的故事记录下去。

(三)

第一个我,傻。

第二个我,弱。

当我在报刊亭的少女连载漫画里看到前两个我的故事,我无比清晰地感知到,平行时空是存在的。她们就是我,平行世界里更无能的我。

她们和我相似,又不完全一样。我不具有她们的记忆,她们经历过的事我还没有经历。我们有各自的世界,互相无法察觉到彼此的存在。所以,我管她们的时空叫平行时空。

在生活中容易被忽视的场景里,我凑巧读到了自己在另外两个平行世界的故事。这种看似随机的发现方式,与上一章的"我"描述的一致。

而当我看完她们的故事时,所产生的"既视感",提醒了我,那便是不交互的平行世界间,能够传递信息的方式。

"平行时空之间是不一样的。我的成长过程有细微的差异,这会导致每个我的性格不同。"这句,我用加粗记下,是一个重点。

最先开始记录的第一个我:她似乎没有被妈妈告知,她的"爸爸"不是她的亲生父亲。她对自以为的生父有期待,所以有怨恨。她在孤立无援时选择找他,没有得到应有的回应,最终酿成恶果。

接着第二章的第二个我:她像我一样,知道我并没有可以依靠的亲人;她描写家人的篇幅占比很少,和我一样对被亲人帮助不抱有幻想。奶奶一直活到了她的高三……

而我的奶奶在爷爷死后受到打击，不到一个月就去世了。

我独自生活，唯一需要考虑的，便是我自己。

根据第二个我最后的信息：7月17日的灾难发生了，她没有活下来。

她描述自己卷入一种说不清的能量中。和这能量有关的，是她喜欢的男孩所暗恋的女孩，那女孩身上有明显的古怪。

为什么那女孩能准确说出未来的灾难？她也洞悉了另外时空的事吗？如果她拥有比我更多的信息，那她会不会是"紊乱能量"的源头？

遵循之前的记录方式，我将剪裁下"先前两个我"的故事，贴到新的本子，在后面继续写我的第三章。

为了信息简洁且维持保密，之后我会用化名。我喜欢的男生，化名小尽。他暗恋的隔壁班班长，化名小兰。

不知道别的时空的小兰是什么性格。这里的她，在我看来，根本不配得到小尽的喜欢。每个学校都有那种只会学习的机器人、书呆子，她就是那样的。

两耳不闻窗外事，每天按时上课下课，没有个性，行尸走肉般地活着。她不与人交流，天天盯着雨发呆，眼里装着一种死气沉沉的空洞。

我看见小兰手臂上频频增加新伤口，她在刻意伤害她自己吗？我鄙视她的行为。

如果你有个瘫痪多年仍旧渴望活下去的亲人，我想你会和我一样，看轻这种处在花季却不珍惜自己生命的人。

我下定决心把小尽从她的身边夺走。比外貌比学习，我肯定无法超过小兰。但我知道，我的优势在：小尽眼中的我，是受大家欺负的同班女生。他不会像其他人那样排挤我，只要我足够可怜，他会对我伸出援手。

所以我想，我可以自己制造出和他共处的机会。小组作业，班上同学拒绝和我同组，我冷眼看着。他们讨厌我，但这对我无法造成任何伤害，我也讨厌他们。

老师问到小尽要不要和我组队，他态度随意地答应了。分完组，他回头看了我一眼,我及时垂下眼,用袖子抹了抹眼角。

一起做作业,小尽问我分组时我是不是哭了。我点点头,轻声说:"同学们不喜欢我,不愿意和我玩,他们觉得我身上有奇怪的味道。"

再抬眼看他,我眼中含泪:"我闻不出自己身上有什么味道,你可不可以帮我?"

小尽表情为难,我主动把手腕伸到他的鼻子下。

"拜托你了。"

他闻过之后,诚实地说:"我没闻到怪味啊,嗯……好像有一点小橘子的味道。"

"哦!"我从书包里拿出带的砂糖橘,"是的,我带了小橘子当零食,你要不要吃?"

小尽摇头:"不用了,太麻烦了。"

"不麻烦啊,给你。"我三两下剥好了,橘子皮托着橘子肉,我把它递到他跟前,"谢谢你愿意和我一起。"

橘子已经剥好了,他只能接过去,一口吃掉了。

这次同组之后,小尽就被我缠上了。

"没有人愿意留下来,今天我得一个人值日,你能不能和我一起?"

"上次老师讲的题,我没有写全,你能不能把笔记借我看一下?"

我用各种理由找他,有时候他会帮忙,但不太方便时就会不帮。

慢慢地,向他借东西的次数多了,他也习惯了。

有次,我借了他当晚写作业要用的课堂笔记,他得等我写完,把笔记拿走才能回家。我握着笔,奋力地抄写。放在桌子上的手机传来醒目的提示。

我让他帮我把提示关掉,成功地让他看到手机软件设置弹出的生日祝福语。

"今天是你生日啊?"他惊讶。

在得到我肯定的回答后,他祝福我:"生日快乐,你晚上能吃蛋糕啦。"

"谢谢。家里的亲人都走了,我只剩自己一个人啦。晚上,我没有蛋糕吃。"

其实那天根本不是我生日,这是我找的跟他拉近距离的由头。

不过,说完那一句,我心里空落落的,竟真的感到好寂寞。后面邀他陪我过生日的话,也变得说不出口了。

却是他接过了我的话:"学校附近有个刚开的蛋糕店,想不想去尝一尝?"

我和小尽去了那家蛋糕店,橱窗中摆放着漂亮的生日蛋糕,诱人的草莓点缀在上面。我瞥了它一眼,又去看别的小蛋糕了。

我挑了一个巴掌大小的提拉米苏,小尽说:"这太小了吧?不像生日蛋糕,只能算个甜点。"

我趁机对他说:"那我买那个大的草莓蛋糕,你要陪我吃哦。"

他答应下来。

买完蛋糕,店员问我们,蛋糕上要写什么祝福语。我支支吾吾,小尽看不过去,拿过店员的纸笔,写上对我的生日祝福。

这是,我喜欢小尽的第三个时空。

我点燃自己的生日蜡烛,烛光的后面,是他的笑眼。善良温暖,柔软的心肠,这个男孩就像冬日里一束暖和的阳光。我还是那只小老鼠,眯着眼看着他,伸出脏兮兮的小爪子,想碰碰他。

我没有许愿。狼吞虎咽地把那个好吃的蛋糕装进肚子。写了我名字的巧克力条,我留到最后吃掉。

巧克力甜得我发蒙,我沉溺于骗来的幸福之中。

在我竭尽全力的干扰下,小尽和小兰生活上的交集变少了。

小兰没有任何异状,每天机械地上下学,不像第二个时空描述的那样到处劝人离开小镇。而我,填满了小尽课余生活的空隙。

"放学后,我可以去看你打球吗?"

小尽挠挠头:"操场谁都能去啊,去呗。"

"可是,我只是想看你,也不是想看球……哎呀,说漏嘴了。"

我知道我的小伎俩很低级,演的戏也很烂。但是,好像有一点点奏效。

第三次模拟考,我埋头苦读,仍旧没有考好。

小尽的分数比我高,意外的是,他选了我当同桌。

我每天给小尽送小橘子。他不一定每天吃,但我一定每天给。

会不会我的时空已经跟之前的两个时空走向不一样了?

高考成绩出来了。唉,我考得有点差。如果还有别的时空的我,你看到我的信息,我建议你熟背班主任最后发的那三套题。

高考后,我和小尽就不会在一个学校了。我约他在出成绩后的那个周末,来学校礼堂一趟,我有话对他说。

不论他怎样回答,我都想在我们各奔东西前,跟他表白一次。

说实话,我的生活很充实,已经很久没有关注小兰那边的动向了。出成绩的那天,我意外地在镇子里的大超市碰到了她。

她肩上扛着大包小包,购物车里塞满了东西。

这个行为……她在囤物资吗?难道,小兰依然看到了未来会发生灾难?她不像上次一样四处劝人,却还是具备这个能力?

我突然有了一个毛骨悚然的推测。

有没有可能:这里的小兰与上一个时空的小兰,是同一个人?

再往细了想,如果第一个时空也发生了灾难,那么,三个时空的小兰,会不会都是同一个人?

好可怕,她是什么东西?

我无法想象自己被卷进了什么。

所幸,我和小尽约定的日子在7月17日前,到时情况不妙的话,我还有机会带着他一起逃离镇子。

高考出成绩的周日夜晚,雨下得特别大,整座学校像被浸在水里。

我以为小尽不会来了,但仍在窗边等他。我发现,有个熟悉的身影在校园里乱窜。

小兰怎么也来了学校?这么大的雨,学校几乎全被淹了。她在乱跑什么?好像往这边来了。

我正思考着,身后有人拍拍我。是小尽,我被他吓了一跳。

他头发湿了,语气中有担忧:"你傻啊,雨都要把镇子淹了,你还敢出门？我打你电话你没接，心想你不会来这儿等着了吧。我想你不会那么笨，随便过来看看，你居然真的来了。"

"跟你约好了嘛，我怕没有机会见你了，所以冒着大雨出门。"

从书包里拿出自己做的毛绒挂坠，我举起卡通小橘子的笑脸，对小尽说："这个羊毛毡小橘子，我扎了很久，想送给你。祝你能被心仪的大学录取。"

"以后再送也来得及呀。"小尽接过了毛绒小橘子。

心情羞怯，我开不了口表白，扯了个别的话题，问他打算上哪儿的大学。

他回答："住我家对面的那个女生，成绩挺好的，我看她有意愿的那个大学好像不错，我可能也会……"

又是小兰。我不想听他提别的女生！

手指绞着衣角，我闷闷地打断他："你别喜欢林诗兰了，喜欢我吧。"

"啊？"小尽愣了愣。

我多想要拥有好好长大的决心啊。因此，我鼓起所有的勇气，大声告诉他，也告诉我自己。我长大以后，会比林诗兰更聪明漂亮的。

以为自己说得很大声，但可能我的音量也并不大。

小尽迟迟没有回答。在他的沉默中，我心知表白失败。

我叹了口气，已无法再面对他。

风雨声呼啸。我转身离开，泪流满面。

他没有追过来，我们可能永远也不会相见了吧。

第二天，我收拾好行李，也给小尽发了最后的短信，让他逃离小镇。

来不及了，所有人都来不及了。山洪暴发，出镇的道路全部被冲毁，我们被困住了。

镇子附近发生巨型山体滑坡，下游的水被截断，一旦河水发生倒灌，整个镇子将不复存在。

镇子全乱了。人们四处抢夺物资，大家都想活下来。

该怎么办？我不知道。

不想放弃活着的希望,虽然很卑鄙,但我明白谁那儿有物资。

只能写到这里了。

我想,我并不处于唯二或最后一个,看得到"异世界信息"的时空。

如果我活下来的话,我会继续写下我的故事。

如果,我无法活下来,那就期盼我的文字能留下。

宇宙中有过这个时空,这个我。

在十七岁,我曾拥有过一个属于我的生日蛋糕。

再见,小尽。

林诗兰"咔"地把书掰成了两半。

什么《闪耀的多重宇宙》,它根本不是小说。林诗兰最清楚,里面的东西全是真的。

书还剩一点没看完,她需要缓一缓。明明裹着被子,林诗兰却冷得整个后背和胳膊都爬满了鸡皮疙瘩。

感人至极啊,苏鸽穿越三个时空的痴心不改。

当初,林诗兰逃出家门,躲在学校礼堂撞见的表白现场,至今历历在目。

窗外下着大雨,看上去好像树呀房子呀都漂浮在一片汪洋中。

窗前的女生手指绞着校服的衣角,闷闷地道:"你别喜欢林诗兰了,喜欢我吧。"

"啊?"男生愣了愣。

她底气十足:"我长大以后,会比林诗兰更聪明漂亮的。"

他没回话,没听见似的。

少女叹气,说:"我回家了。"

待身影卷入呼啸的风雨声中,男生陡然清醒。

"好。"他对着她的背影说。

第三时空的苏鸽是最勇敢的,她的表白最终获得了谭尽的回应。可惜的是,他的最后一句,苏鸽没有听见。她也该为这对有情人感动吧,前提是,她不叫林诗兰的话。

书里讲的东西,再结合自己的亲身经历,林诗兰的思路变得清晰。

竟然是平行时空!

原来,她每一年重回雨季,并不是穿越到过去。每一年,她所去到的"雨季",都是一个新的平行时空。

按照这个思路,很多从前说不通的事情,忽然都变得有迹可循。

为什么林诗兰第一次回去救下的人,回到现实时他们却没有活着?因为,他们被救下的事,发生在别的时空,不在她的现实时空。

为什么林诗兰做实验,在过去留下的伤口,在现实中不会出现?因为,那是平行世界的她受伤了,不影响她在另一个世界的身体。

为什么,妈妈做的鸡汤,有时候只是难喝,有时候却能把她毒进医院?因为,平行时空之间,事物存在差异,发展存在不同。

过去和未来,有因果关系:过去被改变,未来会随之改变。而平行时空是独立的,互不干扰的,它们之间没有因果关系。

林诗兰没想通的东西,被苏鸽的书点通了。

在雨季,她被交叠到别人的平行时空。雨季一结束,她就脱离这个时空;他们各回各家,再无关联。

想通这个,那还在这儿玩什么呀?敢情,她是来帮各种平行世界的自己免费高考,免费被她妈妈摧残,免费受劫难的。

这公平吗?为什么全冲她来?

林诗兰替自己感到冤枉。平行时空交错在她身上,雨季都往她一个人身上砸。

就算她倒霉,成了什么"宇宙紊乱能量"的替罪羊。那要薅"羊毛",也不能连续四年,只死命薅她的吧!

搁平时,气呼呼的林诗兰已经去找她的"难兄难弟"谭尽,商量他们怎么跑路了。看完苏鸽的书,她的心情变得微妙。

她记得,谭尽觉得苏鸽那边的事,他难以解决。现在再把别的时空的情况一股脑地抛给他,会不会让这个情况变得更复杂呢?

见谭尽之前,林诗兰更需要见一见现在的苏鸽。

前两个时空苏鸽的遭遇,看得她眼角含泪。第三个苏鸽,看得林诗兰怒从心头起:那个苏鸽刻薄利己,不惜用卑鄙手段达成她的目的;她会盲目代入自己的经历,去批判别人的行为,其实完全不了解内情。

看完她的章节，林诗兰气得把书都撕两半了。

穿越雨季的第二年，病中的她被一伙人抢走了携带的包裹，还把她从藏身的地方赶走，最终没能活下来。

在那个时空，苏鸽参与了那次抢夺，甚至是带头去抢了她。

即便死的是平行世界的她，但死亡的痛苦，是她本人全程体验的。林诗兰跟这个苏鸽有"杀我"之仇。

话说回来，现在和她待在一个时空的苏鸽，是什么样的人？林诗兰想起她丢狗和跟踪谭尽的事，感觉她不是个善茬。

今晚注定是个不眠夜。

床仍是原本的床，房间仍是原本的房间。她凝视着天花板，想得越深，越有种怪异的感觉。

周围熟悉的一切，变得有点陌生。

林诗兰曾在某本书里，读到过一个这样的概念：宇宙中有无数个平行的时空，那些时空和我们的时空共享同一个空间。只是，我们彼此看不见对方。

按照这个概念，每个雨季到来的时刻，她能看见与她平行的世界。并且，能走进平行的世界，参观一段时间。

比起见"鬼"、神经病的幻觉，林诗兰更愿意接受这个答案。

茅塞顿开，她突然感到兴奋：我不是疯子。我只是被卷入一场，值得科学家好好研究的未解之谜中了。

仿佛是主人激动的情绪感染了小土狗，静静冷不丁地从地板抬起脑袋。它抖了抖身体，伸了个懒腰，自顾自地跑到外面遛了一圈。

一晚上烙饼似的翻来覆去，林诗兰正打算把书上剩的内容看完。小狗往屋外的方向叫了两声，她一惊，赶忙塞好书。家里进人了。

晚归的吕晓蓉见到林诗兰还没关灯，回家第一件事就是过来念叨她。

"电话里跟你说，我已经不是你妈妈了，没听懂啊？开着灯等我干吗？"

林诗兰知道她妈妈是想撒气。她今晚去堂叔家待着，故意不接电话，接了又放狠话。闹腾一晚上，不就是为了撒这一口气吗？

如果回答"我在等你，我不可以没有你这个妈妈"，指定被妈妈羞辱，且趾高气扬地不给她台阶下。

如果回答"没等你,我已经睡了",妈妈会不高兴,指定要来一句:你没有妈妈过得很好啊,做女儿的完全不会关心老妈,你妈妈夜不归宿,死外面你都不管了对吧?还能心安理得地呼呼大睡,真是没良心。

熟知妈妈的套路,林诗兰答得模棱两可:"我马上要睡了。"

见她不接茬,吕晓蓉的眼睛滴溜溜地转。她眼尖地瞄到枕头下有个东西。

林诗兰匆忙间没藏好,露出了书的一小角。

吕晓蓉走过去,准备把它抽出来:"你在干什么坏事?"

"没什么。"林诗兰半边身体倒向床,挡住她的视线。

"藏啥?你趁我不在家看闲书了是不是?"吕晓蓉伸手过来夺枕头。

她奋力压着枕头,不让她妈妈扯走。

这本书与这本书里的内容,是绝对不能让她妈妈看到的。

两个人都用了最大的劲,忍无可忍,林诗兰冲她喊:"妈!我看什么你能不能别管!我有我的隐私!"

这会儿吕晓蓉不记得自己电话里说的狠话了,她冷笑道:"隐私?林诗兰,我是你妈!"

一根根掰开林诗兰的手指头,吕晓蓉执意要弄清她在搞什么鬼。

"你是我生的,跟我讲什么隐私?你没什么是我不能看的。"

林诗兰忽然恍惚了。

她突然想:这里是平行时空,那眼前的我妈,还算是我妈吗?

这个念头,让她的心一下子硬了起来。

林诗兰松了劲。在吕晓蓉成功掀开枕头,快要拿到书的时候,她抢先一步抽出她妈妈看见的书页。当着她妈妈的面,将它狠狠撕碎。

双眼直视着她,林诗兰表情严肃,语气冷淡又生分。

"我是一个独立的个体,我有我的隐私,和你是不是我妈没关系。请你把我当作一个人对待,给我尊重。"

吕晓蓉胸脯上下起伏,林诗兰这两句话,把她堵得哑口无言。

已是落了下风,她仍不服气,脸颊涨红,又气又恼地说:"行啊,林诗兰,你独立了是吧?你这么牛,那下周别找我要饭钱。"

——又来这招。

林诗兰窒息了,不管用什么态度,她妈横竖不会听进她的话。

这真的是另外的时空吗？为什么没有一个时空，她们母女能好好沟通？

她真的很想问她妈妈：妈，为什么你在每个时空都是这样子的妈啊？

吕晓蓉重重摔上门。

她走了，躲起来的小土狗才慢慢地从床铺下爬出来。

林诗兰叹了口气。匆忙地，她捡起床上地上的书页。枕头下的半本书是完好的，刚才被撕得稀烂的，是书的后半本。不幸的是，那里面还有她没看完的第四章。

林诗兰尝试着在书桌上把碎纸片拼回来，一边拼一边骂自己：动什么真格啊？力气那么大，撕得那么碎干什么！

她妈妈在外面走来走去的声音，也让她感到不安。

要不移到被窝里拼？看她还不关灯，指不定她妈妈又进来找她麻烦……这本书太重要了，不能被她妈妈抢走，里面还有很多她没搞懂的谜团。

林诗兰抱着一团乱七八糟的纸页，默默地上了床。

第五章
明牌打

本想着把书拼好,看完全书再睡。但精力支撑不住,临近早上的时候,林诗兰打了个盹。

黑灯瞎火的,她勉勉强强粘好了两页纸,其余还都是乱的。看这个工作量,还是今天找谭尽帮忙一起弄吧。

林诗兰把书页装进资料袋,有件事也挺关键的:看了苏鸽的书,除了最大的疑问"为什么她能在不同时空之间传递信息",她还有一个重要问题——

堂叔有没有跟一个带孩子的女人结婚,后来又离婚?

根据第一个时空苏鸽的描写,林诗兰强烈怀疑,苏鸽的继父就是她堂叔。他们镇子小,她不记得之前有谁掉井里。而且,她原本的时空,堂叔坠井的时间和苏鸽书里描述的,又对应得上。

因此,林诗兰想着早上等她妈妈稍微恢复到能交流的状态了,问问她关于堂叔的事。可惜第二天她起床时,她妈妈已经上班去了。

桌上留了给她做的早餐和饭钱。估计她妈妈是感觉到,用这种东西做把柄也拿不住她。怕林诗兰真的不吃不喝,她妈妈又不想主动说好话,所以这么做了。

她肯定不会故意跟妈妈怄气,给吃的她吃,给钱她也收。

林诗兰满脑子装着平行时空的事,三下五除二地吃完早饭,她准备喂一下静静就去上学。奇怪的是，小狗不在窝里。家就那么大的地方，她找了一圈，没看到小狗，平时它玩的玩具也不见了。

瘸腿的小土狗最喜欢在家睡觉，不太可能自己跑出去。林诗兰细思后，给她妈妈打了电话。

电话一通，她便听到电话那边的小狗叫。

林诗兰着急，问她把狗带走干吗。吕晓蓉回得云淡风轻："我同事想看狗，我带来上班了。"

她听得莫名其妙："为什么突然要看狗？昨晚刚跟你说的尊重我。妈，就算你要把静静带走，你也问问我再带。你走多远了？回来吧，别带去上班。学校人来人往，小狗在那儿多不方便，同事要想看你让她周末……"

电话那边用"啰唆"二字强行打断她，而后，不由分说地挂了电话。

林诗兰放心不下。不过她知道狗在哪儿了，等今天下午放学她可以把狗接回来，顺便也问问她妈妈那个关于苏鸽的问题。

她看了眼时间，觉得必须得出门了。今天有很多要做的事，告诉谭尽她获取的新信息，肯定是最重要的。在那之前，她有自己的计划。

林诗兰想先见苏鸽一面，摸清苏鸽现在的状态。

从学校开门起，她就站在门外等了。结果，没等到苏鸽，先等来一个开朗的大傻瓜。

他骑着自行车出现在学校门口，车把上挂了个塑料袋。脸上挂着欠扁的笑容，他故意绕到她面前，"叮叮叮"地按着车铃。

"不是吧，林诗兰，你偷窥我的生活？怎么会知道我又买了早餐？每次都打劫我，我看不是意外，是早有预谋。"

心里的事太多，林诗兰没有和他打闹的心情。要是让他知道苏鸽那边的事，他还乐得出来吗？她心想：让他再快乐一上午吧，这个傻瓜。

谭尽最近好像吃胖了，脸有点肉肉的，衬得脸颊的那颗小红痣更加惹眼。就好像一碗白米粥上面，落了颗可爱的小红豆。

"你过来。"她冲他招手。

他乖乖从车上下来，拎着塑料袋，一脸委屈："你不等我一起上学，又要抢我馒头。两个馒头你不能都吃了啊，好歹给我剩一点。"

无奈地递出两个热腾腾的红糖馒头，他见林诗兰也伸出手。她没拿袋子，手直接上了他的脸。

谭尽"啊"了一声，眼睛瞪得圆圆，嘴巴张得圆圆。林诗兰食指抵住他的脸，在用力抠他的小痣。

"抠掉，抠掉。"她的手弄得他好痒。

他花容失色，到处乱躲："为什么抠我的痣？"

"很坏的小痣，抠走！"她恶声恶气地朝他扑来，像一个癫狂的恶魔。

小痣很无辜，尽尽脸痛痛。

谭尽什么都不知道。

谭尽被林诗兰欺负得很可怜。

上课铃响。林诗兰心不在焉地上完了早读和第一节课。

苏鸽今天没来学校。

她利用早上的时间，又拼完了半页纸。这么拼，进度太慢了。课间，林诗兰心里急，再也坐不住了。她和老师请好假，背上书包，出了学校。

她打算去书店再买一本《闪耀的多重宇宙》，看完第四章，就去苏鸽家找她。

林诗兰望了眼天空，今天是个难得的晴天。

小镇入了夏，太阳的光线洒在街道上，四处亮堂堂的。

很幸运，她的第一站，不仅买到了书，还找到了苏鸽。这简直顺利得让林诗兰都没准备好。

逃课的苏鸽躲在书店里，她手捧着书，穿着校服，安静地坐在昨天那个角落。

店外有阳光，收银台没人。

林诗兰进到店里，一下子感到阴凉。

苏鸽脚边的黄色书包上，放着一把黑伞，她一眼认出了，那是自己的伞。

微胖的少女仰起头，她的瞳色浅，眼中有种懒洋洋的涣散感，情绪难辨。

"你果然来了。"她说。

林诗兰被冻得一激灵，像生咽了一块冰，她喉咙干涩，四肢僵硬。虽然原本就计划要找她，独自和她谈谈，但真的见到她了，林诗兰还是有点怵的。

第一个时空的苏鸽，疑似杀过人。

第二个时空的苏鸽,没做坏事,但心思深沉。

第三个时空的苏鸽,是彻头彻尾的"大恶人"。

现在的苏鸽呢?

上次,林诗兰在这里见到她,苏鸽已经在读《闪耀的多重宇宙》了,她肯定也知道了那些平行世界的她自己。

伞在苏鸽手里,说明林诗兰昨天跟踪她去她家的事,她知道。今天苏鸽又待在这么好找的地方,所以,她故意想引自己出来,这件事是肯定的。

"是啊,我来了。你不就在这儿等我吗?"她捏住拳头,好让身体不再哆嗦。

"嗯。"苏鸽坦荡地承认。

"昨天我跟踪你,你知道。你故意把我引到书店,让我看到书。在那之前,你跟踪谭尽,也是为了让我对你起疑,让我调查你。"并不需要她的解释或确认,林诗兰用的是陈述句。

她直勾勾地看着她的脸,问:"苏鸽,你想做什么?"

苏鸽轻轻将头发别到耳后,没有正面回答,只说:"你来得真快啊。按书里对你的描写,我以为你不会独自过来。

"林诗兰,你比我想象的更有趣。"

林诗兰没空跟她来虚的:"那本书里的东西是真的吗?"

"这个问题,我也想问你呢。我获取的信息就是你所看到的那样,我已经毫无保留地与你分享了。至于她们写的东西是不是真的,你来告诉我答案吧。"

少女的双眸闪烁着浓浓的好奇,颓丧的外表下,竟然藏着这样一双发着亮光的双眼,明亮得让人不寒而栗。

林诗兰沉下心,没跟她演,直接摆出了不配合的态度:"我没有答案。你这么聪明,可以自己去找答案。"

苏鸽深深地看着她,突然问:"你读过整本书了吗?"

"没读完哦,"林诗兰皮笑肉不笑,"写得实在是太烂了。"

"是吗?"她眯起眼睛,"我倒觉得写得很好,很感谢有这本书呢。"

气氛微妙。

"林诗兰,"苏鸽说着这三个字,露出一个古怪的微笑,"小组作业时,我对你产生了很深刻的印象呢,也是那时候,我感觉到你和谭尽之间不太寻常。"

她珍惜地轻抚着手中的书，陷入恍惚。

"好像自从这个雨季开始以后，谭尽就一直非常刻意地在避开我。我暗自伤心，以为自己哪里做得不好了，或者他像别的同学一样，讨厌我了……小组作业后，我在书店读到这本书，真是欣喜若狂啊。平行宇宙，多么美好的存在。那样，我就能有无限次的机会，去接近他了。"

"你休想。"林诗兰出声打断她的美梦，换上扑克脸，她重新拾起能够噎死人的冷淡，一字一句告诉苏鸽，"今天，我就是过来通知你的，不管用心机还是用手段，你都赢不过我。

"现在的谭尽和我站在同一个阵线，不管你想做什么，我这里都是两个人。"

能撂下这样的狠话，一方面，源自林诗兰对谭尽的信任；另一方面，他们是联盟，这回遇到他难解决的人，她该出来帮他解决。

苏鸽神色如常，完全不觉得她说的是什么新鲜事。

"哦。"她也竖起自己浑身的刺，将它对着林诗兰，"你以为，你凭什么能过来跟我耀武扬威？你有底气，是因为我已经把我的牌亮给你看了。说我用心机用手段，那我问你，没有心机的你，手上的是什么牌？你能告诉我吗？"

苏鸽和林诗兰有仇。

在苏鸽的视角，每一个时空不论她性格如何，都没法让谭尽不要喜欢林诗兰，喜欢自己。所以她憋屈。

而在林诗兰视角，苏鸽曾经夺她物资把她害死；且她最清楚，第三时空的谭尽答应了苏鸽的告白。

即使第三时空的谭尽，不是现在自己身边的他，但当时和现在的林诗兰，是同一个灵魂，所以，她全部记得。

《闪耀的多重宇宙》之所以没有一口气看完，是她读完第三章时，精神上已经觉得太吃力了，需要缓一缓。

这本书的第三章，让林诗兰回想起穿越的第二年。那个自己，如行尸走肉，破罐子破摔，苏鸽对她的描写，在一定程度上是非常准确的。

如果没有遇到谭尽，这会儿的她，说不定也在重复那样的日子。每天按部就班地上学、考试、听她妈妈的话，忍气吞声地过完又一个雨季。麻木、怯弱、无力自救，在泥潭中越陷越深，路过的狗都能踩她一脚。

没有人会喜欢那样的自己，没有人会看得起那样的自己。

而现在的她，和那时的她，又有什么差别呢？

林诗兰需要一个答案。

所以，不仅是为了谭尽，也是为了自己。她选择逼自己一把，站出来面对敌人。

这个时空的苏鸽，就算要找事，她也不会容许她再躲在暗处。

和谭尽约好的交换阵地作战，林诗兰今天过来，正是要让苏鸽把矛头指向她。

谭尽是在此处，唯一和她来自相同世界的人。他对于她，是唯一的真实，值得她挡在前面去捍卫的存在。

如今的苏鸽同样有很深的城府，但像她自己说的，她敢把书给林诗兰看，明着牌跟林诗兰打。林诗兰又有什么好怕的？

苏鸽敢挑衅，她也敢接招。

若不是林诗兰瞥到苏鸽握着书的手用力过度、指尖泛白，她还真以为苏鸽对自己的话无动于衷。

互相恶心了一把对方，她们之间已没什么好说的了。

林诗兰拿了一本新的《闪耀的多重宇宙》，在柜台留下钱，转头要走。

苏鸽叫住她："你的伞没拿。"

脚步顿住，她回过头，坐在地上的苏鸽举高了手，主动递给她黑伞。

一番剑拔弩张的互动后，这个时空的她们又站在了对立面。

现下，苏鸽的这个动作不知在传递什么样的信号。林诗兰有些犹豫。

"拿着吧。"苏鸽话中有话，"伞总会用到的，之后会下很久的雨，不是吗？"

林诗兰脑中猝然浮现谭尽的脸，想起他脸上那颗丁点大的小痣，然后皱紧了眉头。

"不必了，我还有备用的。"

酷酷地背过手，她跨步走出书店。

第四章还没读。等林诗兰回去找谭尽，再跟他一起把书看完。

返回学校的林诗兰，直接找了谭尽。

他们班正在上自习课。谭尽正低头在草稿纸上乱涂乱画，一声"报告"将他从走神中抓回来。熟悉的声音，让他立刻看向教室门口。

那里站着林诗兰，她表情严肃，老师走到外面，和她对话。

林诗兰的音量不大不小，他正好能够听到："老师，谭尽家人需要他回去一趟，我来帮他请个假，假条他回头补给您。"

老师点点头，喊谭尽收拾好书包出来。

他刚到走廊，立马问她："我家出什么事了？"

"没事，是我找你。"她压低声音，班级里有同学在好奇地看着他们，她面无表情地将他扯走，"我来带你逃课。读书没用了，反正这里什么也带不走。"

上课时间过来找他、逃课、跟老师撒谎……这些是林诗兰以前绝对不会做的事。

"我先前逃课带你去花鸟市场，还被你骂，你怎么突然醒悟了？"

谭尽情不自禁地看了眼天空："我看看，太阳是不是从西边升起了？"

走到校外没人的地方，林诗兰从书包里翻出半本书，丢给他："看这个。"而她自己拿出一本全新的同款书，拆掉塑封。

"这是什么？"谭尽手中的书翻两页还往下掉一页，"你改行捡破烂了？"

"这是苏鸽送来的答案。"林诗兰简单地跟他概括，"现在待的地方，不是我们的过去。我们每年的穿越，其实都会到达另一个新的平行世界。"

谭尽不再是嬉皮笑脸的模样，也变得正经起来。

"苏鸽怎么知道的？她跟我们一样能穿越？"

"她不能，但她似乎能洞悉到不一样的存在。每个平行时空的苏鸽都会记录她的故事，内容和我每年的穿越都对应得上。那些记录不知道为什么，可以被保存，穿越不同的时空。

"我说的记录，就是你手上那本破烂。"

一边听着她的话，他一边翻开手中的书。

林诗兰也开始打开新买的书："第四个时空，也就是我们去年的穿越。我没有参与太多，主要是你参与的。我还剩第四章没看，一会儿你补充一下告诉我，当时发生了什么事吧。"

谭尽一目十行，已经看起来了："你等等啊，我看完了跟你讲。"

见他是从后往前看书的，她觉得有点奇怪："第四个时空，你参与了对吧？"

"不一定。"他说。

林诗兰皱眉:"什么叫不一定啊?"

他抬起头:"这本书怎么没有第四章?"

她心中疑虑更深:"新的有。"

"你早说啊。"他想来拿她手里的新书。

林诗兰没让他拿到,把书往身后一藏:"我先看完再给你看。"

在阴凉处找了个台阶,她坐在台阶上看书。他无奈,坐在了她下面的台阶。

她看书看得认真,他却看几行就要来找她说句话。

"没想到苏鸽的身世那么惨。

"这个第一时空,是我们的时空。你看她上面写的东西,和我跟你说的信息一样。

"苏鸽杀人了,这件事我隐隐知道。后来镇上有人坠井的事传得尽人皆知,而我知道出事的时间点,苏鸽在那儿。所以我跟你说,她表白被我拒绝后,状态很差。这么看来,她爸就是你堂叔吧?当时是他坠井了。"

林诗兰已经看完了第四章,合上书,愁眉不展:"我也这么猜的。你接着看第二章吧,我堂叔好像是她的继父。"

谭尽看出,她看的东西内容沉重,所以看完后她心事重重。第四章必有蹊跷。

心里有点慌,不知道她看了什么。他按她说的,继续看第二章,看的同时也在保持与她的对话,尽全力地活跃气氛。

"这个时空的谭尽,不是我!

"哎!出了大问题,这里怎么写着,我喜欢你啊?

"哈哈哈,我怎么在那儿是个菜鸟啊?看你在公共场合散布水灾的消息,也帮不上忙,光在旁边看着;看你跟我哥走近,又不敢说话?这不会是个哑巴吧?

"我发现,你还挺招菜鸟喜欢的啊,哈哈哈……不会下一个时空的我还喜欢你吧?"

他的笑声很干,从头到脚都显着不自然。头顶有根毛翘着,是被他自己挠头挠成那样的;他的脸红得像番茄,还在故作轻松。

"对啊,不过你移情别恋了。"

她懒懒地扫了他一眼,把新的书递给他:"第三章,看吧。"

第五章 明牌打

"这不用看都知道不是我,不可能是。"

他还没开始读,已经开始卖力澄清了,姿态像极了一只表忠心的小狗。

阅读着第三章,谭尽的头摇成了拨浪鼓:"这不是我!这不是我!"

看完那个章节,他愤怒地合上书,大声说:"老子绝对不可能被别的女生攻略!"

"是吗?"酸溜溜的林诗兰阴恻恻地笑,"你还老拒绝人家,说不定,你跟她挺有可能的。"

"可能个屁!"

谭尽"嗷嗷"地叫,吵得她耳朵都疼了:"那完全不是我,当时我在别的地方!不能他挂个我的名,就说他是我吧!"

他辩解得卖力,也没见她表情有变化。谭尽挺直腰板,语出惊人:"你要说我跟她有可能,那我还说,指不定下个世界,苏鸽就喜欢你了!"

"嗯,下个世界,"他自己提到,林诗兰顺着往下说,"第四章,你确定跟苏鸽没有故事?你来跟我讲讲,去年穿越时你做了什么?看到了什么?"

"我不管苏鸽接下来写什么,她书里第四个世界的谭尽,不是我。"

林诗兰看完第四章,苦大仇深的模样,吓到他了。她这阵势,像抓住了把柄。

谭尽太急了,急得心都乱了。没来得及考虑,只想赢回她的信任,他对她说了实话。

"我之前骗你了,我去年没有穿越,我是今年开始穿越的。"

这句话,犹如一颗怀疑的石子,落进了深井。在她的内心掀起巨大波澜,一层层的回音往外扩散,水面再也难以平静。

林诗兰把谭尽诈出来了。

她其实是在刚才谭尽说"不一定"三个字,并急着找第四章的时候,才开始对他起疑的。

小土狗摆出一副憨憨的纯良样子,实际上是个撒谎精。

她早知道,他骗了自己一些事。

可,这事太大了。

他们在医院老乡见老乡的重逢算什么?

同病相怜的伙伴联盟,是不是真的?

他撒谎出于何种目的?

林诗兰想不通,但她已经不会问他了。在她能够重新信任他之前,她不知道他说的话是真是假,即使问出答案,也可能还是谎言。

而这时的谭尽,为了知道她面色沉重的原因,急忙翻开书,看起了第四章。

（四）

我在坐公交车的时候,捡到了这本日记,上面有三个平行时空的"我"所留下来的故事。

她们的人生轨迹和我的如此相似,却又有很多细微的不同。但说实话,看她们写的东西,我没有太多的代入感……特别是第三时空,那个我,很有力量,日子过得酣畅淋漓。

她和我现在的生活,差别太大了。

高二时,因为奶奶去世,在学校待着被欺负也没意思,我选择了退学,每天在小镇上打工。我和班上的那个小尽,没有什么交集。

我的生活没有营养。

我在犹豫是否要把我的故事写下来,最终还是提笔这么做了,是因为我今天丢掉了一只狗。

回家的路上,我看到那只小狗被一辆轿车撞了。那车没有停下,狗是不值钱的品种,估计是流浪狗生的。小土狗只有几周大,腿上血淋淋的。

不想让它继续躺在那儿,被车碾死。我把它抱起来,丢进了垃圾桶。

伤得那么重,肯定活不了啦。我将它放在那里,是因为我和它是一样的,养不活的,没有信心长大了。

没有一个时空的我,描述过关于这个小狗的事。她们遇见了这只小狗吗? 又或者,我猜她们和我一样没信心救活它。

那么,由我记录下小狗的事吧。这样,宇宙中就有人能记得,这只小狗存在过。

第五章 明牌打

镇上最近不太平。

有乱七八糟的消息，传得沸沸扬扬：石化厂化学药品泄漏了；水灾要来了；有杀人犯逃到镇子里……

人心惶惶，这几个月，好多人陆续离开。

因为有日记的存在，我知道，水灾的事是真的。

是那个叫小兰的女孩在放出假消息救人吗？如果是她，那她真的很了不起，救下了很多人。

我也该走了。

7月17日，我在电视上看到新闻，雁县果然发生了水灾。

虽然还没想好，活着要做些什么，但我活下来了。

9月，夏天就要过去。

从6月到9月，灾难频发，世界各地有非常多极端事件和极端气候出现。

我在另外的城市找了工作。今天夜里，我内心不安，拾起日记。被一种庞大的恐惧包围，我想再写点什么。

外面好多人在尖叫，我站在窗户边，发现天地扭曲，地面被劈开一半，整个世界在塌陷。

世界末日来了。我分不清是有人在说话，还是我自己在这么说。

世界乱套了！世界不该是这样的！

水，好多水从天上漏下来！水灾又回来了？

难道我们本来命就该绝？水追过来了！

全部崩坏了！全部人都要死了！

黑漆漆的水流卷走外面的人了！

我要死了。

写到这一句，突然感到平静。

全世界的人，陪我一起。

《闪耀的多重宇宙》写到这里，就没头没尾地结束了。谭尽把书整本翻过来，没有看到别的文字。

他在想怎么跟林诗兰说话。她从刚刚就一直木木地望着地板，没搭理过他。

谭尽碰了碰她搭在腿上的书包,想让她看自己一眼:"不管你在想什么,都怪我。苏鸰在这最后面写的东西,和你没关系,你不要想多了。"

林诗兰依旧不看他。

他们之间曾经存在的那堵高墙,再一次筑起,将他隔在外头。

"谭尽,你听过一个词叫蝴蝶效应吗?微小的改变,引起一系列连锁反应,最终酿成难以估量的恶果。这样看来,如果一个世界被改变得太多,可能会造成平行世界直接崩塌。"

她叹了口气,说:"你没穿越,所以只能怪我,消息是我放出去的。"

现实中。

去年,见到怪象的第三年。

雨季来临前,林诗兰不堪其扰,大学中途办理了休学。她躲到一个很少下雨的城市,常常搬家,四处躲雨。做网络兼职,她存了点钱,考了个证。

4月到7月底,总共有六次降雨,她没能避开。

现实中下雨,林诗兰短暂地回到雁县。她还是选择了救人,并且比任何一次都勇敢。这六次回来的机会,她趁夜往镇子的人家里塞传单,在人们常去的地方贴海报,在小镇的论坛发布消息。

她不知道这管不管用,真假消息一起放,能够制造恐慌就行。

最后一次回来,她发现自己蹲在局子里。现实的雨停了,没待上二十分钟,她又回去了。

而去年,在水灾发生的7月17日到26日,她在的城市没下雨。因此,林诗兰没有回到雁县,也并不知道自己做的事有多少用处。

后来,林诗兰用赚的钱看心理医生,开始吃药,变胖。

事实证明,在信息闭塞的小镇,流言蜚语有可能比一个真实的活人站出来苦口婆心地劝大家更有用。

很多人离开小镇。他们的离开,让许多本不该存在的人物和事件,存在了。这意味着那个平行世界,会随之发生剧变。

一个个多米诺骨牌接连倒下后,牵动了巍峨大厦。最终,一切的一切都跟原本不同了,世界乱套,整个崩塌。

林诗兰分不清,她是救了人,还是害死了那里全部的人。

说出去的话，像泼到地上的水。有个词，叫覆水难收。

无论谭尽多想撤回刚才他说过的话，都于事无补了，他说他骗她了。他去年没有穿越，是今年开始穿越的。

在看完第四章后，林诗兰状态低迷。谭尽欲言又止，多次想安慰她，但他也知道，她最渴望的不是安慰。她需要盟友，最能与她感同身受的是共犯。

他已不再属于她愿意分享感受的那一行列。

两人相对无言。她听到身旁的他深深地叹了口气。

按照原来的想法，看完书，林诗兰是计划着和谭尽一起分析他们目前掌握的信息。纸笔都从书包里拿出来，放在一旁的台阶上了。

她想走，收了书，接着也打算收起纸笔。

"林诗兰！看完书我脑子乱得很。我们来捋一捋吧。"谭尽没看她，悄悄抽走那沓草稿纸。

怕她不愿意留下，他仓促打开笔帽，用膝盖垫着纸，开始"唰唰"往上面写字。

现实＝时空1＝书的第一章。
苏鸽做的事：考试作弊；将堂叔推到井里；表白谭尽。
水灾存活者：林诗兰，谭尽。

"我来写吧。"林诗兰伸出手，谭尽将笔递给她。

最后一行"水灾存活者"后面跟着"谭尽"，她在他名字旁加了个问号。

他眼中覆着一层淡淡的阴沉的灰："你怀疑我？"

"嗯。"她承认。

和他拉开一段距离，林诗兰望着他，神色冰冷。

"既然你是今年开始穿越的，那现在的整理，你也提供不了任何有效信息。我会根据我所知道的，结合苏鸽书里写过的事件，把它们写下来。"

谭尽似笑非笑地问："不会吧？你相信苏鸽的书，比相信我更多？"

她不置可否。

真会让人伤心啊，林诗兰。

他被晾在一边，见她提笔往下写：

林诗兰第一年穿越＝时空 2 ＝书的第二章。
　　苏鸽做的事：暗恋谭尽。
　　林诗兰的干预：劝大家逃出镇子避难，有一小部分人听了。
　　水灾存活者：跟着林诗兰出逃的那一部分人。但，林诗兰死了。

　　林诗兰第二年穿越＝时空 3 ＝书的第三章。
　　苏鸽做的事：追求谭尽；抢夺林诗兰物资。
　　林诗兰的干预：无干预。
　　水灾存活者：无。

　　林诗兰第三年穿越＝时空 4 ＝书的第四章。
　　苏鸽做的事：出逃。
　　林诗兰的干预：散布假消息让镇里的人离开。
　　水灾存活者：无。太多人离开，世界巨变，时空崩塌。

转眼间，林诗兰已写满了一页草稿纸，她全程都没有跟他对话。
　　谭尽主动插话，给自己找戏份。
　　"林诗兰，只有'时空 1'的谭尽是我啊！后面的时空，都不是我。你要不要加个编号？别弄混了。"
　　她眼也没抬："不用编号，我不会弄混。你和苏鸽的情况相同，每个时空的你们都是不一样的。"
　　他正要反驳，她又堵了他一句："哦，你们唯一的不同是，你有第一个时空的记忆。"
　　仍旧不放弃和她站在同一阵营，谭尽殷勤地过来补充："那好吧，我觉得现在我们所在的时空，也要写上。"
　　他大笔一挥：

　　林诗兰、谭尽第四年穿越＝时空 5 ＝老乡同盟＝共同看病＝共同穿越＝共同解谜＝一起玩。

"你乱写，"她不开心地拎起皱巴巴的草稿纸，"不是那么写的，你把我的格式都打乱了。"

谭尽耷拉着眼，保持着拿笔的姿势，委委屈屈。

他的字丑，最后那行字又写得特别大，在她端正秀气的字体旁，像丑丑的蜈蚣在爬。

"我想帮你。"他知道自己又惹她生气了。

林诗兰将那页草稿纸扯下来，当着他的面，把它撕了。

"别啊！"谭尽小声劝，急忙去捡她丢下的碎片。

"没有意义。"林诗兰说，"我这四年，没有意义。"

她黑白分明的眼眸像两颗玻璃球，如此清澈，又如此空洞。

"这里是平行世界，救的人去不到我的现实；且救的人多了，会毁掉整个时空。救人没意义，平行时空对于我，也没意义。在这里，不论我做什么，都不会影响我的未来。"

"所以，为什么要整理平行时空的故事？我完全不需要了解它们了。"

正午的日头，晒得人发昏。

她坐在台阶上，他得微微仰着头看她。谭尽攥着草稿纸的碎片，手心发汗。这么热的天气，林诗兰的声音却冷得可怕，落进耳朵里，叫他一阵阵地发虚。

她说："对我而言，重要的是，现在我该怎么回到我的现实；我该怎么摆脱，每年被迫穿越到平行时空的雨季。"

林诗兰顿了顿，朝他露出一个浅浅的笑容："而我是有办法的，等现实的雨停，我回去之后，去到没雨的地方，就能永远地离开这里。"

字字句句，她说的只有"我"，没有"我们"。谭尽觉得这个冷冰冰的她好熟悉，宛如那日，他们在医院相遇。林诗兰面容疏离，惜字如金。

他眼睁睁看着，她走进四面都是水泥的墙里，重新封起自己的心。她又是自己一个人了。

谭尽咽下胸中涌动的情绪。他的视线错开她，盯住地面上的一块光斑。

"嗯，到时候，我带你出去。

"林诗兰，我们一起出去。"

他暗暗地纠结着她用的字眼，不动声色地修改回来，好像这样，他们就能够一起了。

"我要走啦。"林诗兰站起来,她背好书包,拍了拍裤子上的灰。

"你去哪里啊?"

谭尽还没搞清状况,忙着将碎纸片一股脑地塞进书包。

她没等他,几步下了阶梯,迈进阳光里:"我去我妈妈的学校一趟。早上静静被她抱走了,我要接它回家。"

似乎猜到,他想要跟过来,林诗兰特意留了一句。

"不用别人帮忙,我自己能搞定。"

她自顾自地走了。走过一段路,她回头,发现有个小人在远远地跟着她。

尾随她被抓包,他的神情像个做错事的小孩。林诗兰在看他,他也不敢跟了,低下头,往别的方向走掉。

林诗兰手插口袋,走得飞快,过了一个街角。

后面没有脚步追过来。她把手从口袋拿出来,又回了头。他确实没有再跟了。

林诗兰在原地停住脚步,她这样对待他,故意激他,只期待他能跟自己说一说,为什么骗她。

他不愿意说啊。

踢着路边的小石头,林诗兰忍住眼底的泪意。小石头飞到墙角,一下子碎掉。

再抬头时,表情重新变得冷硬,她挺直脊背,独自往前走去。

吕晓蓉是小学里教副科的老师,她没有自己独立的办公室。林诗兰去小学的年级办公室,没见到她,也没看到自家的小狗。

问了问坐在她妈妈办公位置的老师,老师说吕晓蓉下午有两节信息技术课,先去电脑室做卫生了。

于是林诗兰又走向小学的电脑室。她妈妈果然坐在里面,正在整理学生上课要用的鞋套。

吕晓蓉没想到在这个点见到女儿,她非常惊讶:"林诗兰,你不该在学校上课吗?"

"我来接静静回家。"林诗兰四下张望,电脑室里丝毫没有小狗的痕迹。

她妈妈被气笑了:"你真是长本事了。为了狗,你连课都不上了是吧?你还记得自己是高三学生吗?"

"我记得啊。"

她妈妈又在转移重点,林诗兰没被她妈妈绕进去:"是你不说一声,把我的狗带走,还挂我电话的。不然,我现在会好好坐在教室里上课。"

吕晓蓉搁下手里的鞋套,叉着腰教训她:"我发现你最近越来越会狡辩了。现在让你上课,还要跟你讲条件了是吧?你考大学是你自己的事,考不上是你自己的未来毁了。这个道理小学生都懂,你上学还要一个人专门哄着你吗?"

"嗯,像你说的,考大学和上学是我自己的事,我的未来搞砸了自己负责呗。"

她板着脸,单刀直入:"我的小狗还给我。"

"想要狗,没门。昨晚被我抓到你看闲书,严重耽误学习。高三生,你心思还不放在学习上。养狗是你许诺会考出好成绩,我特许的。现在你这个态度,特许撤回,我们家不能再养狗了。"吕晓蓉挥挥手,要赶她出去。

林诗兰纹丝不动地站在原地。

现在,这里是平行时空,她随时会走的,那她再也不会退让了。就算什么都带不走,她也要把小狗安顿好。

"你每次都有自己的一套歪理。你偷走我养的狗,我来找你,怎么又成我态度不好了?"

"养狗是你特许的?我怎么记得,是我坚持要养,而你承诺过我又反悔了。妈,你上一句刚说,学习是我自己的事,后一句,又拿着学习威胁我了。学习也是种工具,用于对我提出各种限制。总归你都有的说。"

吕晓蓉怒不可遏:"这是你对你妈说话的态度?林诗兰,是谁生你养你的?你骑到我脖子上了是吧?你还当我是你妈吗?"

空旷的电脑室里,她们的声音不小,外头的人听了也知道她们在吵架,路过都要探头看一眼。

林诗兰难受。这些天,她跟她妈妈的矛盾就没停过,可她一直忍着。她妈妈这一吼,她憋着的委屈,全爆发出来了。

"我有可能不记得,你是我妈吗?你哪天不拿这个压我?你是我妈,所以我一个当女儿的,根本不用说话了呗,只能什么都听你的,我也不配获得任何尊重了？这就是你眼中的，妈妈和女儿？"

不就是吵架吗，她也不怕跟她妈妈吵。因为她从心底不觉得她妈妈有理。

她妈妈从来不会考虑说出重话她会伤心，为什么她要这么顾及她妈妈的心情？林诗兰也换上一副阴阳怪气的嘴脸。

"你为什么要对我的狗下手，你以为我不知道吗？你就是因为我在乎这只小狗。我昨天不吃早饭，你用食物当把柄，没能压过我。晚上，你不回来，还是想要我给你打电话低头。全部不管用了，你才在今早偷偷把狗带走。

"因此，我只能解读为，你把狗当作一种打压我的手段。你想要我没办法了，低三下四地求你，跟你保证，以后会好好听话。然后你就会大发慈悲地说'养狗得看你的表现'。这样，我就又被你控制住了。"

吕晓蓉被气得双手颤抖。鞋套的筐，被她重重摔到林诗兰面前。筐翻了，蓝色的鞋套滚落一地。

"你就这样想我？

"林诗兰，我耗尽心血养大你，就你这么一个宝贝女儿。我生怕你走错路，希望你有个好前途。我辛辛苦苦，到头来被你这么误解？你嫌我命太长了，盼着我早点死是吧？"

林诗兰的情绪没有崩溃。

她从来没有这么硬气地跟她妈妈说过这么多自己的心里话。

她妈妈不遗余力地反驳她，按理说，她早该承受不住了。但她发觉，说得越多，她脑中思路越清晰，她妈妈不断地在道德和亲情上，找寻着自己的弱点攻击。

长年累月，她们的相处一直是这种模式。随着一次次的攻击，她的弱点之处终于长出了茧，心也逐渐麻木了。

离上课的时间很近了，已经有学生在电脑室门口聚集。

林诗兰比她妈妈冷静，知道吕晓蓉最顾及脸面，她又何尝想让她妈妈被学生们看笑话。

她蹲下来，一个一个地捡起掉在地上的鞋套。

"我从没有否认过你的辛苦。我也只有你这一个妈妈，你是我最重要的人。我当然不愿意把你想坏了，但你的行为，让我仅有一种解读方式。关于我的事，你不会分辨是与非；所以，你永远是对的，而我永远是错的。你刚才回复我的话,也表明了你确实是无法就事论事地和我进行对话。"

鞋套全部捡回来了,她将筐子递给她妈妈。

林诗兰沉着声音,将话题绕回来,也给了她妈妈台阶。

"我逃课过来,是告诉你,养狗对我学习的影响微乎其微,而你阻止我养狗,把我的狗偷偷抱走,会让我逃课。是你不正确的做法,耽误到了我的学习。

"妈,静静放哪儿了?"

电脑室外人声鼎沸。

吕晓蓉双手环抱,不接筐子,一脸的余怒未消:"咱家不允许养狗,你的课,爱上不上,我懒得管你。"

铃响了,上电脑课的学生一窝蜂地拥进来。吕晓蓉过去维持秩序。

林诗兰将筐子放到桌边,被她妈妈推了一把,推出了电脑室。

不可能这样放弃,她直直地戳在外面,等待她妈妈上完课。

一个高中生,站在小学的走廊,相当地惹人注目。林诗兰不嫌丢脸。

她妈妈宁愿让她站这儿,都不肯告诉她狗放哪儿了。那她就站在这儿,反正她无所谓。

电脑教室里非常吵,一屋子点鼠标、敲键盘的声音,小学生们交头接耳。

吕晓蓉在上面讲课,下面的学生没有搭理她的。她敲了几次讲桌,让大家安静。学生们继续各做各的,没人把她当回事。

乱七八糟的一堂课。同学们打打闹闹,随意地走来走去,像个菜市场。他们玩他们的,吕晓蓉在坚持讲她的课。

林诗兰不是头一次看她妈上课,她的小学也是在这里上的。

她读小学时,她妈妈在教低年级上科学课。那时的吕晓蓉是很受欢迎的老师。科学课可以出去看植物、昆虫,做一些有意思的小实验。她教的课,是很多小学生最喜欢上的课。

后来教材改版,吕晓蓉改去教别的学科,林诗兰也从小学毕业了。

这是她第一次见,她妈妈把课上成这么糟糕的样子。吕晓蓉扯着嗓子喊话,那声音持续地被学生发出的捣乱声淹没。全班开着电脑,有人刷网页、有人玩小游戏、有人听歌、有人看视频,就是没人打开书本。

学生彻底不听老师的课,说明这样的混乱已经持续很长时间了。

林诗兰默默地看着。

在学校，吕晓蓉是一个疲惫而无力的老师。在大人的世界，吕晓蓉是一个好说话好蹭饭的老嫂子。唯独在她那儿，吕晓蓉露出耀武扬威的模样。

林诗兰是她押上所有，要保全的一张底牌。吕晓蓉希望，翻开这张牌，能让所有人对她刮目相看，能让她的人生变回她幻想中的样子。

吕晓蓉要林诗兰听话，倾尽一切，即使是毁了她，都要她听话。

生活与职场，什么都不如意，什么都由不得她。而林诗兰，是她唯一能掌控的了。

古怪的天气，晴天下起太阳雨。等这一片的白云被吹走，乌云挡住天，就又见不着太阳了。

还有几分钟铃响，按捺不住下课的心情，已经有学生跑到走廊，吕晓蓉也没拦住。林诗兰硬生生地熬到电脑课下课，才进去找她妈妈说话。

电脑室里都是用过的蓝鞋套，这儿丢一只、那儿丢一只。仅有几双按照规定扔进了垃圾桶。吕晓蓉要负责关电脑，重新收拾卫生，没工夫和林诗兰闲扯。

她亦步亦趋地跟着她妈妈。

"你跟我说狗放哪儿了，不然我不会走。"

她妈妈哼笑："你这小孩真的有病了，为了个破狗，你这样跟我闹？"

林诗兰只跟她说一句话："狗放哪儿了？"

吕晓蓉烦躁至极，电脑椅子被她推得"哐哐"响："一只破狗，你有必要那么纠结吗？本来就是流浪狗，我扔回大街上了，行不行？"

她是真没料到她妈妈会这么狠心："你扔哪儿了？"

暴怒的吕晓蓉回过身，指着她的鼻子骂："林诗兰，我告诉你，再问我一句什么狗不狗的，你今晚就继续饿肚子吧，以后家里也没饭给你吃，你不用回家了。"

"行，我本来也不打算回去。"

林诗兰缠着她，死不妥协："狗丢哪儿了？"

"上班路上，随便找了个僻静的地方扔掉了。"吕晓蓉挑衅她，"怎么着，你瞪什么眼珠子？难不成要为了个狗，把你妈妈打一顿？"

"你觉得我不敢打吗？"关了灯的电脑室，她的脸在暗处，带着一股吓人的冷意。

吕晓蓉无话可说。

林诗兰分辨不出她妈妈说的是不是气话,在她妈妈那儿问不出别的答案了,她只能当真话听。她会沿着吕晓蓉的上班路找找静静。

转身,林诗兰快步离开电脑室。

她妈妈对着她的背影又骂了些难听的话,她左耳进右耳出,半句没理。

如果她不再当自己是自己,不再当她妈妈是她妈妈,只当她们两个是平行世界里的另一对母女的模板,那样,林诗兰就能够心平气和地接受,也许她妈妈从始至终都不爱她;或者说,她妈妈完全不知道爱她的正确方式是什么样的。

谭尽带着撕碎的草稿纸,失魂落魄地回了家。

找出胶带,他小心翼翼地将纸片粘到一起。她说,她完全不需要了解这里的故事了;她说,她会去到没雨的地方,永远地离开这里。

他一片一片地粘着碎纸,想着她的话,不争气地用手背抹了抹眼角。

她已经把草稿纸丢掉了,他却对于修复它们,有种自己的执念。仿佛纸粘好了,他们的关系也能重归于好。

纸皱巴巴的,有的地方缺了,他努力地拼,拼回去的难度很高。

谭尽给林诗兰发了条短信:"我可不可以去找你啊?"

发完短信,过了十分钟,手机完全没响。他无奈地把手机放在一旁,注意力回到拼纸片上。

待草稿纸被他细心地拼好,谭尽在纸的背后,写了一行字。

手机始终没响,他想,她可能没看见;也可能,不想他去找她。

谭尽颓丧地望着那张纸,最终将它折起来,放进口袋。他还是决定去找她。

谭子恒坐在客厅,见谭尽走出来,问他要不要点个外卖。

谭尽回答说:"我不吃,我得出去一趟。"

因为他的声音听起来情绪低沉,谭子恒回头看了他一眼。谭尽一脸心事重重,眼睛直勾勾望着外面,穿着家里的拖鞋就出门了。

谭尽往吕晓蓉学校的方向走,林诗兰刚从她妈妈的学校里出来。

下起了雨,她打开书包找伞,才想起伞在苏鸽那儿。看到包里的手机,她拿出来,发现收到了谭尽的短信。虽然走的时候跟他说"不用别人帮忙,我自己能搞定",但她好像仍旧惦记着他。

林诗兰回复他:"我妈妈把静静扔了,我一路找回去。你在你家等我。"

吕晓蓉的上班路线,会经过石化厂,她妈妈说,她找了个僻静的地方丢了狗。这条道路,石化厂那块最安静。

如果不是找静静,林诗兰是真的不愿意往石化厂走。她本来就不喜欢那里,再加上苏鸫住在那附近的巷子。林诗兰一路走,一路东张西望,祈祷不要碰见苏鸫。

越怕什么,越来什么。刚到石化厂的区域,她在人行道左边走,苏鸫吃着冰激凌从右边过去了。

林诗兰偷偷地看了看她,苏鸫竟也在用眼角的余光瞄她。

她这儿淋着小雨,而苏鸫撑着伞——撑的正是她不要的那把黑伞。

两人都发现,对方在打量自己。

林诗兰故作潇洒,理了理湿掉的额发,轻轻松松地路过她。

见她的阵势,苏鸫将伞拿高一寸,刻意地舔了舔手中的冰激凌。

从石化厂往家走的这一路,林诗兰没看到她的小土狗,倒是收获了一身的鸡皮疙瘩。

再晚点,天黑了就更不好找狗了。她担心着静静,谭尽那边没有回复她的短信,林诗兰直接上他家敲门。

是谭子恒过来开的门,林诗兰礼貌地询问:"子恒哥,谭尽在家吗?"

"小兰啊,"谭子恒露出亲切的微笑,"小尽之前出去了,没回来呢。"

她面露焦急:"他去哪儿啦?"

谭子恒挠挠头:"不知道。我还想问他晚上吃啥呢,看他急急忙忙的,钥匙、钱包都没带就走了。"

"好吧。"

林诗兰退出他家,打算跟谭子恒告别。

她走前,他问了一句:"小兰,你有什么事吗?我可以等小尽回来了跟他说。"

"我家的小狗丢了,想让谭尽帮我一起找。"

谭子恒有点印象:"是上次带到我家的那只小狗吗?"

林诗兰点点头。

思忖片刻，谭子恒主动说："我有空，要不我陪你一起找吧。"

找狗的心情紧迫，她也不跟他客气了。

"行，那太好了。"

他们在家门口给谭尽留了张纸条，让他回来了给林诗兰打电话。

此时的谭尽，正坐在小学的教师办公室里。谭尽问了学校里的学生，他们说吕晓蓉是这个办公室的。但他过来一看，没见到林诗兰，也没见到吕晓蓉。找了个空位，他自然地坐下。

办公室里人来人往，他们估计以为他是哪个老师的小孩，他在那儿坐着，没人管他。

办公室的冷气开得很足。他呆呆地坐了一会儿，掏掏口袋，想看看林诗兰回他短信了没有。

真是傻了，手机没带。冷冷的风吹着他，他凄惨地耸着肩膀。

旁边有几个老师，下午的课上完了，坐一起闲聊。一阵叽叽喳喳的声音传来，吵得谭尽脑壳疼。他看了眼墙上的闹钟，林诗兰可能已经不在这儿了。

"狗以后还能长好吗？"

"应该可以吧，谁知道啊？"

"张老师，你还挺有爱心呀，愿意收养它。"

本来对老师聊天内容不关注的谭尽，因为"狗"这个字眼，突然竖起了耳朵。

"我不是爱心人士，只是吕老师拜托我了嘛。而且，我家小孩老吵着要养狗，早上我把狗带回去，他开心坏了。"

"那你们既然养了，怎么不养只好点的狗？这种瘸腿的，养得活吗？"

"我家那娃总是想一出是一出，给他买一只小狗得花钱啊，先让他养养小土狗练练手。有天他不想养了，哪怕丢了，也不心疼。"

"那倒是，你们不想养了，土狗也好处理。"

土狗、瘸腿、吕老师……一番对话听下来，捕捉到关键字眼的谭尽，能有九分确定，他们说的狗是静静。看来，吕晓蓉把狗送她同事了。

听那个张老师说话的态度，肯定不是个正经好好养狗的主儿。她的话，听得谭尽火冒三丈，空调都吹不走他的烦闷。

但现下最关键的事情是，找回静静。

离小学老师下班的时间近了,谭尽看他们开始收拾包,也站起身来。

张老师跟同事们说着话,走出办公室。他先他们一步,保持一段距离,走在前面。一行人说说笑笑,张老师进了学校车棚。

谭尽心想:不妙啊。

他眼睁睁看着张老师走向了停自行车的区域。

不要啊,不要骑自行车!自行车太难跟了!

张老师仿佛听到他的愿望,慢吞吞地走过了自行车的那一排。

对啊,张老师,你走路回家多好,锻炼锻炼身体。

谭尽捏紧拳头,心中暗喜。

"啾,啾。"

忽地,两声解锁声,让谭尽虎躯一震。

是电动车!

张老师掏出电动车的钥匙,解锁了她的小电驴。

谭尽不想接受这个事实。可惜,张老师已经推着她的车,走出来了。他深吸一口气,做好奔跑的准备。

弯下腰,谭尽打算系一系鞋带——他吃惊地望着自己破破烂烂的人字拖,心中一梗。

张老师骑上电动车,拧了拧把手。小车状态良好,发出响亮的引擎声。

谭尽加速摆动着双臂,拖鞋发出"吧嗒吧嗒"的报废声。

张老师扬长而去。谭尽缓慢地追了过去。

林诗兰这边,并不知道谭尽的进度。她和谭子恒一起,踏上了漫漫寻狗路。

如果吕晓蓉是早上扔掉静静的,现在已经过去这么久的时间,小狗可能在镇子上的任何地方。

石化厂的周边是错综复杂的巷弄,谭子恒的车开不进去。所以,由林诗兰负责找那些小巷子,而谭子恒去大路和远一点的地方。

车开到石化厂附近。谭子恒看出,林诗兰的脸色不好。他问她是不是不舒服,她回说没事。

以为她是因为担心小狗,心情不好,谭子恒便没有继续询问了。他们约定好,有什么进度的话,电话联系。

雨停一阵又下一阵的。

林诗兰坐在车里时，没记起要拿伞的事。她到外面走了几步路，天空飘落细雨，又被淋了。

见岔路口有间小卖部，她走过去问老板卖不卖雨伞。

"不卖，我这儿只卖吃的。"

"哦，"林诗兰顺带问他，"您今天有见过一只瘸腿的小土狗吗？"

"我太没注意啊，应该没有。"从店里走出一位顾客，老板接过东西，帮她算钱。

林诗兰无语，居然又碰见了苏鸽。她在小卖部买饼干吃，林诗兰是在她后面进来的。她假装没看到苏鸽，眼神放空，不动声色地离开了小卖部。

一路上，各种犄角旮旯，林诗兰都不放过。

能找的地方太多了，静静那么小一只狗，藏在哪里都有可能。

看到所有带黄颜色的东西，她都会下意识地兴奋地喊着"静静"跑过去……可那些只是树叶、塑料袋、纸盒，或者易拉罐。

天色渐晚，林诗兰关注着手机，它却没有动静。碰到人，她会走过去问问，其余时间，就在漫无目的地寻找着。

有个路人跟她说："我好像在前面的小吃店，看到过一只土狗。"

林诗兰连忙去往他说的店铺。小吃店确实有只土狗，不过，它比静静的体型大了起码五倍。那是人家店主养的狗，老狗气定神闲地坐在店里，啃着肉骨头。

冲进店里的林诗兰，率先看到的不是狗，是正在喝汤的苏鸽。

她一只脚停在空中，不知该不该进店。苏鸽举着汤勺，不知该喝该放。她们四目相对，而后不约而同地叹了口气。

林诗兰转身离开，有苦说不出来。

不停歇地问人，找狗。她脚走酸了，也丝毫没有休息的想法。

狗丢得越久，找回的希望就越渺茫。

盼啊盼，心心念念的电话终于响了，是谭子恒打来的。他问林诗兰有没有新消息，她说没有。

两人商量了一番，林诗兰让谭子恒再过一会儿回家看看：有没有可能静静自己找回家了，以及，消失的谭尽回去了没有。

谭子恒应好。

扩大找寻的范围，林诗兰往更深的巷子里找。

今日碰到苏鸽的次数过多了，她实在不想再碰到苏鸽了。

林诗兰打算进一家理发店，问问老板有没有看到小狗。进去前，她特意在外头看了一眼，里面没有那身熟悉的校服出现。

推开门，她自信进店，老板正在给客人吹头发。林诗兰开口问他时，他手中的吹风机正好吹到前面，客人露出了脸。

围着理发围布的苏鸽，看向镜子。林诗兰捂住额头，终于失去了表情管理。

狭路相逢啊！左边的路逢了，怎么右边的路还逢？世界这么小，快乐这么少！两个人皆在心里骂对方是跟踪狂。

从理发店出来的林诗兰，已对进店有了心理阴影，总觉得自己再进一个店，又会从角落冒出苏鸽。

时间过了九点，他们找狗找了三个多小时，毫无收获。

早些时候，林诗兰给她妈妈发了条短信："静静是不是真的被你丢大街上了？"

她妈妈没有回复。

直到九点多，大概是看她还不回家，吕晓蓉给林诗兰回了一个电话。

她马上接起来，她妈妈却把电话挂了。熟知吕晓蓉的套路，林诗兰不想跟她妈妈来来回回地打电话周旋，索性晾着她。

一晚上，一无所获。

镇子上的店铺，亮灯的不多了，路上也少有行人。有家五金店尚未打烊，林诗兰没抱希望，想去随口问问。老板没在柜台，她走出店铺。

然后，不知几度地，她撞见了在门外挑脸盆的苏鸽。

真的……

林诗兰真的憋不住了！她郑重其事地拜托苏鸽："你不要再跟着我了好不好？"

苏鸽神色镇定："这句话还给你。"

晦气！气鼓鼓的林诗兰原地站着。她打算等苏鸽走了，自己挑个相反的方向走。但人家似乎不赶时间，她低头选着脸盆，嘟嘟囔囔地说了声："你在找狗啊？"

先前她们偶遇过那么多次，林诗兰在做什么，苏鸽肯定听到了。相当于，她问了句废话。

林诗兰挑眉："你有看见狗吗？"

苏鸽欠扁地答："没有。"

雨下大了。

先前那种程度的小雨，林诗兰还能不打伞，扛一扛。现下，雨倾盆而下，她走出去，立马就会被浇透，只能躲一会儿雨了。

苏鸽可以走，和林诗兰不一样，她带伞了。那把伞，原本是林诗兰的。

书店那会儿没拿伞，如今更不可能把伞要回来了，林诗兰尴尬地看向别的地方，希望苏鸽快些离店，别拿着伞在她眼前晃。

慢腾腾地，苏鸽从书包里翻出黑伞。

她没开伞，却是把伞折好了，留在五金店的柜台，林诗兰伸胳膊能够到的位置。

看到她的动作，顿时，林诗兰心中五味杂陈。

也不知这话说了好不好，她像是喉咙里硌着个小石子，不说难受。最终还是说了。

"整本书，我看完了。"

苏鸽抓抓脖子，略微生疏地应了个："哦。"

夜色深沉。"哗啦啦"的雨声落进空旷的山间。吹来的风凉丝丝的，带着一丝丝寂寞。

林诗兰以为苏鸽不会再说话的时候，她开口了。

"狗是什么样的狗？"

稍微思索了一下，是简短还是具体地回答她，林诗兰选择了后者。

"一只断了条腿的小土狗，它之前被车撞了……就是，大约一个月前，你丢进垃圾桶的那只狗。在第四章的你，也写到过。"

好像选择错了。

苏鸽缩了缩手脚，肉眼可见地，她脸上的表情变得局促。林诗兰的目光投向她，她选择了回避。完完全全被踩到痛点的模样，她逃也似的钻进了雨幕。

心情怪怪的，林诗兰脑中浮现书里写过的其他时空的苏鸽的故事。早上，她们的交流也确实不愉快。

但，雨下得这么大，平心而论，没人会想淋雨。

她动作迅速地打开黑伞，跑向苏鸽。

"你！"她喊住苏鸽，"你不是刚剪的头发吗？伞，你撑吧。"

苏鸽转头看她。

林诗兰微微讶异。这个女孩，紧紧抿着唇，像是快哭了。她眼中带着自卑和些许的慌乱，尚未来得及隐藏。

"你不继续找狗了吗？"她问。

林诗兰将伞递给她："我要继续找啊。"

苏鸽没接伞，她眼神闪烁，不敢看林诗兰。

"我以为小狗活不了。"她露出一个勉强的笑，"可能是每次的我都这么想了，所以每次都没救它吧。小狗竟然被救活了。"

"嗯。"林诗兰隐隐地感觉到苏鸽为什么崩溃。

如果那只小狗是能救活的，每一次她将它遗弃在垃圾桶，就仿佛是小狗的生命被她断送了一样。

可林诗兰也能够理解，苏鸽没有救小狗，是因为她的自顾不暇。

当我们深陷泥泞，需要承受的东西太多，又如何能有精力顾及其他事物呢？

正如，穿越的前三年，她也没有一次救下过小狗。这次的林诗兰做到了，不是因为她比苏鸽高尚。她只是，有人陪着，有人托起她，所以她能空出来一只手。

因此，她对苏鸽多说了一句："其实，这也是我第一次知道小狗能被救活。以前的我，也没尝试救过它。"

良久，苏鸽抬起头，她的眼神不再躲闪。看着林诗兰，她眼里有光芒涌动。

苏鸽问她："那你有信心，这次小狗能活着吗？"

"不知道。"林诗兰长舒一口气。

疲态只显露了一瞬，眨眨眼，她已振作精神，语气恢复坚定："我会尽力，让它活下来。"

苏鸽伸手，没拿伞，反而将伞推向了林诗兰那边。

"石化厂里面，你找过了吗？"肩膀在淋雨，她像是无知无觉。

林诗兰摇头："还没有，厂子里是可以进去的吗？"

"正常来讲，是不能的。不过，我知道有小路可以进去。"

林诗兰有些为难。

石化厂的周边已足够令她心慌了，再要她走进去的话……

"我可以去里面找一找。"苏鸽主动说。

于是，莫名其妙地，林诗兰这儿多了一个几小时前的她想破脑袋都不会猜到的人，加入了找狗的阵营。

连她自己也不清楚，为什么她和苏鸽的对话，能诡异地进行到这一步。找狗需要联络，她手机里，甚至多出了苏鸽的电话。

对话的工夫，五金店的老板回来了。

苏鸽买到了她想要的脸盆，她坚持不要林诗兰的伞，顶着红色大脸盆，背影逐渐地远去。

这样潜入石化厂真的没问题吗？

林诗兰听着雨滴落在脸盆"啪啪啪啪"的声响……又想起了谭尽。

她忍不住好奇，要是他知晓了这魔幻的发展，会是什么样的表情啊？

谭尽大口大口地喘着气，累到翻白眼。

张老师的小电驴，一路风驰电掣，畅通无阻。

踩着人字拖的谭尽跟在她的车后，跑得比狗还累。实在跟不上了，他眼见着张老师消失在车流之中。谭尽不想放弃，依旧往她骑行的方向追。

幸运的是，他追到一个水果摊，摊边停着熟悉的小电驴。

太好了，没跟丢。

跑得上气不接下气，谭尽吃力地用双手撑住膝盖，露出一个欣慰的微笑。

张老师停车买西瓜了！谢谢西瓜！

他刚想歇息一会儿，拎着大红塑料袋的张老师已经走出来了。将瓜放在电动车前面的筐里，她骑上电动车，拧动车把，马不停蹄地启程。

谭尽的心中流下了瀑布般的泪水，提起一口气，只好继续向前跑。

镇子的路，他很熟。脑中展开一张地图，他边跑边规划。张老师骑大道，他机灵地抄小路。张老师进小道，他从别人的房子中间穿过，自己杀出一条野路。

中途有一阵，谭尽在她后面追得太忘我，引起了张老师的注意。

她回头看了看他。谭尽立刻抖擞精神，伸伸懒腰，抡抡胳膊，假装自己是个正在锻炼身体的路人。

又一次，他跟丢了张老师的时候，却没再慌神。因为谭尽知道，这儿离她家不远了。

附近一片全是独门独栋的民房，既然电动车拐弯进去了，她肯定是住这儿。他静下心来，挨家挨户地找。

脚上居家穿的拖鞋，这一路，经历了它不该经历的奔波，开胶了。

谭尽的脚底板，更是饱受磨难，黑得像炭。

双腿软得像煮烂的面条，他的头发被风吹乱了，额间的汗珠擦去后，又滚落下来，一次次浸湿他的手背。

如果能找到张老师骑的那辆电动车就好了。

路过一户人家，大门紧闭，里头传出几声狗叫。本来他快要走过去，被叫声吸引，又返了回来。在门口站了片刻，谭尽听见里面传出说话的声音。

张老师嘴碎碎的，说话的音量大得让人觉得很聒噪，还是非常有辨识度的。她正在跟她老公谈论自己买了西瓜的事。

功夫不负有心人啊。谭尽的辛苦没白费，他找到了张老师的家。

看装修，张老师的家庭条件不错。她家是两层的民宅，有个自己的小院。那大铁门锁着，谭尽在外头看不见内里的情况。

很难办，搞不好，他私闯民宅，会被当作坏人抓起来。

想要回静静，这事最正常的解决办法是：跟吕晓蓉沟通，让她主动去跟同事把狗要回来。

问题是，吕晓蓉不是一个能正常沟通的人。掂酌了一下，找吕晓蓉和自己偷狗，二者之间的难度，谭尽果断地选择了后者。

坏人他来当，他无所谓。救回他们的小狗，林诗兰会开心的。能让她开心就好。

沿着墙的外面走了一圈，谭尽观察后得出结论：从正门进是不可能的，要想不惊动里头的人，只能翻墙。

张老师家的矮围墙上，铺满了啤酒瓶的碎片碴子，用于防盗。小贼子谭尽摸着下巴，开始谋划。他精心地选择了一处碴子少、有树遮挡的围墙。

这会儿，院里没有人声，是绝佳的进入时机。他不再犹豫，蓄力、助跑，他一鼓作气，蹬墙、借力，双手牢牢扒住矮墙，灵活地翻了过去。

小院中的杂草无人修剪，夏季的热气使得它们生长得更加茂盛，正好被谭尽当作隐蔽身形的庇护网。

自他翻进墙，院里的小狗便狂叫不止。

张老师和她老公的说话声清晰地传来："啧啧，那狗叫唤啥呀？真不听话。"

"估计是下雨了，我们还给它放外头，它不乐意了呗。"

他俩走出房门，解了拴狗的绳子，扯着它往屋里走。

谭尽惊险地躲进草丛旁一堆杂物的后面。天黑了，院里没点灯，不然他这么大个人，再想躲也躲不了的。

小狗从他跟前经过，狗鼻子冲着谭尽藏身的方位嗅。它确认了味道，摇着尾巴，想冲向他。

傻狗静静！

瞧见了那只小土狗呆呆的脸，他倍感亲切，跟吃了颗定心丸似的。

狗被夫妇二人强硬地拽走。

谭尽暂时安全。

张老师的老公说得对，下雨了。雨还不小。

屋里的人其乐融融地做着晚饭，屋外的谭尽一动不动地淋着雨。

他选择站的位置，有扇大窗户，可以看见房子里的客厅。

谭尽能看清他们，也意味着屋主人如果心血来潮看向外面，也能看见他。

只有一小块的区域植被丰富，他得确保自己面前有遮挡物。所以，他只能僵硬地维持着一个姿势。

过了不知道多久，他终于再次看到静静。

有一个大约六七岁的瘦瘦的小男孩，在客厅跟小狗狗玩。

他调皮地用双手拽起静静的两只后腿，让它后半截身体离地，只能用前腿一踮一踮地往前走。仿佛是将小狗当成超市里的手推车了，他满屋子走，把它推来推去，嘴里喊着"购物啦"。

静静有一只腿是瘸的，那样走路，它很不舒服，不断地发出"呜呜"的哀号。小男孩置若罔闻，玩得起劲。

到饭点了，张老师端出一盘盘菜，喊小男孩吃饭。他这才结束了对静静的折磨。

谭尽憋着一肚子气，拳头握得紧紧的。他们那么珍爱的小狗，被这样对待了，他心中非常愤怒。

选择跟踪张老师、进别人家偷回小狗，都是想让一切怪不到林诗兰身上，不给她招惹麻烦。他要是按捺不住冲进去，场面必定不好收拾。

强压下怒火，谭尽心想：等会儿你们吃饭，顾不上狗了，我就马上把狗偷出来。

刚刚做好心理建设，下一秒，小男孩路过窗户，眼前一幕击碎了谭尽的信心。那名熊孩子，竟然将狗绳套在他的手腕上了。

真是丧心病狂，熊孩子连吃饭也要玩狗。他爸妈说了他也不听，他吃两口饭，就要去逗狗一下。

谭尽难受了。他安慰自己：没事，我有时间，可以慢慢地陪他们耗。

他不信，那个小屁孩会一直玩狗！一晚上玩不腻！

事实给了谭尽一记重拳。或许，因为这是第一天养狗，熊孩子出于新奇，注意力全在小狗那边，完全没为谭尽留下"乘虚而入"的时机。

吃完饭，张老师让小孩去洗澡。小男孩再次不顾爹妈的反对，带着狗一起进了厕所，他要狗陪他洗澡。

谭尽掐人中，艰难地稳住自己。

没事！他不信，小屁孩洗完澡了，他爸妈还会同意他继续玩狗！

二十分钟后，熊孩子终于出浴。他牵着小狗回到自己的房间，没有再出来。耐着性子，又等了半小时，被雨浇得浑身发抖的谭尽，逐渐失去了耐心。

他冒险地挪了位置，改变作战计划。

小心翼翼地移动到小男孩的房间下面，他趴在草丛里……

"汪。"

"汪汪，汪。"

"汪汪，汪汪，汪汪汪。"

刚开始一声，稍微生疏。后面叫得，可以说渐入佳境。

谭尽从潜伏版，升级为狗叫版。

张老师被吵得看不了电视，气冲冲地进了儿子的房间："烦死了！这只新来的小狗怎么这么闹腾啊？"

"不是它叫的，"小男孩替静静澄清，"吵的是外面的狗，感觉是那种很凶的大狗。"

张老师没再纠结狗叫的事。因为她这一进房间，震惊地发现，儿子竟然把脏兮兮的小狗放在床铺上，跟他盖同一个被子。将儿子教训了一顿，她赶狗下床，禁止儿子今晚再玩狗。

谭尽奸计得逞，重新移动位置。

静静被张老师赶到客厅。借着那扇大窗户，他又能监测到小狗的动态了。

接下来的两个小时，谭尽按兵不动。

虽然小狗没被拴着，但客厅里一直是有人的状态。

谭尽埋伏着，手脚都等得抽筋了，总算盼来一个无人的时机。张老师在洗衣服，她老公看的电视剧播完了一集，他起身到厨房切西瓜。

瞅准时机，谭尽的手指伸进有个小间隙的窗户缝，将它快而轻地拉到最大。

上半身探进屋子，他用气音，喊了声"静静"。

小土狗听到召唤，从沙发下面爬出来。它吐着舌头，"噔噔"地跑向他。他抱住小狗，一把将它捞起来。

静静这会儿乖得很，像是知道配合他，没发出一点儿声响。

它被他顺利地偷了出去。

小狗黑黢黢的眼珠子望着它的男主人，兴奋地不断用舌头舔他的下巴。

尽管谭尽很小心，也还是被屋里的人听到了一些异响。离他最近的，是张老师的老公，他朝客厅瞥了一眼，瞬间看见厅里窗户大开，他嚷嚷着大步走过来。

谭尽脚底抹油，将小小的狗揣进怀里，连忙翻上墙。

院子无灯，又下着大雨，他没时间看哪里没有啤酒瓶碴子。一只手抱狗，一只手撑墙，他咬紧牙关，直接用蛮力翻了过去。

手臂一阵疼痛，他被碎片划伤了。

张老师的家里闹腾腾的，不知他们是在找狗，还是刚才看见了他。

"小贼"谭尽埋头狂奔，只顾着用最快速度，远离他的作案区域，慌乱的身影飞快地融进了漆黑的雨夜里。

没带手机，不知道现在几点。

没带手机，他联系不了此刻自己最想通话的人。

一只拖鞋踩进水坑，另一只也没头没脑地跟着踩进去。被溅起的泥水洒了一身，他狠狠一抖，这才缓过神。

不知跑了多久，谭尽终于跑回了平时自己经常活动的范围。

应该是，安全啦。

静静从他的怀里探出脑袋，湿漉漉的脑袋贴着他的下巴。他后知后觉地尝到了"救援小狗成功"的喜悦。

谭尽真是够狼狈的，衣服一股子发馊的汗味，鞋坏了，全身脏得难以入目。

他摸了摸可爱的小土狗。问题不大！他们的小狗，回来了。

谭尽悄悄地脑补她看见小狗笑起来的样子。

这一趟非常值得，他想。

浑身的不舒服，顿时都不算事儿了。

和苏鸰分开后不久，林诗兰在路上找狗，手机响了。

是谭子恒打来的："小兰，你人在哪儿？"

她跟他说了自己的位置，谭子恒也把他那边的情况告诉了她。

"我刚才回家看了，小尽没回来呢。你家的灯亮着，所以我上楼去找你妈妈问小狗的事。她说，狗狗被她送给了她的同事，她没有把它丢大街上。你妈妈还在生气中，你今天就别回去了。我已经跟她讲好，你到我家过夜。"

林诗兰张嘴，有话想说，话到嘴边，又觉得算了。她妈妈的操作，她也不是第一天见识。

谭子恒肯定帮着劝了不少，他用"你妈妈还在生气"概括了他与她妈妈的谈话。林诗兰心知，她妈妈肯定是疯狂地辱骂了她。静静被她送给同事了，自己又得去求她，把狗要回来。

心累，累得林诗兰说不出话来。

电话另一头的谭子恒，似乎察觉到她的难受。

"我现在过来接你。你找狗狗，都没顾上吃饭，一会儿想吃点什么好吃的？我带你去。"

"嗯，谢谢子恒哥帮忙，我等你过来。"林诗兰的声音闷闷的，"还有个女孩在帮我找狗，我先挂电话了，得联系一下她。"

"不用谢。你去联系吧,我马上就到。"

通话完,林诗兰拨了苏鸽留的手机号。

她很快地接起来,不等林诗兰开口,苏鸽用极小的声音说了句:"我遇到点麻烦。"

而后,她电话断了。

林诗兰又打过去,打了几次,没人接。

不知苏鸽那儿发生了什么,林诗兰心里有些着急。可靠的谭子恒及时出现,他接林诗兰上车,听了她描述的苏鸽的情况,不慌不忙地安慰她。

"没事,你的朋友在石化厂,那儿离得不远,我们直接开车进去找她就好了。"

"嗯!"

林诗兰没去纠正"朋友"这个词。事发突然,苏鸽是因为她遇到麻烦,她得去找苏鸽,也顾不得自己对石化厂的恐惧了。

"但是,子恒哥,你开车进去方不方便?他们会不会拦着啊?"

"方便。"他转向灯一打,已经开始往石化厂的方向开,"你忘了吗,我爸在那儿是管事的。石化厂我熟得很,我和我弟打小在里头玩,石化厂的叔叔阿姨都认识我。"

她点点头,看向他的目光中流露着感激。

林诗兰坐在车里,继续给苏鸽打电话。重复的雨刷声与单调的拨号声,在车内交杂着。

谭子恒的车经过不同的路段,他专注地看着前方,侧脸忽明忽暗。

他们其实可以说些什么来填补一下现在的空当,但两人都没说话。能想到的话题——她妈妈说的话?找狗路上发生的事?苏鸽?似乎都可以说一说,不过,没有聊的心情。

曾几何时,他是大哥哥,她是喜欢缠着他问问题的邻家小妹妹。雨季的时间如此漫长,他们离那时太远了,远得有点说不上话了。

林诗兰看了眼手机,谭尽仍旧没有回电话。她叹了口气,偏着头,望向外面。

石化厂到了。

管道、烟囱、大油罐,它们在夜色中,更显得庞大、可怖。

谭子恒摇下车窗，和保安亭的人打了招呼。保安大爷认识他，爽快地拉起拦车杆，放他进来。车缓缓驶入石化厂，林诗兰根本不敢看外面。

双脚踩到车的底部，本来是实的硬的。这会儿，它竟然在慢慢地下陷，变软，像踩在泥地里。她必须用手指甲抠住车的坐垫，来防止自己往下滑。

有水，有水渗入。

惊诧地盯着车顶，她倒抽一口冷气，又看向车玻璃。

水，从车所有的缝隙里挤进来。

外面的雨太大了吗？

眼前的情况，更像是他们的车在开向湖里。大量的水，跃跃欲试地往车里钻。

她转头看向面色无异的谭子恒。

前方，漆黑的水流翻腾着。

她的脚离地了，被泡在冰冷的水里，无力地晃动。

这股水流，即将漫延到他们的膝盖。车要是再往前开，会被淹没的。

"子……子恒哥？"她想让他停下来。

听到她的呼唤，他的脑袋僵硬地转向她。英俊的脸庞白惨惨的，她发现他的耳朵在渗水。他嘴唇在动，细细的一道水，沿着他的嘴角流出。

谭子恒在说话，林诗兰听不见他在说什么。

等等，那是谭子恒吗？

她越看，那张脸越不像他。眉毛被拉长，眼睛变窄，脸像蒸笼上的馒头，被吹了气一样地鼓胀开……他龟裂发白的肿大的手臂，迅速地离开方向盘，高高举起来，要过来抓她。

林诗兰尖叫一声，往后躲开。避无可避，那手依旧搭上了她的肩膀。

"接……电……"

被那只鬼手剧烈一晃，塞在林诗兰耳朵里的水，一下子疏通，这才清晰地听到谭子恒的声音。

"小兰，快接电话！"

一直在拨打的苏鸽的电话，不知何时接通了。

她低头，手机已经显示通话十秒钟。

车里一切如常。没有进水，没有长得不一样的谭子恒。

"喂，喂？"林诗兰擦了把汗，结结巴巴地将电话贴到耳边。

骂骂咧咧的老头夺走了苏鸽的手机。

"你是不是这个女娃的同伙？"

"最近厂里老是丢东西，今天这个贼终于被我给逮住了！"

"最讨厌没教养的青少年，小小年纪做贼，死不承认，还想逃跑！我非得领她上公安局处理这事！"

老头的嗓门大，还没开扬声器，谭子恒都听见了他的话。将车靠边停下，他示意林诗兰把电话给他。

"您好，我是那女孩的哥哥，您和我说吧。"谭子恒的声音镇定，自带一种令人安心的能量。

和那边讲了三两句，他轻松化解了矛盾："这事是个误会，我已经开车进石化厂了。您在哪儿呢？我来接她，当面跟您解释。"

挂断电话，谭子恒解了安全带，准备跟林诗兰一起下车。

"我们往管理处走，你朋友在那儿。巡逻的老头把她扣住了，她从小道进来，又拿了个脸盆，看上去行踪诡异。老头以为她是小偷，把她抓了……"

说着话，他察觉到身边的林诗兰目光涣散。

"你怎么了？是不是不舒服啊？"他抽了张纸巾，递给林诗兰。

她没接。

"冷。"她说。

"是不是淋雨，着凉了？怪我，之前忘了给你拿伞。"

将纸巾塞到她手里，谭子恒拍拍她的肩膀："这样吧，你在车里休息。我不熄火，给你开点暖风。"

林诗兰点头。

她不站起来，不陪谭子恒去找苏鸽，并非她不想。此时有一双干枯的手，正在车底拽着她的双腿，让她站不起来。

水花拍打着车门，在玻璃上留下一个一个水印。

一下，一下，又一下。手掌磨着玻璃，"唰唰"地响，听上去像是雨刷的运作声。

可这会儿，雨刷器明明是关着的。

这一切，谭子恒完全看不见、听不见。

林诗兰不敢下车,车外,黑漆漆的水面,尸横遍野。有东西想进来找她。

四面八方,传来钝钝的拍打车身的声音。每一下,都让她的身体跟着一缩。

那声音,近在咫尺,她难受地闭紧眼睛。

谭子恒将钥匙留在车里,独自下车。

随着车门"砰"地关上,她的世界也安静了。

林诗兰的眼睛稍稍睁开一条缝,外面的谭子恒渐渐走远,背影融在黑色的夜幕中。

她浑身脱力,倒向椅背。

是幻觉。

她想着医生教她认识过的那些精神病名词,以此说服自己振作起来:只是大脑给出的假象,不是真的。

不要听,不要看,不要想。

夜里的石化厂,如此静谧。车内灯光亮着,暖风吹在她的手臂上,凄厉的雨声被隔绝在外。

林诗兰双手抓紧安全带,深深地吸气呼气,逐渐镇静。

好些了,幻觉退去了。

她大着胆子,瞥了眼右手边的玻璃,上面干干净净,只有雨滴留下的痕迹。

"窸窸窣窣",风声中有人在笑。

"林诗兰。"熟悉的少年的声音。

他总是喜欢这么叫她,走在路上的时候,跑过来喊她一声。他的声音,精神满满,亲切而轻快。

她几乎是下意识地,循着声音的方位望去。

车底,一双干枯的手浸于水中,它从刚才开始,一直扯住她的脚。就在那里,幽深的水底,浮着一张死人的脸,是死去的谭尽的脸。

他的手,圈住她的脚踝,牢固得像缠死的绳结。双眼宛如被漆黑的大手蒙住,林诗兰顿时什么都看不见了,耳膜"咚咚咚"地响,是她如擂鼓的心跳声。

四肢麻痹,失去对身体的控制。她哆哆嗦嗦,大脑一片空白。

他轻轻浅浅对她微笑。他重重地拖她下水。

随着他的动作,林诗兰整个人沉了下去……

十分钟后，谭子恒领着苏鸽回到车上。车里的温度舒适，前排的林诗兰，呼吸均匀，她的头歪倒在车玻璃上，一动不动。

他们对视一眼，默契地没有发出太大声响地上车，都以为林诗兰今天找狗找累了，在车里睡着了。

时间太晚了，即使苏鸽说，她家就住在附近，谭子恒还是坚持把她送到了家门口。

一路上，林诗兰的姿势没变过。

没多久，苏鸽的家到了。

她下车时，谭子恒打开了车里的灯。回头看林诗兰的时候，他才看见她额头红红的，好像磕着了。

"小兰，小兰……"

叫了她好几声，她丝毫没有反应。

谭子恒察觉到异常，连忙驱车赶向附近的诊所。

林诗兰的手机一直在振动，谭子恒空出一只手，帮她把电话接了起来。

"小尽啊！"他叫得很热络，谭尽却很不悦。

"怎么是你接了她的电话？"

"唉，小兰晕倒了，我刚发现的，得赶紧送她去诊所。"

"什么！晕倒？！"

"哪里的诊所？我马上过去！"

谭尽的音量大得吓人，谭子恒默默地把手机拿远。

"家旁边的诊所。你在家待着吧，我能搞定，不用你……"

"嘟嘟"声阻断他的后半句。他弟已挂断通话。

第六章
蓝珠串

谭尽回到家，狗都没来得及放，就先给林诗兰打电话。

他爸妈给他开的门，要不是那张熟悉的小脸和熟悉的声音，他们以为进来了一个流浪汉。

将小狗往房间一放，打完电话的谭尽换了双鞋，马上又要出门。

"去哪儿啊？"他妈追在后面喊，"你好歹洗把脸，换身衣服啊。"

他像一阵小旋风，"呼噜噜"进门遛了一圈，瞬间刮走了，叫都叫不回来。

谭子恒载着林诗兰，开车到诊所，谭尽竟比他速度更快。他到诊所门口的时候，谭尽已经在那儿等着了。

他的造型把谭子恒吓了一跳，活像去工地不眠不休地搬了三天的砖。

没工夫跟谭尽唠闲嗑，谭子恒喊了林诗兰两声，她依旧昏迷不醒。

他停好车，打开她的座位门，正要将她抱下车。谭子恒的手还没挨到林诗兰，一道黑黑的人影忽然蹿到他们身边。

"我来抱她。"谭尽把他哥硬生生挤到了边上。

"我来给你搭把手吧。"谭子恒自个儿往前凑。

谭尽粗声粗气地拒绝他："不用！"

他干脆利落地扛起她，用一种农民工扛沙袋的姿势。

林诗兰耷拉的脑袋靠在他的后背上。被谭尽衣服臭臭的汗味给熏到了，她没能醒来，手无意识地挥了挥，想摆脱这股气味。

她的力气太小，谭尽以为她是因为姿势不舒服，在调整。

"没事哦，没事哦，诊所到了。"

他安抚着，拍拍她，胳膊将她圈得更紧。

谭子恒看不下去了，他快步跟着，本想着稍稍帮一帮。当他跟过去，一下子看见谭尽的手臂在流血。

"小尽，你的手怎么了？"

那是之前他救小狗，爬围墙时被划伤的。谭尽暂时没心情去管那伤口，他独自扛着林诗兰，已经进到了诊所里。

检查后，林诗兰的身体没什么大问题。她是被吓晕了。

一整天淋雨，加上奔波劳碌，她就早上吃了点东西，身体血糖低，才会在晕倒后很难缓过劲来。

医生给她安排了输液。

"在诊所挂点葡萄糖吧，等症状稍微缓和了，她就能清醒。"

他说着话的时候，林诗兰模模糊糊听到了声音，眼皮微微抬起。她又看到谭尽了，他还是一副古怪的样子。脸黑黑的，他的手捂着受伤的手臂。

察觉到她的视线，谭尽转头看她。

"林诗兰？"他手在她眼前晃了晃，跟她打招呼。

鲜红色的血液糊满他的双手，林诗兰脆弱的小心脏"怦怦"地跳，一口气没接上，再度昏厥。谭尽的大黑脸极速贴近，撑不住这种刺激，她又睡了过去。

二次犯错的元凶对他的罪行完全一无所知。见她没醒，他只好挠挠脖子，失落地退回原先坐的凳子。

"让我瞧瞧你的伤吧，那儿好像伤得不轻啊。"

医生扶了扶眼镜，查看了谭尽的手臂："情况不乐观，得缝针，估计好了也会留疤。"

"行，缝吧。"谭尽表情淡定。

医生好奇道："你是怎么划成这样的？刚才还把那女孩抱起来，你不觉得疼吗？"

他如实回答："还行吧，是被玻璃碎片划到了。被划的时候有点疼，后来没感觉了。"

"啧啧，年轻人真皮实啊，"医生在纸上"唰唰"添了几笔，"那还得给你补个破伤风针了。"

拿着医生给的单子，谭子恒领着谭尽去找诊所的护士。要先去交钱，待护士帮谭尽把伤口消完毒，他们再回来找医生。谭子恒打开钱包，抽出几张现金。

谭尽本来在一边看着，被他哥的黑色菱纹钱包吸引了视线。他对那个钱包印象深刻，因为，那是林诗兰送给谭子恒的。

"你怎么还在用它啊？"

仿佛只是随口一问，谭尽倚着柜台，甚至没有看他。

"什么？"谭子恒交完诊费，花了几秒钟才反应过来，"你说钱包？"

谭尽点头。

"哦。这是我上大学前，小兰送我的礼物，挺好用的。"

谭子恒打算把钱包收回去，他弟却向他伸出手。

"让我看看。"

谭子恒迟疑着，手没往外伸，反而攥紧了它。

不知为什么，他不太想给。

见状，谭尽更不可能放过这个话题。

"我记得，老爸今年生日送了你一个新钱包，还是个名牌，你不喜欢吗？怎么不用新的呢？"

他笑笑，将钱包收进了口袋。

"我就爱用这个，都用顺手了。"

谭尽还想说话，他哥催促他："要紧事没做呢，你的手臂要缝针，我们走吧。"

处理伤口期间，谭尽全程心不在焉。脑子在想别的事，手臂传来的痛感，都没能让他的眉头皱一下，仿佛流的不是他的血。

等他这边处理完，林诗兰的吊瓶也快挂完了。他们回家前，谭子恒顺道去了一趟诊所隔壁的小超市。

"你想吃点什么吗？我买些东西回家。小兰的妈妈生她的气，不让她回家。今晚她住我们那儿。"

"好。"谭尽真是一点没把自己当病号，不需要休息就站了起来，"我跟你一起。"

他们买了点吃的喝的。

这回,谭子恒在收银台付钱时,谭尽的目光有意关注着他的钱包。黑色的钱包里,有一个透明的卡槽,通常用来放相片的。

谭子恒动作很快,但谭尽仍旧看清了那儿夹着一小张纸质的卡片,是用淳朴的黑色水笔画的手绘的卡。

林诗兰字写得好看,但画画,画得奇丑无比。她极少画画,怕被人笑话。

谭子恒钱包里的手绘卡,正是出自她之手。

她画了一个拿着篮球的谭子恒,旁边站着一个带着笑脸的、举着祝福标语的她自己。

为了区分男孩和女孩,她画的谭子恒,头上像扎了一头的针;而那个女孩,头发很长,长到了腰。

即便是两个卡通人四肢比例严重失调,表情喜感,但了解林诗兰的他知道,这幅画,她已用了十足的心思。

人物略微失真,可是,画的内容至少能勉强分辨。

谭尽至今仍记得谭子恒收到林诗兰的礼物时,他打开钱包,看到卡片,哈哈大笑的模样。

他哥简直是捧腹大笑,笑得半天停不下来,笑得林诗兰都不好意思了。她要过来夺走卡片,好让他不再笑话自己。

谭子恒这才止住笑,他举高钱包,趁机揉了揉她的脑袋。

"小朋友,已经送出去的东西,哪有要回去的道理?"

林诗兰被他逗得脸红红的,表情愤愤:"钱包送你,卡片还我。"

谭子恒笑容温柔:"为什么要还?我很喜欢。"

呵呵。谭尽不喜欢。

当时的他,超级不喜欢。

现在的他,超级无敌不喜欢。

明明有很多更好的钱包,那天之后,谭子恒一直在用那个她送的钱包。

他用了很久,却用得很爱惜。钱包看上去保存得很好。

可是,小钱包的卡槽,对他来说已经不够了。那么多的卡片紧巴巴地挤在一块,钱包被塞得鼓鼓的。谭子恒也一直没有把那张丑陋的手绘小卡片拿走。

上面"大学新生活快乐"的祝福语,早已不再适用了。

谭尽熟悉谭子恒。他哥是一个爱整洁的、非常追求条理的人。为什么他会容许这样一张过时的滑稽的卡片，躺在自己每天都会看到的钱包里？

谭尽这么想了，也这么问出口了。

"哥，那张卡片该换了吧？"

他哥分明听见了，却没有立刻回复他。谭子恒低着头，把找的零钱规规整整地放好。合上钱包后，他冲谭尽笑了笑。

"我不想换。"

拎起刚买的东西，谭子恒将它们先放回了车上。谭尽跟着他过去。

他哥直接对他说："你坐车里等，我去接小兰。"

谭尽自然不同意："不行，不知道她醒了没有。我得过去，她没醒的话……"

"我抱她。"谭子恒说。

自己的话被堵住，谭尽蹙紧眉头。

他哥更清晰更完整地再次跟他表达了一遍自己的意思。

"她没醒的话，我抱她过来。你的手刚缝线，注意休息吧，我比你有力气。怎么样都应该是我抱她。"

谭子恒将车钥匙给了谭尽，往诊所走去。

谭尽原地站着，咬咬牙，实在是不甘心。他锁了车，追在他哥后面跑向诊所。

谭子恒回到诊所，林诗兰醒了。

她正揉着脑袋，愣愣地坐在病床上。

"额头痛是不是？"他柔声询问，林诗兰望向他。

她完全搞不清状况："我怎么了？"

"你在车里晕倒了。"谭子恒看出她的脸色依然很差，"现在是哪里不舒服？"

"头疼，想吐。"

林诗兰回忆起自己被吓晕前看见的画面。

谭尽跟在谭子恒后面。他慢了几步，也走了进来。

谭尽的出现，让她整个人往后一缩。

那动作太明显了。

这一天,谭尽都在期盼见到林诗兰,他有特别多的话要跟她说。但此刻,她见到他,她的面上有惊无喜。毫不夸张地说,她吓得像见到"鬼"了。

谭尽特意洗了脸,先前他那张满是泥土灰尘的脸,已洗得干干净净。所以,他并不理解,为什么她有那一下躲开他的动作。她不想见到他吗?

被夹在凝固的气氛中间,谭子恒开口,打破僵局:"那应该问题不大,这两项是正常的。医生之前说了,你醒来后肯定还是感觉不适,需要再调养调养。"

理智渐渐回笼,林诗兰记起件要紧事:"苏鸽呢?你找到她了吗?"

"找到啦,我进去后跟巡逻的老头解释了,他后来没再难为我们。你昏倒的时候,我送苏鸽到她家门口了。"

谭尽听着林诗兰和谭子恒的对话,一头雾水,竟然听不懂他们在说什么。为什么要找苏鸽?他们说的苏鸽,是他知道的那个"坏人"苏鸽吗?

"还有,"谭子恒急忙跟她说了最新的好消息,"小尽帮你找到小狗了。"

"真的!"林诗兰的注意力终于分了点给他。

她扫了谭尽一眼,他却没有看她。

她只好转向离她最近的谭子恒,问关于谭尽的事:"小狗不是被我妈送到同事家了吗?他怎么找到的?"

谭子恒让出位置,留出空间给谭尽说他那边发生了什么。

两个人都在看他。

谭尽吐出一口气:"哎,狗啊,我运气好找到的。就是……我在路上走着走着,看到一个大妈牵着土狗。我感觉像静静,凑近一看,还真是它。趁她买菜没注意,我就把狗抱回家了。"

他说得特别轻巧,撒谎都不带眨眼的。

她定定地注视着他手臂上的纱布:"你的手怎么了?"

"那个啊,"谭尽语调飘忽,眼里写着无所谓,嘴里跑着瞎编的谎言,"我走路甩胳膊,用大劲儿,蹭墙了。"

他在躲避交流,用随意的口吻,将自己真实的话语藏起来。

她不期待他来,所以他被她伤到了,一点点。不想在他们面前显得凄惨,是另外的一点点。

找狗的事情之前,因为得知他对她撒过谎,林诗兰撕碎了草稿纸,独自走远。如果不是她生疏的态度,谭尽都差点忘记了,这件压在他心头的大事。

口袋里,他粘好的小破纸,尚未来得及给她。

不过是找回了小狗,做成这么一件小事,并不代表什么。

是他得意忘形了。

"谢谢你。"林诗兰看着他的眼睛,诚心地跟他道谢。

谭尽双眸空空,轻轻笑了一声,回她:"不客气。"

石化厂的惊魂过后,林诗兰想起一些事,更准确地说,想起一些画面。

她这一天,一直握着手机,等待谭尽打电话过来。当他真的在眼前了,她却不知道要说什么。心里的话全缠在一起,像一团理不清的毛线。

真烦人。

这雨啊,不分昼夜,下个不停。

各怀心思的三人,从诊所出来,谭子恒载着弟弟和林诗兰,驶向家的方向。

谭尽坐副驾驶,林诗兰坐后面。

一路上,大家各望着一扇玻璃,没人说话。所幸,诊所离家很近,他们才不至于尴尬太久。

车开到家,谭家父母已经睡下。谭尽打开房门,静静兴奋地冲向林诗兰。它疯狂地摇尾巴,摇得狗尾巴都快断掉了。

林诗兰蹲下来,张开双臂,拥抱她找了一天的小家伙。

"想我了是不是?你今天被拐走了是不是?"

"小笨狗,知不知道,我找了你好久啊?"

如果小狗会说话,它会在她怀抱里喋喋不休:说吕晓蓉很坏,拐它出门;说新到的那户人家,他们合伙欺负它;说男主人,如何英勇地把它救出来。

可惜,小土狗不会讲人话。静静圆溜溜的黑眼睛凝视着她,用小爪子扒拉着她。它察觉到,女主人的脸上有淡淡的忧愁,却没法问她为什么不开心。

小狗一下一下舔着她的手,希望这样能让她好受一点。

谭尽在门边,隔了一小段距离,看着她和小狗团聚的画面。

他哥去厨房煮夜宵了,这是他找她说话的最好时机。

谭尽走向林诗兰,只需小小的几步。

漫长的时间,谭尽都是这样踟蹰地隔着一段距离,偷偷地看着她。

该怎么跟她解释自己撒的谎呢?他陷入思考,渐渐地走了神。

在谭尽眼中,旁人夸林诗兰的那些话,没有一句是他同意的。

人们说她聪明、学习好,他见过她刻苦背书背个通宵,也见过她大早起来在本子上乱涂乱画。人们说她做事认真,他见过她冒冒失失的样子,低头捡东西也不看路,左脚踩到右脚把自己绊倒。人们说她好脾气,他见过她对自己恶语相向,用上所有难听的话对自己冷嘲热讽。

人们说她长得漂亮,谭尽也不觉得她有多漂亮。她在他面前顶着大黑眼圈、头发扎得像个鸡窝,穿着大妈才穿的宽松蝴蝶睡衣;她哭起来,五官皱成一团又冒鼻涕泡泡。

她在他眼里,一直就只是一个很普通的林诗兰。软弱、古板、脆弱、神经质、嘴硬,明明很在意还要说话冷冰冰的。

林诗兰哪里都不好。她最不好的地方,要数她喜欢他哥。她仰慕他哥,没事就去他家找他哥,叽叽喳喳地跟他哥说话。而林诗兰没有一次回头看过他。

那谎言,是他为他们的故事编织的开头。所以,即便是她误会他、恨他,他还是不能解开它。

谭尽愣愣地在那儿待了一会儿。她在沉默里,陪着他熬。他最终没有跟她说话,林诗兰听到谭尽的脚步声远去。

她回过头,他已不在那里。

收回心思,林诗兰听见厨房的水壶"咕嘟咕嘟"地沸腾了。她放下静静,从地板上站起来。这一天,她给他们添了很多麻烦,只等着吃东西的话,心里过意不去。

林诗兰打算去厨房帮着谭子恒做夜宵。

一身臭汗的谭尽去洗了个澡。按照医生交代的,缝线的地方没沾水。洗干净后,他才发现自己身上还有别的伤口。

穿人字拖的脚掌、脚踝,以及手掌,竟都有不同程度的破口。

从浴室出来,他找了几张创可贴,将伤处一一贴上。卡通图案的创可贴,让他想起他曾经帮她贴在额角的那只卡通狗狗。

闷在自己的房间里,谭尽痛苦地啃着手指。

外面传来林诗兰说话的声音,他原本计划着不吃夜宵了,却还是想找她。

不管自己是否会惹她讨厌,谭尽决定走向餐厅,介入他们中间。

出乎谭尽的意料,他一出现,林诗兰便端来了为他煮的面条,上面还盖着个蛋。不是他哥煎的那种,溏心的形状完美的荷包蛋,蛋黄被完全地煎散了。

这说明,那颗蛋只可能是她煎的。她特意给他煎的。

"你不喜欢吃煎散的吗?"林诗兰见他目不转睛地盯着鸡蛋,有点忐忑。

谭尽立刻说:"不可能不喜欢,我从小只吃煎散的蛋。"

话音刚落,他像是要向她证明似的,一筷子夹起鸡蛋,一口塞进嘴里,没怎么嚼,直接咽了。

谭子恒端着自己的面,也坐过来吃。

谭尽瞥了眼他哥的碗,刚刚的那口鸡蛋,顿时没那么香了。他哥的面里,也有一颗煎得同样稀碎的蛋。

他这儿正进行着激烈的内心斗争,谭子恒和林诗兰那儿又讲起话来了。

"小兰,你等会儿去我房间睡,我睡客厅。"

林诗兰摇头拒绝:"不用啦,子恒哥,我借住一晚,有客厅能睡就很好了。你和谭尽今天帮我找狗,送我去诊所,把你们折腾得太狠了。你们得好好休息,吃完面我收拾,你们进房间快点睡觉吧。"

"你睡我哥房间不行。"

谭尽也出来说话,她以为他是来帮忙劝谭子恒的,没想到他话锋一转,道:"林诗兰,你睡我房间。"

谭子恒反对:"小尽,你房间的床不舒服,太软。你今天受伤,需要休养,睡客厅也不好。小兰睡我房间最合适。"

谭尽不同意,硬想个理由,他说:"睡你房间不行,你房间风水不好。"

这理由令谭子恒发笑。

他看向林诗兰:"小兰,你决定吧,你想睡谁的房间?"

谭尽停下吃面,目光也投向她。

"睡客厅!"林诗兰果断地做出了决定。

"你们睡自己的房间就好啦,我睡客厅。"

她的决定没能让事态平息,兄弟二人都有话说。

"小兰,你今天都晕倒了,你到我的房间睡,把觉补好。明天周六,你可以睡到自然醒。我爸妈起得早,他们醒了,你在客厅,一定会被吵醒的。"

"对。你是客人,不能睡沙发。所以林诗兰,你睡我房间合适。"

不让她睡客厅这一点,他俩倒是很默契,话又绕回原点。

空气中有种莫名的火药味。两道热切的视线投向她,林诗兰默默将目光移到沙发,想了想,她说:"我觉得都不合适。"

"沙发够我睡,但你们比我高,睡沙发就有点小了。你们说得也是,我在这儿睡不方便,要不我回家吧……"

"别。听我的,睡我房间。"

谭尽打断她,提供了新的方案:"我去我哥房间睡,他的床大,睡得下两个人。"

谭子恒还想说点什么,林诗兰抢在他说话前做出了选择:"行,那我睡谭尽房间,辛苦你们挤一挤。"

没想到讨论睡哪儿,能讨论得这么激烈。

她已有结论,他们无聊的小斗争也分出了胜负。

谭尽接着吃面,用喝汤的动作掩盖自己的笑容。

对面的谭尽太得意,他跷起的二郎腿都晃到自己这边了,谭子恒埋头喝汤,不愿和他弟有眼神交流。

林诗兰按她说的,负责起吃完夜宵后的洗碗和收拾。

谭尽回到自己房间,快速地将屋里整理了一番,想维持住自己并不存在的整洁形象。谭子恒实在地帮林诗兰套了个新的枕头。

等他们手头的事情都做完,终于该结束这漫长的一天了。

道过晚安,三人回屋睡觉。

直到进了谭尽房间,房门从身后关好,林诗兰正对着前方黑黑的床,才有了实感——她要睡在他床上了。

空调发出"嗡嗡"的制冷声。

林诗兰蜷起脚趾,一阵阵凉风吹向她,令她脑袋发虚。

这一天过得实在是太丰富了:平行时空的事、跟苏鸽摊牌、和妈妈吵架、找狗、石化厂见"鬼"、进诊所……

她手扶着背后的墙壁,身体像一张大饼,软趴趴地歪倒在地后,一半贴着墙,一半贴着地。

他的房间好安静。大脑从嘈杂回归平静,耳朵里有细小的蜂鸣音。林诗兰抱着膝盖，缓了几分钟，那声音才逐渐消失。

目光瞥向床头柜，谭尽去他哥房间前跟她说过，他给她准备了睡衣。

是一套棉质的男生睡衣，蓝色边小短袖和短裤。意外的是，没什么使用痕迹，拿起来能闻到干净的洗衣粉气味。

另一间房里，不想听到对方呼噜声的谭尽和他哥选择错开睡。

谭尽把自己的枕头放到床尾，舒服地躺下，脚自然地搭在他哥的头旁边。

"你洗脚了吗？"谭子恒敏感地问。

"我澡都洗了，能没洗吗？"他这么一提，谭尽也敏感了，"你洗了吗？"

他哥腼腆一笑，笑而不答。

"关灯睡觉。"屋里黑了灯，谭子恒的脚也伸到他的地盘。

谭尽裹紧被子，烦躁地背过身。

两兄弟基本没在一个床铺睡过觉，两人都不自在。

谭子恒跟谭尽一样烦。他正烦着，突然听见他弟在自己被窝里"咯咯"地乐。

"你干啥？"谭子恒被他笑得鸡皮疙瘩爬了一手臂。

"想到一些事，"谭尽发出一声喟叹，"你不懂。"

有什么不懂，林诗兰睡了他房间，他心里很得意很满足。

谭子恒翻了个身，闭眼睡觉，不给谭尽炫耀的机会。

不久，他们的房内便传来此起彼伏的鼾声。

客厅里，今天受了惊的小狗也在呼呼大睡。它不能吹空调，忠诚地守护在女主人的房门外，趴着的身体挡住门缝漏出来的凉风。

唯一没睡的是林诗兰。

她简单冲洗后，换上谭尽留的睡衣，竟然大小正好合适。

拎起他被子的被角，她心情忐忑地一矮身，趁棉被不备，她钻了进去。

用了谭尽的浴室、住了他的房间、穿着他的衣服、睡上他的床，林诗兰不清醒的脑子里，要是再想着谭尽的话，真的会完蛋。

她觉得自己开始呼吸不畅，心脏乱跳。

全是他的味道，清新的好闻的男孩子爽肤水的味道。

睡进谭尽柔软的床，好像躺进他的怀抱。许许多多谭尽扑面而来，环住她的腰肢，抚过她的膝盖，揽着她的肩膀。

林诗兰想掀开被子，获取一些外面的新鲜空气。

费劲地挣扎着,她却不自控地往被子更深的地方钻去,直到整个人都被棉被密不透风地包裹住,她才停下。

要疯了。

承认吗?选择睡他的房间,有私心的成分。

不承认。她用拳头轻敲自己的脑门,试图唤醒理智。

这里是平行世界。

他是一个骗子,这是他第一年经历穿越,他之前骗她了。

不妙!被吓晕的画面中,她看见了模样诡异的他。

很不妙!他心知她对他的怀疑,也没有来解释这一切。

特别不妙!即使探测到所有的不妙的信号,林诗兰仍旧想待在谭尽的世界。

他留下的气味,让她感到欢欣雀跃与奇妙的安心。

即便是已经有了心碎的预感,还是逃不掉啊,这一刻,她只想没出息地陷在他暖和的小床陷阱里。

林诗兰想:先睡完这一觉。

一觉醒来,她会用清醒的脑子,断掉不该有的念想,快刀斩乱麻地将他们的关系整理好。在那之前,她需要睡饱。

林诗兰卸下力气,四肢放松地舒展开。

她是一只飞翔了太久的小鸟,收起翅膀,软弱地依偎着谭尽这棵破破的小树。哪怕小树的枝干摇摇欲坠,可这是她仅有的停靠之处。

虽然小鸟害怕小树有朝一日折断,但那不妨碍小鸟能机敏地观察。

小鸟能感受到呀,小树在尽力撑住她!

就算谭尽只字未提,他救下静静是经历了怎样的不易、怎样的惊险……他手臂的纱布,他手上脚上的小伤口,她全看见了。

就像是那只叫静静的小狗。它傻傻地坐着,任由她揉着自己毛茸茸的脑袋。

狗狗不会说一个字啊,可是它爱她,谁都知道。

屋里静悄悄的。

谭子恒睡醒,看了眼时间,他父母已经上班了。

他起身,伸了个懒腰。谭尽还在打着小呼噜,谭子恒没叫醒他,打算自个儿下楼,找点东西吃。

林诗兰出来喝水。

下了一夜的雨,这会儿还在下。

外面灰蒙蒙的,天像没亮过似的。空气中饱和的水汽,浸得人肩膀沉沉。林诗兰打了个大大的哈欠,考虑要不要睡个回笼觉。

正好,谭子恒走下来。他看到林诗兰,首先注意到的不是她丑丑的张大的嘴,而是她身上的睡衣。

"这睡衣,是谭尽给你准备的?"

谭子恒的表情玩味十足。

林诗兰只是出来喝个水,没有正式起床,恰巧跟他撞上,还是这种蓬头垢面的样子,她有些许的尴尬。

"嗯,是啊。"她腼腆地用手臂挡了挡衣服,察觉到他话里有话,"这件睡衣,有什么特别的吗?"

谭子恒扑哧一笑:"它的背后,有着一段故事呢。"

进厨房,他给自己和林诗兰都倒了一杯果汁。他们坐在客厅,他跟她徐徐道来这段关于睡衣的事。

谭爸爸在谭尽四年级的时候,工作调动来了雁县,谭尽才开始和他们一起住。在那之前,他爸在大城市的石化厂上班,家里两个男娃娃,父母二人都得上班,顾不过来。

年龄稍大的谭子恒被他们带在身边,谭尽则被放在老家。谭尽快要上小学的暑假,爸爸妈妈才把他接到大城市,爷爷奶奶也跟着过来玩。

他爸负责开车,带着全家人到景点游玩。一路上,谭尽都不怎么说话。他们从景点出来,他爸去开车,谭子恒发现谭尽掉队了。

公厕旁边有一个纪念品销售店,谭尽上完厕所,被那里的一件睡衣吸引了目光。

谭子恒找到弟弟后,谭尽指着店里挂着的睡衣,跟他说了那个暑假的第一句话:"衣服上面写了我的名字,还印了我最喜欢的篮球。"

谭子恒粗略地扫了一眼:还真是。

谭尽想要那件睡衣,但碰巧老板不在柜台。他们在那里等了好一阵,老板也没出现。

他爸的车先来了，大家催谭尽上车。

景点门口不好停车，全家人都劝他：算了吧，下次看到类似的再买。小谭尽没有任性不走，也没有耍脾气，配合地上了车。

第二天。

全家人还在睡觉的时候，谭尽一个人背着小书包出门了，还给他们留了张夹带拼音的小纸条：我去 mǎi 东西，不要 dān 心。

醒来的大人们发现他人不见了，急得像热锅上的蚂蚁。

他们满世界找他，完全没有头绪：一个小孩子，头一次到大城市，人生地不熟的，他能去哪儿呢？

等到下午，谭尽自己出现在家门口。他的脸蛋被太阳晒得红彤彤，带回来两件睡衣。

原来，他去了昨天他们家参观的那个景点。景点离家不近，开车都得开好长时间。小谭尽明知道路途遥远，竟也不怵，他就这么一路问人，一路走，硬生生走路走过去，又走路回来。

买回来的睡衣，当时穿有点大，谭尽慢慢长高，穿着渐渐正好了。他继续长高长胖，后来睡衣太小，穿不下了。

之所以知道这个，是因为谭尽那一件睡衣几乎穿了一整个小学。谭子恒每次在家看到他，不论春夏秋冬，谭尽始终穿着那件睡衣。

也是看多了，谭子恒才发现：睡衣上面的字，不是谭尽（tánjìn），人家写的是天津（tiānjīn）……

林诗兰低头看了看自己的睡衣。这个有点乌龙的小故事，把她逗笑了。

谭子恒也笑着对她说："小尽是那种执念很深的人呢，从小就是。"

"别看他闷不吭声，心里认定的事与物，他不会轻易改变。很难得见他喜欢上一样东西，可他一旦喜欢上了，绝对不会放过。不得到，他誓不罢休。"

他说的这一点，林诗兰也隐隐地感受到了。

沉浸在之前的故事里，她忍不住多问了几句。

"这件衣服，是他从小学一直穿的吗？怎么我看着还挺新的？"

谭子恒笑容淡淡，解释道："他当时买了两件，一件红边一件蓝边。你穿的这件，是他最宝贝的蓝边睡衣。他最喜欢蓝色了，所以这件反而没太见他穿。"

林诗兰心头一热。

她放在腿上的手,轻轻摸了摸睡裤的布料。是纯棉的布,摸上去好舒服。柔柔的软软的,仿佛她的心情。

突然想到,这是个好机会,她可以多问一问谭子恒关于谭尽的事。

"子恒哥,你这次回家,有没有觉得谭尽和以前有什么不一样?"

谭子恒靠着沙发,眼神望向她,轻笑道:"不一样啊?他跟你的接触变多,算吗?"

他声音低低的,听不出喜怒:"没想到,你们俩能走得这么近。"

"嗯,我是说性格上,"林诗兰目光炯炯,"他哪里有变化吗?"

"性格上……要我说实话吗?"

她点点头,他说:"如果是以前的谭尽,他只敢在角落看着你,不会过来跟你说话。"

谭子恒的话让林诗兰松了一口气。

之前的几个时空,按照苏鸽的描写,谭尽也是很怂的,不敢接近自己。所以,现在的谭尽是穿越来的,不是这个时空的人,这点可以确定。

她有了底气,继续问更多的事:"谭尽以前不是挺胖的吗?他后来怎么变瘦了?"

"他那一阵子啊,疯狂运动……"说到这儿,谭子恒停了,似乎不太想回答了,"其实,你可以自己问他,他会很乐意跟你说的。"

林诗兰好奇的情绪上来了。

抓住提问的机会,她想到什么就问什么:"他是一直都喜欢蓝色吗?因为特别巧,我最喜欢的颜色也是蓝色。"

谭子恒模模糊糊地答:"好像是吧,他选东西都喜欢选蓝的。"

"那谭尽最喜欢哪种蓝色呢?"林诗兰指着自己睡衣的花边,"是这种,灰调的蓝色?还是谭尽房间铺的被子,那种比较浅的天蓝色?"

她张口闭口都是谭尽。谭子恒看着她,但笑不语。

"小兰,"他眨眨眼,开玩笑似的说了一句,"你一直问关于我弟的事,不怕我不开心?"

林诗兰脑子还没转过弯,尚未解读到他话里的意味。

谭子恒又接着说:"我上大学前,你跟我说的话,你还记得吗?"

"上大学前……"

对眼前的谭子恒来说,那不过是两年前的事。

但对林诗兰来说,却已过了差不多六年的时间。她吃力地搜索着脑中的档案。

林诗兰小口咬着嘴唇,这是她努力想事情时的小动作。盯着她的侧脸,谭子恒脸上的笑容逐渐淡去。

谭子恒上大学前,林诗兰来找过他,是有这么一回事。

"哦!我记得!"她好不容易想起来了。

"那时,我送你一个钱包。听到你考上好大学,我很羡慕。然后,我对你说'我也想跟你上同一所大学。你等着我,过两年,我也会考过去的'。子恒哥,你说的是这件事,对吧?"

"嗯。"

双眸含笑,谭子恒接过她的话。

他说:"你让我等你,所以我还在等你。"

林诗兰呆若木鸡。

谭尽睡醒了,发现他哥不在房间。

客厅有声音,他趿着拖鞋,揉着惺忪的睡眼,往外面走。推开房门时,谭尽听见他哥的说话声。

"我上大学前,你跟我说的话,你还记得吗?"

顿时,觉醒了大半,他加快脚步,走向楼下。

几步路的时间,谭尽的脑子越来越清醒。他走到客厅时,他们的对话已经进行到谭子恒坦白心意的那句——"你让我等你,所以我还在等你"。

林诗兰背对着他,看不见她的表情。

谭子恒先瞥见了楼梯旁的谭尽。他并不惊慌,大大方方对他弟露出一个微笑。

那坦然的姿态,完全没有获得看客的尊重,倒是引起了挑衅的反作用。

"哐哐哐"的脚步声传来,谭尽迈着魔鬼的步伐,出现在他们旁边。

林诗兰缓慢地转头……

一波未平一波又起。

谭子恒抛出的话，她还未给出回应，有一只脱缰的野狗突然闯入尴尬现场，为她的无措，再度添砖加瓦。

身后戳着一个造型别致的鸡窝头男子，他神情冷淡，眼角挂着醒目的眼屎。

"我饿了，陪我出去买早餐。"他没头没尾地对着她说。

手腕被谭尽一把握住，他把林诗兰从沙发上牵起来。他拉着她，直直地往大门走去。

"谭……谭尽，"仓促之下，林诗兰话都说不利索了，"我们还穿着睡衣怎么出去？而且，没拿钱啊。"

"你等着。"

几秒钟，他进入自己房间，拿了钱包。回来，又继续抓住她的手腕，带她出去。

"我也要吃早点，我开车载你们，跟你们……"谭子恒正和他们说话呢。

"砰"的一声，谭尽当着他的面，重重把门摔上，打断了他的后半句话。

关门的声音太大了，震得仿佛整座楼都抖了一抖。

林诗兰僵在原地。

楼外的雨，不知何时停了。

这样的夏天，一到室外，黏黏的热气便争着往皮肤上贴，甩都甩不掉。

喉咙热得冒烟，心像烧干的锅炉。后背瞬时起了一层薄汗，她盯住他沉郁的双眸，心情在急速地变差。

有什么东西，飞快地失控了。

"等等！你哥还在说话呢，有那么急着出去吗？"

"买早餐，也不能穿着睡衣呀。我们鞋也没换。"

林诗兰像对着一根木头说话。

谭尽拽着她往下走，一言不发。他的力气太大，理智全无。

她想挣脱，他不放手。

"谭尽。"

林诗兰大声喊他。

她知道，正如那天他悄悄换掉贴在她额头的创可贴，她知道他介意。

他哥向她表明了心意，他听见了。

可是，林诗兰在这么多个失败的雨季里，学到的珍贵经验是：意气用事地逃避解决不了任何问题。曾几何时，她也是幼稚地选择了逃离，想闭眼把日子浑浑噩噩地混过去，在那么多次的重蹈覆辙后她才明白，需要面对的东西，永远躲不过去。

谭子恒的话，将林诗兰拉回了懵懂的少女时期，很长一段时间，她的心中，的的确确对他怀有仰慕之情。她以为那些对他们都已经是过去了。

谭子恒察觉到了她的感情并在等待她，这令林诗兰大受震撼。至于如何回应他，需要林诗兰自己去处理。谭尽掺和进来，带她跑掉能解决什么问题？

于是，她试图终止这场鲁莽的逃窜。

"你没必要冲谭子恒发火，我和他的对话还没说完，那是我和他之间的事，该我去解决。"

谭尽没有回应。

他拽着她，自顾自地往前冲，转眼间已经到达了小区门口。

这儿人来人往，邻居们全是认识他们的，每走过一个人，都要对他们行注目礼。

套着男生睡衣的少女，同样一身睡衣的少年，他们穿着家里拖鞋，太过随意的打扮，仿佛是被家人赶出来的。他的手紧紧扣着她的，面容严肃。

人们看着热闹，从表情便知，他们正在脑补一些不入流的剧情。

"谭尽！"

林诗兰停住脚步，不肯再走。

"冷静下来！别人都在看我们笑话！不走了好吗？"

他总算是有了点不一样的反应。谭尽站着不动，他没回头，声音闷闷的。

"林诗兰，为什么要去在意这个世界的人呢？反正，雨季结束你就会回去，他们跟你不是一个世界的人，跟你毫无瓜葛。"

他又将她的手攥紧了几分。

"你就像我一样不好吗？从我来这儿起，就把他们全都当成NPC（非玩家角色）。他们是我体验世界的工具，对我来说，只有你是真实的。"

周围活生生的人，走来走去。他没有因为他人的侧目产生丝毫的动摇，他没有迁就那些八卦的耳朵降低音量。林诗兰意识到，他是真的不在乎。

林诗兰不得不承认，他的话令她感到词穷。

沉思片刻，她找回自己的思路。

"但是我还是觉得，我们的体验是真实的。毕竟现在我们在这儿活着，我们有在这儿的角色，这里的人有他们的生活。就像对于此处的谭子恒。刚才，他的亲人、他认识的人，直接不顾及他的感受，丢下他走了，他会觉得莫名其妙，心里会不好受。"

谭尽轻笑一声。

"为什么要在意谭子恒的感受？我劝你早点想开，你跟他没可能。他在我们的那个世界已经死了，现在的世界，想必你懂……这里人的死活，与我们无关。"

林诗兰冒了一额头的汗："我跟他没可能，我知道……"剩余的话，她还没想清楚怎么说。

小区外，行人神情各异。

有一些孩子成群结队地玩着游戏，有一些老人在树下纳凉，悠闲地扇扇子。

他们无法干预不久后到来的水灾，否则，会导致更大的灾难。这一点，林诗兰在读完苏鸽的书后，便已知情。

谭尽直言不讳地把它讲出来了。

想到自己目光所及之处的人都会死，林诗兰突然觉得很难接受。身边的谭尽，有一点陌生，让她有一点害怕。

趁她发呆，他又重新迈开步子。大手像手铐一样死死地扣在她的腕上，他一路牵着她，走进早餐店。

进到店里，异样的眼神越发密集。

谭尽旁若无人地坐下，问林诗兰要吃什么。她摇摇头，实在没有胃口。

他仍旧点了两人份的早点。筷子、勺子、碗，他替她一一准备好，摆到她跟前。

早点上齐了。林诗兰表情低落，不自在地耷拉着肩，对香喷喷的包子和粥兴味索然。

谭尽有胃口。他不被任何的外物妨碍，一口粥，一口馒头。

见林诗兰真的一点不吃，谭尽拿起一个小包子，故意用它碰了一下她噘起的嘴。

"这包子被你吃过了,是你的。"

她带着脾气斜了他一眼。他捂嘴,调皮偷笑。

谭尽真是没心没肺。仿佛跟她好好的,一句斗嘴都没有过,他仍有心情逗她玩呢。

林诗兰从前以为,他天真澄净,是心思再好懂不过的少年人,如今,他还是如此,却又有一些不同了。

无念无想,贯彻始终。除了林诗兰,对所有人都漠不关心,他的这种"稳定",已经稳定到有些可怕了。

他撑着下巴,专注地打量着她。

早餐店人声嘈杂,他却感觉无比清净。

这个世界是谭尽的游乐场,林诗兰是他在这里唯一的玩伴。

他望着她,发自内心地开心。

这会儿闲下心,他发觉林诗兰正穿着他的那件睡衣。

谭尽好喜欢。只要看她穿着它,他就会弯起眼睛笑。

最终,林诗兰无奈地吃掉了碰瓷她的那只小甜包,以及之后碰瓷她的油条、玉米粥、葱油饼。

吃完之后,桌上还有些买多了的包子和几根油条。想了想,林诗兰向店家要了塑料袋打包。

"剩的食物浪费不好,打包回去吧。况且,你哥还没吃,家里也没早餐了。"

这么说着,她稍稍地观察了一下谭尽的神色。

他倒是没反对,只是在店的一角默默地看着她。

林诗兰觉得自己也挺搞笑的,怎么解释那么多,还看起了谭尽的眼色。

回去的路上,她刻意和谭尽拉开距离。主要是不想再被他牵着走了。

林诗兰拎着塑料袋,目不斜视,大步向前,脑子里考虑着很多事,不知道如何处理。

总归先回去,把这身睡衣换下来吧。

可能是走得急了,她忽然感到小腹坠痛。林诗兰不得不慢下来,她按着腹部,想缓过这股疼劲,却疼得更严重。

一股巨大的力量在撕扯她的肚子,膝盖被迫弯曲,眼前天旋地转。

她看向自己的手,手中的早餐,没了。

她抬头看前方,前面的树和行人,消失了。

她回过头,谭尽还在。

她吃力地向他走了一小步,路不见了。

她咬牙,叫出他的名字,声音散了。

眼里的画面飘起来,随着夏日的暑气一起,袅袅地蒸腾。

他跑向她,然后跑得越来越远。

她盯着他,他渐渐地变成她眼里的一个小小的蓝色的点。

最后,世界里所有的一切都氤氲成白色。

是医院的白色。

她被铺天盖地的白色淹没。

谭尽的嘴在动,声音被扯得无限长。

"口袋——"

林诗兰勉强读到了这两个字,她听到耳边的风声,身体在急速坠落,强大的力量将她往另外的方向拉扯。

有一种不好的预感,她的手迅速伸向自己的口袋。

谭尽珍爱的蓝边睡衣,她还穿着。它上衣的口袋里装着一张草稿纸,不知道他什么时候放进去的。

林诗兰抽出它,是之前被她撕毁的,那张整合平行时空信息的纸。纸被他细心地粘好了,背面写了一行字。

眼睛宛如失明,刺目的白色占据了她的视野。

闻到属于医院的消毒水气味,纵使拼命睁大双眼,林诗兰也无法再读到更多的东西。

下坠停止。

她像是被钉在床上的一块死肉,浑身使不上劲,无法动弹,四肢传来针刺一样的疼痛。

而肚子,是从刚才就疼着,疼得她冷汗淋漓。

林诗兰不是第一次经历类似的场景。她调整气息,经过几个深呼吸后,耳朵逐渐听到周围的说话声与脚步声。

她吃力地抬手,想再看看手中的纸。那手才抬起来,马上"啪"地垂向她的脸。

手中空无一物。窗外阳光刺目。

她的时空,雨停了。

林诗兰回到了属于她的现实。

昏迷前,天气预报里说一周结束的雨,足足下了月余。

城市已进入夏季,她的意识,离开了一个多月。

林诗兰租房时,跟房东交代过自己到雨季会"犯病"。上个月,房东来收租的时候,按门铃她没开。按照先前的约定,房东拿备用的钥匙开了门。屋里乱得像垃圾堆,林诗兰坐在里头,披头散发,无意识地进食着。老太太赶忙叫来家人,帮着把林诗兰送医院洗胃。

她在医院待了两周,直到雨停,才缓慢地恢复了清醒。

林诗兰病体未愈,一边调养,一边着手处理这一个月的烂摊子:学业落下一大截,可能要延迟毕业;医药费、房租、房子的清洁费,几乎掏空了她的存款。之前兼职的地方,因为一直没去上班,人家不要她了。房东老太太见识过她发病的样子,不敢再把房子租给她,住处也要重新找……

这些事,都只能算是小事,她曾经处理过比这更棘手的状况。

对于林诗兰,最重大的麻烦是:联系不上谭尽了。

上次回到现实时,他就在她身边,和她一起在大学城里闲逛。他们像绑定了一样,一天一夜,乱走都走不散。

这一次,他消失了。

林诗兰惊奇地发现,她现实中的手机没有存他的手机号。

谭尽有她的号码,一直是他打电话给她。林诗兰按照先前的通话记录回拨过去,那边是公用的电话亭。

为什么要用公用电话打给她?

心有疑惑,却也只有等找到他,她才能问他这个问题了。

林诗兰只记得,回来前自己常常拨打的谭尽在另外的时空用的手机号。那是他高中时的号码。

她试着打过去,不出意料,电话是空号。

她回想起来,仿佛总是他来找她,她在原地等待。

起初林诗兰还安慰自己，谭尽会找来的。在医院时，每当病房有人探访，她都会立刻探头去看。

出医院后，她彻底沉不住气了。林诗兰到隔壁的大学门口，守着过往的人，苦苦地等。

很可惜，她等了几天，问了不少人，谭尽一次都没出现，没有人认识他。

真离谱，他们之前天天待在一起，林诗兰所拥有的谭尽现实里的信息，却少得可怜。

他们在现实中一起相处的时间，是充满戒心的重逢初期。

医院重逢、逛大学城，统共只能想起这两个他们共度的时刻。

他竟然从来没有跟她说过自己在哪个系读书，住在哪里。有几次，林诗兰问过相关的话题，都被他绕开了。

可恶的谭尽。

一次次的等候落空后，她的心越发焦灼。

走投无路的林诗兰，甚至去了精神病医院，找到当时看诊的心理医生进行问询。她想着：谭尽也在那里看过病，医院一定有他的信息。

拥有丰富经验的心理医生，郑重地拒绝了她的请求。

拒绝的原因，并非官方的"医院不便透露患者隐私"，听完林诗兰的描述，医生沉思良久，严肃地问了她一个问题。

"你认为，谭尽是真实存在的吗？"

林诗兰抬头，望向医生。

他的眼睛睿智而冷静，她的故事他并不买账。

她费了那么多口舌，与他讲述了"雨季中，平行时空互相交叠"的神奇经历。在他听来，全是扯淡，他手中有她的病历本，他只在意那上面的诊断说明。

"谭尽，他是真实存在的。我确定。"

努力使自己看上去镇定、有逻辑，林诗兰板着脸对他说："医生，如果我没有亲眼看到、亲身经历，我不可能给你编出一个这么复杂的故事。"

"其实啊，人脑拥有着无限的潜能。"

"对于患上心理疾病，你怀有很深的羞耻感，原生家庭对你有着近乎苛刻的期待，这导致你对自己也有极高的要求。你难以接受自己患病的事实，而你聪明的大脑基于这一点，足够给你编出一个完美的童话故事。这个故事帮助你从'精神病患者'的身份，转变为'特殊事件经历者'，让你从中获得了安慰。"

医生苦口婆心，也是为了她好，在劝她。

"但是，再完美的谎言，仍是谎言。希望你能明白，只有认清自己的患者身份，你才能够及时地得到救治。"

林诗兰无奈极了，她想要证明，可她又的确非常词穷。手撑着额头，反反复复地摩挲，她的心情变得糟糕。

"我分得清什么是幻想，什么是真实。我在说真话，谭尽是真的。"

医生转身，替她倒了杯水。

"你别急，静下心仔细回忆一下，你在现实中见到'谭尽'的场景。是不是全部只限于'下雨''快下雨'，或者'雨下完不久'的时候？"

接过水，林诗兰一口一口抿着，喃喃自语地陷入回忆。

"刚开始在医院见到他，下雨。穿越回来在大学城逛，断断续续有下雨。后来的那一个星期，我们没有见面……"

见她状况改善，医生趁机替她补充一些细节。

"是呀，大学城那次，按照你的话，你们失去意识一天一夜，怎么会还在一起？医院重逢，他被诊断的症状跟你的一模一样，你不觉得古怪吗？因为，他只是一个你幻想中的同伴啊。"

没问到谭尽的下落，林诗兰失魂落魄地带着医生的最后一句话和新开的药，走出了精神病院。

谭尽是幻想中的同伴，而她是一个病人？

步行回到暂住的便宜旅舍，林诗兰爬上自己上铺的床位，没洗漱就钻进了棉被。

难受。难受的感觉，像心口的位置坍塌了，塌出一个黑黑的洞。

所有思想的碎片和她的肉体，都在往黑色的洞里陷，没有办法保持脏器完好的形状，它们全部像拧干的皱巴巴的抹布，团作一团。

胸口压着一块大石头，她直不起腰，呼吸也困难。

每次咽下口水，都觉得艰难，喉咙如此干涩。哪怕是身体躺平，心里也无法舒展；把手用力按在胸口塌陷的地方，也没法把它抹平。

林诗兰翻了个身，身后，有一扇窗户。她就那么呆呆地看着窗户外面城市的霓虹。

红色的招牌在夜空中一闪一闪，亮着的灯好多，城市里的人都不睡觉，马路上一直有车流的噪声，大排档坐着大声说话的人们。

远方更高的地方，夜空看上去那么安静，这里却这么吵。

下铺的几个女孩子在聊天。

"好讨厌下雨啊。"

"是呀，连下一个月雨，墙壁都长霉了。"

"我堆了好多衣服没晒。"

"没事，天气软件显示，未来的两三个星期，都是大晴天哦。"

"真希望雨季能快点过去。"

雨。

对了，雨！

忽然，林诗兰坐起来，麻利地几步爬下床。

女孩们好奇地打量着她，她低头专注地做自己的事，发出的响声不小。

林诗兰拉开自己的行李，以最快的速度找到纸和笔，拿膝盖垫着纸，往上面"唰唰"地写字。

他让她看口袋！

那行字，她看了一眼，好像是……

林诗兰搜寻着自己的记忆，没用几秒就写好了。她拎起那张纸，将那行失而复得的字，紧紧地按在胸口的塌陷处。

它宛如一道灵符，如此奏效地抑制住那股皱巴巴的难受。

谭尽是真的，不管别人说什么，林诗兰还是这么相信着。

她会找到他的。

头脑冷静后，她翻起手机，想到自己还有一个人能问。

女孩们互相使眼色，林诗兰去找手机了，她们想看看纸上写了啥。

红笔写成的字，力透纸背。那是他留下的一句解释，亦是一句告白。

"等雨来，再相见；真心不改，誓死不渝。"

一个多月前，曹阿姨跟林诗兰通过电话。曹阿姨提到，她和她女儿在展览会见到了开机器人讲座的老师，叫谭子恒。

谭尽却说他哥死了。

这两种说法是矛盾的,她一直没搞懂其中发生了什么。穿越前与曹阿姨的通话,林诗兰听到"谭子恒"的名字后,她对谭尽的话产生怀疑,感觉他很古怪。

回来后,林诗兰又想起去联系那名"谭子恒",此时却已经不再抱着怀疑谭尽的态度。

现在的她只有一个愿望:找到谭尽。

别的办法都试过了,林诗兰抱着死马当活马医的态度,打算去问一问这个不知道存在与否的谭子恒,看看能不能挖掘到关于谭尽的消息。

翻到当时那条通话记录,林诗兰打了过去。

电话没响几声,曹阿姨就接通了。

稍微寒暄几句,林诗兰向她说明自己上次挂电话的原因,然后回到正题:"曹阿姨,您上次跟我说到的谭子恒,我认识。您还能联络到他吗?"

"我认识"三个字,她说得如此斩钉截铁。

曹阿姨那边顿了几秒,等她再开口时,突然变得有些支支吾吾。

"哦,你们认识啊。其实我很早就在猜,你们是不是相熟。我女儿之前去听他的机器人讲座啊,可崇拜他了。那个老师,可是个善心人士。以前还给法会捐过钱,让我多照顾照顾你。"

她前言不搭后语地说了快二十分钟。听着听着,林诗兰差不多捋顺了曹阿姨的意思。原来,之前她给自己打的那通电话背后,有一段故事。

水灾后,幸存的林诗兰还在住院时,曹阿姨来看望了她。她让林诗兰需要帮助的话随时来找自己。

她自称是林诗兰妈妈的老友,这实际上却是个谎言。曹阿姨确实来自雁县,却不认识她妈妈。雁县人在大城市里有个同乡会,曹阿姨是里面的元老会员。

那时,雁县特大洪灾的新闻闹得沸沸扬扬,镇子的惨状让许多人挂心。曹阿姨召集同乡会的成员办了个法会,悼念死者。

法会办完一段时间,曹阿姨作为主办人收到了一笔捐款。捐款人的姓名是谭子恒,他附上一封信,指名要将这笔捐款用于帮助灾难中幸存的那个女孩,他们不必对那个女孩透露他的姓名。

于是，曹阿姨去医院见了林诗兰一面，给她留下了联系方式。

后来的日子，谭子恒一直在陆续寄钱过来。所以一年后，林诗兰来找曹阿姨，她也不好意思拒绝，收留了林诗兰一段时间。

只是，林诗兰的情况太吓人了，每天神神道道的，好像真的能见"鬼"。曹阿姨带她去烧香念经都不管用，搞得曹阿姨家里人心惶惶。

最终，他们一家人把她赶走了，觉得太晦气，还删掉了她的联系方式。

林诗兰是轰走了，但谭子恒的钱还在持续寄来。他一不现身，二不联络，他的钱来得省心又省事，曹阿姨一家也拿习惯了。

直到前一阵子，曹阿姨陪女儿去看展览，她们碰见了谭子恒。他不久前，出国深造回来，在一家研究机器人的大公司任职。他是机器人方面的专家，还时常举办讲座。

曹阿姨女儿听了谭子恒的讲座，对他无比崇拜。她女儿学的专业与机器人研究正好对口，谭子恒所在的公司，是她梦寐以求的。

她们这才想起林诗兰。

谭子恒这条人脉不能得罪，往好了说，如果和谭子恒搭上关系，说不定能让他内推，把她女儿弄进那家大公司。即使搭不上关系，万一他们没把捐款用于林诗兰的事情败露，谭子恒会觉得她女儿品行有问题，那对他们家也不好。

所以，一个月前的来电，她是想探一探林诗兰和谭子恒熟不熟。

曹阿姨的解释，大多在推卸责任，关于事实的部分说得磕磕巴巴、模模糊糊。林诗兰没发表意见，只是默默听着。她态度不明，反而惹得曹阿姨越说越多。

林诗兰不傻，她心下了然：他们家曾把自己赶出去，这些年又扣了自己的钱，现在他们想和谭子恒攀上关系了，所以得把她这边摆平，免得谭子恒追究。

曹阿姨叹了口气，语气可怜巴巴的。

"诗兰啊，不瞒你说，这些年办法会，我们都是往里倒贴钱的。他给我们法会捐的钱，我还给你留了一份，你要有需要，随时可以来拿。阿姨心里惦记着你，都给你存着呢。"

林诗兰也不跟她追究那事了，只问："阿姨，你有谭子恒的电话或者住址吗？"

曹阿姨自然是不乐意他们见面的，索性不接她的话："诗兰，你跟谭子恒认识？你们关系好吗？"

她察觉到曹阿姨的小心思，为了拿到谭子恒的联系方式，连忙装作和他不熟，再跟阿姨表个忠心。

"谭子恒高中和我在同一个学校，是我的学长，我对他的名字略有耳闻。曹阿姨你放心，你们家接济过我，我对你们是心怀感恩的。"

沉思片刻，曹阿姨还是选择继续推托。

"哦哦……其实，诗兰啊，我给你打电话，主要是想跟你说，你还有一份钱在我们这儿。你对谭子恒的感谢，我们可以代为传话，你把钱收到了就好。"

要是林诗兰继续追问，曹阿姨铁定能看出她和谭子恒相熟。他们家对她的事正心虚呢，要是逼得紧了，也许又开溜，当起缩头乌龟。

林诗兰强迫自己静下心来。她和曹阿姨约了见面，并谢谢他们愿意"给"她这笔钱。

两天后，林诗兰和曹阿姨短暂地见了个面。

她从曹阿姨那儿拿到了一万元。曹阿姨再三地强调：这些年做法会用了很多钱，捐款虽说标明是给林诗兰个人，但同乡会有同乡会的规定，法会是必要支出。这钱，她是帮林诗兰保管，没有不给林诗兰。

林诗兰识相地收下钱，半句没有怪她。

曹阿姨仍旧不愿意给她谭子恒的联络方式。不过，谈话氛围良好，被她旁敲侧击地问到了，谭子恒在哪个机器人公司上班。

花费一个下午时间，林诗兰通过网络，成功搜索到了谭子恒的电子邮箱。她给他发了封邮件。很快地，谭子恒回复了，他给林诗兰发来了他的电话。

至此，林诗兰和谭尽已经失联整整两个星期。她守着邮箱，邮件一来，立刻拨打了他给的那串电话。

等待电话接通的几秒钟，林诗兰的脑中幻想了一下，会是谁接起电话。

按照曹阿姨的描述，谭子恒学的专业、年龄，和她认识的那个谭子恒，完全对得上。

他真的没死吗？如果他活着，谭尽有什么理由说他死了呢？

胡思乱想间，电话接通。

"喂。"

"喂？是小兰吗？"

电话那头传来的男声，的的确确，是她熟悉的谭子恒的声音。

林诗兰一肚子的话堵在嘴边，突然有点不知从何说起。

她早知道谭尽是个撒谎精。他甚至自己也曾承认，他对她撒谎了。

林诗兰以为，自己始终没太信过他呢。

心中的酸涩骗不了人，不知什么时候起，她对谭尽的信任，竟然变得这么多了。

所以，谭尽撒的这个谎，意味着什么呢？

"子恒哥，是我，林诗兰。"

她脑中思绪紊乱，惦记着谭尽，完全忘记了问候和感谢谭子恒，下一句就直奔主题。

"请问，你知道谭尽的下落吗？"

这个问题，真是非常唐突。良久，谭子恒才缓过神，回复她。

"我怎么还会……有他的下落呢……四年前的水灾中，谭尽遇难了。"

林诗兰的耳朵轰鸣了。

手臂爬满鸡皮疙瘩，夏日的大晴天，她却被冷得直打哆嗦。

谭尽遇难了。

谭子恒还在说话，她不知道他说了什么。

她的耳朵，听不见了。

失聪的时间，维持了几分钟。

通话的时间一分一秒流逝，林诗兰的耳朵稍微恢复一点听觉，但她已经跟不上谭子恒说的话了。

"不好意思，你刚才说什么？"

谭子恒一如既往地有耐心，他将说过的话又重新讲了一遍。

他告诉林诗兰：四年前，他以交换生的身份出国读书，才提早离开了雁县。灾难发生时他在国外，得知噩耗后，悲痛万分的他回来给家人办理了后事。不久后，又一次出国。这么多年，他一直不愿回到这片伤心地。

他的话里掺杂着许多，对她的解释，对她的抱歉。

其实，她的苦难和他有什么关系呢？他何须自责？林诗兰这么想着，又不知道怎么说。

"小兰，这些年，我常常想着要见你一次，常常做梦梦见你，却始终无法面对你。"

他长长叹出一口气，隔着电话，也能感到他的痛心与疲惫。

"无法面对？"

林诗兰不懂，那是为什么。

"我想念我的家人，想念小尽。"谭子恒的音量一点点变小，他陷入了痛苦的回忆。

"我把他们的遗物都留下来了，搜救队找到小尽的衣服，它被绑在石化厂设备平台的楼梯上，上面都是血。我无法控制自己，一遍一遍去猜测他生前最后时刻的痛苦。

"小兰，其实，我来医院看望过处于昏迷的你。你用手攥着自己的手腕，护住了小尽送你的手串。他买那条手串好久啦，藏在家里不敢送你，最终还是送出去了。要是他知道你保护着他的手串，他一定很得意，可是，小尽已经不在了。

"你需要有人在你身边，我知道，但我没有勇气做那个人。我是小尽的哥哥，他以前，最看不惯我和你待在一起。"

林诗兰难以置信。艰难地恢复着说话的功能，她声音颤抖，重复着他的话。

"谭尽送我的手串吗？

"石化厂的设备平台？"

林诗兰获救的地点，正是石化厂的一处设备平台之上。她在那里待了十天。

谭子恒说得委婉，但她竟然明明白白地领会到了他的意思。

他没勇气做陪她走下去的那个人，没勇气见她，因为——他弟喜欢她。

而且，他弟因她而死。

后来陪伴她四年的手串，是谭尽送的。这么久了，林诗兰对此一无所知。

莫大的悲怆令她无法保持双腿正常站立。林诗兰软倒在地板上，试了好多次站起来，没有力气。她坐在地板上，喉咙中发出呜呜的轻响。

摸摸手腕，问自己：手串呢？

抠抠口袋，问自己：手串呢？

她四处找，找着找着，慢慢想起来了。

今年雨季开始的时候,手串坏掉啦。整串手串散落在马路上,她只捡回来一颗小珠子。

那一颗小珠子,林诗兰也没有保管好,它被她丢在包的角落里。

从出租屋搬走时,包太脏了,她没有带走。

"小兰?小兰?"被摔在地上的手机里,传来谭子恒声嘶力竭的喊声,"你怎么了?发生什么事了?晕倒了吗?"

林诗兰拿起手机,她的声音听上去很平静,她说:"我没事,以后别给曹阿姨和她的法会打钱了。子恒哥,他们不是好人。"

顿了顿,她的语气变得郑重,宛如诀别:"这些年,谢谢你。"

电话被她挂断。

匆匆忙忙地,林诗兰回了一趟之前的出租屋。

房东不接电话,屋里没人应门。她在门口干巴巴地守着,每隔一会儿,过去敲一敲门。

不知这样敲了多久,林诗兰有点累。门内没有丝毫回应,脑袋放空,看着那扇深棕色的门,她想起她家的大门。

四年前,收到手串的日期,林诗兰清晰地记得,是7月1日。那天是她的生日。

下雨天,她待在家里,外面有人敲门敲个不停。

敲门声倒也不大,就是隔一会儿便来敲一下,搞得她没法休息。林诗兰从床上爬起来,没好气地开门。

外面站着谭尽。他穿得像个卖保险的,黑裤子白衬衫,衬衫扣子一直扣到最上面。手保持着敲门的姿势,他与突然出来的她打了个照面。

靠着门的林诗兰一脸戒备,不知这人找她干吗。

谭尽从身后变出一个包装精美的小巧礼物盒,垂着眸,他用双手将它递给她。

"这个生日礼物,给你了。"

嘴笨得不行,他憋半天就憋出这句。

林诗兰没有接。

她不记得自己几号生日。她不知道他为什么要送她生日礼物。所以,她奇怪地打量着他。

"看什么看！是我哥送你的。"谭尽躲开她的目光，换上平时那种拽拽的欠揍的表情。

他不耐烦地将礼物往她怀里一塞，恶声恶气道："快拿走，我好交差。"

林诗兰听他说到"我哥"二字，眼睛一亮。刚想再多问几句关于谭子恒的事，谭尽一溜烟地跑了。

她在家门口，拆开了这份他送来的生日礼物。

可爱的水晶珠串。带一点灰调的蓝色，恰恰好是她最喜欢的颜色。珠子玲珑剔透，散发着柔柔润润的光泽。

林诗兰很喜欢。她立刻将手串戴到手上，左看看右看看，脸上挂着微笑。

察觉到一道不寻常的视线，她转头往楼梯口看了眼。一个探头探脑、满脸笑意的谭尽，被她抓个正着。

他一直没走，在旁边偷偷看着她。

真是尽责的送货人，林诗兰心情不错，冲他喊："帮我谢谢子恒哥。"

一缩脑袋，谭尽又跑了，不知他听见没有。

敲门的手脱力地垂下，林诗兰想起那年落跑的他。

她挠挠脖子，觉得好笑。

谭尽是一个很坏的人。他骗她手串是他哥送的，这样她就会一直戴着它。看着她收到手串开心的样子，楼梯口的那个谭尽，会有一种恶作剧得逞的快乐吗？

这么多个时空，手串，林诗兰只收到过一次。

这份礼物，来自现实时空的那个谭尽。那也是，一个最傻的谭尽。

明明知道她仰慕的人是谭子恒，还要来给她送生日礼物。哪怕不是用他的名字送的，她喜欢他挑的手串，他就高兴啦。

这个谭尽最喜欢她。

抓了抓自己空空的手腕，林诗兰眨了眨眼。

泪水模糊了视线，她抓着手腕，拼命压抑着喉咙里的哭声。

她动了死的念头。

因为一个四年前死去的人。

第七章
誓中结

手机响了,是房东老太太的电话。

林诗兰急忙接起来:"房东奶奶,你能给我开一下门吗?我之前落了一个包,里面有一个手串。那种水晶的灰蓝色的珠子,它对我很重要,你有没有看到那个包?"

"小林啊,你慢点说。"老太太说话不急不缓,客客气气,"我现在和家人在外地呢,没法给你开门。收到你刚才的短信,我问了我儿子,他不知道什么包呀。你想要找的包是啥样的?"

情绪平复了一些,林诗兰抹掉眼角的泪水,形容道:"纯黑色的手提包,比较大。我平时用来装书,材质是那种硬的。"

"我没见过啊。"顿了顿,老太太又说,"其实,屋里也不可能有的。把你送到医院后,我们就叫来了清洁公司,东西都清出去扔掉了。留下来的,我们全给你啦。屋子我们没打算再出租,你要是想进去看,等我从外地回来吧。"

"哦,好。"

燃起的希望破灭了,她的心沉下来。

"我知道了,谢谢您。"

可能是看她可怜,老太太没忍住,多说了几句:"要不是你生病,房子是想租你的。但你发起病来状况太严重了,下一次我没及时来,你在我屋子里出事,那我担不起责任呀。现在医疗技术那么发达,小林,你啊,多找几个医生专家给你治一治,看能不能找到一个医术高明的,把这病治好了。你还那么年轻,这样下去多可惜啊……"

精神病哪是说治好就能治好的。老太太自知失言,没再继续往下讲了。

明白她那么说不是出于恶意,林诗兰再度跟她道了谢。

通话结束。她坐在空无一人的楼道内,抱着胳膊,感到刺骨的寒冷。

手串仅剩的珠子,下落不明。

谭尽,在这个雨季出现又消失的幽灵。

他是平行时空交叠后催生的奇迹,还是她加重的病情中畸形的幻觉?

林诗兰也分不清了。

从出租屋出来,她独自走在马路上。

城市华灯初上,车流不息,人们三三两两地走在一块。

十字路口人头攒动,对面的信号灯绿了。

她跟着人潮,过了街。

有人去挤地铁,有人走向百货大楼,有人逛步行街。这里有这么多的人,大家往不同的方向走,都知道自己要去哪儿。

簇拥着的扎堆的人,像银行里被倒入分拣机的硬币。一角的、五毛的、一元的,他们散落在各处,却都找到了属于自己的类别,他们将沿着规定的轨道,到达自己的目的地。

而林诗兰,是一枚被卡住的硬币。

在这个雨季之前,她按照妈妈为她安排的人生轨道,把头埋在书本里。她的成绩好,并不是因为她有多聪明,而是她付出的努力比学校里的同学都多。林诗兰不敢丢掉成绩好这个优点,除此之外,她不知道自己擅长什么。

她独自来到大城市,对新世界一无所知,心中怯怯。

不知道怎么休息,不知道休息了要做什么,不知道休息了还能不能赶得上别人。林诗兰生怕自己落后,因为落后意味着被抛弃,被抛弃就意味着她找不到自己的价值了。

当她孤身一人的时候,她常常想念妈妈。妈妈最关心她最爱她。如果说,妈妈对她的爱不是爱的话,林诗兰也不知道真正的爱是什么样。妈妈生下她、把她养大,妈妈对她的付出比任何人都多。

妈妈对她有那么多的要求，可是，妈妈最需要她。妈妈不在以后，林诗兰不知道还有哪里需要她了。

捆绑住她的绳索断开，她自由了，却仍旧无处可去。外面的世界很可怕，林诗兰没有信心能处理好。

这个雨季是她头一次遇到一个人……他冒出来，要跟她结盟，带她配眼镜，陪着她救狗，带她去玩，带她吃她以前没吃过的东西。

他说：为自己活一次。

他说：林诗兰，你真的很酷哦！

他说：你已经做得很好了。

因为有他，林诗兰反抗了妈妈，做了之前自己一直想做的事。

因为有他……

但是，他不在了。

信号灯变了几轮。

周围的高楼大厦灯火通明，却没有一束光点亮林诗兰的眼睛。无风无雨的夏夜，她的迷惘淹没在热闹嘈杂的街道里。

无声无息，无人关心。

附近有新店开张，店铺员工四处派发传单，路过她，也往她手里塞了一张。

林诗兰低头看，是一家新开的奶茶店。

盯着传单足足五分钟，她鬼使神差地迈开脚步，走向那家奶茶店。

一进店，员工立刻热情地跟她打招呼："您好，欢迎光临。请问喝点什么呢？"

"珍珠……"一说话才发现自己的声音哑了。

她磕磕巴巴地说："我要珍珠奶茶，有吗？"

"有的女士。"店员娴熟地在机器上为她点了单，"请问你要大杯还是中杯？还要不要其他小料？甜度和冰块有什么要求呢？"

在他们的小镇，谭尽陪林诗兰买过奶茶，直接要珍珠奶茶就行了。

她听不懂店员说的意思，手指局促地抠着另一只手的指甲盖，又起了些退意。

"要个大杯的,珍珠奶茶,没什么别的要求。可以点吗?"

店员抬头扫了她一眼:"可以。那给您做一个大杯的,正常糖正常冰的珍珠奶茶,行吗?"

林诗兰点头。

拿到珍珠奶茶后,她走出店。在马路边,她扎上吸管,喝了一口。珍珠是甜的,软软糯糯。奶茶有一股清淡的茶味,不像镇上的奶茶,只有单调的甜味。

脸上有湿意,用手抹了把眼睛,她也说不清自己在难过什么。

可能是喝到的珍珠奶茶,比在小镇喝的,好喝太多了。

不知道,谭尽有没有喝过?

不知道,他以后还有没有机会喝?

刚才点了一杯奶茶的顾客,没过多久又返回来。她跑着步,慌慌张张推门进来。店员们都以为是奶茶做错了,她来问罪。

没承想,她回来,又点了一杯珍珠奶茶带走。

根据天气预报,这一周,林诗兰所在的城市不会下雨。她想明白自己要去哪里了。

回到旅舍,拿上钱,林诗兰直奔汽车站。每天该吃的药,一瓶也没有带,她的背包里只装了一杯珍珠奶茶。

买好车票,林诗兰坐在候车室等待着。

手机振动两声,有一条信息进来。

"小兰,现在方便见你一面吗?"

她认认真真回复他:"子恒哥,抱歉不能见面了,我得离开一阵子。"

谭子恒的电话马上打了过来。

"小兰,你要去哪里?"他绷紧了语调,神经高度紧张。

"别不说话,你别吓我。你先见我一面,你在哪儿?"

林诗兰听上去很开朗,她说:"不用担心我,子恒哥,我要去找雨。"

谭子恒的担忧更甚:"找雨?那是什么意思?"

"虽然这里不下雨,但总有地方在下雨。"

她的语气中,有种一往无前的坚定。

奇异地,谭子恒没打断她,静静地听她把话说完。

"谭尽和我之间,有一个誓言。子恒哥,你说过,谭尽是那种执念很深的人，心里认定的事与物，他绝对不会放过，不得到誓不罢休。

"子恒哥，我也是那样的人啊。我会找到谭尽的，不找到誓不罢休。"

谭子恒越听越糊涂："小兰啊，我什么时候跟你说过那种话？我怎么完全没印象？我不是跟你说过吗，小尽他早就……"

巴士进站，她挂断电话。

不论谭尽是平行时空的人，还是一场幻觉，她已经无所谓了。

林诗兰踏上巴士，奔向自己选择的路。

大巴的广播，放着一首她从没听过的抒情歌。车子载满乘客后，缓缓地驶向黑暗。

高速路上，偶尔地隔着远远的距离，有货车或小轿车开过。明亮的车灯，宛如黑黑的夜空中随意洒落的一些星子的光点。

林诗兰抱着书包。她的脑袋靠着窗玻璃，轻轻念了一遍他写的话。

"等雨来，再相见；真心不改，誓死不渝。"

在车上昏昏沉沉地睡了一觉，到站后，林诗兰没醒来，司机来喊她。

她转头一看，车玻璃上有小小的水滴。

她飞快地冲下车，仰头看向天空。

真好，外面的确在下雨。

雨水"啪嗒"打在她的额头，让她乐出了声。

水灾后的第一次，林诗兰居然因为下雨感到开心。

她连蹦带跳地跑出汽车站。

下雨就行了。现在是雨季，只要下一点雨，林诗兰就能看见异世界。

短短的时间内，已经被她找到了一个。

汽车站大门口，有一块"雁县旅馆"的招牌，她正兴奋地往那块招牌跑去，身后突然有人叫她。

"林诗兰！"

林诗兰停住脚步。

四年未见的谭子恒站在那儿，脸上带着怒气。

"你真是太胡闹了，跑来别的城市，还不回我电话。"

他看上去成熟了好多，西装革履的，比以前更加英俊帅气。

凭着一通电话，谭子恒竟然一路找她找到了这里。

"我听你电话的背景音,猜你在汽车站,开车去汽车站到处问人,然后像只无头苍蝇一样赶过来。你知不知道这一路我多担心你?"

林诗兰愣在原地。她的视线看向谭子恒的方向,却又并不只是在看谭子恒。

夜已深。

邻市的夜空中,飘着细雨。

可纵使夜再黑,林诗兰都不可能看错。

谭子恒的背后,站着谭尽。

汽车站对面有一些聚集的小摊。谭尽出现在一个卖麻辣烫的小摊旁边,离谭子恒大约五步远的地方。

他定定地望着林诗兰。

她也看着他,心中五味杂陈。

谭子恒表达着自己的担忧。他一番话说完,林诗兰竟全程走神,一点反应都没有。

蹙紧眉头,他察觉到不对劲:"怎么了小兰,你在看什么吗?"

林诗兰举起手,指向谭子恒的身后。

"下雨了,他来了。"

她没说出"他"的名字。谭子恒却瞬间意会了那是谁,僵硬地扭过脖子,他往后看去。

小雨中,汽车站的对街人来人往。摊位的小雨棚与防雨罩,挡住了路的大部分视野。

谭子恒喉头一紧,问:"在哪儿?"

"那里……"林诗兰的视线,转向麻辣烫的摊位。

但,谭尽不在了。

她迅速丢下谭子恒,跑向他刚才站的位置。左顾右盼,没见到那个熟悉的身影。

谭子恒跟过来。

麻辣烫的摊主以为来了生意,他掀开锅盖,在勺子的搅动下,白雾缥缈,香气四散。

林诗兰的肚子适时地发出"咕——"的一声响。

谭子恒忍俊不禁:"小兰,你是不是肚子饿,饿出了幻觉?"

她不作声,目光仍在四处找寻着。

"别再看啦,是幻觉。"他又强调了一遍。

拍拍她的手臂,他强行将她带离这个嘈杂的环境:"走,跟我上车,我带你吃好吃的。"

坐在谭子恒的车上,林诗兰焦躁地咬着手指。

刚才看到的谭尽,为什么会消失?

最简单的答案:谭尽是她的幻觉。

或者,刚刚的时机,他不愿意现身。

谭尽应该不是在躲着她,唯一的可能,是他不想见谭子恒。那是否意味着,谭子恒能够看见谭尽,而他不想见他哥,所以才会躲开?

林诗兰侧着头,看向车窗外。

谭子恒叫了她好几声,她才回过神。

"你之前说什么了?"

"我说百货大楼上面有家海鲜餐馆,是连锁的。那儿有几道不错的招牌菜,可以去尝一尝。"谭子恒表情无奈,半开玩笑地说,"小兰,你的心思完全不在我这儿啊。"

"对不起。"

林诗兰的这声抱歉,是发自内心的。太没礼貌了,四年未见,直到这一刻,她的心思才回到他们的对话中。

"子恒哥,我打搅了你的生活。大半夜的害你到处找我,还找到了这里。真的很对不起。"

如果不是要找谭尽,她不会选择打他的电话,那谭子恒也不必为她忧心。

这些年,他在暗处默默帮助她,这是他所选择的方式。她的主动联络,把他扯进了与他无关的烂摊子里。

"干吗说这种话,好见外。"

谭子恒正要放下端起的架子,忽然想到什么,话锋一转。

"不过,你确实是让我担心了。我是从公司马不停蹄过来的,一路悬着心。你要是真心道歉,就答应我,下次不再乱跑了。"

林诗兰依然怀着那份不想麻烦他的心思。

"我没事。"重逢后,她已经把这三个字说了好几遍。

谭子恒打断她。

"电话里,你说曹阿姨不是好人,你让我别给她和她的法会打钱。那这钱,我以后就直接打给你啦。

"林诗兰,别跟我装没事。"

他叫她的全名,语气少见地严肃。

"我都知道了。"

他没点破,"都知道"三个字,已让她心知肚明。

谭子恒和曹阿姨联络过了,在他打那通要见她的电话之前。

林诗兰不知道曹阿姨跟他说了什么。她能见"鬼"?能看到以前的村庄?她一到雨季就开始中邪、编故事、说胡话?她是精神病人?休学一年,为了躲雨?

大概是将她的情况全部说了,还添油加醋了许多。不然,谭子恒不会着急地联系她,赶来找她。

林诗兰想为自己辩解几句,却感觉微微地词穷。他们之间隔了四年的时光,一切不知该从何说起。

所幸,吃饭的地方到了,解决了她的苦恼。

他们下车,默契地不再谈车上的话题。

海鲜餐馆在百货大楼的顶楼。下层的百货商场已经停止营业,但餐馆还开着,他们坐直梯上楼。

这家店生意非常火爆,吃夜宵的人闹哄哄地坐满了餐馆的大厅。谭子恒要了一个包间。

与普通的海鲜餐馆不同,他们店没有菜单,客人得去外面的海鲜柜点餐。柜里有的活海鲜,客人可以现场点单,现场称重,然后送到后厨做。

入座包间后,林诗兰留下看他们的包,让谭子恒去点菜。

"子恒哥,你想吃什么就点什么,我都能吃。"

"你确定不去?他们海鲜柜里的海鲜可丰富了,像个小型水族馆。我来点单,你也可以在旁边参观一下。"

她摇头,实在没那个心情:"你去就行,我等你。"

"好吧。"谭子恒推门出去。

他前脚刚走，马上，包厢的门又打开了。

听到"吱呀"的响声，林诗兰理所当然以为他落了东西，走回来了。

"要拿什么呀子恒哥？"她说着话，抬头看向门口。

那边，站着谭尽。

他们面面相觑。

两周多的时间里，他失踪了，林诗兰穷尽一切办法找他。

她的手紧紧攥着自己的书包。也正是因为他失踪了很久，这样冷不丁地出现，令她感到好不真实。

强装镇定，林诗兰先跟他打招呼。

"你好啊，'鬼'。"

牙齿哆哆嗦嗦地打架，一半源于恨，一半源于怕。

谭尽径直走向她。

"我不是'鬼'，谭子恒才是'鬼'。"

他坐到她旁边，夺走了原本属于谭子恒的座位。

谭尽单手撑着下巴，打量着她，惊奇地发现："你怕我？"

说不怕是假的。浑身竖起鸡皮疙瘩，她吓得发抖。

"谭子恒说，你四年前遇难了。"

"是吗？"

慢悠悠地，谭尽给自己倒了一杯茶水。

"我老早跟你说过，谭子恒四年前就死了。你不信我，要信谭子恒。"

事到如今他还在骗她。

咬紧牙，林诗兰对他露出一个浅淡的笑："我为什么不能信谭子恒？"

谭尽喝着茶，不咸不淡地挑拨他们："谭子恒要是真的活着，为什么四年才来见你？"

"他有他的难处，"她反问他，"那你为什么只有下雨了才能见我？"

"谭子恒也是你下雨时才见到的。"

茶杯见底，他把玩着小杯子，宛如事不关己。

"别忘了，刚才在火车站外面有雨，你才在水灾后第一次见到他。"

谭尽是真的把她当傻瓜啊。林诗兰气到了。

"今天，是我四年来第一次见谭子恒，这你都知道？你很了解我啊，了解到这种程度,真了不起。

"你了解我,所以给我看纸条,要我等雨。

"你了解我,所以能在医院跟我装偶遇。

"你了解我,所以你总能编出让我信服的故事。

"请问,你什么都了解,是怎么做到的呢?说谭子恒之前,你能把自己的事说清楚吗?

"你说你活着,证据呢?给我证据啊,你没有。"

她心烦意乱,喋喋不休着。

谭尽扑过来。他一把抱住她,脑袋埋到她的怀里。这是他们从未有过的亲近。

林诗兰语塞。

抱得太紧了,他的手臂缠绕着她。

夏衫背后,他的身体如此温暖。

"我是活人。"他说。

手脚冰凉的她,被贴着胸口的温暖结结实实地烫到了。

后知后觉,她推了他一下,想跟他拉开距离,回到先前的安全位置。

谭尽纹丝不动。

林诗兰用了更大的力气,甚至打算去掰他的手指头。

他嘟嘟囔囔地威胁:"林诗兰,如果你硬要推开我,等会儿谭子恒回来的时候,我就亲你。"

这叫什么话!

她羞恼异常,耳根子的红烧到脸颊,推他又推不动,只能气急败坏地骂他。

"你是'鬼',你根本不敢见谭子恒!

"谭子恒来了,你跑都来不及,你就是个缩头乌龟!"

谭尽舒舒服服地抱着她,脸皮可厚了。

"我敢不敢?等着看呗。"

门外的走廊脚步声不断,林诗兰急着挣脱他。不管谭尽是什么样的存在,谭子恒都不适合看到他。她也不想莫名其妙被他亲!

被他逼得阵脚大乱,林诗兰不敢赌,林诗兰厌。

"放开我！你欺负我，你每回都欺负我，论事实你论不过就用蛮力。你是不是就会死缠烂打和骗人啊？别的都不行了，对吧？"

被她这样出言讥讽，他喉咙发干，却仰着头，把话顶了回去。

"是又怎么样？"

林诗兰被气得直跺脚。为什么有谭尽这么幼稚的人！

"给你个机会。林诗兰，现在要不要跟我走？"

他眼里有笑意，像恶作剧玩上瘾的坏小孩，脸上的小红痣招摇，表情调皮得招人讨厌。

"谭子恒马上回来了，机会转瞬即逝哦。"

林诗兰冷笑："看吧，缩头乌龟，你不敢见他。"

"当我没说。"谭尽俯身，重新躲进她的怀抱。

就在林诗兰要被他活活气死的当口，一阵脚步声在飞快地接近他们的包厢。

谭子恒转过拐角，正好看到一道身影消失在走廊尽头。那衣服颜色有点像林诗兰今天穿的。他心里这么想着，走回自己的包厢。

她不在包厢里，她的包也带走了。

桌上有两个用过的茶杯？

眉头一皱，谭子恒有种说不出的感觉。

他追出去，推门看向走廊……那儿空空如也，人影早已消失不见。

谭尽牵着林诗兰，走出了海鲜餐馆。他们没有坐直梯，他选择带她走楼梯。

刚才求着他快点带自己走，林诗兰仍旧处于那份别扭之中。他明知她什么性格，还要耍赖抱她，威胁她让她服软。所以，林诗兰不愿意主动和谭尽说话。

安全通道很黑，唯一的光源是冒着荧荧绿光的指示牌。

他们的手，不知何时从牵着的姿势，变成更为暧昧的十指相扣。

就这样下了两层楼梯。他的脚步停下，商场安全通道的大门紧闭，按理说，他们是无法进去的。却有一辆卖烧烤的推车，突兀地出现在大门旁。它一半卡在墙内，一半位于楼梯间。

这推车是只有他们能看到的，来自雁县的推车。

谭尽终于松开她。他握住推车的把手，将它完全抽出来，往下面的楼梯一推。大门旁边的墙，顿时空出一个能通过人的窄道。

他弯下腰，率先进入了商场。

商场里黑得可怕。林诗兰沉不住气了，问他："去哪里？"

谭尽的声音一下子软下来，明显掺杂着哄骗的意味："跟我走，到了就知道啦。"

真是胡闹啊。

看他都进去了，她也只能硬着头皮跟过去。

月亮凄凄惨惨地发着白光。

透过商场的玻璃，林诗兰看见外面的天空飘着雨。

平日热闹的商场，在月光下安静地沉睡。

穿着时髦夏装的模特摆着浮夸的姿势，它们戳在黑暗中，像不会说话的被定住的人，悄然注视着闯入者。

整齐摆放的玩偶、满墙的球鞋，失去了原本的颜色。场地空旷，他们行走在闷热的空气中，仿佛随时会有什么东西从阴暗的角落窜出来。

再往里走，少了月亮的照拂，林诗兰什么也看不见了。她打开手机，勉强用手机的光照亮脚下的路。

手机忽地振动起来，有人给她打电话。

来电人显示在屏幕上，硕大的三个字：子恒哥。

林诗兰正想接通，身旁的谭尽夺走了手机。他继续走，宛如无事发生。

她追过去："手机还我，我又突然消失了，总得跟谭子恒解释一下吧。"

她看不见谭尽的表情。

他轻轻巧巧，把话挡了回去。

"不用解释，你又不是他的谁，他有什么资格管你？"

电话一直振动着，断了又响。

林诗兰理所当然地反驳："他有资格啊。"

谭尽轻笑一声。

"哦，不还。"

一口气哽在喉咙，林诗兰真是被他气到了。

两人谁也不说话。黑暗，将窒息的沉默扩大。

穿过母婴区，绕过一个旧唱片的小型展示馆，直走经过卖护肤品的柜台，他们来到了服饰区。

他的脚步轻,她隔着一段距离跟着。她有时会感觉,谭尽并没有回来,她是一个人在漆黑的商场里行走。这样的错觉,令她的脚步渐渐踟蹰。

猝不及防地,手臂被一股力量抓住。

她前面有一扇玻璃,谭尽没抓她的话,她已经撞上去了。

"够了,别玩了。"林诗兰的情绪在崩溃的边缘。

"我们出去说话,行吗?"

"到啦。"他说。

手机的亮光,照亮了他们右手边的空间。

那是一间更衣室,谭尽带着她走过去。更衣室的布帘后,微微透出光亮,他掀起它。光怪陆离的异度空间在林诗兰的眼前缓缓地展开。

他们走进更衣间,布帘一落,到达了全新的世界。

那是一个怪异的游乐场。

右手边,是发着五色光的"下阶梯"大招牌。远远地能看见几个工人拿着电焊的工具,围在招牌旁边进行修建的作业。他们的手中泻下一道道流着光的瀑布。火光一路落下,照耀着整块区域。

左手边,是一栋看上去颇有年代感的居民楼。外墙老旧,发着青青的灰,墙面斑驳,大大的红色的字迹爬行于上。没有人家亮灯,那大约是一栋待拆的楼。

连通居民楼与游乐园的,是两根粗大电缆线。

他们仰头望去,电缆线上"嘎吱嘎吱"地行驶着绿色的游览车。车里不知有没有坐着人,游览车的窗户是不透光的。

扶手梯位于他们的正前方。它正在运行中,一路向下。

谭尽踏上扶梯,向林诗兰伸出手。

她有些犹豫,电梯不知通往哪里,从她站的位置,完全看不出底下有多深。

谭尽看着她,他的眸中藏着一些易碎的柔光。

少年神情沮丧,仍是往日里甜美的笨笨小狗狗模样。要是把他丢掉,他的眼睛就会无精打采地耷拉下来。他站在电梯上,饱含期待地等待着她,像一个甜蜜的陷阱。

林诗兰也是被鬼迷了心窍,她选择迈出一步,踏上电梯。

谭尽赢了。

他与她并肩站着,脸上挂着笑。电梯载着他们向下行,更诡异的场景映入眼帘。

扶梯的右面,空置的过山车轨道,蜿蜒盘旋,如游行的蛇。左面,居民楼的墙上有大面积的涂鸦。那是无数个大大小小的红色的鬼魅眼睛,中间夹杂着许多警示危险的标语。

林诗兰转头,看向来时的方向。

他们已经下来很远了,目光所及之处,并没有上行的电梯。这个异度乐园,是错位的空间经过无序的拼接,所造就出的畸形怪物。电梯驶向无边无际的黑暗,怪物不紧不慢地将他们吞入腹中。

"我不喜欢这里。"周围的氛围令她感到毛骨悚然。

他天真地问:"为什么?"

林诗兰搓搓自己的手臂:"这里很黑,没有人。"

"这里有我。"谭尽故技重施,又想牵她的手。

她躲开了:"我想走。"

他定定地看着她:"和我一起待在这里不好吗?"

"这儿是独属于我们俩的游乐园哦。它永远不会建好了,我偶然发现它之后,一直想带你来。你怎么不喜欢呢?"

不妙的感觉越发强烈,林诗兰逆行往上走了两级台阶,与他拉开距离:"我的手机,可以还我吗?"

谭尽粲然一笑。

"手机留在商场里啦。这样,就不会有人打扰我们了。"

熟悉的脸庞上是她熟悉的笑脸,林诗兰望着他,在这一刻恍然大悟。

谭尽,就是那只想要吞掉她的怪物。

"林诗兰,我想跟你度过一个快乐的雨季。没有学业、没有家庭的困扰、没有别人,仅有我和你两个人的夏天……"

电梯到达尽头。谭尽消失在视野,林诗兰惊讶地张大嘴。

紧接着,双脚悬空,她的身体失去平衡,向下跌去。她认命地闭上眼,准备迎接死前粉身碎骨的疼痛。

"哗啦——"耳边一声巨响,手脚扑腾了两下,意想中的疼痛并没有到来,她摸到一些圆圆的塑料球。

按之前的架势,林诗兰以为他们"下阶梯"会一路下到地狱里。没想到超长电梯的尽头,居然是儿童乐园的海洋球。

谭尽先一步爬起来,捧腹大笑。

林诗兰躺在海洋球做成的软床里,呆滞地看着遥远的天花板。她一言不发,等待他笑够了停下来。

"然后呢?"冷不丁地,她问。

谭尽擦着眼角笑出的泪,捉弄她的兴奋劲还没有过:"什么?"

"你想要没有人打扰我们,就像现在这样。然后呢,你要做什么?"

原来,林诗兰在回应她掉下来前谭尽说的话。

他一时答不上来。

"胆小鬼。"她轻蔑地称呼他。

"撒谎骗我,十次有九次被我识破。"

"明明知道的事情比我更多,还被我牵着鼻子走。"

"察觉到我和你哥之间互相有好感。你无能为力,只会自个儿吃醋。"

林诗兰满是挑衅,毫不畏惧,一句句地激怒他。

"你以为你现在把我困在这里,是你的本事?谭尽,是我,是我主动来这个有雨的城市找你,是我刚刚主动地跟你来的。"

谭尽气呼呼地坐在海洋球堆里直喘气。

她伶牙俐齿,噎得他无法还口。林诗兰不给他留面子,不放过他,还在死命揭他的短。

"你看着我跟你哥又一次联系上了,你生气。然后呢,我问你,你敢做什么?是把我的未来毁掉,把我的生活毁掉,还是把我在现实中害死……"

海洋球"哗哗"地响,他爬过来,拽住她的衣领。

微弱的光线中,林诗兰看见一双充满怒火的眼睛。

他将她扯起来,她平静地问:"谭尽,你敢吗?"

话音的结尾被掐掉。唇落下来,他莽撞地吻住她。遮住仅有的光线,他的眼泪无声滚落。

她说得对,他不敢。

林诗兰的手举起来,谭尽以为自己要被推开了,却没有。

静静地,她的双臂环住他。

他不知道她找了他多久、鼓起了多大的勇气,才出现在这儿。正如她不知道,他等了她多少个雨季。

这是只有他们能够看见,能够进入的空间。破破烂烂的乐园正好能够容纳无处可去的两个人。

她将他扯进海洋球,终于,只剩他们两个人了。

他们安心地待在这个小角落,沉默地相拥。

林诗兰累极了。找谭尽的这些日子她都没有睡好,她抱着他,舒服得快要睡着。

数量庞大的海洋球包裹着他们,越想挣扎,越往下陷,索性不再动了。

他们藏在这个黑漆漆的角落,从彼此身上汲取温暖。

她摸着他脑袋后面的头发。谭尽的头发,摸上去像小鸟的羽毛,热热的,软乎乎的。

轻柔的抚摸,将炸毛的他一点点抚平。谭尽卸下浑身的力气,脑袋靠着她的肩膀,如归巢的倦鸟。

静谧中,手机因来电发出振动。两人世界的平静被瞬间打破。

谭尽明明说将手机留在商场里了,又骗人。

林诗兰叹了口气,恨恨地揉乱他的头发。

"给我电话吧。"她向他伸出手。

谭尽扁着嘴,却没有像之前那样不服从。他乖乖地从裤兜里拿出手机,递给林诗兰。

仍是谭子恒的来电。

她按下通话键,把电话放到耳边。

纵使手机没开扬声器,但这里这么安静,谭尽即使不凑过来,也能听见谭子恒的声音。

"小兰,你上哪儿去了?这么久不接电话?把我急死了。"

不复原本稳重的形象,谭子恒扯着嗓子大声吼她。他是真的担心她。

"我来这个城市,是为了找雨。下雨了,才能见到我想见的人。子恒哥,现在我找到他啦,所以抱歉,不能跟你一起吃饭了。"

林诗兰的声音听上去非常镇定。

她没说"想见的人"是谁,可谭子恒听得心惊肉跳。

"你的情况,我通过曹阿姨了解了……那只是幻觉啊,小兰。"

他声音颤抖,难以掩饰心中巨大的哀伤:"小尽已经不在了,不论我多想他能回来,他都不会回来了。我们活着的人,应该向前看。"

林诗兰看向身边的少年。

他弓着背抱着膝,手中抓了一颗海洋球,笨笨地搓着球玩。他的脸上,有种说不出的落寞。

"谭尽是存在的。"

她如此确信,笃定。

"子恒哥,没事的,我知道自己在做什么。"

她越是坚定不移,谭子恒越觉得林诗兰病入膏肓。

数不清,谭子恒听了多少遍她说的"没事"。

重逢后,林诗兰一次次地推开他。

这也许是他这么多年远远关心,却没真正靠近她的后果吧。但谭子恒不敢就此放手,他拿出十足的诚意,想尽最后的努力,把她拉回来。

"小兰,我知道你需要帮助,就不可能坐视不管。四年了,这份关心来得太晚,但我还是不想被你当成外人啊。别用'没事'把我隔开,我们聊一聊吧,好吗?我希望,你能对我敞开心扉。"

谭子恒,善良可靠的邻家大哥哥。

她的整个花季,仰望着他,他曾是她前进的目标。

时至今日,他仍是她人生路上的一道光。

"四年了。"林诗兰嚼着这三个字,觉得像做梦一样。

"子恒哥,要从哪里聊起呢?这四年,我过得很难,世道很艰难。似乎,不仅是这四年的雨,泥泞的心情浸湿了我从小到大的整段人生。我只是始终没有机会把自己晒干。

"从小,我做什么事都不容易,我时常为自己搞砸的事感到沮丧。即便是该长大的年纪,仍旧不知道要怎么扛起自己,为自己负责。我不敢哭,因为脆弱会使我看上去很失败,所以,我最难受的时候什么话都说不出来。那感觉像是,我要被焦虑吃掉了。这么久了,我找不到自己的价值,我吃很多药,为了活下来,也不知道活下来是为了什么……"

她手脚发凉,呼吸困难,痛苦的回忆让她无法继续说下去。嘴像被封条封上了,呼吸得那么浅,吸进的空气那么少。

海洋球发出"哗啦哗啦"的杂响,高高大大的身体靠过来。

提起创伤的经历后,林诗兰的手臂上冷出了一层鸡皮疙瘩。谭尽聚集很多海洋球过来,让它们环绕着她,给她供暖。

他没有打扰谭子恒和林诗兰的谈话。

暗恋着林诗兰的漫长岁月,谭尽就像现在,在阴暗的角落里待着。他看着林诗兰和他哥互相有了好感,他看着他哥收下林诗兰送的钱包和卡片。

因为曾经那样一声不吭地等待过,所以他才会在他们的关系再度拉近时,害怕得像只乱吠的疯狗。

谭尽带着恨。

他恨他哥,说着漂亮话,用奖状和成绩单吸引了林诗兰的目光。

他恨他哥,能够和林诗兰处于同一个世界,能将她从雨季中带走。

听到这通电话里,他哥说的话之后,谭尽终于发现,其实他更恨的是自己。

他没法像他哥那样帮到她。他不是林诗兰的救命稻草,不是她在世上唯一的同盟。他是她被扯进无尽雨季的始作俑者。

她说,谭尽是存在的。

林诗兰的相信,令谭尽无处遁形。

他没有打扰他们。因为,她想去哪儿,无论他或者他哥,都无法左右。选择权,自始至终在林诗兰的手里。

电话那边,传来谭子恒的声音。

"我带你去没雨的地方。我们以后躲着雨,再也不要淋到雨,让雨中的幻觉都消失。然后,一切都会好起来的。"

他顿了顿,郑重道:"小兰,让我照顾你吧。"

谭子恒对林诗兰有意。

不论从前的雨季,还是现在的雨季,谭子恒都在等她。

谭尽虽不想承认,但他也知道,谭子恒能给林诗兰一个确确实实的未来。

"子恒哥，我不想躲，我已经逃了四年。现在的我，已经不怕淋到雨了。"

擦掉眼角的湿润，林诗兰破涕为笑。躺在黑暗的阶梯最底层，她心中暖暖的，有光升起。

"这个雨季对我来说意义非凡，我第一次喝奶茶，第一次打了我堂叔一巴掌，第一次不管不顾地跟我妈对着干，第一次养小狗，第一次心动……这个雨季，不同于往常的雨季。我活着，为了我自己活着。"

"接纳谭尽的存在，对于我，就是向前看。所以我不会逃走，这次不会，以后不会。"

"将来，我会自己照顾好自己，成长为自己的大树。我选择的路，哪怕选错了，我也会走下去，永不畏惧。"

手机电量耗尽，关机时，林诗兰正好说完最后一句。

她丢掉电量耗尽的手机，朝谭尽张开双臂。

他跌跌撞撞地滚过来，在海洋球里栽了好几个跟头。她的细胳膊哪能支撑他的重量，他扑过来，她又被埋进了海洋球堆里。

林诗兰这一埋，还有收获。手指一捞，她发现了被埋在球里的背包。

她欣喜地拉开背包，对谭尽说："我给你买了奶茶哦，快尝尝，比小镇上的更好喝。"

掏出奶茶来一看，有点可惜了。跨越两个城市的距离，它的状态已经不太好，茶和奶都分层了。

谭尽毫不介意，晃了晃奶茶，插好吸管。不顾林诗兰的反对，他直接喝了一大口。他边喝边夸："真好喝，真好喝。"

借着远处的一点亮，她瞥见谭尽的眼眶红红的。他用手背挡住眼睛。

林诗兰伸手过去，摸摸他的小圆脸："怎么难过啦？"

谭尽垂眼，长睫被泪浸湿。

"之前的我，嫉妒谭子恒。"

她弯了嘴角："我知道。"

他捏紧拳头："我很坏，很丑恶。"

哪有这么说自己的？她忍俊不禁。

"我骗你，说我忘记了誓言，其实我全部记得。"

看到纸条时，林诗兰就猜到了。

"我知道。"林诗兰笑容不改。

谭尽抬眼,眸中爱意汹涌。他含羞带怯,却又无比字正腔圆。

"我很久以前就喜欢你了。"

她笑得甜蜜:"我知道。以后,我们还能在一起很长的时间。"

谭尽眼中亮起光。只一瞬,亮光熄灭,恢复黯淡。

"我已经死掉了。"

林诗兰心中一空。她保持微笑,依然告诉他:"我知道。"

外面的雨下大了。

"噼里啪啦"的雨珠落在商场屋顶,于耳边留下阵阵空旷的声响。

他们都不再说话。

至少,还在下雨。

她心中滋味苦涩,面上不露半点痕迹。

还是之前那个动作,林诗兰朝谭尽张开双臂,索求一个拥抱。

他轻轻地抱住她,将大大的自己努力地缩小,缩到他的下巴可以靠到她肩膀的高度,他的左手抚摸着她的胳膊,右手捏了捏她放在腿上的手。

听着雨,她宛如一摊水,渐渐化开。

身体在变轻,林诗兰小声问:"如果我现在睡着,醒来后你还会在我身边吗?"

"会。"他说。

死前,他对她发过誓。

他会一直陪着她。

过去的四年,与更远的未来,他都会陪着她。

一直一直,待在她的身边。

林诗兰的世界,她与谭尽的故事,开始于这个雨季。

谭尽的世界,他与林诗兰故事的开始,得说回很久很久之前。

初二那年,十四岁的谭尽跟随他父母搬到石化厂新建好的宿舍,谭尽和林诗兰成了邻居。

同年,从小带大谭尽的奶奶过世了。

奶奶,是对谭尽最好的人。谭尽小的时候,她还没有老去,奶奶总在饭后带着谭尽到处溜弯,给他买他喜欢的小零食。奶奶做饭好吃,再加上她喜欢花心思给谭尽做他喜欢的菜,小尽被她喂得白白胖胖,比他大两岁的哥哥,体重都没他重。

谭尽跟爷爷奶奶的感情也最深。小学四年级,他爸工作调动到雁县,有了稳定的住所,便把谭尽从爷爷奶奶身边接走,和他们团聚。谭尽整宿整宿地不睡觉,问他为什么不愿意睡,他说他想回家。

爸爸、妈妈、哥哥,他们在的地方,对于谭尽,不是真正的家。

他们三个人讲着与他不同的、相当标准的普通话,他们拥有一起发笑的话题,他们谈论着谭尽不懂的事,他们家的客厅挂着他们三个人的合照……他们客客气气地对待谭尽,有求必应,却不知道谭尽喜欢吃什么、喜欢做什么。

被带到一个他完全陌生的地方,他们还不让他回家,谭尽心中憋着气,在等待和爷爷奶奶重逢的念头中继续长大。他与父母和哥哥中间,始终隔着一些说不清道不明的尴尬。

爸爸妈妈对谭子恒的学业很看重,但他们对谭尽的学业却毫无要求。以前没把谭尽带在身边,他们心中怀着亏欠。谭尽要玩游戏、要出去吃饭、要零花钱,他们向来是连声应好的。他俩也从来不敢对谭尽说教,谭尽性子倔,总给他们一种他一怒之下就会离开家的感觉。

奶奶去世了,谭尽失去了他的家。葬礼上,爸爸、妈妈、哥哥,全都哭成了泪人儿。肥胖的小尽一声没哭,一滴泪没流。棺里的尸体被化过妆,长得跟他熟悉的奶奶一点都不像。

嘴碎的亲戚们骂他没良心,亏得奶奶以前那么疼他。仪式还没办完,谭尽肚子饿了,自己跑出去买东西吃。

在奶奶走后的那个新年,谭尽突然意识到她死掉的事实。

那一年的春节,他没见到穿着新衣服满面笑容的奶奶,没吃到奶奶给他包的猪肉芹菜饺子,没和奶奶一起放烟花,没跟奶奶说"祝您健康长寿"的吉利话。谭尽跟着家人下了馆子,大家的脸上洋溢着新年的喜气。他望着丰盛的饭菜,感到格外冷清。

几天后,在家人们睡着的深夜,谭尽带着烟花,还有他给奶奶写的信,偷偷跑出家。

他再也没办法打通奶奶的电话了。要是她一个人过春节,还会放烟花吗?

在家后面的小树林，谭尽点燃了他给奶奶的信。火光中，他双手合十，迟到的泪水淌满了他的脸。

再睁眼，纸上的火，并未随着信的燃尽而消失。火星，一路蔓延到脚边的烟花。

谭尽想去捡起烟花，已经太迟。外包装被点燃后，里头的烟花一起炸开了。他伸手过去，手指被火燎了一下，钻心刺骨地疼。

夜色中，爆开闷闷的一声响。瞬间，地上的树叶也一起着火了。

小树林中火光更盛，局势一发不可收。

蹿起的火苗，让谭尽慌了神。他张大嘴，喊了几句"救火救火"，可是，深更半夜哪来的人呢。

陷入无助的绝望，他哑了声，呆呆地站着。脑中能想到的，只有找水过来灭火。他茫然四顾，黑漆漆的树林里不见水源。

硬着头皮，他赶紧跑回家拿水。一路狂奔，谭尽吓得脚软，连滚带爬地回到家。接水的工夫，他害怕火势加剧，把对面的房子全烧了，急得满头大汗。

当他拎着一大桶水，急匆匆地赶到小树林时，这里已经有人了。

英雄少女走路带风，冲向"噼啪"作响的灾难源头。盛燃的火中，她举起湿漉漉的大衣，往火上猛力一扑。发丝纷飞，少女挺直脊背，双眸燃着橙色星火。

她高高跃起，再流畅地一踩，轻而易举地将火扑灭，如此利落。

空气里弥漫着东西烧过的焦臭，她被烟呛得大声咳嗽。

便是这样，林诗兰及时救下谭尽，于一场夜火之中。

新年刚买的衣服烧坏了，少女恨恨地叉着腰，在原地大骂。

"哪个龟孙子大半夜玩火？缺德到家了！"

阴暗的角落，谭尽摇摇晃晃地提着水桶，缩着脖子。

捡起烟花包装盒尚未烧尽的残骸，少女有了罪证。

"被我抓到你，我非得把你浑身的毛都拔了！放在火上烧！"

谭尽怂了。他悄悄看着那个勇敢的女孩，没有勇气出来承认，这火是他放的。

几周后，林诗兰去谭子恒家，管他借书。

在他家的客厅，她看见柜子上放着几盒烟花，外包装很眼熟，但不像他们县里卖的烟花品种。

于是，她随口问了谭子恒一句："那烟花是谁的呀？"

"我弟的。"谭子恒说。

出了他家的门，林诗兰想起来在哪里见过这种烟花了。

当时救火后捡到的纸片她没有保留，虽然觉得像，但她没有证据，也不能百分之百确定。

过了一阵子，林诗兰把这件事忘到了脑后。但隐隐约约地，她对谭子恒弟弟的印象变得不太好。

凑巧的是，因为同一件事，谭尽开始默默地关注林诗兰。

初二升初三的暑假，肥胖的谭尽宅在家里，不分昼夜地玩游戏。

林诗兰比上学时更忙，不是上辅导班，就是去图书馆自学。谭子恒和他的朋友们在图书馆附近打篮球。到了傍晚该吃饭的点，他俩常常结伴一起回家。

观察到这个规律的谭尽，开始时不时地去球场附近闲逛。他也不跟大伙儿打球，只坐在旁边看。要回家的时候，谭尽像个小尾巴，跟在谭子恒和林诗兰后面。

林诗兰和谭尽从来不会找对方说话。即使是球场旁只有他们俩坐着，她会选择低头看书，而他总是和她隔着一段距离，捧着手机打游戏。

除了有一次，篮球意外地飞到场外，眼看就要往她的头上砸去。不知道从哪里冒出来的谭尽，接住了篮球。

他随手一个高抛，球越过篮球架背板的最高处，竟然投进了篮筐。

林诗兰瞪圆眼睛，不可思议地看着他。对于不苟言笑的她，这可是一个相当罕见的表情。她弯起嘴角，漂亮的脸上露出一个柔软的笑，冲他道了声谢。

八月的烈日，将他的双颊烧红。

恍恍惚惚地，谭尽体会到了投篮的成就感。他放下手机，每天在场外等待着漏网的球，想要再次制造进球的场面。大家休息时，他会捡起篮球，自个儿练上几下。

渐渐地，打球的人们也主动喊他过来玩。

每次，谭尽从新奇的角度投进球，都会用眼角的余光，扫向场外林诗兰常坐的位置；有时她在，更多的时候她不在。

后来，暑假结束，打篮球成了一种爱好，谭尽没事就泡在球场。林诗兰却再也没来看过了。

初三，谭尽受到体育老师的邀请，加入了校篮球队。运动会期间，他所在的篮球队，与他哥所在高中的篮球队有一场比赛。谭尽和谭子恒作为对手出现在球场。

还没上场，谭尽已紧张得手心出汗。林诗兰来看比赛了。

偏偏，他们队发挥得奇烂，上半场简直被他哥的队伍碾压式吊打。谭子恒作为小前锋，更是不负众望接连进球，夺走了场上全部的光芒。

中场休息，谭尽的水喝完了，去拿他哥的喝。才喝了一口，他耳边传来谭子恒队友的声音："你怎么在喝林诗兰的水？"

"这是她的水杯？"谭尽喉咙发干，尴尬了。

确实有可能，林诗兰和他哥的水杯，都是参加竞赛发的，长得一样。

"对啊，她给谭子恒送水去了，这肯定是她的水杯。"队友幸灾乐祸，"哈哈哈，你完了。"

在他们的印象里，林诗兰一直是一个不好说话的人。如果她知道自己的水杯被别人用了，他们觉得她会脸色大变，大发雷霆地责骂谭尽。

林诗兰与谭子恒聊完天回来。果然，她拿起了谭尽刚刚碰过的水杯，准备要喝。

忐忑不安，谭尽鼓起勇气，从她手里把水杯夺走。不敢看她的眼睛，他坦白了发生的事。

本以为林诗兰会生气，但她没有。他说完后，她依然是云淡风轻的模样。

"没事。"

水红色的唇合上，又张开，她问："你还渴吗？"

这四个字，编成一张旖旎的网，撩过他的心湖，兜住谭尽乱跳的心脏。

他发蒙地冲她点点头。

心脏的跳动声，比球砸在地板的声音更响。下半场球赛，谭尽的队伍转败为胜，拿下比赛的第一名。

谭尽的书包上，放着一瓶新买的矿泉水。

林诗兰没看完比赛，提早离开了。

莫名的失落笼罩着谭尽，直到吃晚饭时，谭子恒随口说了一句："你今天的表现真出色,我们队全在花心思防止你拿到球。连平时不看球的小兰,都说你打得好。"

"什么?"

谭尽突然抬头,声音大得把全家人吓了一跳。

"她说什么了?"

不懂他的情绪为何激动,谭子恒还以为自己说错话了:"上半场休息时,我问小兰下半场她看好谁,她说你。人家是真心夸你,没有骂你,你别误会啦。"

"她看好我?她说我篮球打得好?"

谭尽站起来,两只眼睛亮得像灯泡:"她真的这么说了?"

"是啊。"

谭子恒话音刚落,谭尽已离开饭桌。晚饭不吃了,他抱着篮球出了门。

谭尽闷头打球,不管刮风下雨,每天都去。疯狂运动之下,他抽条儿似的长高,体重也随之减轻,圆乎乎的小脸变得有棱有角。

谭家逐渐意识到,不管什么事,只要说是林诗兰说的,就能吸引谭尽的关注。

"小兰来我们家吃了朳果,说朳果好吃。"

谭尽默默地吃了几颗平时从不碰的朳果。

"小兰走路上学,不用她妈妈骑电动车送她。"

第二天谭尽便不坐他爸的车了,也开始步行上下学。

"小兰的圆珠笔落在我们家了,她的文具怎么全是蓝色的?"

谭尽抛弃了常穿的黑T恤,穿起了蓝T恤。

某天,谭子恒说:"小兰以后想去大城市,她和我想去的大学一样。"

谭尽也是从那天起,不再逃课,晚上不打游戏,安静地把自己关在房间里写作业。

又一年,谭尽和林诗兰升入高中,谭子恒高三。

她生日的时候,谭子恒送了她一个帆布包。那个帆布包,是谭尽陪着谭子恒买的。

明明是谭子恒选礼物,谭尽却神神秘秘地消失了一阵子。等他再出现,谭子恒发现谭尽也拎着一件礼物。

心中有些在意,谭子恒趁他不在偷偷打开了礼物盒,里面是一串灰蓝色的水晶珠串。相比于珠串晶莹的光辉，帆布包这件礼物，逊色太多。

谭子恒没有问谭尽，这礼物要给谁。盖上礼物盒，他假装自己没看过，什么也不知道。

林诗兰补习用的帆布包旧了，收到新包的时候欣喜万分。

她没有办宴会，生日过得朴素。她生日那天，用自己攒的钱买了个小蛋糕。

她生日那天，天天打篮球的谭尽没出门，一早便在客厅坐着。

谭子恒接到她的电话，没跟谭尽说一声，自己便出门了。

她的生日，只有他们俩。小蛋糕，林诗兰和谭子恒一起吃掉，就算是庆祝生日了。

透过窗户，谭尽远远地望着她家的灯光。

两年过去，他和她对话的次数，一只手就数得过来。

水晶手串，宛如他的存在，因为过剩的心意，反而变得无法拿上台面了。礼物被锁进柜子，谭尽把自己锁进房间。

减肥后的他，十分扛饿。他玩了两个通宵游戏，也两天没有出来吃饭。

高一，林诗兰有事没事就往谭家跑，简直把他家当成了自习室。

林诗兰不跟谭尽说话，因为她是来找谭子恒的。有时，她来借本笔记，马上就走，有时她会在他家待上半天。他家二楼是谭子恒的地盘，厨房、客厅、厕所在一楼，谭尽想找个由头上去都难。

所以，即便是林诗兰一周来几次，她依旧对他的存在毫无察觉。

冥思苦想后，谭尽决定改变他家客厅的格局。

沙发、电视、电视柜被他全套移到了二楼的楼梯附近。

家里一向没人说他。谭尽如此大动干戈，他们也没来问他为什么要把家具搬来搬去。从此以后，沙发被谭尽霸占，林诗兰要上楼找谭子恒，总能看见他。

而且，活动区域变成客厅后，离门最近的谭尽自然地变成了开门的负责人。

门铃一响，他便懒洋洋地溜达过去，问一句："谁呀？"

林诗兰老实地报上姓名。

谭尽给她开门后，林诗兰通常会问："我来找子恒哥学习，他在家吗？"

如果谭尽回答在，林诗兰会点点头，往二楼走；他要回答不在，她就不会进门，直接回家。他们的对话也仅停留在这两句了。

6月，谭子恒高考结束后，林诗兰更常来找他了。

她每次都背着一堆书来他家，仿佛要学个昏天黑地，但他哥屋里的学习氛围明显比之前松弛了许多。楼上的阵阵笑声传进谭尽的耳朵里，不知谭子恒说了什么逗她发笑，他们听上去好快乐。

放假了，林诗兰不再穿校服。她自己的衣服大多风格休闲，各种短T恤配上一条宽松的裤子，她素净的脸上不抹脂粉，显得干净秀丽又青春无敌。

她不像上学时那样，扎着一丝不苟的马尾。林诗兰通常长发披肩，或者绑两个简单的麻花辫。

谭尽觉得她的麻花辫造型很可爱。每次她梳那个发型，他都很想跟她多说两句话。

"我来找子恒哥，他在吗？"

门外，露出少女的半张脸，麻花辫的尾巴翘起来，精灵俏皮。

回答一个"在"字之后，林诗兰就要走了。谭尽望着她的小辫子，想要搭话，又不知道说点啥。

她歪着脑袋，奇怪地看着支支吾吾的他。

谭尽也想效仿他哥，说点俏皮话惹她发笑。脑子一抽，他语出惊人。

"他在。呵呵，你来找我哥假学习啦？"

"啊？"林诗兰怀疑自己的耳朵出了问题，"假学习？"

一双微愠的杏眼盯着他看，谭尽四肢冰冷，嘴角扯出一个僵硬的笑容。

先是出言讥讽，现下笑里藏针。沉默的对视中，林诗兰对谭子恒弟弟不好的印象，渐渐复苏了。

她可不肯吃闷亏，嘴皮子一动，便把那话给他噎了回去。

"我假学习也是学啊，比不学习的好。"

谭尽没想到，林诗兰有关注到他不学习的事。无论如何，她已经充分注意到他了。

他脸皮厚，被说"不学习"也不生气，甚至他还很高兴，自己终于在林诗兰那里有了存在感。

这天之后，谭尽开始有勇气和林诗兰搭话。

这天之后，在林诗兰心中，她与谭尽正式结下了梁子。

林诗兰穿新裙子,在小区门口碰到谭家兄弟,她跟谭子恒打招呼。谭子恒没注意她的裙子,路过的谭尽倒来了一句:"你穿新衣服啦?"

她感觉他说这话没安好心,警惕地摆出防御姿态:"关你什么事?"

他摸摸脑袋,说:"没啥,就是树下卖西瓜的大妈跟你撞衫了,提醒一下。"

林诗兰愤怒叉腰,谭尽快乐傻笑。

过几日,谭尽买了新球鞋,摆在电视柜上欣赏。路过的林诗兰抓住报仇机会,扫了眼他的鞋,轻飘飘丢下一句:"这鞋假的吧。"

不给谭尽辩驳的机会,她已溜出大门。

互怼的次数多了,连谭子恒都察觉出了他俩的不和。他有意错开他们,让他们少见面。

暑假步入尾声,谭子恒被他理想的大学录取。

谭子恒临行前,林诗兰拿出自己攒了大半年的钱,送他一个钱包。

她把自己的心意画在小纸片上。那张纸片被夹进钱包里,一并送他了。

高二,抱着要和谭子恒考到一个大学的决心,林诗兰继续刻苦地学习,全身心地投入题海。

谭子恒去大城市后,林诗兰也不必再去谭家了。

谭尽以为先前他们斗嘴,是关系变亲近的信号。林诗兰的冷落让他回归了现实,她并没有要靠近他。有时林诗兰在学校或者小区门口偶遇谭尽,哪怕离得很近,她也不会搭话。失去"谭子恒"这个唯一的交集,他们又回归了生分。

高二暑假,放假的谭子恒回雁县住几周,得到消息的林诗兰迫不及待地来谭家找他。她按门铃,又是谭尽开的门。

他一脸兴味盎然,沿用之前跟她说话的风格,吸引她的注意。

"哟,这什么风把你刮来了?"

林诗兰压根不搭他的茬:"你哥在上面吗?"

谭尽刚说个"嗯",她立马头也不回地上楼了。

一连几天,都是如此。

只不过,林诗兰不知道:每次她一按门铃,谭尽不论在做什么,都会立刻停下手中的事,用最快速度跑步到门口。

有次,谭尽正在吃橘子,门铃响了,他着急忙慌地咽下橘子瓣,橘子在喉咙一卡,把他卡得岔了气。他一边拍着胸脯,一边冲向门口,用一贯的悠闲姿态替她打开门。他喉中不适，打了个嗝。

林诗兰问："你哥在吗？"

谭尽点点头，挥手让她往上走。

她走了两步，感觉他的行为和平时不一样，说不清是因为什么。

林诗兰返了回来："你怎么了？"

谭尽正想回她"没事"，一张嘴，又打了个嗝。橘子吞得太快，害他打嗝不止。

发现了谭尽的不舒服，她招招手，让他坐到沙发上。

林诗兰有一套管用的止嗝方法，她看他打嗝打得难受，没工夫跟他慢慢解释，直接上手。她站立在他身旁，左手中指塞住他的左边耳洞，右手中指塞住右边的，两手的大拇指再抵住他的鼻子，将鼻孔堵住。

她的手冰冰的，却很软。

谭尽乖乖地坐着，一动也不动。奇异的姿势，她的双手在他的脸上展开，封住他的听觉与嗅觉。

他紧张极了，两只手抓紧沙发的布料，垂眼看着地板，不敢看林诗兰。

空气稀薄，谭尽打着嗝，声音被捏得细细的。

他小声问："你要憋死我吗？"

"是啊，"她说，"把你的嘴闭上。"

领会到她的指令是字面上的意思，谭尽照做，憋气闭嘴。不一会儿，林诗兰松开手，谭尽大口喘着气，抚着自己的胸脯调整呼吸。

气顺之后，他惊奇地发现，嗝止住了。

林诗兰眼中有得意的神采，她抱着手臂，等待着谭尽的道谢。

他脸上，薄红未消，大概是缘于先前的缺氧。

眨眨眼，他脸颊小红痣显得更耀眼，嘴唇艰难地动了动，说出的居然不是"谢谢"。

他说："真希望你不找谭子恒了。"

一整天，林诗兰在脑中反复回想着谭尽的这句话。每个字拆开，她知道意思，合在一起，她又猜不太准。

回家后，躺在床上仔细琢磨，她最终悟了。

谭尽，不想她再接近他哥。

所以，他想表达的是：他讨厌她！他家不欢迎她！

这个结论，林诗兰越想越确信，越确信她就越气。

凭什么啊！谭尽那么讨厌她吗？为什么？

因为她每次按门铃，他要开门，所以他很烦？

因为她找他哥写作业，说话太大声，打扰到他看电视？

因为她身为外人，占用了谭子恒陪他踢球的时间？

好像都有道理。

但再怎么说，她刚帮完他，他就对自己恶语相向，发泄怨愤了吗？

好吧！他看不惯她，她也懒得理他。合不来的人，以后不来往就是了。

林诗兰在心里，把谭尽这个人物，盖上了"不友善"的印章。

高三。

林诗兰全力备考，心无旁骛。

这一年的雨季，雨水充足得令人害怕。

高考，林诗兰正常发挥，考上了她妈妈一直希望她上的专业与学校。那是全国名列前茅的一流大学，她为她妈妈赚足了面子。

收到录取通知书后，林诗兰睡了很长很香的一觉，梦里雨声不绝。

7月1日，是林诗兰的生日。

林诗兰不过生日。这个日子她不记，她妈妈也不记，但谭子恒记得。

之前生日，谭子恒亲自送过她帆布包。高中毕业这一年的生日，他送了她一串水晶珠串，有心地托他弟转交给她。

一拆开礼物盒，见到珠串的第一眼，林诗兰就很喜欢。

手串的颜色，正是她最喜欢的颜色，怎么能送得那么巧呢？

林诗兰迫不及待地把它戴到手腕上。

"帮我谢谢子恒哥。"她冲送货的谭尽喊道。

谭尽落荒而逃。

这份礼物，他捂了一个高中。最终，借由他哥的名义，交到他喜欢的人手里。

他见到她开心的笑容，不知道她是喜欢礼物，还是喜欢送礼物的人。

不能细想……

他早知，林诗兰与谭子恒心意相通。

说他哥送的，她至少愿意戴一戴它。

林诗兰,谭尽总是悄悄地望着她。

门铃"叮叮咚咚"响,组成她的名字。

小树林的火光中,藏着她的名字。

篮球场的观众席,写满她的名字。

他总是在心里,偷偷念着她的名字,再偷偷埋起来。

"林诗兰,生日快乐。"

十八岁生日的那场雨。

她笑的时候,他也在笑。

送出的手串,不是谭尽暗恋故事的结尾。

他被自己第一志愿的大学录取,那所大学和林诗兰要去的大学离得特别近。就算她去大城市,谭尽仍旧追随着她的脚步。

送出的手串,是他们故事的开始。

原本是那样的。

同年的7月中旬,南屿市遭遇特大水灾,雁县是受灾最严重的地区。

雁县地处低洼,背靠大山,三面环水。洪灾期间,山洪暴发,雁县通往外界的道路桥梁被尽数冲毁。全县断电断粮,救援工作难以进行。

避难的雁县居民,几乎全部躲进了地势较高的石化厂。

谭尽的父母在逃难的路途中,与谭尽失散。他们担惊受怕地待了两天,以为儿子已经凶多吉少。

第三天,新一拨避难的人来了,谭尽也在其中。他不仅没死,还救了一个女孩回来。

林诗兰在水灾中失去了母亲。谭尽找到她的时候,她被困在一辆小轿车的车顶,神情呆滞。洪水淹到她的脚踝,她却不肯离开那辆车。

"我妈妈让我等着她回来。"林诗兰对他说。

谭尽四顾,轿车周围已是一片汪洋。他狠下心,将她拖上自己的浮板。风雨飘摇,她伏在他的肩头,哭得撕心裂肺。

石化厂里待了不少的人,这里却没有存储的食物和水。

雁县宛如一座孤岛,大家焦急地等待着,没有人知道救援何时能够到来。雨声不绝于耳,死亡的恐惧在人群中蔓延。

第七章 誓中结

被谭尽带到石化厂后,林诗兰一直待在角落,一言不发。其间,有一个穿校服的女生路过她。没人注意她们的时候,女生往林诗兰的手里塞了半包饼干。

那人是谭尽的同班同学,苏鸽。

三模作弊,被全校通报后,苏鸽再没有在镇子上露过面。奶奶死了,爸爸被她亲手推进井里,苏鸽本来也不打算活过这个雨季。

呼啸的狂风暴雨里,人人自危,唯独苏鸽气定神闲,面容镇定。她借着给饼干的时机,看清了林诗兰的样子。她正看着地面发呆,脸蛋白白的小小的,长睫下的阴影让苏鸽联想到蝴蝶破碎的翅膀。

原来这就是谭尽喜欢的人,他拒绝她告白的原因。

苏鸽停留了太久,待林诗兰抬起头,匆忙将饼干往她手中一塞。不等林诗兰说话,苏鸽便走开了。

次日,水位暴涨。

雁县附近发生巨型山体滑坡,河道下游涨起的水迅速倒灌,淹入镇子。

房屋塌陷、道路损毁、树木被连根拔起,被冲走的人们漂浮在大水中无异于一颗小石子……泥水卷起它所看见的一切,并无情地带走。

滚滚洪流涌进石化厂,手足无措的人们被迫往厂里的更高处逃。

谭尽走在林诗兰旁边,他蹚着水,加快步伐,留心观察着升高的水面。

突然,他听到队伍前方的爸爸急促地喊了声他的名字。抬眼的那一刻,耳朵也接收到了信号。

谭尽用尽全身力气,把林诗兰往身后重重一推。

洪水冲毁了石化厂的设备。仪器内部突发短路,储存在管道中的大量易燃原液被瞬间点燃。

霎时,整个厂子沦为焚化炉。

林诗兰看着石化厂高高的天花板。她仰面向下倒去,一串爆裂橙色的火团在她的眼前炸开。下一刻,厚厚的灰色烟云模糊了视野。

哭声,尖叫。

眼泪,血流。

上面是烫的火,下面是冷的水。

苏鸽从楼梯上摔下来,由高处往低处坠落。她想起春节,家家户户燃放的烟火。

天空中的烟花，拖着长长的尾巴掉下来，落进下面的一口大锅中。锅里的水被火燃沸，许多白色的饺子于水中沉沉浮浮。

死是黑色的。

黑色的水流压住她的身体，裹着她去往更深的黑暗。

肺里的空气用尽，在她的生命即将消散的前夕，一股微弱的力量逆着洪流扯住了她，而后，生生地将她拽了回来。

苏鸽睁开眼睛，看见了林诗兰的脸。

林诗兰的两只手抓住她的胳膊，因为极度用力，表情扭曲。她很想告诉林诗兰：不用花费那个力气啦。

一张嘴，苏鸽吐出了一大口的血水。

林诗兰不断地与她说话。穿透了风雨声，她温暖的话，落进耳朵里，如此清晰。

"再坚持一下，我拉你上来。"

最终，林诗兰成功地把她拉上了铁质爬梯。

设备平台窄小，原本是给工人短暂休息的地方，现在却容纳了三个人：林诗兰、苏鸽、谭尽。

石化厂的爆炸，得谭尽相助，林诗兰只伤到了皮肉。而苏鸽和谭尽，都被大面积烧伤。

谭尽最初是有意识的。他和林诗兰一同被汹涌的泥水冲走，皮肤剥落的剧痛使他能保持清醒。谭尽找准时机，抓住了大油罐外层的铁爬梯。

林诗兰扛起脱力的谭尽，带着他爬上了设备平台。

他的伤口血流不止，整个前胸血肉模糊。

"不要死。"

冰冷的雨水打向她的脸，林诗兰解下自己的外衣，手忙脚乱地缠在他身上。她的手被血染红了，血是温热的，他的伤口暴露在外，触目惊心。

"求求你，不要死。"

他合着眼，一动不动，没有回应她的话。

石化厂冒出浓烟，脚下浑浊的水流湍急，水上漂着腐烂的家禽、塑料、车、树枝、锅碗，还有很多很多尸体。

雨水打向他们的身体，锋利得像针。

林诗兰抬起手臂，擦掉脸上的水，试图从水里打捞起一件有用的东西，能缓和一下谭尽的伤势。

她发现浮在水面的校服，是那个曾经给过她半包饼干的女孩，她在朝着他们的方向漂来。

费了九牛二虎之力，林诗兰救起了苏鸽，将她连拖带拽地扯上设备平台。

苏鸽的眼睛睁着，她平躺着，面朝天空。女孩的瞳色淡，她的眼睛空空的，望进去，像望着一颗玻璃珠子。

林诗兰看见她的嘴在动，耳朵凑过去，听见她微不可闻地叫着"妈妈"。

血顺着嘴角流下，苏鸽的鼻翼微微翕动。她的眼睛张得大大的，林诗兰帮她捋着粘在脸上的发丝。

"这里，曾有一棵树，很大的树。

"妈妈说，信念……有能量……"

她的眼里有深深的怀念。眸中焕发的光彩，稍纵即逝。

苏鸽的喉咙，发出难受的咕嘟声。

"只要足够虔诚……就能……祈祷……一场雨。"

嘴唇发抖，痛苦终于不见了。她露出一抹淡淡的笑容。

一滴雨水，滴入她的眼睛。苏鸽没有眨眼。

她死了。

谭尽睡了一会儿。

被哭声吵醒，他艰难地抬起沉重的眼皮。

天黑了，石化厂的火不再烧了。四周漆黑，他们被水流声与雨声包围着。一个温暖的身体抱着他。见他动了，林诗兰哭声更大。

他们的处境不容乐观。

涨起的水位不断逼近他们所在的设备平台，要想不泡在水里，必须再往上爬。而头顶的梯子遭到灾害损坏，已经断裂，他们无法到上一层。

她急切地喊着他的名字，确认他的醒来不是自己的幻觉。

谭尽动了动，指腹揩去林诗兰眼角的泪。

"我还没有死，没想到吧。"

都什么时候了，他还有心思说冷笑话。

林诗兰没笑,她把自己嗓子哭哑了,说话像得了重感冒。

"都死了,其他人都死了,只剩下我们。

"你不要离开我,我害怕。"

"放心,我不舍得死。"

他声音小,却仍有平日里那股轻佻随意的劲。

"刚考上大学呢,我考个一本容易吗?很快,我又能跟你一起上学了。所以,我肯定不可能死,我可不想你变成我嫂子。"

林诗兰停止了抽泣,脑袋蒙蒙的。

"我……我成你嫂子怎么了,你就这么讨厌我?"

谭尽"扑哧"笑了,笑了好久才停下来。

"我喜欢你啊,白痴。"

他的双眼,盛满亮晶晶的星星。

她惊讶地盯着他。她根本不知道……

林诗兰的眼泪又流下来了。

"你才是白痴。喜欢我,为什么不跟我说?"

"因为,你喜欢我哥。"

他的体温越来越低。

林诗兰担心他晕过去,就醒不过来了。

"其实,也没有那么喜欢,我只是喜欢他的课堂笔记。"

"哈哈哈……"谭尽一边大笑一边失血。

"你别笑啦。"

伤口恶化严重,袭来的疼痛,使谭尽再度闭上眼睛。

没有时间了。

再睁眼时,他精神似乎好转了许多。手抓紧身后的栏杆,谭尽撑住自己站起来,直起腰。解开身上的衣物,系住他们头顶的楼梯,他个子高,换她的话根本够不到。这个步骤,谭尽完成得又好又快。

"该走了,林诗兰。

"你先踩着我的肩膀到上一层,然后拉我。"

黑夜里,看不清他的表情。

他蹲下来了,等着她。

林诗兰按谭尽说的做,她踩着他的肩,被他送到了断裂的梯子旁。他系上的衣物被她作为借力的踏板,而后,脱离他的肩膀,林诗兰凭借自己的力量往上爬。

风在耳边嘶吼,她被吹得摇摇欲坠。林诗兰不敢停下,用最快的速度到达了上一层的设备平台。

她抓住护栏,探出半边身体,朝谭尽所在的位置伸出手臂,只等他跳起来,抓住她的手。

"谭尽,谭尽,快来。"

看不见下面的情形,林诗兰慌乱地喊着他的名字。水要漫上来了,他怎么还没动作?

谢天谢地,他回话了。

谭尽慢悠悠地说:"你先待着,我歇一歇。"

他的声音听上去太虚弱了,林诗兰顿时有了不好的预感。

"你不抓住我的手,我要跳下来找你了。"

"别啊,你得在上面,留着力气拉我上去。"

谭尽的回应,没能使她平静。林诗兰的心悬着,理智处于崩溃的边缘。

"这里好黑好冷,我不想一个人待在这里,不要留我一个人,我活不下去的。"

急流拍打着油罐,天地间风雨嘈杂,又静得可怕。

"不会留你一个人,我陪着你。"

他的嗓音温柔,像虚假的梦幻泡泡。

林诗兰不傻,不肯接过这颗虚假的糖,她泪眼蒙眬。

"不能骗我,你发誓。"

"我发誓。"

谭尽举起三指,直指天空。

乌云压顶,狂风卷起大团灰云,云后电光熠熠,酝酿起新的风暴。

他的话发自肺腑,一字一句,掷地有声。

"林诗兰,无论发生什么,我发誓,我会永远陪着你。"

"你也发誓……"

庞大的洪流带走他的尾音。

时间在此刻停住,这方天地只剩他们,只有他们能听见彼此的声音。

谭尽要说的话,她听见了。

心脏疼痛,如同被剥下一层皮,她不可自抑地颤抖着。

谭尽要的誓言,林诗兰同样许诺给他了。

混沌漆黑的世界,被落下的惊雷劈开。银白闪电如同天与地的脉络,一条连着一条,织成细密的网。

亮光之下,世界宛如白昼。

林诗兰看见了铺天盖地的线,看见了水面下苏鸽苍白的脸。

水已经淹过了谭尽的腰,而他被烧伤的胸膛,伤口已经溃烂。

无数条银色的线,连接着天空与水面。

谭尽的尸体,被长长的银线纠缠着,刺眼的白一圈连着一圈,错综复杂、密密麻麻,透不进风。

林诗兰低头看见,那些银线另一端的尽头,是她的手腕。

宇宙中,存在无数个时空。

它们独立存在,互不干预,是无数条不相交的线。

誓言携带的力量,使原本平行的线发生扭曲,缠绕着林诗兰打了个结,把她困在雨季。

谭尽死了,他的誓言却持续地影响着她的世界。

而林诗兰的誓言,将谭尽最后的意识留存于她的手串之中。

灰蓝色的手串,像一串饱含心事的眼泪。谭尽住在里面,感知不到时间。

他不再思考,没有记忆,无喜也无悲。他看见林诗兰所看见的,感受她所感受的。就这样,谭尽陪伴了她三年,直到,第四年的雨季。

林诗兰赶在下雨前,去精神病院开药。过马路时,她的手串被行人的背包钩住,手串断了,珠子滚落一地,被来往的车碾成齑粉。

保存在手串里的谭尽的意识得到自由,他拥有了身体,重新出现在她的世界。

在精神病院的等候区,精心策划好重逢,谭尽叫出了她的名字。

"林诗兰。"她回过头,又一次看见他。

压下心中万千复杂的情绪,谭尽望向她,笑容璀璨。

第八章 空白信

夜乐园的海洋球，是盛在巨大浴缸里的粉色泡泡。

林诗兰伏在谭尽的胸口，安静地睡着了。

他平坦的胸膛是踏实的大地，她耳朵听见胸腔里的心脏跳动，像听到一颗埋进地里的种子酝酿着发芽。随着种子破土，她的梦被一点点托起。

长大的叶片带着林诗兰，轻轻地爬高。她到达乐园的上空，向下俯瞰，无数的粉泡泡发着诡异的七彩光，光芒将漆黑的乐园照亮。

或大或小的泡泡中播放着回忆的画面，有的泡泡属于谭尽，有的属于林诗兰。

捧起泡泡，她窥见了他不为人知的暗恋史——

燃起的火光，由他们十四岁的夜晚的树林，一路烧到高三那年的雨季，最终被奔腾而下的洪流浇熄。

林诗兰看见了谭尽生命的终点，他们羁绊的起点。

泡泡中的故事播放到最后，她看清了一切，唯独没能听清自己曾对谭尽许下的那句誓言。

所以，林诗兰迫切要从梦中醒来见谭尽一面。

似梦似醒间，她企图抓住谭尽，开口问他"我的誓言是什么"。他的胳膊不听话地溜走，如同一根拉长的面条，在林诗兰的手中变得越来越细。

她的意识，扎破包裹身体的重重水汽，"砰"的一声摔向地板。

睁眼，林诗兰发现自己手里的东西，不是谭尽的胳膊。她握着一支铅笔。

低下头，林诗兰看到几张写满数字的草稿纸，旁边摆着试卷。

揉了揉太阳穴，经验丰富的林诗兰瞬间领会了当下的状况。现实世界的雨下大了，她又回到了平行时空的高三。这会儿，平行世界正在进行三模的考试。

考场外，大雨倾盆。教室开着风扇，吹得人头脑发虚。

考试的氛围紧张，时不时能听到后排纸张的翻动声，班里的同学们埋着头，分秒必争地做着题。

林诗兰费劲地整理着脑子里紊乱的思绪，谭尽与她诀别的影像犹在眼前，她根本没有应对考试的心情。

他一起回来雨季了吗？

松手，丢下手中的铅笔，林诗兰打算直接站起来，冲出教室。

"离交卷还有十五分钟。"监考老师抢在她起立前，提醒了一句。

身体微微离凳的林诗兰，用眼角余光瞥向桌上的考卷。卷子上，她的字迹工工整整，草稿纸上，演算的方程密密麻麻。

第一次，林诗兰有了一种，她入侵了别人人生的切身体验。

这个身体，比她自己的身体更健康年轻。原来的身体的主人，她非常严肃地对待这次考试，看这列出的一条条公式就知道，她肯定苦读了许久，打算发挥全力取得高分。铅笔在纸的最下方画出一道深深的斜线，是因为她没来得及算完倒数第二道大题，就被林诗兰接管了身体。

整张试卷答得仔仔细细，剩下最后两题空着交上去吗？那样的话，这次的考试必定拿不到理想的成绩了。

想到这里，林诗兰心里忽然有点不是滋味。她重新坐回凳子，拿起笔，用最快的速度浏览起最后两题。

考试结束的铃声响起，林诗兰刚刚好答完。把考卷交给老师，她松了口气，走出教室。

考完试的同学全往校门口走，林诗兰逆着人潮去向谭尽的班级。

一门心思找谭尽，她却在快到他班级的时候，先撞见了另一个在回忆故事里给她留下深刻印象的人——苏鸽。

两个监考老师领着她，往教务处的方向走。

林诗兰经过他们，和苏鸽有短暂的目光交会。

少女的手指局促地抠着书包的背带，长刘海后面的眼睛斜了林诗兰一眼。林诗兰似乎望见苏鸽眼中有湿意，来不及确认，她马上低下头，头发又将眼睛挡住。

林诗兰的脚步稍稍放慢。不远处有人喊了一声她的名字，将她从愣神中扯了回来。

走廊的人少了，林诗兰往前看，恰好看见站在班级门口的谭尽。他笑着冲她挥手。

圆圆的脸蛋，傻傻的小尽。他的单眼皮平时无精打采，如今兴奋地睁大眼睛，浑身洋溢着开心。如果谭尽是狗，这会儿已经摇起尾巴，围着她跑步转圈了。

谭尽没穿校服，被她弄歪的衣帽抽绳也尚未复原，他身上还是夜乐园的那身衣服。雨季的前两次穿越，他都刻意隐藏，没让林诗兰发现：穿越前穿越后，他用着同一个身体。

不再细想下去，她扬起笑脸，走近他。

"你等了我很久吧？"

"我在夜乐园里做梦啦，那些泡泡是你向我展示的吗？"

"我想起了很多事情，洪水中是你救了我。"

心中百感交集，林诗兰脑子里闪过好几句开场白。话到嘴边，她望着他的笑脸，抿抿唇，把对他们来说最沉重的东西先压了下去。

"我刚才看到苏鸽被老师带走了。"

"是啊，"他说，"她作弊被发现，估计得被记过。"

说话间，雨下大了。

天空劈下一道惊雷，雨水淋进走廊。

纵使林诗兰很想表现出若无其事的模样，她也已经和先前失去创伤记忆的她不一样了。

巨大的轰隆声让她的大脑一片空白。

灾难中的记忆醒来了，惊惧与疼痛也随之觉醒，林诗兰浑身抖得像筛子，仿佛又见到了电闪雷鸣的雨夜里，那个死状凄惨的谭尽。她在绝望中，看着他被洪水淹没头顶。

"你怎么了？"

谭尽凑过来关心她，他的靠近令她的症状更严重，林诗兰冷汗直冒，呼吸困难，直挺挺地向后倒去。他及时扶了一把，她才没有摔到地上。

他们远离了走廊，远离了下雨的环境，找了个空教室躲起来。谭尽为林诗兰关上门，关上窗，拉上窗帘。

她抱着肩膀，缩着脑袋。而他隔着几排座位，远远地守着她。

许久，外面不再打雷。林诗兰慢慢缓过劲，坐直身体。

谭尽坐到林诗兰旁边。

她看看他，再看看自己空空的手腕，怅然若失。

谭尽一直遵守着许下的誓言，而自己呢，这些年不仅忘掉了对他的誓言，也忘记了他。连他送的手串，她都没有保存好。

林诗兰焦虑地咬紧嘴唇，觉得自己真是糟糕透顶。

一只大手伸过来，圈住了她的手腕。谭尽一言未发，只是牢牢地握着她。从他手心传来的温度有种踏实的力量，填补了手串消失留下的空缺。

关于誓言，谭尽曾经对林诗兰说过：我们把灾难中死去的人们看作冤魂，如果我们在他们死前答应了什么事，却没有办到的话，有可能，他们会诅咒我们重复受灾的日子，直到我们完成他们的心愿。

她咬破嘴唇，尝到血，尝到一种腐烂的甜蜜。

或许不要想起来她的誓言也好。若谭尽是因为执念留存的冤魂，她甘愿被诅咒，当失约于他的坏人，一遍遍地再历雨季，就这样与他纠缠下去。

出教室后，他们很有默契，对刚才雷电引发的状况绝口不提。谭尽握住林诗兰的那只手，倒是始终没有松开。

动作由握改为柔和的牵。他牵着她，招摇地大幅度晃着他们的手。

林诗兰跟在后边小声嘟囔："幼稚鬼。"

谭尽听见后，玩得更起劲，两只手被他往天上甩。他摇头晃脑，下巴快要翘到鼻子上，不知在得意什么。

快到校门口时，结伴回家的几个同学路过他们。他俩亲密无间的样子，一看就是谈恋爱了。同学们交换着眼神，交头接耳地说小话，边说边发出不怀好意的笑声。

谭尽没刻意听，都听到了一些字眼，这几个人必定是认出了林诗兰。

林诗兰的脸皮薄，不喜欢被别人议论。他偷偷地看她的眼色，晃手的幅度逐渐减小。她果然对他们的话有所反应。

那几个同学瞟来瞟去的，她停住脚步，直直地盯住他们。

"看什么看？"林诗兰举起谭尽的手，朝着他们，让他们瞧个清楚，"就是你们想的那样。"

而后，不等他们反应，她重新把牵着谭尽的手用力晃了起来，愉快地离开现场。

他们一路说说笑笑走回家。

天黑了，肚子饿，脑子累，他们需要吃饭和休息了。

但到家楼下的时候，两个人还是黏糊糊地拉着小手，一点说再见的念头都没有。

她问："为什么人要回家呢？"

他叹气："对呀，为什么人要回家呢？"

谭尽把林诗兰送上楼，林诗兰再把谭尽送下楼。他们不知疲惫地送来送去，走了几个来回。

林诗兰又开口："我不想跟你分开。"

谭尽点点头："不然，我住你家吧。"

知道他在开玩笑，林诗兰配合他："怎么住？"

谭尽正色道："我可以乔装打扮成静静的样子，混入你家。你也不用给我准备床铺，我和静静挤它的窝就行。"

林诗兰被他逗得"咯咯咯"地直乐。

在她的笑声中，她家的门打开了。门后是一脸不悦的吕晓蓉，她抱着胳膊，看样子站那儿等了有一阵了。

见到林诗兰这般模样，她走过来，不由分说地拆散了他们。

吕晓蓉拽着林诗兰，进了家门。谭尽说着"阿姨好"，想和她搭话，吕晓蓉没给他机会，进门后立马关门上锁。

林诗兰预感到一场说教要来临，但没有。

大门"哐哐哐"地响。被拦在外头的谭尽仍不消停，他开始挠门了。

门外谭尽闹出的动静吸引了他的好朋友，小土狗静静。它从狗窝钻出来，对着大门狂吠。一人一狗里应外合，吵得她家热闹异常。

吕晓蓉骂了静静几声，它听不懂好赖话，欢快地蹦来蹦去。

太阳穴突突地跳，吕晓蓉无计可施，只能重新将家门打开，把外面的谭尽放进来。

"阿姨，打扰了。"

开门就是一张大大的笑脸，不过他迟来的礼貌显然没用。

"你要做什么？"吕晓蓉从头到脚写着不耐烦，紧锁的眉头在眉心留下一道生人勿近的沟壑。

"你们家飘出来的饭味真香啊！"谭尽的两只手揣在胸前，态度毕恭毕敬，"阿姨，能不能让我留下来蹭个饭？"

"我只做了两人份，饭不够。"

竖起铜墙铁壁的吕晓蓉，一心想赶走这个要饭的小乞丐。

"没事没事，我胃口小，吃得少，每顿只需要吃几粒米。"

谭尽的脸皮同样厚得宛如铜墙铁壁，吕晓蓉憋着气没处撒，想了一会儿才想到新的话反驳。

"你爸妈不管你吗？晚饭你不回家吃，合适吗？"

"唉，我家今天没人。家人们都出去了，只剩我一个。"

吕晓蓉稍稍偏了偏头，目光望向对面楼……他们家明明是亮灯的。

眼见谭尽的谎快要圆不下去，林诗兰适时解围。她打开她家的电饭煲，做作地发出一声惊呼。

"哇，我们家的饭竟然多煮了呢。"

她绕过她妈，说着话，悄悄把谭尽带进门："看来你运气不错，可以蹭饭了。快进来吧。"

"那太好了，谢谢阿姨愿意招待。我来帮忙布置碗筷。"

谭尽和林诗兰配合默契。他顺利进入她家，脱鞋的时候还不忘摸摸功臣静静的小脑袋。

吕晓蓉保持着低气压。她没有坏人做到底，把谭尽赶出去，但也没给他好脸色看。

晚饭没几个菜：清蒸黄花鱼、炒青菜，还有一小碟用来配饭的豆腐乳。这些菜连小饭桌都没摆满，吕晓蓉也丝毫没有要加菜的意思。

谭尽可能是真饿了，他吃得有滋有味，吃一口就得夸一句。

"青菜还放了蒜末来增香，真讲究。"

"白米饭煮得恰到好处，水不多不少，这样的米饭配点酱油都好吃。"

"这鱼可以，很入味啊，阿姨你是怎么腌制的？"

谭尽完全不拿自己当外人，积极问吕晓蓉问题，想要跟她互动，饭桌上他的声音最活跃。吕晓蓉装没听见，在心里大翻白眼：怎么会有谭尽这么没脸没皮的人。

林诗兰在谭尽家吃过饭，谭妈妈的厨艺比她妈妈的好太多了。她家招待不周，谭尽却这么给面子，反而让林诗兰觉得不好意思。

"要不要我再给煎两个荷包蛋？"她担心谭尽没吃饱。

他从饭碗中抬起脑袋，想了想，告诉她："要！我想要四个。"

自进家门之后，林诗兰第一次笑出声来。

吃完饭，谭尽帮着收拾。林诗兰看着他勤快地收碗碟、擦桌子。擦着擦着，他停下来，打了个大哈欠，眼角冒出一朵泪花。

从火车站的再次相见到现在，谭尽休息过吗？

他用的是同一个身体，过长时间的劳累，谭尽的眼里都熬出红血丝了。她没注意到的话，他还在死撑。

林诗兰走过去，取走他手中的擦桌布，劝他回家睡个好觉。

谭尽瞟了眼洗碗的吕晓蓉，压低声音，对她耳语："不行，我得再待一待，消磨掉你妈妈的怒气。我感觉我一走，你妈又要骂你。"

确实，林诗兰最搞不定的就是她妈妈。她被她妈妈骂哭的样子，谭尽记忆犹新。

林诗兰摸摸谭尽的脑袋："放心吧，我不怕她。"

他头发软，摸摸他，她心里也变得软乎乎的。

送走谭尽后，林诗兰给静静喂了点饭。几周没见，小土狗好像长高了一些。它的腿脚已经彻底恢复好了，现在能靠三条腿灵活走动。

林诗兰不知道，这个时空的"林诗兰"是如何说服她妈养狗的。上一次离开这里，她妈让她别回家了，还把狗偷偷送给同事。她和吕晓蓉的关系恶化到极点。

如今，她们母女的关系明显缓和了许多。与妈妈同坐一桌，平静地吃完一餐饭，这样的日常，令林诗兰感到既熟悉又陌生。

她的鼻子微微一动，嗅到小镇山间的暖香。

夏日夜晚，夹着雨丝的凉风吹进家门口的长廊。种在那里的绿植被风吹得沙沙作响，叶片被雨水洗过，泛着油亮的光。

抱着小狗的林诗兰，呆呆地望着门前的水泥地被雨滴浸湿后留下的印子，脑子里什么都没有想。

"芮芮啊。"

她的乳名，她妈已经很久不那么喊她了。

林诗兰怔了怔，回过头。

吕晓蓉脱下洗碗的手套，冲她笑了笑："进来吧，帮我泡点茶。"

林诗兰应了一声，合上纱门，走向饭厅。

她往烧水壶里装满水，听到她妈在她身后问："今天发挥得怎么样？"

"什么……"话说出口，林诗兰才想起来，她今天参加了三模，她妈问的是那个，"哦，你说考试啊，发挥得还可以。"

吕晓蓉心知，女儿说的还可以，就是考得很理想。

她满意地点点头，说："我帮你报了高考冲刺的补习班，明天晚上开始上课。"

水壶里的水"咕嘟咕嘟"地冒着泡。

烧水的声音很吵，为了盖过它，林诗兰拔高了音调："啊？什么冲刺班？花那个钱没必要吧。"

"有必要。高考是人生头等大事，即使我没钱，砸锅卖铁也要凑出钱，让你上最好的补习班。"吕晓蓉的慷慨大方，让她的眼睛蒙了一层自豪的光彩，她精神奕奕地看向林诗兰。

林诗兰蹙紧眉头，原本舒展的心情，忽然收紧了一下，而后急速恶化。

"不去，不想去，钱能退的话赶紧退。

"补习班对我来说没必要，它跟你上回煮的鸡汤一样，没必要。"

眼皮子也没抬，她没兴趣看她妈，只盯着水壶。左手抠着右手的指甲盖，她等待着水烧开。

吕晓蓉的说教延后了，却并没有消失。她冷笑一声，用一种看穿了林诗兰的口吻说道:"呵,我就知道,你的心思又不在学习上了。"

"你们都高三了,有什么想法非得赶着这个节骨眼吗?你之前是怎么答应我,跟我保证的?你苦苦哀求我,求我让你养狗,求我原谅你顶撞我,你向我保证会好好学习,乖乖听我的话。这才过去几天,你又开始叛逆了是吗?"

林诗兰无话可说,因为那不是她答应的。她同样没兴趣反驳吕晓蓉,她早知道跟她妈妈讲道理是讲不通的。

吕晓蓉自顾自地说话,情绪激昂地敲着桌子。

烧水壶的壶嘴冒出袅袅白雾,隔着雾气她看不见她妈妈的脸。她们处在各自的世界,说着对方无法理解的语言。

林诗兰感到心累,且孤独。

"我都不想说你,你偏偏要和那种男的拉拉扯扯。他没心思学习,天天脑子里只想着泡妞。今天给他吃剩菜,他还拼命夸好吃,从这一点就能看出他虚伪,还油嘴滑舌。他当然能把你这个傻姑娘哄得团团转,我好心提醒,你再跟他鬼混下去,到时候别来找我哭。"

拎起壶,往茶杯里倒满水,林诗兰不急不恼,声音平平:"他说今天的饭好吃,你觉得虚伪;如果他说不好吃,你会觉得他没礼貌。要我说,你只是不喜欢他而已。你不喜欢他,所以无论他做得多好,你都看不上。

"但我要跟你说的是,我喜欢他。"

壶放到桌面,发出"铿"的一声响,林诗兰的目光沉静冰冷,她说:"因此,无论你多讨厌他,都不要在我面前再说他坏话了。"

曾经的吕晓蓉非常抵触看到林诗兰的眼泪。她这个女儿,怎么教,都达不到她期望的坚强。她吼女儿两句,女儿便哭哭啼啼,抽泣不止。吕晓蓉对林诗兰的脆弱感到厌烦。

不知从什么时候起,终于,女儿不在她面前哭了。意识到这一点时,吕晓蓉也发现,林诗兰变得不在乎她了。

吕晓蓉口干舌燥,喝了一口刚沏的茶。茶太烫了,她被烫得眼泪大颗大颗滚落下来。

"我们母女相依为命,不该是一条心的吗?你倒好,胳膊肘往外拐,嫌我说他坏话?我问你,他以后能有出息吗?他能给你未来吗?之前一阵子你挺听我的话,我还以为你不会再胡来了。怎么没好几天,又变坏了?"

吕晓蓉哭得伤心，林诗兰便没打断她的话。

等妈妈说完，她从她妈妈那边拿走茶杯，帮忙吹凉，然后再递还给妈妈。

吕晓蓉以为，女儿不会回答她的话了。却在静默良久后，林诗兰站起身，搬了把椅子坐到她身边。

吕晓蓉抬眸，凝视着那双和自己无比相像的圆圆杏眼。女儿的声音脆生生的，她把手搭在她的手背上，语气平静无波。

"我的未来一直在我自己手上，不需要谁给。妈妈，我没有变坏，我是长大了。"

在林诗兰说完那两句话后，吕晓蓉摩挲着茶杯，良久无言。

最终，她起身走向书桌，留下了那杯没喝完的茶。时候不早了，母女二人今晚的对话结束了。

简单洗漱一番，林诗兰回到房间。

多雨的季节，卧室有股霉味，棉被吸饱了潮气，又湿又重。

她拎起自己棉被的一角，正要躺进去，忽然发现被子下面有个东西。她把它拿了出来。是那本书——《闪耀的多重宇宙》。

看样子，这个时空的"林诗兰"也看到了这本书。她藏东西的位置和自己倒是如出一辙。

不知道未来发生的事，没有经历重复雨季的"林诗兰"，是如何看待这本书的？或许，只是把它当作睡前读物，看个新奇吧。

林诗兰翻开书，脑中联想到在走廊里碰见的神情局促的苏鸹。

今天的苏鸹因为作弊被老师带走。《闪耀的多重宇宙》第一章，也就是自己和谭尽所处的原始时空，那里的苏鸹也作弊了。

书里是这样写的：

　　高考后，他应该不会待在这个小小的镇子了，这是我仅有的最重要的机会。

　　为了抓住这个机会，我选择了作弊。不幸的是，我在考场被老师抓个现行，作弊失败了。

　　整个世界的大雨，都落到我的身上。

那个苏鸽，为了靠近自己喜欢的人，在考场作弊。她失败了。

重新读完这一段，林诗兰的困惑更深：先不论现在的苏鸽还会不会为了靠近谭尽铤而走险；这本书现在的苏鸽看过，她没理由不知道"就算三模作弊，她也会失败"。那她为什么还要作弊？

现实时空的苏鸽，结局不妙。

她死去的时候，林诗兰在她的身边。想起那双玻璃珠子一般空洞的眼睛，林诗兰忍不住翻出手机。上次苏鸽帮自己找狗，自己留了她的电话。

顺利地在通讯录里找到苏鸽的名字，林诗兰发了个短信问她：你还好吗？

一直到第二天早上，发出的短信都没被回复。

谭尽骑自行车载林诗兰上学。

这是她第一次坐他的自行车。谭尽力气十足，把脚踏蹬得虎虎生风，速度快得几乎要超过路上的电动车。

坐在后座的她默默地撑伞，尽力举高胳膊，保护他不被雨淋到。

小车经过一条积水严重的小路，车轮卷起大量的水。

"快抬脚！"他高声提醒。

林诗兰照做，没法保持平衡，她一手打伞，一手迅速地抱住了谭尽的腰，身体倚向他。

车把剧烈地晃了一下。他狼狈地找回平衡，又骑行了一段。

本来林诗兰没觉得有什么，耳边传来他几声闷闷的傻笑，她的手瞬间尴尬了，不知道该放那儿，还是收回来。

最终，她的手化成愤怒的小拳头，重重捶了一下他的背。他的笑容总算是止住了。

愉快的上学路非常短暂，转眼校门已出现在眼前。

恋恋不舍他们的独处时光，谭尽想着进入班级，又要跟林诗兰分开，蹬脚踏的力气一点一点地减弱。

"最后的机会，要不要逃学？"他骑得太慢，车都要倒了。

林诗兰跳下车，拍拍谭尽的肩膀："不能逃学，你得好好读书。"

然后指了指自己，又指了指他，说："这里的林诗兰和谭尽，把身体借给我们，我们不能把他们的前途毁了。这个时空的谭尽以后能不能上个好大学，就靠你了。"

谭尽也下来推车，眼睛盯着她猛瞧。

林诗兰觉得好笑："你在看什么？"

他停下脚步，摸摸下巴，故作深沉道："看你的头顶啊，那儿正散发着善良的圣光。"

"这是夸人的词吗？怎么阴阳怪气的。"

林诗兰抖抖身上起的鸡皮疙瘩。

"那夸你要怎么夸啊？"谭尽追上她。

"你夸我，当然是你来想词啦。"她甩着马尾辫，一蹦一跳地上楼了。

其实，林诗兰心想：她哪算得上善良？她的灵魂，暂时来到这个时空，借走了此处"林诗兰"的身体。

等雨停了，她会回到属于自己的时空。可他们时空的谭尽，已经死去，没有了存放灵魂的躯体。雨季结束后，他们都不知道，他会去哪里。

如果谭尽的意识留存于此处，那么现在这个时空，就是谭尽的现实。

林诗兰只不过是自私地为眼前她爱的人考虑。如果他无法和她一起回去，她希望他有好的未来。

没有将自己沉重的心思表露出半分，林诗兰和谭尽说说笑笑，一起走向班级。

上完一天的课，林诗兰的班级破天荒地比谭尽早放学，她站在走廊等他，无聊地看看手机。正好有一条短信进来，是苏鸽发的，林诗兰流畅地点开。

怪事，她点开短信，一头雾水地退出来，重新打开收件箱，再点开短信……

是她手机出了问题，还是苏鸽恶作剧？

那是一封空白的短信，苏鸽什么也没写。

林诗兰抓抓脑袋，思考起其中的用意。

"啊——"谭尽从她后面突然冒出来。他怪模怪样，双手五指打开放在脸的旁边，做了个丑丑的鬼脸，企图吓她一跳。

林诗兰回过头，将他上下打量一遍。

"哎呀，好可怕，我好惊慌。"她神色淡定，语气轻飘飘的，没有太多诚意地配合了他的演出。

谭尽笑眯眯地凑了过来。

"你看得那么入神,手机里有什么好玩的吗?"

林诗兰把苏鸽发来的空白短信展示给他看:"好奇怪,为什么她要回我个没有任何内容的短信?要是没话说,通常来说,不回就行了。"

短信是很古怪,但谭尽关注到另一个更让他感到惊奇的东西:"你给苏鸽发短信?你们的关系什么时候变得那么好了?"

林诗兰没回答他的话,看向走出班级的人群,她冷不丁地问:"今天一整天,苏鸽有来上课吗?"

"没有,老师次次点名她都不在。"

听完他的话,林诗兰拨通了苏鸽的电话。

她耐心地拨打了三回,全部都提示"您所拨打的电话暂时无法接通"。

"不接啊,没办法了。"林诗兰叹了口气,抬头,"走吧,你陪着我,我们去她家看看。"

陪她去苏鸽家,当然没问题。不过谭尽仍旧好奇:"所以你和苏鸽,怎么变得那么熟了?"

林诗兰已经迈开脚步,她的背影酷酷的,走路却走得很快。

"我和她不熟。"

又来到苏鸽家的巷子前。

曾经仓皇逃离这里的画面,犹在眼前,林诗兰没想到有一天她会主动回来。

甚至连时间和天气都与那时的十分相似。天彻底暗了,空气中飘着细雨。

她望着黑漆漆的巷子,谭尽打着伞,站在她的旁边。

"是这儿吗?"他问。

隐秘的暗巷位于马路边上,宛如一道被划开的不起眼的伤疤。它光秃秃地陷进去,散发着一种难闻的气味。

林诗兰点点头。

她主动向前走了一步:"我来带路。"

巷内积水严重,刚走一步林诗兰就踩进了水坑,所幸谭尽及时扶住,她才没有摔倒。

林诗兰的手冷得像冰,谭尽默不作声地牵着她。他的手比她大一圈,轻松就把她的拳头全部包住。

从身后源源不断传来的热量,为她驱散了此处的阴寒。林诗兰感觉好多了,深吸一口气,又继续往前走。

原来,这一段恐怖的路,有人陪伴,也不算漫长。他们很快看到光,走到了巷子的出口。

林诗兰指着那栋破败的民房:"到了,苏鸽家。"

他们屏住呼吸走近它,屋子没有开灯,看上去仿佛是一个散发着恶臭的巨大垃圾山,附近的废品比她上次来时堆积得更加夸张。可能是泡了雨水,有东西馊了,空气中有种发酵的酸味。

上一次被苏鸽奶奶吐了一口痰的经历,让她不太敢轻易靠近屋子。林诗兰站在门前,又一次拿出手机给苏鸽打电话。

电话通了,同一时间屋内传来手机来电的铃声。看来苏鸽在家!但她还是没有接起电话。

谭尽喊了几声"苏鸽",敲了敲她家的门。那扇深绿色的门压根没被关上,他不过敲了一下,门就直接打开了一道缝隙。

林诗兰和谭尽不约而同地捏住了鼻子。屋子里飘出的气味,臭得太不正常了,谭尽的胃里翻江倒海,忍不住扶着墙壁,吐了出来。

他们对视一眼,有了相同的判断:房子里出事了。

"你在外面等,我进去看看。"

她的眼里闪烁着令人安心的勇敢。

谭尽还没来得及反应,林诗兰先一步进去了。待他后脚跟进去,便听到她声音急促的呼叫:"谭尽,谭尽,出事了!快打急救电话!"

苏鸽的奶奶去世了,而苏鸽在奶奶床旁边的地板上抽搐。

她发着高烧,烧得人都神志不清了。

救护车将苏鸽拉到医院,救治她的医生说,苏鸽是细菌感染所引发的高烧不退,还好送医及时,不然损伤了大脑和脏器,会造成无可挽回的后果。

林诗兰陪在苏鸽旁边。她挂着吊瓶,发出呜呜咽咽的呓语,听上去像是喊着"妈妈",也像叫着"奶奶"。林诗兰用纸巾替她擦掉眼角的泪水,那眼泪像擦不尽似的,刚抹掉,她的眼角又湿润了。

林诗兰长叹一口气。

苏鸽的奶奶会死,这个是之前好几个时空都发生过的事。但对于这个时空的苏鸽,她是第一次经历奶奶的离世。

苏鸽虚弱的样子,令林诗兰回想起原始时空誓言形成的雷雨夜,水面下苏鸽苍白的脸。

平行的无数个世界,像无数条线。它们因誓言的力量形成了交错,在林诗兰身上打了个结。

苏鸽是结以外的人,却也是离结最近的人。或许只是因为苏鸽见证了时空的异常,所以她拥有在时空中传递部分信息的能力。

林诗兰这样想着。

不得不承认,其实她的心里已经不讨厌苏鸽了。

从什么时候起,她对苏鸽的印象改变了呢?可能是那次苏鸽帮助自己找小狗。可能是更早的时候,苏鸽主动朝林诗兰亮出底牌。虽然林诗兰怀疑苏鸽是别有用心,但她的行为是好的——苏鸽让她看到了《闪耀的多重宇宙》,让她明白了所经历的雨季是不同的平行时空。也可能是,读着不同的苏鸽在书里写下的感受,那时的林诗兰就已经和她产生了共鸣。

她在苏鸽身上,看到很多与她相似的迷茫。总归,林诗兰为今天自己来找苏鸽的决定感到开心。

天色已晚,医生说苏鸽的情况已逐渐稳定。

苏鸽奶奶的遗体被医院送到了太平间。后面的手续,得等她的亲属苏鸽清醒后才能去办。

度过这惊魂的一夜,林诗兰和谭尽忙前忙后累得筋疲力尽,也该回去了。

他们回去前看了下苏鸽,她仍旧处于昏迷状态。

第二天,午休的时候,林诗兰塞了几口面包,独自去医院看了看情况。

苏鸽闭着眼,似乎还没有醒来。林诗兰小心翼翼地关上窗户,不让雨打进来。突然,她的身后传来一声微不可闻的"谢谢"。

林诗兰回过头,看见苏鸽的眼睛睁开了一条缝。

她醒了。

嘴唇因缺水干裂，肿成核桃的眼睛却仍在流泪，苏鸽的心里一定很不好过。看到这一幕，林诗兰取下书包，翻了翻，拿出一个小盒子。

"我记得，你比较喜欢甜食。我在校门口没找到巧克力，买了一盒糖果。等你生病好了，我就把这个给你。"

林诗兰不擅长送人礼物，明明是好意，但她仿佛是来谈生意讲条件的，表情冷酷，用词僵硬。

苏鸽没有接过糖果。她盯着天花板，眼泪没来得及擦掉，便落向了枕巾。

怎么办？

林诗兰搜肠刮肚，问自己：打破尴尬气氛最有效的办法是什么？

低头看看手中的糖，林诗兰灵机一动。

她想到了对自己最有用的办法——谭尽式无厘头冷笑话。

"它跟你的名字一样呢！"她晃晃手中的糖果盒，"Sugar，苏鸽。"

"哈哈，你怎么爱吃自己的同类啊？"

林诗兰有进步，笑话的语气不像之前那么僵硬，倒是挺俏皮。

可是这个笑话太冷了。不知是苏鸽没领会到笑点，还是不想笑，她依旧是之前的表情，没有向林诗兰投来眼神。

悻悻地将糖果盒放在床头柜，林诗兰站起来："那你好好休息，我先回去上课了。"

走前，林诗兰被苏鸽叫住了。

"谢谢你救我。"苏鸽抬起手，挡住自己抽泣的脸。

"可是，我醒来躺在这里，感觉好孤独好害怕。奶奶走了，还会有谁在意我？像我这样无足轻重的人，真的有活下去的意义吗？"

她的声音沙哑，眼神中充斥着彷徨与无望。好似一个快掉下悬崖的摇摇欲坠的人，在渴望路过的人拉她一把。

"有意义，当然有。"

林诗兰挺直身板，她的回答掷地有声。

"你不是无足轻重的，对于你自己，永远不是。你是自己最重要的人，你是你的整个世界。"

苏鸽的哭泣止住了。她望着林诗兰，不再掩饰自己的脆弱，嘴唇剧烈抽动。

"老师不相信我考试没作弊。没有找到家长去见老师，我就回不了学校了。

不管怎么说，没有人相信我，但我真的没有作弊。"

"我相信你。"

坐到苏鸽床边的林诗兰，直截了当地说出了四个字。

至此，苏鸽彻底对林诗兰敞开了心扉。

她跟林诗兰说了考试那天发生的事：当时三模，坐她前后的两个同学作弊，想隔着她的位置传纸条交流。苏鸽平时总被班上的人欺负，他们让她帮忙递纸条，笃定她没有胆子反抗。

后面的同学把纸团扔到苏鸽的桌上，让她传递，但苏鸽不愿意配合他，装没看见。同学无奈之下，踢了她的凳子。那响声大了点，竟把监考老师吸引了过来。

监考老师发现苏鸽桌上的纸条，判断是她作弊，把她抓了。苏鸽说出真相，但前后的两个同学不认账，一口咬定苏鸽冤枉他们。周围的其他同学也都不喜欢苏鸽，有的人帮那两个同学说苏鸽作弊了，有的同学睁一只眼闭一只眼，装不知道。

苏鸽一直是班里不受待见的差生，出了这种事，老师也没有相信她，导致她最后被盖棺论定为"大考作弊"。这个污点以后将一直跟随她，甚至会影响到她的高考。

前天，被冤枉作弊后，老师要求苏鸽叫家长来学校。她无计可施，冒着雨回家找奶奶。回到家，苏鸽发现奶奶已病逝，她没能和奶奶见上最后一面。

抱着奶奶的遗体，苏鸽六神无主地睡了一觉，越睡她越觉得自己像是身处于熔炉之中。

再后来的事，林诗兰知道。

听完苏鸽的叙述，她沉默许久。

下午回到学校，林诗兰没回教室，她直接去了教师办公室。她没跟苏鸽承诺什么，但她自己去找了苏鸽的班主任。

多年来，林诗兰从没有过和老师对着干的经验。她第一次去找老师理论，就是帮别人出头。

和苏鸽班主任的对话，让林诗兰缺了下午的课。

林诗兰先是跟她的班主任说明了苏鸽家中的情况：苏鸽的妈妈改嫁了好几

次,她的上一任继父跟苏鸽相处时间最久,但他和她妈离婚后,就不再管她了。苏鸽妈妈在她小学时抛下她,亲生父亲早已下落不明,唯一陪伴她的,是常年卧病在床的奶奶。奶奶前天去世了,苏鸽因此大受打击。

她家的情况很复杂,苏鸽没法让家长来学校,不是她心虚推脱,是因为她有难处。

听完她的话,班主任对苏鸽家的状况仍有不少疑问。林诗兰告诉她,等苏鸽出院后,她可以进行一次家访,亲自验证。

之后,林诗兰和班主任一起,找到了当时考试的监考老师,从她那里获得了从苏鸽桌上发现的作弊小纸团。然后,从高三(二)班的作业里,林诗兰找出了苏鸽和她前后桌两个同学的作业本。

当着老师们的面,她把三个作业本的字迹,与小纸团上的进行比对。老师们看过,不得不承认,小纸团上的字更像另外两个同学的笔迹。

林诗兰的可信度大大上升。考试中,指认苏鸽作弊的同学,被班主任再次叫出来谈话。在多个老师的盘问下,三个指认苏鸽作弊的同学,无一例外,都改口了;有两个同学说自己"记不太清楚了",有一个同学说"看苏鸽平时那样,我不用看也知道,作弊的肯定是她"。

最终,一个下午过去,班主任妥协,选择相信林诗兰的描述——苏鸽没有作弊。

退出办公室前,林诗兰跟班主任说的最后一句话,恰好被在外面等着她的谭尽听见。

"老师,这次的事,不仅仅是苏鸽被栽赃被冤枉了。它足以反映出,班上同学集体排挤苏鸽、不喜欢苏鸽的状况,已经持续很久了。老师,你作为二班的班主任,一定明白我说的意思。"

林诗兰走出办公室,谭尽碰了碰她的胳膊,一脸的佩服:"哇!小兰你你有点帅哦!"

她不苟言笑:"你比我小,你不能叫我小兰。"

"哼,"谭尽酸溜溜的,"就只许我哥叫?"

"对啊。"她故意逗他。

谭尽一愣:"小兰小兰小兰小兰小兰……"

他一口气说了无数个"小兰",直到说得自己一口气接不上来,才面红耳赤地停下。

"我就要叫！我就要叫！"

她瞥了他一眼，表情像在看一个咬着拖鞋满屋跑的傻狗子："那你叫吧。

"一天只能叫一次，你已经把接下来一个月的叫完了。"

"什么？你怎么不提前说！"

谭尽愤愤地吃下这个亏，心中暗喜：以后他也能叫她"小兰"啦。

放学后，他们要一起去医院看望苏鸽。

林诗兰心情很好，一边跟他讲着下午找老师的细节，一边往校门口走。

眼尖的谭尽，比她先一步发现校外的身影："等等！那里站着的，是不是你妈妈？"

她看向他指的方向，心中"咯噔"一声：还真是。

看见吕晓蓉，谭尽顿时紧张："你妈怎么来了？她不会是知道了你下午逃课的事，过来兴师问罪吧？"

"我没逃课，我跟老师请假了。"

林诗兰冷静一想，猜到了她妈妈是为何而来。

"今天周五，我妈给我报了个高考冲刺班，我跟她说不去，把课退了。她估计没退，想亲自过来接我上课。"

又是这种事，谭尽光听着都觉得窒息："你要听她的，去上那个冲刺班吗？"

"不上。"林诗兰已有了主意，"我得把这事彻底解决一下。你先去医院看苏鸽吧，买个果篮和晚餐带着，我一会儿到医院找你。"

谭尽点点头。

和他分开的林诗兰，朝她妈妈的电动车走去。望着她的背影，很奇怪，这一次谭尽的心里没有了以往的担心。

他曾经绞尽脑汁地想办法劝她"活出自我，不再被妈妈捆绑"，又眼见她一次次被她妈妈打压后，被迫妥协。

林诗兰所拥有的"破壳而出"的力量，十分微小。她寻找自我的道路，很艰难。但她已然动身，去往她想去的方向——

昨天，林诗兰只身闯入散发着异味的垃圾屋，救出苏鸽。

今天，林诗兰自己去教师办公室，振振有词地帮苏鸽"翻案"。

神奇的是,她看上去还是和以前别无二致的淡定模样,胸腔中却已经不再是从前那颗麻木的心脏。

深呼一口气,谭尽收回目光。

他相信她。等她处理好,她会来找自己的。骑上自行车,他去做林诗兰交代的事了。

林诗兰那边,不出所料,吕晓蓉是为了冲刺班的事,来校门口逮她。

"芮芮,吃个茶叶蛋吧,晚上还要上课呢。"她妈递过来一个小塑料袋。鸡蛋还有余温。林诗兰没说话,拎着袋子。

"唉,你说当妈的容易吗?你上个课,我花了钱,还得哄着你去。那也没办法,谁叫我是你妈,我关心你呢。"

吕晓蓉跨上小电驴,招呼女儿坐上来,嘴里碎碎地抱怨了几句。

林诗兰没应她的话,坐到电动车后面。她把鸡蛋剥了,一口一口吃掉。

鸡蛋吃完,正好补习机构也到了。

"你自己上去吧。"吕晓蓉看她配合,以为任务完成了,打算把女儿送到这里,自己回家做饭。

林诗兰替她放下电动车的脚踏,她妈妈的包也被她紧紧攥在手上。

"你要跟我一起上去啊,不然怎么退钱?"

吕晓蓉是真没想到,林诗兰会做到这种程度。

补习机构的前台人来人往,镇子就那么大,走来走去的全是熟面孔。前台的工作人员说负责不了退款的事。林诗兰让他叫能负责的人过来,她们在这里等。

"够了,别闹了。你不觉得丢人吗?"吕晓蓉想要拉她走。

路过的学生和家长向她们投来目光,林诗兰直挺挺地站在前台,她妈妈拽都拽不动。

"丢人挺好的。"她说话不背着人,随便别人看,"比上没必要的课,花没必要的钱好。"

吕晓蓉气不打一处来:"你喜欢丢人,我可不想陪你丢人!你在这儿问,问了也没用。人家补习机构怎么可能同意退钱?"

"不能退钱,那这钱不要了,总归我不会来上课。"

林诗兰看向她:"就当买个教训,给你。"

吕晓蓉瞪大眼睛："你什么意思？"

"以后，妈妈应该知道了，我说不要的时候，就是我不愿意。你硬要我来，也没有用。"她面不改色，语气平和。

吕晓蓉的火被她彻底挑起来了，正要发作，一个穿衬衫的中年男人走向前台。

中年男人是补习机构的负责人，刚开口的第一句话，林诗兰便知道，他跟她妈是同一阵营的。

"同学啊，我远远地就听见你和你妈妈吵起来了。你妈妈的用心，你怎么体会不到呢？你太不懂事了。"他冲吕晓蓉笑笑，拍拍林诗兰的肩膀。

"你看你妈妈对你多好。这个冲刺班价格不低的，你妈眼睛眨也不眨，钱都给你交了，一点没心疼。多少学生想要参加冲刺班，哭着闹着要来，他们家里还不愿意出钱。你妈爱你，舍得给你花钱，你怎么还怪你妈呢？你知道多少学生羡慕你吗？"

吕晓蓉站在一旁，抬手抹泪，仿佛心中有万千苦楚无处诉说。

"是啊，是啊。我对她好，她不领情啊，老师你快帮我说说她。"她不断附和着中年男，他们用责备的目光看着她。

哪怕对面有两个人，三个人，二十个人，林诗兰都不会畏惧。

"愿意花钱给小孩补习，就是爱她吗？"她大声质问他们，"孩子说了不需要。对于她的课业，补习是额外的负担，还要花钱给她补习。这算是爱她吗？"

中年男重重"啧"了一声，立刻想压住她的话："你说你不需要，有可能你的课业有需要提高的方面，你自己不知道。"

"家长比小孩更懂小孩自己的需求吗？你这么说，不觉得傲慢吗？"

林诗兰矮他一个头，声音却比他高。

"我已经说了不来上课，还要拉我过来。我说的话，没有被重视过；我的意愿，没被尊重过。愿意花钱补习，看上去是为了我，实际上，是为了那张好看的成绩单。"

吕晓蓉忍不住说她："成绩好了，高考考个好学校，难道不是为了你的未来吗？怎么就不是为了你啊？"

他们讲的不是同一个东西。她在说"自主选择"，她妈妈在说"为了你好"。

深知说下去也只会陷入鸡同鸭讲的泥潭，林诗兰及时抽身。

"没有人比我更懂我的未来！"

她说服不了她妈，但她可以用实际行动做自己要做的事。

林诗兰不等他们说话，直接掉头走了。

没错！我没有礼貌！

没错！我是个疯子！

我看谁能拦我？

她内心的声音，吼得好大声。

林诗兰走得猝不及防。

她的步伐虎虎生风，六亲不认。

在场的人都没来得及反应，她已大摇大摆地走出了补习机构。

二班的班主任在放学后来到医院，看望了苏鸽。从老师口中，苏鸽知道了下午发生的事。

班主任走后，苏鸽拿起桌上林诗兰送给她的糖果盒，攥着它看了许久。门口稍有动静，她便飞快地转头望向那里——她在等着林诗兰到来。

林诗兰正面无表情地在路上狂奔。出了补习机构，她本来要坐车去医院的，被中年男人和她妈妈的话气昏了头，她没想起来可以坐车，只凭着一股劲自己拼命地走啊走。

反抗妈妈这件事，只有林诗兰自己知道，她并不像表面看上去那样游刃有余。她一边走一边思考着，她妈妈会不会又被她气到旧疾复发，呼吸困难。在自己的现实世界，她已经没有妈妈了。

思来想去，林诗兰问自己：后不后悔说刚才那一番话。

结论是，她不后悔。

照顾她妈妈的心情，选择隐瞒自己的想法，隐瞒真实的自己，何尝不是一种生分？如果说见到妈妈的次数是有限的，林诗兰仍然希望，在这些有限的次数里，她们能够敞开心扉对话。

坐公交车八站路的距离，林诗兰硬生生走到了医院。

在医院门口，谭尽叫住了她。他刚买齐林诗兰交代的果篮和晚餐，骑车过来，恰好碰见她。按理说这两样东西并不难买，但医院门口卖的果篮，水果放久了，不太新鲜。谭尽又骑车骑了好远，找卖水果的店自行搭配了一份果篮，这才耽搁到现在。

"我多买了一些水果,给你吃的。橘子可甜了,你快尝尝。"

谭尽的自行车筐子装得满满当当,他单手扶住车把,递给她一个砂糖橘。

橘子小小的,握在手里凉凉的,很有效地冰镇了她心中残留的烦闷。

林诗兰负责吃小橘子,谭尽负责停自行车。没一会儿,他就拎着晚饭和果篮回来找她了。

"张嘴。"林诗兰突然对他说。

谭尽一愣,他闭上眼,把嘴嘟了起来。

意想中的吻如期到来。就是,怎么触感怪怪的?

睁开眼,谭尽看到自己的嘴唇,紧紧地挨着两瓣……小橘子?

林诗兰惊讶道:"叫你张嘴,你怎么嘟嘴啊?"

"我没听清楚啦!"

他一口吃掉捉弄他的橘子,脸"唰"地红了。

林诗兰扑哧笑了。脑内不断循环他虔诚闭眼的画面,她走进电梯了还在笑。

他的脸越来越红。

"不可以再笑我了!"

"嗯。"林诗兰努力憋笑,肩膀抖动。

谭尽忍无可忍,转过身,低下头,趁她没来得及反应,他在她的脸颊上留下一个轻柔的啵啵。

电梯上升。

谭尽开心地笑着:"今天的小橘子,很甜哦。"

林诗兰的脸红了:"是哦。"

出电梯后,还没等他们走到病房,病房的门已经打开了。

苏鸽的精神状态比上午有所好转。她拖着吊瓶,亲自下床,给他们搬了椅子。

按他们三个人之前的关系,谁也想不到,有一天他们会排排坐,一起吃晚饭。

谭尽打包了一份米粥给苏鸽,他俩吃的是面条。三个人的肚子都饿了,即使环境不太好,也吃得有滋有味。苏鸽更是非常给面子地把一大碗米粥都喝了下去。

饭后,谭尽去扔垃圾。终于有了跟林诗兰独处的时间,苏鸽双手捏着糖果盒,鼓足了勇气,她开口的第一句话,便语出惊人。

"林诗兰,我可以跟你做朋友吗?"

林诗兰在喝水,差点被呛到。

苏鸽赶紧找了张纸巾给她:"抱歉抱歉,你是不是不愿意,你不乐意也很正常!"

"不是不愿意,是你说得有一点点突然。"

林诗兰擦着嘴边的水,苏鸽慌乱的样子,搞得她也紧张起来。

"我找的时机比较怪,抱歉!"苏鸽低着脑袋,声音变小,"我没有交过朋友,我想跟你做朋友,又不知道该怎么说比较好。"

"我们一样,我也没有朋友。"

虽然正式回应这个请求有些奇怪,但再不回答的话,苏鸽会继续不安。林诗兰主动把手搭在她的手背上,笑着说:"可以哦,我们做朋友吧!"

抬起头,苏鸽冲她露出笑容。她笑起来很可爱,右边脸颊有一个浅浅的小酒窝。

这个酒窝,林诗兰是头一回看到。

"对了,"苏鸽从枕头下面拿出一个卡通挂坠,"你中午给我带的糖果,我超级喜欢,我也想送你个小东西。"

林诗兰一眼认出来,那是她挂在背包上的、与她形影不离的樱桃小丸子。

"它来自我小时候最喜欢看的动画片《樱桃小丸子》,小丸子真诚坦率,有好朋友,有其乐融融的家人。看着它,我的心情就会变好,我想将这份心情送给你。"

"哇!好棒的礼物。"

是很珍贵的礼物呢,林诗兰把它小心翼翼地揣进兜里。她心中的兴奋,不比苏鸽少:原来有朋友是这种感觉啊!

收好小挂坠,林诗兰转头看向苏鸽,发现她的眼里有泪光在打转。

"怎么哭啦?"她赶忙搬起小板凳,坐得离病床近了些。

苏鸽哽咽:"我读过《闪耀的多重宇宙》,里面发生的事我仔仔细细看了。今天,我一直担心,你不会愿意和我做朋友了,那些都是你亲身经历过的……"

林诗兰摸摸她的手。

关于这个，她早就想通了："别的时空的你，是别的时空的你。你没有经历过我所经历的时空。而我所碰到的，好的坏的苏鸽们，全都不是我眼前的你啊。你没有对我做过不好的事。"

"更何况，真要论起来的话，第三时空的苏鸽抢我的物资，害死我一次；第四时空的苏鸽被我害死了一次，她的时空崩塌了。一命还一命，我们早就扯平了。"林诗兰语气轻巧，笑容依旧。

敏感地听出她话中自责的意味，苏鸽正色道："每个时空的你，都在救人。纵使那个时空崩塌，你也不要将过错揽到自己身上。就算这里不久后又被洪水淹没，杀死人们的也不是你，是天灾。"

这话题太沉重。苏鸽仍在病中，现在不是说丧气话的时候，林诗兰及时岔开话题，给彼此加油打气。

"我经历的每个时空，都有细微的不同，现在认输未免太早。所以，你得快快恢复健康。灾难来临之前，我们还是要把生活过好。"

窗外的雨，没停多久，这会儿又开始下了。

乐观的话，多少有些违心的成分。重回雨季数次，林诗兰依旧参不透规则。

多人逃出村庄，世界过大的变化，会导致时空崩塌。那么少量人的逃出呢？像她第一次回到雨季的那个时空，她和妈妈还有一些村里的人顺利逃出来了。那个时空崩塌了吗？林诗兰不知道。

随着降雨量增加，他们离灾难越来越近。

目前，林诗兰唯一的想法是：在"不引起世界过大变化"的规则内，让她亲近的人活下来。至少，她不会再一次让谭尽为了救自己重伤死去。

突然响起的振动声打断了林诗兰的走神。她的手机来了电话，和苏鸽说了一声，到走廊去接听。

是她妈妈找她。

"林诗兰，你又跑哪儿去了？"

接起电话，林诗兰立马熟练地降低耳机的音量。

"你一个快高考的人了，不想上冲刺班，至少得回家吧。桌上堆着那么多卷子，你什么时候开始做啊？"

她跟她妈唱反调的技术日渐进步："我一个快高考的人，你对我说话能不能小声一点？你吼我，会影响我备考的心情。你吼我，我难受了，更不想回家做题了。"

"你让我在补习机构丢人，我没说你，你还敢蹬鼻子上脸？"

吕晓蓉语气没软，声音却确确实实地小了一些。

"快给我回家，有时间在外头瞎晃，不如在家多做几套题。"

不回家做题的要挟很奏效，在她妈眼里，高考成绩是大于一切的存在。

看在高考的面子上，她妈妈的脾气都能稍稍收敛一些了。

林诗兰有一种预感：在高考前的这一段时间，为了让她老老实实考试，她妈妈不会再整什么幺蛾子了。

苏鸽出院后，料理了奶奶的后事。当她回归校园，已不再像从前那样孤单。每天中午，她都和林诗兰一起吃饭，而林诗兰的旁边总有一个黏黏的跟屁虫谭尽。他俩常常斗嘴，为苏鸽的午休时光增添了许多快乐。

日子一晃而过，他们迎来了高考。

林诗兰和谭尽负责任地完成了考试，感谢平行时空的他们将这个雨季借给了自己。苏鸽则是为她自己，交上了答卷。

曾经的苏鸽，别的时空的苏鸽，都认为自己的存在没有意义。她没有信心长大，不知道活这么久要干什么。她一遍又一遍地书写自己的故事，想留下一些东西。她希望，有自己以外的人知道，她存在过。

这个时空的苏鸽，却没有在《闪耀的多重宇宙》的后面，多添加一个章节。因为这个时空的她，交到了朋友。

她的朋友对她说："你不是无足轻重的，对于你自己，永远不是。你是自己最重要的人，你是你的整个世界。"

苏鸽选择相信她的话。高考结束那天，苏鸽去好朋友家看了小狗。那只她原本以为没有存活可能的小土狗，如今活蹦乱跳地围着她的腿打转，冲她热情地摇尾巴。

"静静想让你摸摸它。"林诗兰一下子看出自家小狗的意思。

心中残存着当时没有救它的愧疚，苏鸽动作犹豫。她的手伸出来，但迟迟不敢碰到小狗的脑袋。

静静一个跳跃，主动挨上了她的手。小狗不介意，小狗不记仇。黑溜溜的眼睛像小葡萄,它眼睛亮亮的,高高兴兴地吐舌头。

没心没肺的小土狗,注意力并没有在苏鸽身上停留太久。小区里它的狗朋友出现,静静立刻跑过去找它们打闹了。

望着小狗跑走的背影,苏鸽忍不住感叹:"它好活泼呀。"

她上次见到它,它被车撞了,奄奄一息地倒在血泊中。现在,小狗个子蹿高,皮毛被养得油光发亮,完全看不出当初的样子了。瘸了一条狗腿也不影响静静的矫健,跟别的小狗玩,它甚至比它们跑得更快,动作更灵活。

林诗兰吃力地拽着狗绳:"是啊,它越大越调皮,小狗狗快变成小猴子了。"

她们说着话,吃完饭的谭尽也来小区楼下了。

高考结束,身边的氛围也是轻松愉快。只有他们三个,不像其他同学那样,感觉到解放了。

不久后淹没镇子的水灾,是一把悬在头顶的剑。他们三个知道未发生的事件,可是没有人知道如何破局。

接下来该怎么办?他们有能力救镇子里的其他人吗?显然没有。

提前散布消息,让镇子里的人离开,会造成时空崩塌。

不做出改变,按照原来的发展,水灾发生时,他们将被困在镇子。面对洪水这种可怕的天灾,别说救人了,他们能否自救都是个问题。

林诗兰焦虑地啃着指甲,陷入深思。

谭尽的意识,陪伴了林诗兰三年,他见她所见,感她所感。他知道,她总是把压力扛到自己的肩上。

这一回,有他在,是时候把她的担子卸下了。

"我们逃出去吧。"谭尽率先给出了方向。

"我同意。"苏鸽附和道,"时空崩塌的话,大家都会死。可要是不逃跑,我没把握能在灾难中幸存。自私地说,如果一定要牺牲我们,这个世界才能继续运转,那这样的世界还不如毁灭了。"

定下了逃离镇子的计划,离开的日期也得商量好。既然要走,动身的日子宜早不宜晚。

"之前的每一次灾难,都发生在7月17日至26日之间,最近降雨量大幅度增加,镇子附近的路段有遇到泥石流的风险。我哥两个星期后离开雁县,是6月25日,那天出行是安全的。"

提早二十多天逃难，谭尽定下的日期已经非常谨慎。剩下的工作便是：谭尽说服他爸妈，林诗兰说服她妈妈，找个由头带着他们一起离开雁县。

讨论了一个晚上，时候不早了。静静的狗朋友回家了，它晃着小尾巴，回到主人身边。

苏鸽大着胆子抱起静静，姿势像抱着婴儿。小土狗很亲近她，它举着小爪子，咧着嘴，舒服地眯起眼睛。

这一抱，苏鸽还有点不舍得撒手了。

看出她对小狗的喜欢，林诗兰问她："你要不要把静静带回去养几天？"

"让我带回家？"苏鸽"嗖"地抬起头，眼里写着期待，"可以吗？"

知道她是靠得住的，林诗兰给予了她充分的信任："可以啊。"

沉甸甸的小生命被自己托在掌心，小狗暖乎乎的。苏鸽很想跟它多待一待，嘴上又有些嘀咕："真的吗？我能行吗？我怕养不好。"

"你能行！把静静的狗粮带着，按时给它吃就好。它上厕所有狗厕所，睡觉有狗窝，带齐了东西就不需要操心，静静是很乖的小狗。"

小土狗舔了舔林诗兰的手，好像在赞同她的话。

林诗兰又给苏鸽打了剂强心针："有什么不懂的，你打电话问我，我也可以去你家找你。你要养不了，我再带回来。"

"好！"苏鸽不再隐藏自己的真实想法，"那我带回去养几天。"

提着大包小包，带着静静，苏鸽回了家。这段时间，心理状态的好转，让她清理掉了家里和门口的垃圾。不过，对于垃圾屋的彻底清洁，她一直没有提上日程。

打开家门，苏鸽看见屋里的惨状，低下头，亲了亲小土狗的脑袋。

"啊，这里太脏了，你可不能待在这样的屋子里，会生病的。"

林诗兰给狗狗洗过澡，它的小脑袋香喷喷的。

要是把它带进臭烘烘的家，小狗这趟做客肯定不会开心。想到这里，苏鸽有了强烈的收拾卫生的念头。

将静静放在相对干净的卧室，苏鸽撸起袖子，给她的垃圾屋做起了卫生。拿出超大塑料袋，全家上下她都收拾了一遍，把所有该丢的东西，毫不犹豫地丢了。

奶奶的药、脏兮兮的纸团、塞在角落的秽物、不干净的地毯、零碎的瓶瓶罐罐……光是客厅要扔的东西，就装了五个大塑料袋。

厨房更是废品的重灾区。冰箱里几乎所有的食物、柜子里的调料罐都是过期的。她整了整，又拎出了三大塑料袋的废弃物。

来来回回丢了好几趟垃圾，苏鸽终于完成了打扫的第一步。接着，她一边将脏衣服、桌布、床单、窗帘丢进洗衣机，挨个洗一遍；一边逐步清洁冰箱、水槽、桌面、厕所。最后，她开始擦桌子、擦玻璃、擦马桶、扫地、拖地……

家务简直多得像做不完，洗出的污水一桶接着一桶。中途累了她就看看小狗，等忙完这些，天都亮了。

揉揉手腕，她不知疲惫地继续进行下一步：整理。

家里的东西，很久没有被规律摆放，通常哪里有位置就搁哪里。苏鸽买了非常多的书，只有书的保存是比较有序的。其他的物件，几乎全是东一件西一件地散落着，杂乱无章。

她收啊收，从早上一直收拾到下午。其间给静静喂过水、喂过饭，她自己没什么胃口，就什么也没吃。

从奶奶的床底下，苏鸽意外翻出几本她从未看过的相册，里面有她婴儿时期的照片。相册被放在房间的床头柜，苏鸽准备等她整理完了整个家，再认真欣赏。

清理垃圾屋的最后一步，苏鸽给自己洗了个舒舒服服的热水澡。这个澡，她洗了足足一个小时。她搓下身上的泥垢，细细地给头发打上香波。想不起来有多久，苏鸽没有这么细致地触碰过自己的身体。

大腿的赘肉、有拜拜肉的粗胳膊、圆鼓鼓的肚子，以及太过丰满而显得下垂的胸。这些，全是苏鸽讨厌的身体的部位。可恨的肥肉吞噬了她的校园生活，让她饱受同学们的欺辱。

搓洗着自己，苏鸽看向镜子。洗澡的一个小时，她就那样看着，看着。

为什么她有那么多的肉呢？

捏起自己肚子上的游泳圈，她一松手，肉便弹了回去。

苏鸽觉得有点好笑。

她的肉，是很柔软的肉，并且很有弹性。她的肉，这些年包裹住她，撑起她的骨架，就像保护她的一团团棉花，聚集在她的身体上。它不会吃掉她，更没有她想象得那么讨厌。她的肉，只不过是她的一部分罢了。

热水和泡沫,带走了污渍。那只长期躲在阴暗处的小老鼠,抖落了一身的灰尘,走出来,晒到了皎洁月光。

历时一天一夜,苏鸽完成了对家里的深度清洁。垃圾屋焕然一新。

睡饱的静静跑出来参观,激动地四处嗅嗅。空气中有清洁剂残留的淡淡柠檬香。

心满意足的苏鸽长长地吸了一口气。她把小狗抱到腿上,打算吃着晚餐,看一看相册,然后,睡个好觉。

有一本相册中,是她妈妈年轻时的照片。妈妈当时的年纪看上去比她现在大不了几岁。妈妈在爬山,旁边有一个青年挽着她。

苏鸽觉得青年眼熟,又看了几张照片,想起来了。他的眉眼,和自己的非常相似。他的鼻子和嘴巴,有一点像奶奶。

嚼着面包,苏鸽打开了另一本相册。那里面是她小时候的照片,原来她还穿过红色的小肚兜,真可爱。

拿起那张特别的红肚兜照片,苏鸽仔细打量。小土狗爱凑热闹,过来用鼻子拱了拱相片,相片歪了歪,苏鸽隐约看到后面写着什么。

翻过来一看,那儿果然有字。

一行陌生的字体,工工整整地写着:"小糖果周岁宴。"

"小糖果?"

她盯着相片,愣了十秒。又想哭又想笑,苏鸽迟钝地反应过来:"竟然真的是,sugar。"

她从没想过,自己的名字有这样的含义。先前,林诗兰点出来,苏鸽也只当玩笑话听了。

小土狗静静不懂,这张照片怎么惹得苏鸽哭了。它生气且警觉地吼了照片几声。

苏鸽笑中带泪,也不管狗听不听得懂,她指着照片跟它解释。

"这个可爱的小婴儿是我。我是小糖果。"

静静在苏鸽家待了一周。

林诗兰去接小狗回家时,苏鸽告诉她,她不跟他们一起走了。车票买在明天,她比他们提早了一个星期离开雁县。

这一周，苏鸽找了她的前继父好几回，死缠烂打地多番询问，终于打探到了她妈妈的下落。

她的前继父，也就是林诗兰的堂叔，他在喝酒的时候听老熟人讲起，几个星期前他在邻县的商业街碰到了苏鸽的妈妈。她妈推着车，在街边卖炸串。

堂叔是个不靠谱的人，他的话不可信。就算他没骗苏鸽，这条信息也很模糊。但是，从他那儿听到这事的苏鸽，立刻买了去邻县的车票。

林诗兰能够理解苏鸽的决定。不同的雨季，不同的苏鸽，处于病中的或弥留之际的她，都不约而同地呼唤着她心底最想见的"妈妈"。

她早该去找妈妈了。不论妈妈在或不在，不论她的思念会不会得到回应，这趟旅程总归会给她的执念一个解答。

要走的决定做得很匆忙，苏鸽明天走，今晚是他们仨最后相聚的机会。

苏鸽提早买了食材，留林诗兰吃饭，晚上她打算亲自下厨。没忘记林诗兰的小尾巴，苏鸽还给谭尽打了电话，让他一起过来。

"你抓紧出门。我们做咖喱饭，很快就能做好。"苏鸽特意交代。

谭尽一口答应："行。你们有什么想吃的想喝的，我顺路买了带过去。"

林诗兰不跟他客气："我想喝珍珠奶茶，苏鸽你喝吗？"

苏鸽也不客气："喝！来一杯。"

"那我买三杯珍珠奶茶。"

跟谭尽打完电话，两个女孩便钻进厨房，开始准备晚饭。

打开橱柜，林诗兰数不清这是自己进门后第几次发出感叹："你家大变样了，现在收拾得真好。"

所有锅碗瓢盆，苏鸽都刷过了，摆放得整整齐齐。

洗着菜的苏鸽嘴角上扬："这可多亏了静静的到来。"

被提到名字，小土狗迅速从房间跑出来，出现在现场。

"啊？静静？"林诗兰不知道自家小狗还是个会做家务的田螺姑娘。

苏鸽保持神秘："对，反正多亏了它。"

"好吧，"林诗兰弯腰，对小狗说，"你是功臣，今天给你加餐。"

小土狗两只耳朵竖起来，坐得笔直。

高压锅"嗞嗞"地响。时间的魔法让牛肉变得软烂，香味飘满屋子。

在苏鸽和林诗兰的合作下，美味的咖喱饭马上就要出锅。奇怪的是，早该在一个多小时前过来的谭尽,到现在都没出现。

"会不会是迷路了?在路上遇到什么事了?"

林诗兰有点担心:"我给他打个电话。"

电话响了好几回,才被接起来。

"喂?"不是谭尽接的,那边是谭妈妈的声音。

"喂,阿姨,我是小兰。"

这状况太不正常了,捧着手机,林诗兰蹙紧眉头:"谭尽方便听电话吗?我约他吃晚饭,他一直没来。"

"小兰啊,方便的,谭尽在家。"谭妈妈的语气不慌不忙,不像是出事了,"你等一会儿哦,小尽手机忘在客厅了,我拿进去给他。"

看林诗兰的神色不对劲,苏鸽也将耳朵凑过来听,她索性打开手机功放。

"这孩子怎么锁门呢?"电话那边传来谭阿姨拉把手的声音,以及非常大的游戏声键盘鼠标被快速操作,游戏的战况貌似异常激烈。

"小尽,小尽,开个门,接电话,"谭阿姨"咚咚咚"地敲门,一边喊着他,"你的游戏停一停,晚上有约,你怎么不记得了?"

"我没约人。"为了盖过游戏声,谭尽说话的音量特别大。

"你等会儿,等我打完这把。"

电话另一边,林诗兰和苏鸽将他的话听得清清楚楚。

看来,谭尽把约了她们的事忘到脑后了。

林诗兰感觉怪怪的,他一向心思细腻,重视约定,这完全不像谭尽的作风。但哪里怪,她说不上来,那边的声音确实是他。

"嗯⋯⋯"苏鸽看向林诗兰,打了个圆场,"没事,让谭尽打吧,可能是重要的游戏,有比赛什么的。我们自己吃,咖喱饭都做好了。等他来,咖喱都没法吃啦。"

"嗯。"林诗兰的心情一下子变差。

邀请晚餐的主人已经这么说了,她只好告诉谭阿姨:"阿姨,那我挂了。我和我朋友先吃饭,不等他了,让谭尽打游戏吧。"

苏鸽明天要走了。这顿饭,本该是给她饯行的,有特殊的意义,谭尽却因为玩游戏缺席了。

咖喱饭做得非常有滋味,完全不输餐厅的咖喱。

吃饭时，苏鸽跟林诗兰提了一嘴，她去找堂叔时，撞见林诗兰的妈妈来找堂叔，给了堂叔钱。林诗兰没听她妈提过这事，有可能是之前她妈妈要给她报冲刺班，跟堂叔借钱了，前几天去还。稍稍留了个心思，林诗兰打算回头问问她妈妈。

苏鸽和林诗兰各吃了两大盘咖喱饭。

静静也吃了超多的肉，吃得小肚子鼓鼓的。

晚饭吃得开心，也不开心。开心是因为咖喱饭相当成功，不开心自然是因为，谭尽没来。

之前，苏鸽一边做饭，一边念叨了好几遍"珍珠奶茶"。于是她们吃过饭，林诗兰主动提出："我们出去遛遛弯消消食吧，顺便买个奶茶喝。"

苏鸽欣然答应。换了一身黄色的连衣裙，苏鸽从房间出来。

她常年穿着肥厚的校服，林诗兰头一回见她穿显身材的衣服。

"靓女，你的打扮很夏天哦。"林诗兰高度评价，给她比了个大拇指。

"好看吗？"

苏鸽羞涩地转了个圈圈，裙摆宛如绽开的花朵。

"好看。"

笑眯眯的林诗兰挽上她的胳膊："走，我带着美女出街。"

不苟言笑的林诗兰，夸人的次数屈指可数。这声"美女"，苏鸽格外受用。她被林诗兰挽着，不再是平时含胸驼背的走路姿势。

苏鸽的肉，还是从前的肉，不过，它们的状态已然放松。纵使大马路上人来人往，她也不怕被看了。

难得，外面没下雨。

她们慢悠悠地走，不必打伞，双手自由。

夏日傍晚的风，湿湿热热。

她们点完奶茶，坐在靠窗的位置。风儿吹起林诗兰黑色的长发，她垂眸，将发丝绾到耳后。

察觉到苏鸽正盯着自己看，林诗兰挠挠脖子："我脸上有什么吗？"

用吸管搅了搅奶茶，苏鸽猝不及防道："我以前很嫉妒你哦。你长得太漂亮啦，你在我心目中是我们学校最漂亮的女孩。"

"更近距离地接触你之后，我发现你呀，居然还有别的优点，学习成绩优异,勤奋善良。"

端起杯子,苏鸽猛喝一大口奶茶,仿佛是借酒消愁。

"那时我好喜欢谭尽,可是谭尽喜欢你。他啊,是班上唯一一个不欺负我的人。他对于我,像黑夜中的一束光。抓着这根救命稻草,我度过了许多难熬的日子。你能想象得到,以前的我有多嫉妒你吗?"

"我哪有你说得那么好啊。"林诗兰上前拍拍她的肩,劝她清醒一点。

谭尽的存在,于她有极其重要的意义。

这个不用苏鸽说,林诗兰懂的。

"我打电话把谭尽叫出来,怎么能因为打游戏爽约呢?他得跟你道别一下,不然太遗憾了。"

苏鸽摇头,表情并无不舍:"不用了。"

看向林诗兰,她目光灼灼:"现在的我更喜欢你。"

这直球打向林诗兰,把她弄蒙了:"喜……喜欢?"

苏鸽哈哈大笑:"不是说恋爱那种喜欢,是朋友的那种喜欢。相比于谭尽释放的善意,你带给我的力量远比他给我的多得多。"

奶茶甜甜的,苏鸽的话更甜,林诗兰的胸腔中充满着感动。

"从前的我,看见你的好,觉得可恨。我嫉妒你。

"如今我看到你同样的好——你的脸蛋还是那么精致,你的灵魂还是那么美丽。我看着你的好,心里感到无比舒服。谭尽喜欢你是应该的,我也喜欢你。我希望你越来越好。"

替对面的林诗兰理了理乱掉的额发,苏鸽嘴唇一扁,到底没忍住,流露出了临别的悲伤。

"我很舍不得你,我的朋友。"

窗外的天空,有近几个月来最完美的晚霞。厚厚的云层后,冒出亮闪闪的粉光,就像是白云被精心描了一层粉金色的边。绚烂的粉色从天际洒向人间,她们静坐在奶茶店,眼前的一切都那么光彩耀眼,宛如身处梦幻的童话世界。

《樱桃小丸子》也是林诗兰最喜欢的卡通片。短发的苏鸽,长发戴眼镜的林诗兰。她们望着自己倒映在窗玻璃上的影子,有一瞬间,仿佛看见了小丸子和小玉,那是她们童年时最最向往的友谊。

夕阳西下,晴雨更迭,时空变换。

而友谊留存心间,永远不变。

林诗兰举起奶茶,与苏鸽碰杯。

"这个雨季过后,我们都不知道自己会去向哪里。就算不能再相遇,也要去看不一样的漂亮风景。"

她们脸上挂着相似的释然的微笑。

"苏鸽,前路快乐。"

"林诗兰,前路快乐。"

第九章
倒计时

多雨的季节。

只下午到傍晚，天气好了一阵。

与苏鸽分别后，林诗兰到谭尽家找他。她进门没一会儿，雨又下了起来。

屋里的人并没有注意到淅淅沥沥的雨声，因为林诗兰跟谭尽吵起来了。

珍珠奶茶，买三杯珍珠奶茶。

谭尽心中念叨着这事，突然眼睛一花。

上一秒，他在客厅挂断电话，高高兴兴地准备出门。

下一秒，他站在自己的房间里，面前站着林诗兰。

"我怎么没给你打电话？你看手机啊，下午的通话记录。我吵到你，害你输了游戏，也是因为你爽约在先。我还以为你遇到了棘手的事，出不了门。早知道你在家玩游戏，我就不来了。"

她抱着手臂，眼神冰冷，恶声恶气地反击他。

是的，反击。

谭尽感觉到自己口干舌燥。他明显是之前对她说了什么，把林诗兰惹成这样，但他完全想不起来了。弄不清现在的状况，他茫然地看向身后的电脑屏幕。

游戏是正在运行的状态，他常玩的游戏人物死亡了，催促复活的背景音乐激昂。

有一种不妙的猜想浮现在脑中,谭尽看了眼桌上的时间。

20:41,天黑了。

接到苏鸽的电话,不过下午三四点。从那时到林诗兰进门后,发生的所有事,谭尽没有记忆。

过去的几个小时,自己失去了对身体的掌控。谭尽的心一点点地沉下去。

"你不打算说些什么吗?"林诗兰被晾在一旁许久。他盯着电脑,用后脑勺面对她。

"小兰啊……"嘴唇动了动,他神色淡淡,词汇苍白,"我不知道说什么。"

"哦。"林诗兰眼眶一下子红了。

他叫她"小兰",也不知道这两个字怎么戳伤了自己,心口一紧,她忽然觉得十分难受。

刚刚,她好心好意地关心他,换来谭尽一脸的不耐烦。

"你害我打游戏输了!"

听到他那么说,都没有听到"小兰"俩字来得委屈。这个昵称,将林诗兰从敌对状态中抽离,她失去了吵架的力气。她狠狠地转身,赶在眼泪落下来前,离开了他家。

在他们的关系中,林诗兰看上去是更强势的一方。

谭尽先喜欢她的。他总是被她欺负,他总爱围着她转,黏她黏得像颗牛皮糖。可是,林诗兰对谭尽的喜欢,已经悄悄地追了上来。

她在意他。

她的心因他变得柔软,所以能被他轻易地伤害。

她在意他,所以,谭尽的一个冷眼、一句重话,就足够让林诗兰伤透心、辗转难眠。

林诗兰躺在床上翻来覆去,不知过了多久,她的眼皮耷拉下来,总算有了点困意……

黑色的雨水渗进窗户。

水流暴涨,静静地托起小床。

林诗兰从小床上睁开眼,她竟独自漂流在浓墨色的汪洋中。一波波海浪袭来,令小床剧烈地摇晃。害怕被晃得掉进水里,林诗兰抓紧了侧边的床板。

诡异的事情继续发生,她手中的床板,在不断升高。它从矮于床的高度,迅速升高至她的头顶，为了握住它，林诗兰不得不站起来。

然而四周的床板还在长高，它现在已经高得像个笼子，四四方方地将她困在其中。纵使林诗兰踮着脚，她也触碰不到床板的顶部。

不知从何时起，摇晃的感觉消失了，林诗兰转过身——她在电梯里。

背后有一个熟悉的身影。

"谭尽！"林诗兰惊喜地走向他。

他拎着一袋橘子。林诗兰想起来，这是他们去医院看苏鸽的那天。谭尽的袋子里，是特意多买给她的砂糖橘。

回忆起电梯里的甜蜜，林诗兰拉住他的手，故意问他："今天的橘子甜不甜？要不要我帮你剥一个？"

塑料袋没拿稳掉到地上，里面的橘子"骨碌碌"地滚出来。

"真不小心，怎么掉啦！"林诗兰弯下腰，打算把它们捡起来。

定睛一看，地上的哪是砂糖橘。那些橘子显然不能吃，全部是毛绒材质。

"羊毛毡橘子？"她认出它们，被吓得一哆嗦。

一只涂着红色指甲油的手，伸到林诗兰的面前，拿走她捡起的那颗毛绒小橘子。

"这是我的。"少女的脸既熟悉又陌生。比起她熟知的那个人，少女的眼睛少了几分暖意，多了几分轻佻的艳丽。

她的瞳色很浅，像猫，嘴唇涂着亮晶晶的红色唇蜜。她漫不经心地嚼着口香糖，校服扣子扣得很低。

林诗兰记得这张脸——就是她抢走自己的物资，把她害死了。

"叮。"电梯到了，门打开。

不等她反应，少女走了出去。

林诗兰拍拍胸脯，惊魂未定地环顾四周，寻找谭尽。

没有谭尽。连地上的橘子都没有了。

难道他刚才和少女一起出了电梯？

她实在不想面对那位少女，可谭尽得找回来，不能让他被坏人害了。心理建设了一番，林诗兰硬着头皮走出电梯。

电梯的外头，是学校礼堂。

远远地站着两个人，他们离得很近，看样子非常亲密。

第九章 倒计时

林诗兰已经预见到接下来要发生的事,她用最快速度跑向他们,依然没能阻止那一幕的发生。

"谭尽,送给你,我做的小橘子挂坠。"

手指绞着校服的衣角,少女娇嗔道:"你别喜欢林诗兰了,喜欢我吧。"

"啊?"谭尽愣了愣。

少女挑衅地瞥了林诗兰一眼。她的指尖缓缓抚过男生的胳膊,嗲嗲的语气,像蜘蛛精拉出的丝:"我长大以后,会比林诗兰更聪明漂亮的。"

"好。"

他轻笑,将少女一把拉向自己:"以后我不喜欢她了,喜欢你。"

有情人终成眷属,一对璧人相拥而笑,恩恩爱爱,缠缠绵绵。

林诗兰是透明的,是无关紧要的背景。她跌坐在地上,似被抢走糖果的五岁小孩,失态地哇哇大哭。

"不要,不要喜欢别人。

"你说你喜欢我的,不可以变。"

在现实中憋着没流下来的泪水,全在梦中哭完了。

诡异的噩梦被天边的一道雷打断。

林诗兰猛地惊醒,刚才的梦境太真实,她一时分不清自己在哪里。做梦时牙齿用力咬嘴唇,咬出了深深的印子,嘴里一股血腥味,她的脑袋昏沉。

雷劈下来,"轰隆"一声,感觉天快塌下来了。

林诗兰哆哆嗦嗦地钻进被窝,将棉被盖在头上。她太怕了,慌慌张张地摸到手机,找出谭尽的电话拨了过去。

刚响一声,电话就被接了起来。

谭尽"喂"了几声,林诗兰的话卡在喉咙,说不出来。他没挂电话,她把手机贴在耳边,听着他的呼吸声。

吸气,再吐气。

她温热的脸贴着冰冰的玻璃。漆黑的世界里,她双手捧着玻璃罐头,罐头里面装着她的爱人,与浅浅的规律的潮汐。

她随着他的呼吸而呼吸。

良久后,悬在半空中的心脏回到胸中落定,林诗兰终于有了回到现实的实感。

"外面打雷，我害怕。刚才做了个不好的梦。没什么事，只是想听听你的声音。"

听出她说话时浓浓的鼻音，他用非常非常温柔的声音问她："做了什么梦，要不要讲给我听？"

林诗兰欲言又止："算了吧，只是梦而已。"

"噩梦说出来，就不会成真了。"

谭尽这句话，说到了她的心坎上。本着摆脱噩梦的想法，林诗兰一五一十地把自己做的梦跟他叙述了一遍。

她的梦，是第三个时空的真实事件所变形出的更恶劣的版本。

林诗兰从没跟谭尽表露过：她很在意别的时空谭尽选择了别人。

当时，他极力向她解释"那个答应表白的谭尽不是我"，她还调侃过他："你还老拒绝人家，说不定，你跟她挺有可能的。"

她没表露过，却一直介意。再加上睡前和谭尽吵的那一架，林诗兰的脑子胡思乱想，这才把不安带进了梦里。

谭尽在林诗兰家门口。

为防止下一次打雷她又吓到，林诗兰开始说梦的时候，谭尽就出门往她家走了。

停在她家门前，听她说完噩梦的谭尽没有给予她安慰。他陷入了长久的沉默。

在林诗兰以为他睡着了，准备挂电话的时候，谭尽说话了。

"林诗兰，我想收回我许下的誓言。"

脑子"嗡嗡"地响，她内心宛如被轰炸过，留下一片焦土。

收回誓言——这不是一句"轻巧"的，可以"随便说说"的话。

话不能乱说的，尤其他俩都深知，一句话一个誓言的背后，蕴藏着多么庞大的力量。他们被彼此的誓言联结，才能在雨季中奇迹般地重逢。

什么叫收回誓言？

"你在开玩笑吗？"林诗兰哈哈一笑。

"是因为我今天烦你打游戏，你生我的气，还是因为夜深了，吵醒你，你生我的气？别这样，你不开心的话，我可以跟你道歉。这种玩笑，一点也不好笑。"

即便她努力粉饰太平,也没能掩饰住声音的颤抖。

可他说:"没开玩笑。"

谭尽保持着理智与冷硬,声音平平。

"先前雨停的时候,我的意识脱离了这具身体,所以我没有赴约。我能感受到,我的意识在渐渐消失。如果誓言没有解开,你会一直被困在雨季。可是,将来你到达的每个雨季,我都不在那里。你可能会遇到一个不爱你、爱着别人的谭尽,像噩梦里的那样。那样的话,你要怎么办?"

林诗兰的眼泪"吧嗒吧嗒"地掉,像坏掉的水龙头。

谭尽和她隔着一道门。

未来还有很长的路,他最爱的她会去更远的地方。

可惜他的誓言不是伞,不能替她挡住无边无际的雨。

这是最后一个雨季。

以他生命的期限,只能送她到这里。

"不要,我不还。"

从齿间挤出这几个字,林诗兰擦掉眼泪,直接挂断电话。

从夜乐园出来,回到雨季,他们每天过着快乐的生活。他们一起上学放学,一起吃美食、养小狗。他们一直在笑,默契地对分别的话题避而不谈,仿佛这样的生活能够一直持续下去。

她忆起雷雨交加的夜晚,他在她的面前死去。从此以后每当打雷,林诗兰都宛如惊恐发作,谭尽也权当没有看见。

他的存在,蚕食了她的正常生活。

本该结局的故事,本该消逝的雨季,被誓言强行留住。

真是一段孽缘啊,他们的爱情偏偏萌芽于灰烬之中。

其实早就该放开彼此的手,才能解脱。

振动的来电提醒,来一个,她挂断一个。

说她逃避也好,说她懦弱也罢,林诗兰不愿意给谭尽一个解开誓言的机会。

连着三天,他时不时来找她,她都故意躲着。

大雨绵延,苏鸽走后,天气的开关好像坏掉了。

"雨下个不停啊。照这样下雨，雁县的水灾说不定会提前。"

苏鸽发来的短信，林诗兰不知道怎么回。她把手机按亮，又按灭。这几天，她白天睡觉，晚上失眠。

下雨才好呢。林诗兰最怕的是不下雨。

吃晚饭的时候，吕晓蓉带回来一个消息。

谭爸爸作为石化厂的领导，自费组织了一次员工旅行。吕晓蓉的丈夫是前石化厂员工，林诗兰又是谭尽的好朋友，所以她们母女也在受邀之列。

一听吕晓蓉所说的旅游日期：6月25日，林诗兰便知道，这次的邀请出自谁的策划。

谭尽真能想办法，把路全给她铺好了。不知道他是怎么说服了他爸，还能把她家一起捎上。

知道这个消息的林诗兰根本开心不起来，吕晓蓉倒是对免费的旅行很感兴趣："你高考结束了，我也放假。正巧有这么个机会，我们母女趁机出省玩一圈，多好啊。"

"嗯，"林诗兰勉强一笑，没有扰乱谭尽的规划，"那我们去吧。"

吕晓蓉满意地给她夹了一个大鸡腿。林诗兰有气无力地嚼着米饭，双眼无神。

她妈妈的手机响了。林诗兰帮她把手机拿过来，看上面的来电显示是她堂叔。

吕晓蓉刚才还笑容满面，接过手机忽地脸色一变。她拿着手机离开饭桌，快步走到里屋，才接起电话。

隐约听见她妈妈叹了声气，又语速很快地说了些什么。林诗兰没听清。

讲电话回来，吕晓蓉的胃口明显变差了。匆匆扒完碗里的几口饭，她便拎起背包打算出去。

"你去哪里？"林诗兰感觉有古怪。

吕晓蓉敷衍地答："买点东西。"

她追问："买什么？"

"你别管了，吃你的饭。我很快就回来。"吕晓蓉依旧闪烁其词。

堂叔的电话，外加她妈神神秘秘的样子……林诗兰联想到苏鸽走之前讲过，她撞见她妈妈给堂叔塞钱的事。

如果是之前报冲刺班，她妈妈向堂叔借了钱，那上次找他也该还上了。怎么没几天，她妈妈又得去找他，还是一副做贼心虚的模样？

林诗兰感到事情不太对劲。她妈妈前脚出门，她后脚跟上。骑着小电驴，吕晓蓉驶向堂叔家的方向。林诗兰抄小路过去，比她晚到了一会儿。

果然是堂叔约了她妈妈。

林诗兰到的时候，他俩正站在水井旁边说话。那条巷子没灯，她走近了他们都没察觉。

"嫂子，你这是给了我一堆零钱啊？"堂叔喝了酒，说话有点大舌头，"你这么没诚意，是觉得我好应付？"

吕晓蓉好声好气地哄着："唉，是少了，你多多谅解。芮芮刚高考完，这阵子花了不少钱。你先拿着这钱去买酒，我发了工资再给你带点下酒菜过来。"

堂叔朝路边吐了口痰，把钱塞进兜里。

"说到这个，啥时候嫂子请我去你家吃一顿呀？为了照顾小芮芮学习，我可有阵子没去了，胃里的馋虫都想念你家的饭菜了。"

"是、是。"吕晓蓉赔着笑脸，"过一阵请你，我肯定好好招待你。"

"别过一阵子了，明天吧。"堂叔打了个酒嗝，"明天我正好有空，带点朋友去你家搓搓麻将。"

"明天不行啊，芮芮在家。"

"什么意思？她在家，我还得避着？"

酒劲上头，堂叔声音一下子高了："我告诉你，她在正好。当着我朋友的面，让她为上次的事给我赔礼道歉。"

林诗兰从暗处走出来："堂叔，你要我给你道歉啊？"

她嗤笑，咬牙切齿道："做梦。"

原来，被林诗兰扇了一巴掌那事，堂叔一直记恨着。林诗兰不在家的时候，他带了几个朋友返回来，上门大闹了一番，说要抓林诗兰去公安局。吕晓蓉为了息事宁人，给堂叔和他朋友塞了钱。

谁知她这一给，就成了个无底洞。之后的几个月，堂叔没钱花了就伸手管吕晓蓉要。怕影响女儿高考，吕晓蓉乖乖认栽，做了这个冤大头。要不是今天跟过来，林诗兰至今仍被蒙在鼓里。

仇人相见，分外眼红。

堂叔撸起袖子，大声嚷嚷着要报警，把林诗兰关进去。

"报警啊，"林诗兰看他就像看小丑，"你勒索我妈这么久，你看警察关你还是关我。"

堂叔气得直骂娘："钱是她主动给我的，算什么勒索？谁能做证？你打我，那天可是所有人都看见了。"

林诗兰一眼看穿他是纸老虎，这种唬人的话，她也能说。

"嫌'勒索'不够关你，还有别的。你以前蹲在我放学的路上，等我出来跟在我后面，对我动手动脚，这是猥亵罪。你叫一堆朋友到我家赌钱打牌，你们喝醉酒就赖在我家，各种犯浑，已经屡次严重扰民。我不信这么多日子，周围邻居没人看见，我们去警察局啊。你的德行谁不知道，我不愁找不到证人。"

话架到这里了。堂叔推搡着她："行啊，上警局，走呗！"

"不至于的，不至于的。"吕晓蓉忙着劝架，将林诗兰拉到身后训斥，"去什么警察局啊，别胡闹了。万一你留下案底怎么办？你以后有大好的未来。"

"如果不敢反抗这种下水道里的蛆虫，就会一辈子被他踩在脚下，那还谈什么大好的未来？"

妈妈畏畏缩缩的样子，令林诗兰更加怒不可遏。

"我问你，你怕他什么？这种欺软怕硬的人，他可怕吗？我们以前欠他的钱，早都还了。你需要修东西、搬东西，以后我来。你有什么用得上他的？你怕得罪他吗？你真觉得我打他那一巴掌，能给我留案底啊？你平日对我那么凶，却对这种人客客气气。他配吗？"

"还不都是为了你！"忍无可忍，吕晓蓉吼了出来。

"你得罪他干吗？"她痛心疾首地质问林诗兰，"小镇就这么大，你要为这点破事赔上名声吗？他找你报复，你能次次都赢吗？"

白惨惨的月光照着巷子。

林诗兰站在屋檐外，雨水打湿她的脸。她的下巴尖尖，肌肤如雪，眉似柳叶。这样一张温顺的少女的脸，唯独一双眸子亮得惊人，透出微微失控的疯癫。

"为了我？那我告诉你，没必要。因为我不怕他。"

堂叔的酒醒了大半。她当着他的面说了这话，当日的屈辱立即涌上心头，他推开吕晓蓉，打算收拾这个小兔崽子："好啊！反了你？今天我做长辈的，就替你妈教育教育你！"

林诗兰不等他把话说完,直接下了狠劲抓起他的头发。

"打你一巴掌算什么,你敢敲诈我妈,今天我要把你的脸扇烂。"

头皮像被她扯了下来,堂叔疼得龇牙咧嘴,还没站稳,她一个耳光已经朝他的脸招呼过来。

"你敢打我?"他难以置信,自己又被她打了。狗急跳墙,他不管不顾地抬脚,往她的腹部和大腿狠狠地踹了几下。

明明踹中了,林诗兰却纹丝不动。她一脚将他绊倒,把他的脸摁在水井上。

常年喝酒吸烟,久坐打麻将,堂叔的身体弱得很,真打起来,胳膊和腿都使不上多大的劲。他挣扎了几下,林诗兰的指甲陷进他的肉里,她的手像铁钳,力道大得可怕。

她之前说要把他的脸扇烂,如今似乎改变了主意,她正把他的头往井里按。

"等等,等等!"堂叔现在想起跟她好商好量了,"芮芮,看在我们是亲戚的分上,我只管你们要了合理的钱啊。你想想,你把我打伤了,得有医药费。你让我朋友们受惊了,我请他们喝茶赔罪,得有喝茶费。"

"我给你出丧葬费。"林诗兰浑身充满了戾气。

眼看她就要酿成大错,吕晓蓉扑过来,拼命拽开她的手。

"林诗兰!你疯了啊!"

她妈妈用尽全力,一点一点地掰开她的手指头:"别打你堂叔了,你要打就打我!"

这一幕和曾经何其相似。之前,她打完堂叔冲出家门,她妈妈为了拦她说过类似的话。这个伎俩,吕晓蓉真是屡试不爽呀。

手指麻掉,没有知觉了,林诗兰放开堂叔。

"行,那我先打你。"

语气冷淡生分,她揪住她妈妈的衣领,随手捡起井边的石头。

石头猛地举起……

吕晓蓉死死地闭上眼,脸皱成一团。不同于上一回,这一回她信了,她信林诗兰会打她。

而那块石头,终究没有砸向她的头。

它被砸到离她半个胳膊距离的地面,发出一声钝响,四分五裂了。

幽深的巷弄，雨水浸入湿润的泥地。

堂叔扶着后腰，趴在井边哀哀叫痛。

石头落地后，吕晓蓉憋住的气终于放松，用嘴大口地喘息。

睨视着地上的人，林诗兰粲然一笑。

"妈你看到了吗？堂叔没什么可怕的，我不怕他。"

是啊，吕晓蓉还有什么好说的呢——她连亲妈都不怕了。

林诗兰俯身，从堂叔的口袋里轻轻松松抽出那沓她妈妈给的钱。半个子儿都没给他留，她拿了个干净。

他一口黄牙咬得嘎吱作响，被她斜了一眼，又安静了。

"亲戚一场，你需要丧葬费，随时再管我要。"她的语气凉飕飕的，黑黢黢的大眼睛里没有感情，像井底爬出的鬼。

堂叔敢怒不敢言。

"走吧，妈妈。"林诗兰扶起双腿瘫软的吕晓蓉，"晚饭没吃饱，我们去吃点夜宵。"

林诗兰骑着电动车，吕晓蓉坐在后座。

下雨了，她们穿了双人雨衣。所谓双人雨衣，就是一件大雨衣，上面有两个露出脑袋的地方。前面的雨衣大，是给大人用的，后面的雨衣是给孩子用的。如今在她们这儿却是颠倒了。

吕晓蓉没坐过林诗兰骑的车。她开得快，快得有些吓人。电动车在黑夜中飞速穿行，吕晓蓉握紧后座的扶手，一阵心慌。

从她的角度，只能看见雨衣，看不见林诗兰的表情。先前女儿疯疯癫癫的样子，让吕晓蓉萌生出一种"她故意开快要把我们俩一起撞死"的感觉。她想说点什么劝劝，又怕说得不中听刺激到女儿。脑子里各种情绪交杂，又得心惊肉跳地保持着稳定，吕晓蓉吸了吸鼻子，突然涌起一股强烈的无助。

林诗兰专注地寻找能吃夜宵的地方。

他们小镇子可比不上大城市，过了九点还营业的店铺屈指可数。要是动作慢了，只能回家吃剩饭，她可不乐意。

说实话，刚才的事被风吹一吹，林诗兰已经忘到脑后了。

她妈妈和堂叔的行为，她觉得不足为奇。她心里装着不久后即将到来的洪水、最近异常的降水量,以及谭尽,很多很多的谭尽,她没有多余的心力对她妈妈感到失望。

听到她妈妈在后面吸了好几次鼻子,林诗兰还以为她着凉了。

"你可以躲到雨衣里,抱着我。不要把头露出来,就不冷了。"

吕晓蓉没有照做。

林诗兰继续说:"我小时候,很喜欢在雨衣里抱着你哦。"

儿时的小诗兰,最喜欢下雨天。下雨的时候,妈妈总会来校门口接她。

坐上电动车,躲到大大的双人雨衣里,她便到达了独立的橙黄色小世界。这是她的防空洞,里面有妈妈的体温、妈妈的味道,雨水全被挡在了外面。小诗兰不想冒出脑袋,她就缩在雨衣里,伏在妈妈的背后,安心地睡着。

她的话,让吕晓蓉想到了另外的画面。

有次下雨,她接完女儿放学,跟她一起到小超市买菜。小诗兰坚持不脱雨衣,吕晓蓉拿她没办法,只能和她一起穿着雨衣进到店里。买了一圈东西,吕晓蓉发现女儿不见了,左找右找,走到超市门口都没看见。

于是她焦急地大喊"林诗兰",女儿马上回答她"我在这里"。吕晓蓉转过头,小诗兰像一只乖乖的企鹅,跟在她的企鹅妈妈屁股后面。

原来女儿在雨衣背后呢,是她自己忘掉了,吕晓蓉忍俊不禁:"这个雨衣很不错,母女连体。要是能一直穿着,我以后就再也不会把你弄丢了。"

妈妈第四次吸鼻子。

林诗兰反应过来,她妈妈在压抑自己的哭泣。

"如果想哭,不用忍。"

电动车飞驰于空旷的马路上,她迎着风,心飘起来。

"妈妈,你可以哭,没事的。"

吕晓蓉低声道:"只有弱者才会哭,哭也没有用。"

这句话,林诗兰常听,这就是她妈妈讨厌她哭的原因。

"有用的。"她说。

"哭的时候,能呼吸到新鲜空气。"

电动车游荡过几条街,恰好路过一家没打烊的拉面馆。

林诗兰放慢车速,把车稳稳地停到店门口。下车时,她没去看妈妈的脸,故意给妈妈留出整理的时间。

看见她们进来,老板特意跟她妈妈打了个招呼。

"你认识老板啊?"林诗兰帮她妈妈拉出椅子。

"嗯,"吕晓蓉蔫蔫地坐下来,"这家店,我跟你爸以前常来。"

"哦。"林诗兰翻开菜单,"爸爸爱吃什么?"

她答得迅速:"红烧牛肉面。"

"你爱吃什么?"

吕晓蓉愣了愣,说:"我爱吃他的牛肉,然后点个肉夹馍。"

林诗兰笑道:"那你的肉夹馍,肉很丰富啊。"

于是,她们又点了肉夹馍和红烧牛肉面。

学着她爸,林诗兰也把她面里的牛肉全夹给了她妈妈。

"呼噜呼噜"咽下几口面,林诗兰皱起眉头。少了牛肉的牛肉面,根本没法吃,面条嚼着寡淡无味,跟白水煮面没什么区别。

好怪,难道这就是爸爸爱吃的味道?

吕晓蓉倒是很满意她的肉夹馍,尝到熟悉的味道,许多往事浮上心头。

"带汤的牛肉配着馍,我就爱这么吃。你爸也爱吃牛肉面,他总带我来,我们每次都点这两样。

"我们在这家店,从约会吃到结婚。你爸大我十岁,我跟他结婚后,他把我当小孩一样宠着。他去世前,家里的事全听他的,他把家务活也包了,我什么也没管过。"

她的眉目间流露出浓浓的怀念:"如果他在的话,他不会让我吃苦,我说不定还过着那样的生活。"

林诗兰往面碗里狂加辣椒和醋,听着听着,忽然福至心灵。

她想通了——红烧牛肉面,不是她爸爸爱吃,是她妈妈爱吃,还挑剔地只吃肉。他每次都点这个,是为了把牛肉给她。她妈妈却从来没这么想过。

林诗兰腹诽:妈妈以为,爸爸走后她长大了,成为母亲。其实,她根本没有长大,她仍是那个小孩子。

妈妈讨厌她哭,可能是因为,妈妈自己很爱哭。

妈妈不敢惹堂叔,是她觉得,没有亲戚帮衬,她什么也做不好。

妈妈内心想当小孩,想被照顾,所以将所有希望放在她的身上。

妈妈很虚弱。她的自以为是、不可理喻，起因于向外部世界索取援助无果，她的内心又空洞脆弱。妈妈撑不起自己，她被迫变老了，思想却远远算不上成熟。

而林诗兰自己的痛苦来源是，她永远在试图从妈妈那里获取理解和支持，却没有考虑过，她妈妈是否具有"给予她力量"的能力。

爸爸去世以后，妈妈已经自顾不暇，开始一边带小孩一边还债。

林诗兰被妈妈不断鞭策着，要优秀，要坚强。因为，妈妈急需一个强大的帮手，而不是女儿……

加料的面条，好吃了许多，林诗兰把它吃得干干净净。

吃这一碗面的时间，她的脑子里想清了非常多的事。走出小店，她胃里暖乎乎的，被户外湿润的风一吹，整个人都精神了。

"我来骑吧，你骑得太快了。"吕晓蓉也从低落中恢复，准备走向掌控方向的前座。

"不，我载你。我可以慢点骑。"

拿钥匙解了锁，林诗兰果断地踢起脚撑，没给她讨价还价的空间。

见状，吕晓蓉默默坐到后座。

林诗兰展开双人雨衣，和来时一样，她穿前面的大雨衣，妈妈穿后面的小雨衣。

"妈。"坐好后，林诗兰喊了她一声。

刚套好雨衣，吕晓蓉从小帽子里探出头："啊？"

双脚撑着车，林诗兰转头看向她。

她曾试过各种办法，让她们母女能够和谐相处，妈妈依旧毫无改变。或许是由于妈妈也不知道，如果要换一种相处模式，她们会怎么样。

所以她告诉妈妈——

"以后，你做女儿吧，我做妈妈。"

林诗兰的话没头没尾，但破天荒地，吕晓蓉没有取笑她。

呆呆地看着她被雨衣撑大却依旧显得不够宽厚的肩膀，吕晓蓉问："那你不需要有妈妈了吗？"

"我长大了。我可以做你的妈妈，也可以做我自己的妈妈。"

少女笑眼弯弯，漂亮的脸蛋已褪去当年的跟班小企鹅模样。吕晓蓉心中触动,眼睛发酸。数不清今天有多少次,她低下头,重重地揉了揉鼻子。

林诗兰没盯着她看。她回过身,扣好安全帽。小电驴车速平稳地启程,驶向家的方向。

深夜,风夹着细雨。

脑袋钻出雨衣的吕晓蓉,后脖子迅速起了一层鸡皮疙瘩。真是有点冷。她试着把头缩进雨衣里,果然暖和了好多。

林诗兰身上热乎乎的,披在身后的长发散发着香味。吕晓蓉的脸贴上前面的背,抱住女儿细瘦的腰。

一路到家,她都不觉得冷了。

在家楼下停电动车的时候,吕晓蓉过来问了林诗兰,四天后要不要去旅游。虽然吃晚饭时问过她,但林诗兰似乎对旅游兴趣不大。

"我再问问你,你比我有主意。"

"去吧。"

林诗兰的态度比上次干脆:"把静静带着一起去。"

吕晓蓉点点头,没有异议。

雨连下了四天。

大到暴雨的恶劣天气一直延续到25日。

厚重的云层乌压压地聚集于雁县上空,远方的山模糊于浓雾之中,只剩一团黑色轮廓。太阳不知跑去哪里了,白天在家也得开着灯,跟晚上没什么两样。

看上去今天绝对不是一个适合出行的天气。

林诗兰的脸上挂着大大的黑眼圈,她失眠了一周,昨天为了打包行李,更是整晚没合过眼。吕晓蓉和她各拎了一个大箱子,等她们到达集合点,抱着小狗坐上大巴车,林诗兰已经累瘫了。

她感觉喘气都费劲,半死不活地靠着窗玻璃,宛如一节耗尽能量的电池。

谭家一家四口不坐大巴,开自己的私家车。他们到得比她俩早,谭子恒帮吕晓蓉搬了箱子,林诗兰的行李她自己放好了。

自从上次她被谭尽拽走后,林诗兰和谭子恒再没说过话,维持着一种不尴不尬的状态。而导致这一局面的讨厌鬼,正守在上车的正门旁。

他眼巴巴地望着林诗兰,想跟她谈一谈。林诗兰从他后面绕了过去,直接坐到车上。

手机振动，一条短信进来。

"你要一直不理我，直到我走了都不理我？"

她皱着眉，手指在键盘上删删改改，回道："对。"

原定的出发时间早过了。大巴上稀稀拉拉地又上了四五个人，一辆车只堪堪坐满了前三排的座位。

这样雷雨交加的天气，大伙全部严严实实地躲在家里。即使是上司买单的免费旅游，也没人愿意来。

谭叔叔打完几个电话后，告知司机不用再等，可以发车了。

等待的时间，雨又下大不少。

开车的师傅面露难色，跟他沟通："老板啊，依我的经验，今天出镇子的路不好开。雨这么大，运气不好的话，开到半路车陷进泥里、抛锚了、发动机泡水了，那就麻烦啦！你们公司要不要改个日子出去哦。"

谭叔叔转头看向他儿子，谭尽摇了摇头。

"不行，就得今天，"他给司机塞了个红包，强硬道，"出发吧。"

轿车开在前面，大巴跟在后面。雨刮器开到最快，前方的视野依旧不够明晰。呼呼的风声近在耳边，车窗颤颤巍巍地抖动。

几个淹了水的路段，车就生生地蹚水过去。林诗兰坐在自己的位置上都能听见司机师傅时不时的叹息。

他们不像去旅游，简直是在逃难。

路过河道，林诗兰透过窗户看了眼水位。

土黄色的泥水滚滚而下，水位直逼河岸。苏鸽说得对：照这样下雨，水灾会提前。

"呀！"坐在左前方的女人突然大叫，"旁边的山体是不是出现滑坡了！"

全车人顺着她的目光往前看。不远处，大面积的泥沙被雨水冲到了路中央，景象十分骇人。

司机师傅骂了句脏话，打了双闪，把大巴停在路边。前面的轿车也停住了。

谭叔叔和谭尽从车上下来，车里的人们也被一路见到的恶劣天气吓到了，返程的意愿强烈，一停车便叽叽喳喳地讨论起来。

"怎么办，还能开吗？"

"咋开？前面滑坡了，开过去不是找死吗？"

"出去玩这一趟太危险了，还是回家吧。"

"是啊，玩什么玩。"

"算了，我们不去了，把我们送回去。"

谭叔叔让司机下车，跟他单独讲话。

谭尽观察了山体和路面情况，前面的道路暂时没有出现变形。

即使如此，谭叔叔那边的交涉依然不太顺利。他帮司机点了一根烟，老师傅摇摇手，不肯接："老板，不能开啊，出了事我负不起责。"

不知何时，林诗兰也走下来了。

她站在路边，看向河道。河水暴涨，出镇子唯一的桥，已看不见桥墩子了。

算准谭子恒离开的日期，在这一天走，又如何呢？人算不如天算，这个时空发生的事已然偏离了他们熟悉的轨道。

所幸还不算晚，今天大约就是离开的最后期限。

跨过那座桥就可能活下来，跨过它。

几年来，林诗兰不遗余力地为自己寻找一条逃离雁县的路。很奇怪的是，这些天她脑子里想的全是在这里的日子。

学业繁重的高三，香精味很重的奶茶，不够名贵的小土狗，装在保温壶里的蛋花汤……

古怪的情敌，心机十足，却不敬业地半路跟她透露底牌，和她做朋友。强势顽固的母亲，把面子看得比她更重，揪着一点鸡毛蒜皮的小事跟她置气。

邻居哥哥的笨蛋弟弟，暗恋她多年也不吭声。英雄救美后他悄悄离开这个世界，她连他是谁都记不得。

这里的一切，说不上有多好，说不上有多特别……

可是，如果能留下来，哪怕让她再拥有一天，这样普普通通的日子，就算逃不出去，也很值得。

看着桥，林诗兰问谭尽："还走吗？"

她说得并不明确，但他们有足够的默契。

谭尽注视着她的侧脸，也想开了："不走了吧。"

达成共识，于是，他们一起走向大巴车。

谭尽帮忙将她妈妈的行李拿到小轿车上，林诗兰一边抱起静静，一边跟吕晓蓉解释。

"妈，你和静静坐到谭叔叔的车上。"

吕晓蓉搞不清状况："车里的人都想回家呢，我们还去旅游吗？"

"去呀。"林诗兰带着她换到另一辆车上。

和谭叔叔打过招呼，他也过来了。

谭家那边由谭尽去交流，林诗兰负责她妈妈。

掰着指头一算，吕晓蓉还是感觉不妥："人家是五座的车，加上我们母女和小狗，他们的车坐不下。"

"够坐，我下一趟去，你先去。"

林诗兰一说这话，她妈妈立马想说"那我跟你回去"。不过，她及时搂住她妈妈的肩膀，将她妈妈的话压了下来："你听我说。

"你看，我们拿着这么多行李呢，搬上搬下再拖回家，太不方便了。你先带着静静和行李到目的地。等雨停了，下一拨石化厂员工出发的时候，我轻轻松松地拎个包，跟着那拨人坐大巴去找你。"

深得骗子谭尽的真传，现在的林诗兰撒起谎来，脸不红心不跳。吕晓蓉仔细一琢磨，似乎有几分道理。

听到她们说话的内容，谭尽又对她妈妈补充道："阿姨，我跟林诗兰一起留下来，我照顾她。到时候我们搭伴坐下一班大巴车，不会晚你们多久。"

吕晓蓉眉头紧皱："可是，你们俩小孩，大人怎么能放心。"

"不只我们，好多员工都要去的，别担心。"

林诗兰拉起她的手，引着她坐到车里。

"妈，我比你有主意，你要听我的，是不是？"

她妈妈不置可否，林诗兰把静静往她妈妈怀里一放，吕晓蓉已无别选择。

通人性的小土狗，始终奈拉着眼睛，目光不愿离开林诗兰。

关车门前，她发现了它闷闷不乐的小表情，手轻轻在小狗的头上摸了两下，亲了一口它的额头。

驾驶位换了谭子恒，谭爸爸谭妈妈还在依依不舍地和谭尽说话，林诗兰站在车外，和谭子恒对上视线。

他的面容温润谦和，她看着他，也并不觉得疏离生分。

林诗兰对他微微一笑。他摇下车窗，也回给她一个大大的笑容。

谭子恒喊他爸妈上车,准备出发。

大巴车也等着林诗兰和谭尽,准备返程。

直到他们坐上大巴,谭尽还不安地又向她确认了一句:"真的不走了吗?追车让他们带上你,还来得及。"

林诗兰打了个哈欠:"你废话真多。"

她不客气地把他的胳膊抽过来,做自己的枕头。

浑身透着疲惫,她眼下的青黑严重。

在他以为她要开始补觉的时候,林诗兰小声地说:"没有你的世界,逃出去也没有用。"

谭尽垂眸,见她已经把眼睛闭上了。她声音很轻,像在说梦话。

"你要陪着我,一直陪到你消失的最后一刻。然后,我就和你一起消失。我们一起变成宇宙里的灰尘,一起飘走……飘走……"

尾音越来越轻,林诗兰的呼吸均匀,发出轻微的鼾声。

她睡着了。

林诗兰说的不是梦话,他知道。

这是她憋了一周,没有对他说出口的心里话。

这是谭尽听过的最动人的情话。

隔天,谭家的小轿车已经顺利到达别的城市。

而雁县及周边地区的雨势越发猛烈。今日,本地台报道:排水系统无法负荷,街道出现大面积积水,雁县通往邻县的主要桥梁发生断裂。新闻中的滚动字幕不间断地提醒着"居民尽量待在家中,避免出行"。

林诗兰和谭尽的手机,一早上都在响。先是吕晓蓉打来电话,着急女儿的处境;后是谭家父母跟谭尽讲电话,讲了半个小时。

等把家人们的情绪安抚到位,他们还没来得及喝水,苏鸽的电话又来了。

"昨天我们没走成,现在出不去了。"林诗兰对于苏鸽没什么好隐瞒的,事到如今,她心中敞亮,也不觉得慌张,"我们也不打算出去了。"

苏鸽不知原委,听到这个消息,她急得像热锅上的蚂蚁。电话那边的两人明明死到临头,还如此气定神闲,她都不理解了。

"你们能预知未来,又怎么会被困住?那你们来这一趟折腾了几个月,只是为了让家人朋友逃出去吗？你们自己呢？真不知道说你们什么，你俩的穿越，简直是穿越了个寂寞。"

谭尽和林诗兰相视一笑。

这对傻瓜小情侣没崩溃，苏鸽崩溃了："我说正经的，你们笑什么？"

止住笑声，林诗兰附和她："穿越了个寂寞，你说得一点没错。"

苏鸽替他们着急，但他们自己知道，他们的穿越，能让他们再度遇见彼此，这便是意义。

在这儿的日子，每一天每一分每一秒，都是偷来的。

所以，能待在一起，就是幸福。

他们不悲伤，他们心里很知足。

林诗兰适时地转移话题，问了苏鸽的事。

苏鸽找妈妈的事进展迅速，她昨天打探到消息，找到了那条她妈妈卖炸串的商业街。苏鸽打算继续缩小范围，继续找，感觉不久的将来她就能见到妈妈了。

和苏鸽通话之后，谭尽和林诗兰都由衷地为她的现状感到开心。

该来的电话都来过了，手机暂时不响了，他们的小家恢复了平静。

林诗兰一边收拾着她搬过来的食物和衣服，一边看着电视里的新闻。

新闻中的画面触目惊心——广告牌倒塌，树木被风刮倒，行人受伤，车辆被毁。附近地区，有多处路段发生塌方。

灾情已蔓延到了她熟悉的商店和街道。

那些画面，全是林诗兰曾经看过的。在以往的雨季，它们会出现在 7 月下旬，这一回却提前到了 6 月末。

林诗兰担心起在这儿的人们："有少量的人逃出去，算是违背了原本的时空轨迹。灾难提前了，这会不会是时空要崩塌的预兆？"

谭尽安慰她："灾难提前，只能说明这个时空和我们的时空存在不同。他们没有逃出去之前，我们也能感觉到这里发生的很多事，和现实的不一样。这儿的未来，有可能会往更好或更坏的方向发展。但总归，'不同'不一定是坏的。"

6 月 27 日。

雁县低洼处的房屋整体被淹。

中午到下午，小区一直在广播，通知居民们尽快撤离，前往附近的避难所。

林诗兰堵住耳朵，裹紧棉被，翻了个身。她瞥见躺在她旁边的谭尽睁着眼，他看着天花板，若有所思的模样。

"在想什么？"她问。

他一本正经地答："在想，给你做什么晚饭。"

她抱着枕头微笑："想到了吗？"

"冰箱里有鸡蛋，先来个辣椒炒鸡蛋。猪肉该吃了，给你做个梅菜扣肉。腌点鸡腿肉，炒一炒，加点小葱花，肯定香。汤的话，就做我拿手的蛋花汤。"

谭尽一口气说了这么一长串，把她都说饿了。林诗兰不争气地咽了咽口水，麻溜地从床上爬起来，把大厨拽进厨房给她做饭。

鸡腿肉最受欢迎，刚端上桌，马上清盘。

辣椒炒鸡蛋，好吃到她把辣椒都吃了。

梅菜扣肉有点咸，不过配饭刚刚好。

蛋花汤保持谭尽以往的水平，林诗兰喝了很多。

饭后，他们摸着圆滚滚的肚子，心满意足。

"你的生日快到了，"大厨规划道，"等你生日，我得做一顿比这个更丰盛的。"

林诗兰摇摇头："不过生日，没意思。"

吃饱饭，她犯了饭晕，在沙发上躺了一会儿。

到晚饭的时间，谭尽叫她，林诗兰没醒。

他把她抱起来，抱进卧室，细心地盖好被子。

6月28日。

打雷，林诗兰从床上惊醒。

家里拉着帘子，黑漆漆的。

外面的风雨声凄厉凶猛，宛如魔鬼的嘶吼，几辆停在楼底的电动车发出惊惶尖锐的鸣叫。林诗兰的手往旁边一探，被子空荡荡的，谭尽不在。

林诗兰跌跌撞撞地爬起来，大声喊着"谭尽"。她抹了一把脸，摸到自己脸上冰凉凉的全是泪水。

找了几个房间,喊他也没得到回音……窗外电闪雷鸣,林诗兰跌坐在墙角,用窗帘挡住自己,抖得像筛子。

谭尽拖地回来,看见蜷缩在角落的她。

他们家窗户被风吹裂,四处漏水。他起来做卫生,修补窗户,再在大门及其他空隙处填上准备好的沙袋布袋,阻止洪水涌进屋内。

雷雨声嘈杂,他没听见她在喊他。

见到谭尽后,受了惊吓的林诗兰没有立刻恢复清醒。她声嘶力竭地质问他为什么乱跑,冲他发了脾气。

谭尽浑身是汗,蹲在她身边,温声细语地说好话。

林诗兰呜咽不止。

他伸手抱她,她拍掉他的手。

"你要抛下我,你又打算食言,不愿意陪伴我的话,那你滚吧,现在就滚。"不安让林诗兰的情绪失控,她竖起浑身的刺,看他的眼神像在看仇人。

这是上一次,他要她归还誓言,留下的病根。

谭尽自作自受。他挨了几个巴掌,依然不管不顾地挤过去,将她抱住。她越哭,他抱得越用力。

林诗兰很凶:"滚,你不要再烦我了。"

谭尽也很凶:"我凭什么听你的,我就要烦你。"

狂风肆虐,洪水滔滔。四周这么吵,又这么安静。

空调停了,风扇停了。

电灯打不开,电视打不开。

这一天,全县的电断了。

家里还有存粮,但胃口不佳,林诗兰和谭尽一天都没吃饭。

他们像被缝在一起了。

她坐在他怀里发呆,他的双臂绕着她的肩膀,将她牢牢圈住。他们什么也不做,什么也不说,只是紧紧地抱在一起。

当她仰起头,他便会在她的脸颊、额角,或唇上,落下一个轻得像羽毛的小小的啵啵。

6月29日。

起床后,他们发现停水了。

断电断水。夏季的闷热与洪水带来的潮湿,叠加在室内,混合成一股难闻的怪味。那味道有点像学校垃圾角的拖把,脏兮兮又很馊臭。

皮肤黏黏的,他们总是出汗,那汗出得又不爽利。

谭尽寸步不离地守着林诗兰,干什么事都要贴着她。

吃饭的时候,他放着自己的椅子不坐,非要挤到她后面,跟她坐同一把椅子。她去上厕所,他就站在门口一动不动地等她。

林诗兰快被狗尽尽的贴贴热死了。她愤愤地抠他的小痣,捏他的胖脸。他皮厚,没觉得痛,觉得十分好玩。

睡前,他们用囤的水洗了个凉水澡,也不知道是谁先动手的,洗澡,逐渐演变成打水仗。

谭尽完败林诗兰。

浴室传来她张狂的笑声。

他顶着湿漉漉的头,举起双手认输。谁知刚一睁眼,她又泼了一瓢水到他脸上。林诗兰欺人太甚,谭尽扑过去,挠她的痒。

她笑得眼睛冒着泪花,浑身没力软倒在墙,为了让他停下什么好话都说了。

"我错了!我错了!我错了!尽尽,小尽,我错了嘛!"

谭尽宽宏大量饶过她。得到自由没有一秒,林诗兰又悄悄去够水瓢,被谭尽抓了个正着。

他一把扛起调皮的她,直接扛回了卧室。

洗过澡,他们身上有相同的皂香。晚上没有灯,置身于黑暗,他们依然能确认到对方的存在。

"水到哪里了?"

"不知道。"

"林诗兰,明天见。"

"谭尽,明天见。"

林诗兰和谭尽牵着手睡着。

6月30日。

上游堤坝出现破裂，洪水泛滥。

受灾的群众挤满了避难所。尚未被洪水淹没的地区，大范围地出现砸玻璃抢物资的乱象。

他们家小区门口的杂货店，水、零食、烟酒，全被抢掠一空。

人们都疯了，不仅拿店里的东西，还拿别人手上的东西。大家都拼命地想要活下去，甚至会为了一个鸡蛋互相推搡，大打出手。

林诗兰没打算囤物资，她在家呼呼大睡。

她觉得，既然他俩不打算活了，抢物资有什么用呢？况且，整个雁县都可能会在下一秒被倒灌的河水冲垮。到时候，纵使有再多吃的也不可能活下来。

趁她睡得正香，谭尽偷偷出门，冲到家门口的小卖部。

店门大开，店内的气氛剑拔弩张，谭尽果断加入，跟大家挤了个头破血流。他一股劲往里钻，比抢红眼的人更加疯狂。占据最好的位置后，他却没拿任何食物，继续向前，直奔小卖部深处的第四排货架。

太好了！还有！

他找到自己要的东西，双眼放光。

各色的水彩笔、蜡笔，全部原封不动地摆在货架原来的位置上。谭尽如获至宝，把它们全部收到袋子里。

"疯子。"之前被谭尽踩了两脚的大叔，见他拿了这些破玩意儿，忍不住骂他。

谭尽才不管他。他攥着袋子，把钱塞给坐在门口大哭的店主，而后一脸警惕地出了商店，生怕半路有人抢他的彩笔。

明天，是林诗兰的生日。

如果还能熬到明天的话，这会是谭尽给她过的最后一个生日。

他们家的楼被风吹得嘎吱作响，像是快要解体。盯着漫过楼梯间的雨水，谭尽恍惚了一瞬，随即握紧手中的塑料袋。

他加快脚步跑上楼，赶在林诗兰醒来前回到她的身边。

雁县水位持续上升。

这块区域只剩他们家住着人。

门口的沙袋无法阻止涌进屋子的水流，林诗兰和谭尽依旧没有撤离的计划。他们守着这栋岌岌可危的楼房,被迫从楼下转移到楼上。

睡前,她牵着他的手,看向被淹没的一楼。

两人都没有说话,但心知肚明——这是他们的最后一个晚上了。

夜晚是最难熬的,没有亮光,房间里又闷又潮。

呼啸的狂风摧毁了玻璃,雨水灌进了房间,雷声在他们的头顶劈开。谭尽捂住林诗兰的耳朵,将她抱在怀里。用不太动听的歌声,为她哼唱了一首记不清歌词的摇篮曲。

居民楼的屋顶被风一层层剥离,世界飞速地崩塌。在谭尽的歌声中,林诗兰闭上眼睛。摇篮曲是一叶方舟,载着她驶向香甜的梦乡。

不知睡了多久,林诗兰被谭尽叫醒的时候,天还是黑的。

他让她趴在自己的背上,被背起来后,林诗兰才发现谭尽的脚踩在水里。

水已经淹到家的二层,快要没过他的膝盖。林诗兰叫谭尽放自己下来,他不肯,一路背着她,背到了另一个有阳台的大房间。

林诗兰脚没沾地,被他稳稳地转移到一把大凳子上。她心里奇怪:这儿什么时候有凳子了?

还没问出口,谭尽先往她手里塞了一根蜡烛。

打火机"嚓嚓"两声,冒出火花。

温暖的小火苗蹿起来,照亮少年的眼睛。

他眼里闪着细碎的星星一样的光,悄悄点燃了她手中的蜡烛。

橙黄色的光亮,由林诗兰的手心向外散开,那光瞬间填满漆黑的屋子,也照亮了画满四面墙壁的五彩斑斓。

刚过午夜十二点,现在是 7 月 1 日。

谭尽笑容璀璨:"林诗兰,生日快乐。"

四年前,他借哥哥的名义,送她一串蓝色的手串。那时他不敢正眼看她,闪烁其词,送完就跑。

四年后的同一天,他终于有足够的勇气站在她面前。

这一回,谭尽送给她一屋子的太阳。

憨笑的太阳、害羞的太阳、跳舞的太阳、长胡子的太阳、遛狗的太阳、戴着拳击手套揍飞闪电的太阳……其中有扁扁的小太阳,也有圆滚滚的大太阳;它们颜色不同,表情不同,他的画占据了房间的每个角落。

第九章 倒计时

林诗兰又想哭,又想笑。

这一刻,任凭窗外洪流汹涌,她幸福地置身于华丽的生日宴会。

这里有全套的餐桌、椅子、餐具。桌面上,摆着饮料、花束、零食拼盘,与一块写着她名字的巧克力派蛋糕。

小宴会布置得太好看了,林诗兰悄悄擦掉眼角的泪花:"我应该打扮漂亮一点再过来。"

谭尽忙着点燃更多的蜡烛,不同意她说的话:"现在的你就是最漂亮的。"

是啊,今天的林诗兰最漂亮。

几日来,应对水灾的疲乏一扫而空。

她快乐的泪水,比珍珠更珍贵。今晚的服装也是最合适的——她身上穿着最舒服的"天津"睡衣,和对面的他是情侣款。

温馨的烛光中,他们十指相扣。

还没等她尝一口谭尽准备的美食,突然,房间的正上方传来一声巨响。

屋顶被风整片掀翻了,钢板断裂后重重地砸向他们的阳台。

谭尽神色不变,将小蛋糕推到她的手边:"该许愿啦。"

林诗兰想了想,笑道:"我没有愿望。"

大楼剧烈地晃了一晃。

雨浇进屋子,烛火熄了大半。

林诗兰没有愿望。她不觉得遗憾,她再没有其他想要的东西了。

阵仗庞大的雨,落在身上也不过是不痛不痒的水珠,她对于即将来临的死亡并不惧怕。

可是,爱着她的人不想她死。

谭尽又做了一回叛徒。

"没时间了,"下垂的小狗狗的眼睛,轻到不能再轻的语气,他对她说,"是时候把誓言解开啦。"

林诗兰眼里烧着一把火:"上次提这个我有多生气,你不记得了吗?"

"这些年我的意识在手串里,看着你经历雨季,看着你痛苦。我比谁都清楚,你有多努力地要把生活过好。林诗兰,去更好的更远的未来看看吧。"

谭尽认认真真地告诉她:"解开誓言后,你就可以告别所有的雨季了。我的意识会跟你一起回去,说不定会寄存于某个物品、某个地方,陪着你。"

"誓死不渝,是你说过的。"林诗兰仰着脑袋,满脸倔强,"我哪儿也不去。"

捧起她的脸,擦干她的泪,他说:"你也对我发过誓,记得吗?"

林诗兰望进谭尽的双眸。

他眼里装着星星,一眨眼,漫天的星光都碎掉。

思绪被拽进另一番天地,她瞳孔缩小,意识渐渐沉沉了下去。

风云变幻,天空晴雨不定。

洪流退去,又涨起。

时钟被拨回故事的起点。

爆炸过后,石化厂黑烟滚滚。无边无际的浑浊水流,近在脚下。空气里有皮肉灼烧的气味,身上的衣服湿冷。

窄小的设备平台上,她在上一层,谭尽在下一层。

林诗兰奋力朝他所在的方向伸出手臂,她声音嘶哑,几乎是在乞求。

"不要留我一个人,我活不下去的。"

水底的谭尽身受重伤。面色苍白如纸,他的眼眸却如水洗过一般,澄澈明亮。

"不会留你一个人,我陪着你。

"林诗兰,无论发生什么,我发誓,我会永远陪着你。"

递给她一颗虚假的糖,他为她留下生的希望。

"你也发誓,无论发生什么,忘记我,好好活下去。"

混沌漆黑的世界,被银白闪电劈开。

无数条银白色的丝线,连接着天与地、过去与未来、此处与他方……互相许下的誓言,烙进灵魂;坚定守护誓言的信念,将他们的命运缠成错综复杂的茧。

永生永世,纠缠不休;无论生死,真心不渝。

林诗兰的嘴在动,她听见自己的声音在说:"我发誓,无论发生什么,我会忘记你,好好活下去。"

一边说,一边哭。

刚刚记起的,又被迅速地忘记。

重回誓言缔结的场景,他要她守约,自己却要毁约。

林诗兰不肯放谭尽走，拼命扯住自己手腕上的银线。长长的银线，另一头连通水底，牵着他的生命。

　　耳边响起的声音，像泡泡碎掉，也像一声叹息。

　　那是，一句誓言的消失，一个灵魂的覆灭。

　　银线另一端，纠缠她四个雨季的重量，不见了。

　　林诗兰的表情由悲怆，转为呆滞。

　　脑子空了，她什么都想不起来了。

　　从设备平台往下看，水越淹越高，水里漂着的不知道是衣服还是人的尸体。

　　整整十天，林诗兰独自等待救援。

　　她安静地抱着膝盖，盯着死气沉沉的水发呆。

　　她看到水里，有写满A的成绩单、被车撞死的小狗、破损的眼镜、一碗发馊的鸡汤、散发酒气满口黄牙的大嘴。它们变得好大好大，像巡逻的怪物，在她脚下的水面走来走去。

　　林诗兰的眼睛麻木空洞。

　　无意识地，她摸了摸自己的手腕，那里空无一物。

　　本来，那儿该有一串手串的。一瞬间，她坐立难安，开始四处寻找。林诗兰找遍了身上，将设备平台的栏杆拆烂……

　　忽然，她的动作停住，低下头，她发现自己原来戴手串的那只左手，手背上有个模模糊糊的太阳。

　　一个带着笑脸的小太阳。

　　这个雨季之前，林诗兰的人生像洪流中的一片树叶。不知道自己从哪里来、要到哪里去，她沉沉浮浮地挣扎着，被水流推向任意的方向。

　　可在这个雨季，林诗兰见识过爱是什么样的。

　　她爱过人，也被爱过。她已有勇气，抓住自己的人生。

　　林诗兰跳下设备平台，水中的怪物龇牙咧嘴地涌向她。她的目光四处搜寻，眼尖地瞄到一串熟悉的灰蓝色手串。

　　它躺在设备平台的下一层，她潜下去，捞起了它。在指尖碰到手串的那一秒，它化成了一双大手。

　　谭尽的手托起林诗兰，带着她重新浮出水面。

回忆中的设备平台早已不见。

他们回来了，这里是她的生日宴。美食被冲走，桌椅漂浮在水中。烛火熄灭后，他们的世界回归了黯淡。

他俩泡在水里，艰难地抱着一块门板。

林诗兰将自己筋疲力尽的脑袋靠在谭尽肩上。

"骗子。活下去和忘记你，是两个誓言，你不能用一个誓言换两个。"

她生他的气，她仍在怪罪他。

林诗兰很凶很凶地对他说："我不要忘记你。"

谭尽冲她笑："那就答应我好好活下去。"

远方，洪水冲破大坝，灌进镇子。

道路崩塌，楼房轰然倒下，小镇顷刻沦为一片汪洋。

他们的故事要结束了。

谭尽半开玩笑似的，问了她一个幼稚的问题。

"林诗兰，你会告诉别人，你爱过我吗？"

她决绝道："不说。"

"哦。"他点点头，"那这样的话，就没有人知道，你爱过我了。"

大水冲垮房屋，天地震荡。

林诗兰用尽全力，攥紧谭尽的手。

"我告诉你，一切还没完，听见了吗？"

铺天盖地的洪水奔腾而来。水流所到之处泥沙俱下，势不可当。一切伟大的、渺小的、失落的、深爱的、不舍的，尽数坍塌成齑粉。

巨大的洪流将他们吞没。

她没等到他的回答。

2022年。

谭子恒撕下6月的那页日历。

林诗兰已经昏迷了一个多月，他每天都会来医院看她。

她变成现在的样子，谭子恒始终觉得，自己有不可推卸的责任。

他明明知道林诗兰精神状态不好，仍让她一个人坐在海鲜酒楼的包厢里，自己出去点菜。

等谭子恒再次找到她的时候，林诗兰躺在百货商店的一层，她似乎是从楼上跳下来的，没人知道她用什么办法进入了关门的商场。

幸运的是，林诗兰只受了轻伤。不过人一直没醒，处于昏睡的状态。

林诗兰出事之前在电话里说的话，谭子恒十分介怀。这一个月，他试图搞清楚她身上发生了什么事。

谭子恒几乎找遍了林诗兰身边的人——曹阿姨、她的医生、学校的老师、前房东……从他们的口中，谭子恒还原出了林诗兰这几年的故事。

四年前的洪灾，给她留下无法磨灭的创伤，林诗兰患上了PTSD。

雨水能触发她的应激反应，所以每年雨季，林诗兰都会陷入幻觉。雨越大，幻觉越严重。在林诗兰的幻想中，她能够穿越回曾经的雁县，回到灾难发生之前。

今年雨季来临的时候，林诗兰不慎弄坏了佩戴四年的手串，这条手串对林诗兰意义非凡。

出于心理保护机制，她一度忘记了对她而言最沉重的记忆——在水灾中有人为救她牺牲，她眼睁睁地看着那人死去，绝望地等待救援。

手串的坏掉，让林诗兰想起了救她的人。她因此病情加重，甚至构建出了一个叫"谭尽"的虚拟伙伴，在她的幻觉里陪伴她经历雨季。

林诗兰被自己幻想的雨季、幻想的伙伴给困住了，至今昏迷未醒。

谭子恒不知道她脑中的"谭尽"什么时候愿意放她走。林诗兰的情况不乐观，再这样下去，她的身体要撑不住了。

2022年7月1日。

林诗兰生日这天，雨停了。

上午，谭子恒照例来到医院。推开病房的门，他看见了一个月来最期盼的画面。

林诗兰醒了。

床被她摇高，她躺的位置，一缕阳光正好洒在她的肩上。

她病得太久，皮肤惨白，眼窝深陷，已经瘦脱了相。那一头漂亮的黑色长发，被阳光染成了浅栗色，散发着易碎的金光。

林诗兰眯着眼睛，看向窗外——外面天气晴朗，阳光和煦。

谭子恒喊了她的名字,她却没有回头。

他心中生起微妙的不安,她看上去像一张薄如蝉翼的纸片,仿佛马上要被太阳晒化,缓缓地飘起来,从人间蒸发。

走到病床旁,谭子恒拉上了窗帘。

从恢复清醒到出院的这段时间,谭子恒和林诗兰聊过很多次天。但他一次都没有听她提到过那个"在雨季穿越到平行时空"的故事。

那个故事,她曾跟很多人讲过,一遍又一遍,不厌其烦地讲。

谭子恒和所有听过故事的人一样,认为她的故事漏洞百出,完全不合理。

穿越过去?死人复活?平行宇宙?那都是科幻小说里才有的,现实中根本没人见过。

现实的世界,只有一个患病的林诗兰。

精神病人的可怕之处就在于:她逻辑缜密,谈吐清晰。她给他打的那通电话充满真情实感,谭子恒差一点被她说服了,以为谭尽没死。

见她不再说胡话,不再谈论自己的妄想,谭子恒暗自松了口气。

现在的林诗兰精神状态很好,按时吃饭打针。除了身体稍微差一点,已经完全是个正常人了。

接她出院那天,谭子恒发现林诗兰在非常专注地看手机。

他坐到她身边,好奇地问:"看什么呢,那么认真?"

"在找考研的资料,"林诗兰一本正经道,"我打算考研转专业,以后研究物理天文。"

要考研是好事,谭子恒笑道:"怎么突然对物理感兴趣了?"

他瞟了一眼她的手机,页面上密密麻麻的字全是与考研相关的内容。谭子恒被手机浏览器旁边的搜索记录吸引了目光。

"五维空间""四维空间""平行时空""下阶梯,游乐园""游乐园,雁县"……

没等谭子恒看完,手机屏幕被她按灭。

林诗兰说:"宇宙很大,人类对它的了解只是冰山一角,许多谜团尚未解开。我想深入地去学习去研究,考研算是给未来打个基础。"

"小兰,我看到你的搜索记录了……"

平行时空,这四个大字令谭子恒警觉,生怕她又犯病了,他旁敲侧击地打探:"下阶梯、五维空间,那些是什么?"

"下阶梯是我去过的一个神奇的夜乐园。经过我的搜索,现实和过去都找不到这个地方。我猜想,乐园在五维空间。

"我们生活在三维的空间。其他维度的、与我们平行的空间,我们看不见。也就是说,平行世界的存在是四维的。而平行世界之外,有些地方、有些意识,存在于更高维度的五维空间。"

见谭子恒表情呆滞,林诗兰又将自己的话解释得更加浅显。

"把我们的世界比作一条线,所有的平行世界就是无数条线。夜乐园与逝去之人的意识,在线与线的中间。它们不属于任何一条线,不属于任何一个平行世界,但它们是存在的。既然存在,就一定有找出它们的办法。"

林诗兰说得言之凿凿,谭子恒听得心惊胆战。

他读的是理工科,她口中的概念,他略有耳闻。问题是,这些理论尚未被"科学"证实以前,它们都是"不科学"的。谭子恒没法附和她,也没法反驳她。

她认为平行世界存在,她认为五维空间存在。可他没有见过,无法相信。

他们就像"相信上帝"和"不相信上帝"的两拨人,无法互相说服,也无法为自己这方的说辞找到证据。

想到这里,谭子恒发现,他竟然又被林诗兰绕了进去。

她是精神病人,他却又忍不住跟她较真了。

"小兰,"他叹了口气,"抱歉,我听不懂你在说什么。"

林诗兰倒是坦然:"子恒哥,没必要听懂啊。

"这本来就是一个极其复杂的概念,最伟大的科学家也没有将它研究透,平行时空是否存在都没人能给出证明。我所说的,也仅仅是自己想当然的推论。不过是想到哪里就对你说到哪里,其中的很多事情我也不确定,解释不清。"

她居然对自己论点的薄弱有自知之明,谭子恒的心情越发复杂。

林诗兰把手机放进口袋,拍拍他的肩。

她开始收拾行李了,出院要把所有的东西都带走。

谭子恒到外面抽了几口烟,整理好心情,回来帮她收拾。

"子恒哥,你有多余的袋子吗?"林诗兰有几件衣服,书包装不下了。

谭子恒左顾右盼,想起来了:"你打开床头的柜子,水果篮后面有一个你的手提包。"

"我的手提包？"她穿上拖鞋，走向柜子。

"嗯。我找你的前房东聊天，那个老太太给我的。"

谭子恒回忆着老太太的话，跟她说了一下。

"她说，原本以为你的包被清洁公司丢掉了，没想到她儿媳妇看这个包挺大的，搬家的时候留下来当购物袋了。"

林诗兰半跪在地，背对着他。

他见她拉开柜子的门，把包拿出来。她的手伸进包里，上下左右摸索了几下。

然后，林诗兰的动作停住，她缓缓地低下头……

谭子恒不知道的是，林诗兰的手心攥着一颗珠子。

珠子圆圆胖胖，光泽温润。

它见过少年在花季藏匿的心意；见过他们的秘密，见过她哭泣；见过初次动心的甜蜜，见过依依不舍的分别。

它见证过他们淋的那场雨。

离开医院后，这颗珠子被崭新的链子串起。林诗兰重新将这一抹灰蓝佩戴在她的手腕上。

她不曾怀疑过谭尽的存在。

他是潮热雨季中的未解之谜。

林诗兰从脚下的一方土地，迈开脚步。

宇宙宽广，世界无序，即便是穷尽一生找不到解答，她已有了足够直面它的坦然。

次年，林诗兰大学毕业，研究生考上了心仪的专业。

最后一次复诊是7月。

心理医生已经很久没给林诗兰开药了，今天的例行检查也很顺利。医生说，她的情况很特殊。精神病一般不能痊愈，只能说情况有改善。而在他看来，林诗兰的改善非常巨大。她从原来的程度恢复成这样，是难以想象的奇迹。

走出精神病院，林诗兰发现下雨了。

手伸出屋檐，指尖接到几滴清凉的雨水，望着水珠，她有些走神。

这一整个雨季，她没再看见任何异象。

誓言的魔力消失了,她和同龄人一样,忙着学习,忙着打工,偶尔跟舍友一起逛逛街。

是的,林诗兰搬回了大学宿舍,并且跟同一寝室的女孩们成了朋友。

承诺过的"好好活下去",她做到了。

出来看病,林诗兰跟学校请了假,今天也不用打工。难得的空闲,她看着淅淅沥沥的雨水,突然有点想回雁县看看。

坐火车,转大巴,转小巴士,再走二十分钟的路。

林诗兰早晨出发,到雁县旧址的时候,已是傍晚。

没路了,不能再往前走了,她停在断裂的石桥前,几乎认不出这里是她的家乡。

灾难改变了地貌。

河的这边,垒着许许多多碎成小块的水泥,原是道路的地面,只剩大大小小的坑洼。

河的对岸,镇子荒废,植被茂盛。

野草一丛一丛,肆意疯长。一眼望去,唯有那些断壁残垣、油漆斑驳的破木板,能够证明曾经有个小镇在这儿存在过。

林诗兰坐在岸边,拉开背包的拉链。

她带了两杯奶茶过来。

雨停了,宁静的夕阳洒在河面,金光跳跃。

那一轮光芒耀眼的太阳,就悬挂在远方巍峨的山丘之上,将树梢的叶子照得橙黄透亮。

被光晃得睁不开眼,她默默揩了揩眼角。

手机响了,是她的心理医生的来电。

林诗兰接起电话,医生压低声音,神神秘秘的:"有件事,不跟你说,我的良心过不去。之前你对我说过一个平行时空的故事,你还记得吗?"

她应了一声"嗯"。

他索性将埋藏心底的话一股脑倒了出来。

"后来,我按你说的日期找过,去年确实有一个叫谭尽的患者在你看病的那天来过,查得到他的就诊记录。但我不知道是不是同名同姓的人,可能是一场误会……总归,我觉得这事应该让你知道。"

林诗兰向他道了谢。

医生长嘘一口气,挂断电话。

握着手机,她又在河边呆坐了许久。

两杯奶茶,林诗兰一个人全喝完了。

她想着平行世界的他们,不知道那里的林诗兰和谭尽是否活着,在做什么,过得好不好。想着想着,她突然看到一只眼熟的小土狗出现在对岸的杂草中。

"静静。"林诗兰大声喊它。

小土狗回过头,咧着嘴,冲她摇尾巴。

可惜,不等林诗兰确认那是不是静静,小狗冷不丁往后瞅了一眼,飞快地跑走了。

傍晚,正是开饭的时候。

山风拂面,能闻见湿润的花香,混合着泥土和树木的味道。

雁县炊烟袅袅,好闻的米饭香从各家各户飘出来。

小土狗跑向它的主人。

主人将它一把抱起来,摸摸它的小脑袋:"静静,跑哪儿去啦?那边有什么吗?"

她走向小狗之前驻足的地方,那儿是一面墙,并没有路。

静静被林诗兰打了一下屁股:"你刚才在对着别人的墙壁尿尿是不是?"她自以为洞悉了真相。

小土狗被冤枉,朝主人"汪汪汪"地控诉。

林诗兰没工夫再管静静,今天家里请客吃大餐,她妈妈让她出来买水果,时间紧迫着呢。

一边买东西,一边翻开手机通讯录,她拨通了苏鸽的电话。

"喂,"仿佛一直在等着她似的,苏鸽马上接了,"林诗兰,你回来啦?"

林诗兰哈哈笑:"对呀,放暑假回来玩了。"

苏鸽感叹:"哇,时间过得真快!一年就这么过去了吗,我都没什么感觉。"

"去年的时间过得才快呢!"林诗兰的语气比她更夸张,"我都不知道我的高考是怎么考完的。水灾那么严重,差一点整个镇子都被淹了。按理说,经历了生死劫难的我应该记忆犹新,我却没有太多的记忆。"

"噗,你脑袋泡水,所以记忆力差了呗。"苏鸽调侃她,"幸亏救援队的叔叔们及时赶到,再让你多泡一会儿,你就没有聪明的脑子上大学了。"

"是啊,感谢他们拯救了我,还有我们镇子。"

讲了半天,林诗兰才想起正题:"哎,扯远啦。我打电话是让你来我家吃饭的,你有空吗?"

苏鸽拒绝得干脆:"改天吧,今晚我得陪我妈妈吃饭。"

林诗兰也不拖沓:"好,那我改天单独约你。"

拎着水果,牵着小狗,林诗兰动作迅速地赶回家。

客人们全部到齐了,她跟谭叔叔、谭阿姨、谭子恒都问了好,坐在边上的谭尽,她也没落下——眨了两下眼,就算打招呼了。

放下东西,洗了手,林诗兰也入座,准备开吃。

有一杯珍珠奶茶插好了吸管,放在她的手边。整张桌子上就两杯奶茶。另一杯正被她对面的人捧在手里。他跷着二郎腿,嚼珍珠嚼得津津有味。

林诗兰有预感,这顿饭吃得不会太顺利。

果然,大家说说笑笑,吃得快快乐乐;桌子下的动静,比台面上的更热闹。

吃两下,他就在桌子下面捏捏她的手;喝两口,他又在桌子下面给她递一个折成花的小纸团。

被迫一心二用,林诗兰恨恨地用眼刀扫他。谭尽挤眉弄眼地冲她笑。

谭子恒见她饭碗空了,贴心地问了句:"小兰,要添饭吗?"

差不多吃饱了,林诗兰想留点肚子吃樱桃,于是摇了摇头。

而谭子恒这一问,给某个闲着没事干的浑蛋找到一个突破口。

"小兰,要吃腌萝卜吗?

"小兰,要吃牛肉吗?

"小兰,要牙签吗?"

谭尽来劲了,平均三十秒问她一次。

林诗兰怒火中烧,又对他的献殷勤挑不出错处。

"你比我小,不准叫我小兰。"

凭什么谭子恒能叫,他不能叫?谭尽不乐意了。

"小兰，小兰，小兰，小兰，小兰。"他故意挑衅，一口气叫了好几个。

"不准叫。"林诗兰火气冒了上来。

瞅着他肉嘟嘟的脸，她恶声恶气地威胁："再叫，我把你的小痣抠掉。"

谭尽用一个巴掌盖住自己脸上的小红痣，他嘴巴张得圆圆的，被她的凶残吓得瞠目结舌。

见俩小辈玩得开心，看客们忍俊不禁。

"真新鲜，你们交往一年了还能天天斗嘴。"

"他俩就是这样，腻腻乎乎的。哎，受不了。"

林诗兰气呼呼地瞪着对面的幼稚鬼。

她跟谭尽千叮咛万嘱咐，和家人吃饭，不要像平时那么黏她。他还是找寻一切机会跟她互动。她不理会，他感觉被忽视了，闹得更起劲。

她嘟囔道："都不知道怎么跟他交往上的，当时鬼迷心窍。"

这话说完，谭尽从椅子上站起来，直接离席了。

看他走得仓促，林诗兰心想他是不是生气了，有点心虚——她其实不是那个意思，因为被家人笑话，小嘴硬了一下。

这个傻瓜是不是误会啦？

"你去哪里啊？"她小声问。

谭尽回过头，他嘴角挂着阳光灿烂的笑。

林诗兰脸皮薄，这人的脸皮却比城墙还厚。他非常殷勤地对她说："我要去给林诗兰洗樱桃。"

饭桌上，大家面面相觑，都憋着笑。

林诗兰的耳根子红了。

樱桃还没吃到嘴，却已经尝到甜。

【正文完】

番外

晴空

【闪耀的第 203 号多重宇宙：没有发生过水灾的平行世界。】

林诗兰喜欢下雨。

一直以来，雨带给她的记忆都是美好的。

小时候，下雨了妈妈会来接她放学；下大雨，就不用上补习班，可以理直气壮地待在家里休息；雨天湿润舒适的水汽，总能让她一夜好眠。

对雨的喜爱延续到大学，清早醒来，林诗兰惊喜地发现外面下雨了。

今天是周六，没课。

柔和的雨声勾得她脑袋里的懒虫爬出来。林诗兰有点纠结要不要睡个回笼觉。拉开宿舍的窗，看向大操场，因为心情十分愉悦，她最终还是决定起床。

简单洗漱后，她带上学习用品，打好伞，哼着歌出门，前往学校图书馆。

漫步在细雨中，耳机里放着音乐，她心想：真是一个美妙而安静的早晨啊。

"林诗兰！"

中气十足的打招呼声从大操场那边传过来，它穿破雨幕，扰乱她耳机中的歌曲旋律，直直袭向她脆弱的耳膜。

林诗兰不用回头也知道叫她的是谁。

不论早晚，不论天气，每天只要她路过大操场，就必定会碰到一个讨厌鬼——邻居哥哥的傻弟弟。

他哥的温文尔雅,谭尽是半点没学到。他左手抱着篮球,脸上挂着欠揍的笑,凑到林诗兰身边,没话找话似的来了一句:"下雨天你还要去图书馆假学习啊?"

林诗兰停下脚步,将来人上下打量一番。

她皮笑肉不笑,道:"下雨了你还穿着你的假鞋打球?看来是真不怕鞋子进水。"

早已习惯了他们之间的互动模式,他也不恼。不知从哪里变出一个塑料袋,谭尽伸直手臂,将它递给林诗兰。

"我早餐买多了,剩下的你帮我吃了吧。"

"不要。"她板着脸,语气比之前更差,"我干吗要吃你剩的东西?"

这会儿下着小雨,他衣服微潮,头发上沾着水珠。那一袋早餐却是干干爽爽的,散发着新鲜出炉的热气。

连包装都没拆,哪里像剩的啊。

被她的话噎了个正着,谭尽挠挠脖子,一时语塞。

林诗兰戴上耳机,重新迈开脚步。

"你别走。"

他的手下意识地往前一晃。

这个挽留的动作,没能拉住她的手,倒是钩住了她手腕上的珠串。他手指一拽,被吓到的她手臂向上一抬,电光石火间,手串的皮筋断裂,珠子"哗啦啦"散落一地。

林诗兰当场石化。

谭尽眼前一黑。

"我的手串啊!"她心痛到破音。

林诗兰总是戴着那串珠子,好几年了,不论春夏秋冬,她戴着它就没离过身。多宝贝的手串呀,被他弄坏了。

做了坏事的谭尽麻溜蹲下,帮她捡回地上的小珠子。

拎着光秃秃的皮筋,林诗兰气得直跺脚:"这可是你送我的手串,我的生日礼物!我不管,你把它弄坏了,得赔我!"

谭尽一个劲地点头:"我赔你。"

又捡了几颗珠子,他才回过味来。

"等会儿!林诗兰,你刚才是不是说我送你的手串?"

瞪大眼睛,谭尽露出难以置信的表情:"你怎么知道它是我送你的?"

知道林诗兰一贯不待见自己,送她珠串时,谭尽特意跟她说那是他哥送她的礼物。也因为是谭子恒送的东西,林诗兰才会那么珍爱它,天天戴着它——谭尽一直这么认为。难道不是吗?

林诗兰懒得回答他的话。

她在心里管他叫傻瓜,是有原因的。

珠子散落在平地,还算好找。

半晌后,林诗兰数了数找回的珠子,一颗不少。

罪魁祸首乖乖巧巧、老实巴交地替她打着伞,他心里惦记的已经不是"弄坏手串怎么办"的事了。

林诗兰抬眼,正巧对上谭尽的目光。

他的嘴动了动,耳朵有点红。

"你能不能晚点去图书馆?我想请你吃个早饭。"

她移开眼:"我有钱买早饭的,不用你请。"

"哦。"他认真地思考了几秒,耳朵更红了一些,"那可不可以,你请我吃早饭?"

她提醒他:"你手上不是还拎着你的早餐吗?"

"哦。"谭尽泄了气,吃力地想啊想,"其实我的意思是……"

林诗兰等着他编出下一个更烂的借口。

雨下大了。

雨水凝聚伞面,汇成一条歪歪扭扭的线,藏起的心事顺着雨水流淌的轨迹蜿蜒而下。或许是为了躲雨,他离她又近了一点点。

沉默间,能听见彼此的呼吸。

真冷,空气中弥漫着湿漉漉的让人手脚蜷缩的寒意。

她望着伞沿落下的水滴,剔透晶莹。

他终于开口。

"我喜欢你。"他说。

这回轮到林诗兰表情仓皇,她怀疑自己听错了。

与她相反，谭尽绷紧的弦一下子放松。他在她耳边加大音量重复了两遍："我喜欢你。林诗兰，我喜欢你很久啦。"语调欢快得像一只脱缰的野狗。

尽管林诗兰在努力维持表面的波澜不惊，仍是没能压下眼底的笑意。

轻咳一声，她抢走他手中的早餐袋子。

"每天都给我买早餐，下雨你也不知道休息啊？那么早出来淋雨，笨死了。"

"要早点出来，不然等不到你。"

"今天给我买了什么？"

"豆浆和包子。"

"豆浆是甜的还是原味的？"

"甜的。"

"今天也是豆沙包？"

"嗯，我知道你爱吃豆沙包。"

他们说着话，她一边飞快地解开塑料袋，一边带着他往前走。

走着走着，谭尽发现林诗兰走的方向错了："你不去图书馆啦？"

一口半个豆沙包，林诗兰吃得香喷喷："谁下雨天不睡懒觉，要去图书馆学习啊？"

他没懂："那你为什么起得这么早？"

怕起晚了，有人等太久。

不过林诗兰才不会承认自己和他一样笨。

"哼，我起床为了吃早饭，不行吗？"

"行。"谭尽笑得合不拢嘴。

咽下剩下的半个豆沙包，林诗兰空出一只手牵住了身旁的人。

悠闲美好的周六雨天，正是适合约会的好时节。